J. A. Konrath

Guter Bulle, böser Bulle

Das Buch

Man nehme eine taffe, aber verwundbare Polizistin aus Chicago und füge eine hyperaktive Katze, eine gesundheitlich angeschlagene Mutter, einen eifersüchtigen Freund, einen schwierigen Exmann und einen Kollegen in den Fängen einer Midlife-Crisis hinzu.

Man mische diese Zutaten mit einem Psychopathen, der abgetrennte Körperteile in der Stadt verstreut, und würze das Ganze zu gleichen Teilen mit einer Prise Humor und einem Schuss Spannung, und fertig ist *Guter Bulle, böser Bulle* – der zweite Band in der witzigen und gleichzeitig furchterregenden Welt von Lieutenant Jacqueline *Jack* Daniels.

Begleiten Sie Jack bei ihren Abenteuern, während sie mit den Herausforderungen eines chaotischen und aus der Spur geratenen Privatlebens kämpft und gleichzeitig daran arbeitet, einen der gefährlichsten Serienmörder der jüngsten Zeit aufzuspüren und hinter Schloss und Riegel zu bringen – einen Mörder, für den es erst richtig losgeht, wenn man ihn erwischt hat ...

Der Autor

J.A. Konrath hat im Rahmen seiner Jack-Daniels-Serie acht Romane verfasst, die in keiner bestimmten Reihenfolge gelesen werden müssen. In deutscher Sprache sind bisher die Titel *Mr. K*, *Kite* und *Der Lebkuchenmann* erschienen. Die Verkaufszahlen von J.A. Konraths E-Books haben die Millionengrenze überschritten.

J.A. KONRATH

GUTER BULLE, BÖSER BULLE

EIN JACK-DANIELS-THRILLER

Übersetzt von Peter Zmyj

Die Originalausgabe erschien 2005 unter dem Titel »Bloody Mary«.

Deutsche Erstveröffentlichung bei
Edition M, Amazon Media EU S.à r.l.
5 Rue Plaetis, L-2338,
Luxemburg 2014
Copyright © der Originalausgabe 2005
by J.A. Konrath
All rights reserved.
Copyright © der deutschsprachigen Ausgabe 2014
by Peter Zmyj

Die Übersetzung dieses Buches wurde durch AmazonCrossing ermöglicht.

Umschlaggestaltung: bürosüd⁰ München, www.buerosued.de
und Carl Graves, Chicago
Lektorat: Simon Jaspersen
Satz: Monika Daimer, www.buch-macher.de
Printed in Germany
by Amazon Distribution GmbH, Leipzig

ISBN 978-1-477-822753

www.edition-m-verlag.de

VORWORT

Als ich den ersten Band in meiner Jack-Daniels-Serie, *Der Lebkuchenmann*, schrieb, betrat ich Neuland, indem ich haarsträubende Spannung mit schrägem Humor kombinierte.

Ich setzte diese Mischung in dem vorliegenden Band, *Guter Bulle, böser Bulle*, fort, wollte dabei aber die Messlatte höher legen. Wie es bei Unterhaltungsliteratur allgemein üblich ist, folgen auch Krimis einem festen Schema. Mit diesem Buch versuchte ich, von diesem Schema abzuweichen, indem ich in der Mitte eine unerwartete Wendung einbaute. Hoffentlich ist es mir gelungen, die Geschichte dadurch weniger vorhersehbar und spannender zu gestalten.

In diesem Band taucht Mr Friskers zum ersten Mal auf, der Kater, den viele meiner Fans lieben und der in einigen der witzigsten Szenen vorkommt, die ich jemals geschrieben habe.

Zum Thema des Buches: Leser von Unterhaltungsliteratur – und da gehöre ich dazu – legen normalerweise auf tiefschürfende Weisheiten keinen besonderen Wert. Wer trotzdem nach etwas Derartigem sucht, findet es in der letzten Zeile dieses Romans.

Noch ein Wort zu brutaler Gewalt: In dieser Serie werden Sie vergeblich danach suchen. Obwohl Jack es mit wirklich üblen Burschen zu tun hat, sticht die Gewalt nicht besonders ins Auge. Wenn Sie also glauben, dass diese Bücher zu viele Beschreibungen von brutaler Gewalt enthalten, dann liegt das einzig und allein an Ihrer blühenden Fantasie.

Ich danke Ihnen fürs Lesen.

Dieses Buch widme ich Laura Konrath.
Ich schätze mich sehr glücklich,
sie als Mutter zu haben.
Ich hab dich lieb, Mom.

PROLOG

»Es wäre so einfach, dich im Schlaf zu töten.«

Er dreht sich auf die Seite zu seiner Frau, seine Hand krallt sich in ihrem Haarschopf fest. Eine getrocknete blaue Beautymaske bedeckt ihr Gesicht – ein Kosmetikprodukt gegen das Altern, das allmählich abblättert. Im Mondlicht, das durch die Schlafzimmervorhänge fällt, sieht sie bereits tot aus.

Er fragt sich, ob andere Leute nachts ihre friedlich schlafenden Lebenspartner ansehen und darüber fantasieren, sie zu töten.

»Ich habe ein Messer.« Er fährt mit den Fingerspitzen ihren Haaransatz entlang. »Es liegt unter der Matratze.«

Ihre Lippen öffnen sich und sie schnarcht leise.

Sieht ganz schön hässlich aus, vor allem wenn man bedenkt, dass sie modelt. Zähne mit Kronen und von grauen Strähnen durchzogene Haare.

Er lässt die Hand unter die Matratze gleiten und zieht das Messer hervor. Im Vergleich zu der dünnen, scharf gewetzten Klinge wirkt der Holzgriff überproportional groß. Ein Filetiermesser.

Behutsam hält er die Klinge an den Hals seiner Frau.

Plötzlich sieht er alles verschwommen und die Kopfschmerzen beginnen. Wie eine Schraube, die sich in die Schläfe windet. Mit jedem Herzschlag wird es schlimmer.

Zu viele Kopfschmerzen an zu vielen Tagen. Er sollte zum Arzt gehen, wird es demnächst tun. Die sechs Aspirintabletten, die er vor einer Stunde geschluckt hat, haben nichts genützt.

Wenn die Schmerzen so stark werden, hilft nur eins.

Er lässt die Klinge über ihr Kinn gleiten und schält ein bisschen von der Maske ab. Schweiß läuft ihm über die Stirn und brennt ihm in den Augen.

»Ich kann dir die Kehle durchschneiden und dir die Stimmbänder herausreißen, bevor du auch nur einen Schrei hervorbringst.«

Sie zuckt im Schlaf und dreht den Kopf zur Seite. Ihr Hals ist sanft geschwungen und makellos. Er knirscht so fest mit den Zähnen, dass er Granit zermalmen könnte.

»Oder vielleicht sollte ich dir ins Auge stechen. Nur ein schneller Stich, bis hinauf ins Hirn.«

Er hebt das Messer und versucht, seine zitternde Hand ruhig zu halten. Die Klinge schwebt über ihrem Auge und bewegt sich darauf zu.

»Du brauchst nur die Augen zu öffnen, dann siehst du es kommen.«

Aber sie schnarcht weiter.

»Jetzt komm schon, Liebling.« Er berührt sie an der Schulter. »Mach die Augen auf.«

Er beißt sich auf die Zunge und spürt einen salzigen Geschmack. Es kommt ihm so vor, als stecke ein kleiner Teufel in seinem Hirn, der versucht, sich mit seinen Krallen einen Weg nach außen zu scharren.

»Jetzt mach endlich die Augen auf!«

Sie dreht sich zu ihm um, murmelt etwas und legt ihren Arm auf seine Brust.

»Schon wieder Kopfschmerzen, Liebling?«

»Ja.«

Er führt das Messer hinter ihren Kopf und hält es auf Höhe ihrer Schädelbasis. Dabei stellt er sich vor, wie er es ihr in den Nacken rammt, sodass die Spitze vorn beim Kehlkopf herauskommt.

Wäre das nicht eine Überraschung?

»Du Ärmster«, flüstert sie in seine Achselhöhle und streichelt seine Wange. Ihre Finger fühlen sich angenehm kühl auf seinem heißen Ohr an.

Er stößt sie ein wenig mit dem Messer, knapp unter dem Haaransatz. Sie bewegt den Kopf ruckartig weg.

»Aua! Liebling, schneid dir die Fingernägel.«

»Das sind keine Fingernägel, Süße. Das ist ein Messer.«

Anstatt einer Antwort hört er nur ein Schnarchen.

Er stupst sie noch einmal an. »Ich hab gesagt, das ist ein Messer. Hörst du mich?«

»Hast du deine Aspirintabletten genommen, Liebling?«

»Ja. Sechs Stück.«

»Die werden bald wirken. Du solltest zum Arzt gehen.«

Sie legt ein Bein über seinen Bauch. Er bekommt eine Erektion, weiß jedoch nicht genau, was die Ursache ist – ihre Berührung oder der Gedanke daran, wie er ihr Gesicht häutet.

Vielleicht beides.

Er lächelt in der Dunkelheit und hält den Messergriff so fest umklammert, dass seine Knöchel weiß hervortreten. Als er schließlich der Versuchung nachgeben und seiner Frau die Klinge in den Hals stoßen will, stellt er fest, dass die Kopfschmerzen langsam nachlassen und erträglich werden. Zumindest für den Augenblick.

»Morgen bring ich dich um.« Er küsst sie auf den Kopf.

Das Messer versteckt er wieder unter der Matratze. Dann nimmt er sie fest in den Arm. Sie stößt einen zufriedenen Seufzer aus.

Als er schließlich einschläft, taucht vor seinem inneren Auge ein Bild auf. Darin sieht er sich, wie er sie aufschneidet und sich mit ihrem Blut das Gesicht wäscht.

KAPITEL 1

»Verdammt.«

Mein Ventilator hatte den Geist aufgegeben. Das überraschte mich nicht. Immerhin war das Ding zehn Jahre älter als ich, und ich bin während der Amtszeit von Präsident Eisenhower auf die Welt gekommen. Das Gerät gehörte in ein Museum, nicht in ein Büro.

Wir hatten den ersten Juli, und es war so heiß, dass man auf dem Gehsteig Hamburger grillen konnte – wobei es nicht ratsam gewesen wäre, diese hinterher zu essen. Meine Bluse klebte mir am Leib, die Nylonstrumpfhose fühlte sich wie eine ausgeleierte Jogginghose an, und meine schweißnassen Haare kräuselten sich.

Das sechsundzwanzigste Polizeirevier von Chicago, wo ich langsam geröstet wurde, war wegen defekter Kondensatoren – was immer das auch sein mochte – vorübergehend ohne funktionierende Klimaanlage. Man hatte uns versprochen, dass der Schaden bis Dezember behoben sein würde.

Ich schlug mit dem Heftklammergerät gegen den Fuß des Ventilators. Obwohl ich in der Abteilung für Gewalt- und Tötungsdelikte beim Chicago Police Department die ranghöchste Frau war, hatte ich zwei linke Hände. Meine handwerklichen Fähigkeiten reichten gerade aus, um eine Glühbirne zu wechseln – und selbst dafür benötigte ich eine Gebrauchsanweisung. Der Ventilator schien dies intuitiv zu spüren. Ich bildete mir sogar ein, dass er mich verspottete.

Mein Partner, Detective Herb Benedict, betrat mein Büro und trank aus einem Becher, der so groß war wie eine kleine Mülltonne. Aber viel schien ihm das auch nicht gegen die Hitze zu helfen. Herb wog ungefähr hundertzwanzig Kilo und hatte mehr Poren im Gesicht als ich an meinem ganzen Körper. Sein Anzug sah aus, als hätte er ihn in den Michigansee getaucht und nass angezogen.

Er watschelte auf mich zu und stützte sich mit einer Hand auf meinen Schreibtisch. Die schweißnasse Handfläche hinterließ eine Schliere. Außerdem fielen mir die Tropfen auf seinem grauen Schnurrbart auf – Schweiß oder Cola Light? Seine Wangen, die wie Hundelefzen herabhingen, glänzten, als hätte er sie mit Fett eingeschmiert.

»Morgen, Jack.«

Eigentlich hieß ich mit Vornamen Jacqueline, aber als ich Alan Daniels, meinen Exmann, heiratete, konnte niemand der Versuchung widerstehen, mich Jack zu nennen.

»Morgen, Herb. Du willst doch nicht etwa meinen Ventilator reparieren?«

»Nein, ich will mein Frühstück mit dir teilen.«

Er stellte eine braune Papiertüte auf meinen Schreibtisch.

»Donuts? Bagels? McMuffins, die vor Cholesterin strotzen?«

»Weit gefehlt.«

Benedict holte einen Plastikbeutel mit Reiswaffeln hervor.

»Ist das alles?«, fragte ich. »Wo ist die Schokolade? Wo ist der Schmelzkäse?«

»Ich achte auf mein Gewicht. Hab mich sogar bei einem Fitnessstudio angemeldet.«

»Das ist doch wohl nicht dein Ernst.«

»Du hast sicherlich schon davon gehört ... das Studio, das ständig im Fernsehen Reklame macht?«

»Der Laden, wo man für nur dreißig Dollar im Monat mit all diesen Profibodybuildern trainieren kann?«

»Ja, genau der. Aber ich habe nicht die normale Mitgliedschaft, sondern das Premiumpaket.«

»Was ist da der Unterschied?«

Er nannte mir einen Geldbetrag. Ich erschrak darüber so sehr, dass ich unwillkürlich einen Pfiff ausstieß.

»Aber darin sind auch Racquetball und Squash enthalten.«

»Du spielst weder das eine noch das andere.«

»Und außerdem habe ich nicht die normale blaue Mitgliedskarte, sondern eine goldene.«

Ich lehnte mich in meinen Stuhl zurück und verschränkte die Hände hinter dem Kopf. »Ach so, das ist natürlich etwas anderes. Dafür würde ich auch mehr bezahlen. Und wie gefällt dir der Laden?«

»Ich hab noch nicht trainiert. Die Leute dort sind alle so toll in Form, dass ich lieber ein paar Kilo abspecken will, bevor ich das erste Mal hingehe.«

»Ich glaub nicht, dass die das groß interessiert, Herb. Und falls dir einer dumm kommt, kannst du ihn beeindrucken, indem du ihm deine Goldkarte zeigst.«

»Mach dich nur über mich lustig, Jack.«

»Sorry.« Ich nahm eine Akte und fächelte mir damit Luft zu. »Die Hitze ist schuld daran.«

»Sieh zu, dass du in Form kommst. Ich habe ein paar Gästeausweise. Im Studio gibt es auch Pilates-Kurse. Ich überlege mir, ob ich nach der Arbeit einen machen soll.«

Herb lächelte und biss in eine Reiswaffel. Das Lächeln verging ihm jedoch, sobald er mit dem Kauen begonnen hatte.

»Verdammt noch mal. Die Dinger schmecken wie Styropor.«

Das Telefon klingelte.

»Jack? Ich bin's, Phil Blasky. Wir haben im County eine … tja, wie soll ich sagen … missliche Lage.«

Mit *County* meinte Phil das Leichenschauhaus des Verwaltungsbezirks Cook County, wo er als leitender Rechtsmediziner tätig war.

»Ich weiß, es hört sich so an, als hätte jemand im Büro geschlampt«, er machte eine Pause und sog hörbar Luft durch die Zähne, »aber ich habe die Sache mehrmals nachgeprüft.«

»Was ist los, Phil?«

»Wir haben eine Leiche zu viel. Na ja, nicht ganz. Ein paar Leichenteile zu viel.«

Phil schilderte mir das Problem. Ich versprach ihm, vorbeizuschauen, und weihte Herb ein.

»Da hat sich wohl jemand einen Scherz erlaubt. Im Leichenschauhaus gibt es komische Typen.«

»Vielleicht. Aber Phil nimmt die Sache ernst.«

»Hat er gesagt, was das für überzählige Körperteile waren?«

»Arme.«

Benedict überlegte kurz.

»Vielleicht will uns jemand auf den Arm nehmen.«

Ich stand auf, lockerte meine Bluse ein wenig und fächelte Luft in den Ausschnitt. »Wir nehmen deinen Wagen.«

Aus einer Weigerung heraus, in Würde zu altern, hatte Herb sich neulich einen neuen Chevrolet Camaro Z28 gekauft. So dämlich er auch hinter dem Steuer aussah, so hatte der Wagen immerhin eine gut funktionierende Klimaanlage – was ich von meinem Chevy Nova, Baujahr 1988, nicht behaupten konnte.

Wir verließen mein Büro und machten uns auf den Weg nach unten. Als wir ins Freie traten, schlug uns heiße Luft wie aus dem Backofen entgegen. Obwohl es nicht viel heißer als im Polizeirevier sein konnte, machte die glühende Sonne alles noch schlimmer. Das digitale Thermometer neben dem Eingang zur Bank gegenüber zeigte achtunddreißig Grad an – im Schatten, wohlgemerkt.

Herb drückte auf die Fernbedienung auf seinem Autoschlüssel, worauf der Wagen kurz hupte und von allein startete. Wie nicht anders zu erwarten, war er rot und so stark gewachst, dass das von der Karosserie reflektierte Sonnenlicht meinen Augen wehtat. Ich nahm auf dem Beifahrersitz Platz und verstellte die Lüftungsschlitze so, dass sie auf mein Gesicht zeigten, während Herb ausparkte.

»Von null auf hundert in 5,2 Sekunden.«

»Hast du den Schlitten überhaupt schon mal bis auf hundert hochgejagt?«

»Ich fahr ihn noch ein.«

Er setzte sich eine verspiegelte Rundumsonnenbrille Marke Ray-Ban auf und fuhr auf die Addison Street. Ich schloss die Augen und genoss den Luxus der kühlen Klimaanlage. Leider dauerte die Fahrt nicht lang.

Das Bezirksleichenschauhaus von Cook County lag in der Harrison Street im Klinikviertel von Chicago, nicht weit vom Rushmore Presbyterian Hospital. Es befand sich in einem zweistöckigen Gebäude aus grauweißen Ziegeln und mit getönten Fensterscheiben. Herb fuhr auf einen Rundweg dahinter und parkte neben dem Gehsteig.

»Ich komme nur äußerst ungern hierher.« Herb runzelte die Stirn. Sein Schnurrbart hing herab wie bei einem Walross. »Ich krieg den Geruch nie aus meinen Klamotten.«

Vor vielen Jahren, noch zu den Zeiten, als meine Mutter Streife fuhr, rieben Polizisten sich Whiskey auf die Oberlippe, um den Gestank in der Leichenhalle zu übertünchen.

Vieles war seitdem besser geworden: kühlere Temperaturen, bessere Belüftung und Hygiene. Aber der Gestank war immer noch derselbe.

Ich behalf mir mit einem Lippenbalsam mit Kirschgeschmack, den ich direkt unter den Nasenlöchern auftrug. Als ich damit fertig war, bot ich ihn Herb an.

»Kirsche? Hast du kein Menthol?«

»Draußen hat es fast vierzig Grad. Da brauch ich nichts gegen Erkältung.«

Er schnupperte an dem Balsam und gab ihn mir zurück, ohne etwas davon zu benutzen.

»Riecht zu gut. Da käme ich in Versuchung, das Zeug zu essen.«

Als ich ausstieg, kam es mir vor, als bliese mir jemand mit einem Fön heiße Luft ins Gesicht.

Ein junger und braungebrannter Polizist kam auf uns zu und bekam große Augen, als er den Camaro sah. Er verwickelte Herb in ein Gespräch und würdigte mich dabei keines Blickes.

»Fünfganggetriebe?«

»Sechs Gänge. Dreihundertzehn PS.«

Der Uniformierte pfiff anerkennend und fuhr mit dem Zeigefinger eine Zierlinie entlang. »Was hat er unter der Haube? 5,7 Liter?«

Herb nickte. »Möchten Sie es sich ansehen?«

Ich ließ die Männer mit ihrem Spielzeug zurück und betrat das Gebäude durch die automatische Doppeltür.

Die Lobby, oder was man als solche bezeichnen konnte, bestand aus einem Empfangstresen, einer Tür und einer Trennscheibe aus Panzerglas. Dahinter saß ein einsamer Afroamerikaner in Krankenhausuniform.

»Wo finde ich Phil Blasky?«

Er deutete mit dem Daumen in Richtung Tür. »Im Kühlraum.«

Ich trug mich ins Besucherverzeichnis ein, bekam einen Besucherausweis ausgehändigt und betrat den Hauptraum.

Der Leichengestank war so heftig, dass der Kirschbalsam nicht viel half. Ich konnte ihn sogar in meinem Mund schmecken. Es war ein säuerlicher Geruch, wie von verfaulten Nelken.

Rechts von mir wuchtete ein Bestatter in einem schlechtsitzenden Anzug eine Leiche von einem Tisch auf eine Rollbahre. Als er damit fertig war, zog er die Latexhandschuhe aus und schoss sie wie ein Gummiband in einen Abfalleimer.

Neben ihm befand sich eine in den Boden eingelassene Waage aus Edelstahl, auf der die nackte Leiche eines extrem übergewichtigen Mannes lag, dessen Oberkörper mit Brandwunden übersät war. Die LCD-Anzeige an der Wand blinkte: *205 kg*. Er roch wie verbrannter Speck.

Ich hielt den Atem an und öffnete die schwere Aluminiumtür, die in den Kühlraum führte.

Hier stank es noch viel schlimmer. Nach Bleichmittel, Blut, Urin und verdorbenem Fleisch.

Das Leichenschauhaus in Cook County war das größte im Mittleren Westen. Hier landeten die Leichen von Bedürftigen, Leichen, die niemand beanspruchte, sowie von Selbstmördern und Mordopfern. Die Räumlichkeiten hatten Platz für ungefähr dreihundert Leichen.

Wie es mein Glück wollte, war man dort im Augenblick voll ausgelastet.

Zu meiner Linken lagen Leichen wie in einem Lager auf Regalen gestapelt, fünf über- und dreißig nebeneinander. Außerdem gab es im gesamten Raum einen regelrechten Verkehrsstau von Tischen und Rollwägen, alle belegt.

Manche der Toten hatte man mit schwarzen Plastiksäcken bedeckt, andere wiederum nicht.

Anders als im Film lagen diese Leichen nicht friedlich in Rückenlage. Viele verharrten in der Haltung, in der sie gestorben waren – Arme und Beine von sich gestreckt, in Seitenlage zusammengerollt, die Hälse seltsam verrenkt. Auch sonst sahen sie nicht aus, wie Hollywood uns glauben machen will. Ein echter Toter hat nur wenig Farbe. Ungeachtet der Rasse nimmt die Haut stets einen hellblauen Teint an, und die Augen sind matt und trübe wie grauer Schnee.

Die Raumtemperatur lag bei zehn Grad, und Ventilatoren wirbelten die kalte, schlechte Luft durcheinander. Meine schweißnasse Haut wurde rasend schnell heruntergekühlt, was sich äußerst unangenehm anfühlte.

In einem Nebenraum zu meiner Rechten wurde gerade eine Obduktion durchgeführt. Ich konzentrierte mich auf die Gestalt mit der Knochensäge in der Hand, erkannte sie jedoch nicht und ließ meinen Blick weiter umherschweifen.

Schließlich entdeckte ich Phil Blasky am anderen Ende des Raums und ging vorsichtig auf ihn zu. Der Boden war klebrig von den vielen Flüssigkeiten, und ich musste aufpassen, wo ich mit meinen teuren Gucci-Pumps hintrat.

»Phil.«

»Jack.«

Phil stand mit zusammengekniffenen Augen über einen Stahltisch gebeugt. Ich stellte mich neben ihn und gab mir Mühe, nicht auf den nackten Körper eines toten Kleinkindes zu starren, das halb in eine schwarze Plastiktüte eingewickelt dalag. Das Kind wirkte so steif und bleich, dass es den Anschein hatte, als wäre es aus Wachs.

»Ich habe mir zum zweiten Mal sämtliche Leichen vorgenommen. Bei keiner fehlt ein Arm.«

Ich blickte auf den Tisch herab. Die Arme waren an der Schulter abgetrennt worden und lagen so nebeneinander, dass sie sich mit den Fingerspitzen berührten, die Ellenbogen angewinkelt. Sie gehörten zu einer weißen Frau und hatten falsche, rosa lackierte Fingernägel. An den Gelenken waren sie mit einem Paar schwarzer Handschellen verbunden. Blut gab es nur sehr wenig, aber die ausgefransten Ränder der Wunden ließen erahnen, dass das Abtrennen der Arme nicht leicht gewesen war.

»Ich glaube, das war eine Axt.« Phil stieß die Wunde mit einem behandschuhten Finger an. »Sehen Sie den Einschnitt hier am Humerus? Der Täter musste zweimal zuschlagen, um den Knochen zu durchtrennen.«

»Und als der Arm ab war, war die Frau arm dran«, witzelte Herb, der unbemerkt herangetreten war.

»Sehr witzig«, sagte Phil. »Diesen Spruch hab ich noch nie gehört, obwohl ich jetzt schon seit zwanzig Jahren mit Leichen zu tun habe. Als Nächstes kommt wohl so was wie: *Die will uns nur auf den Arm nehmen*?«

»Das hab ich vorhin schon zu Jack gesagt«, erwiderte Herb. »Aber wie wär's damit? *Sie hat uns mit offenen Armen empfangen.* Oder: *Sie lässt uns am ausgestreckten Arm verhungern.* Oder: *Wenigstens kriegt sie jetzt Trennungsgeld.*«

Phil zog eine Augenbraue hoch. »Trennungsgeld?«

»Na ja, weil ihr die Arme abgetrennt wurden«, sagte Herb.

Ich ignorierte Herbs dumme Sprüche und sah mir die Arme genauer an. Dann streifte ich mir einen Latexhandschuh über, drückte die kalten, steifen Finger zurück und warf einen Blick auf die Handschellen. Smith und Wesson, Modell Nr. 100.

»Das sind Polizeihandschellen.« Benedict stieß sie mit einem Bleistift an. »Ich hab auch solche.«

Nicht nur er, sondern fast jeder Polizist in unserem Bezirk und wahrscheinlich in ganz Chicago besaß diese Handschellen. Man bekam die Dinger auch in Sportartikelgeschäften, Sexshops, Läden für Militärbekleidung und im Internet. Es war so gut wie unmöglich, sie zurückzuverfolgen. Aber vielleicht hatten wir Glück, und der Besitzer hatte irgendwo seinen Namen und seine Adresse eingraviert.

Ich holte tief Luft.

Das konnte nicht sein!

Neben dem Schlüsselloch hatte jemand mit Nagellack zwei kleine Initialen angebracht. Ich zog meine .38er aus dem Holster unter meinem Blazer und sah auf den Griff. Er trug dieselben zwei roten Buchstaben.

JD.

»Herb.« Ich versuchte, mir meine Aufregung nicht anmerken zu lassen. »Diese Handschellen sind meine.«

KAPITEL 2

Ich behandelte das Leichenschauhaus wie einen Tatort. Dazu gehörte, dass ich Kriminaltechniker anforderte, den Bereich absperrte und mir eine Liste mit sämtlichen Mitarbeitern geben ließ, um sie zu befragen.

Keiner hatte etwas gesehen.

Das Kriminaltechnikerteam bestand aus Officer Dan Rogers – groß, blond und mit Ziegenbärtchen – und Scott Hajek – klein und gedrungen. Rogers war für die Spurensicherung zuständig, Hajek fotografierte. Beide waren noch jung, beherrschten aber ihr Metier.

Rogers untersuchte die Arme mit einer forensischen Lichtquelle. Unter der intensiven Bestrahlung sahen sie genauso bleich wie zuvor aus.

»Rein gar nichts.« Rogers kratzte sich am Bart.

Das war ungewöhnlich. Bei Verwendung einer forensischen Lichtquelle leuchteten selbst kleinste Unregelmäßigkeiten – Haare, Schmutz, Knochensplitter, Blut, Sperma,

Schrammen, Zahnabdrücke von Bissen – wie glühende Kohlen.

Dan beugte sich vor und hielt die Nase an eines der Handgelenke.

»Man hat sie gewaschen. Riecht nach Bleichmittel.«

»Sind Sie sicher? Die ganze Rechtsmedizin riecht nach Bleichmittel.«

Typisch für seine Gründlichkeit, berührte Rogers den Arm mit der Zungenspitze.

»Schmeckt auch wie Bleichmittel. Wahrscheinlich mit Wasser verdünnt, sonst hätte es Flecken auf der Haut hinterlassen.«

»Entnehmen Sie eine Probe fürs Labor. Und putzen Sie sich die Zähne.«

Rogers holte drei Kaugummistreifen mit Zimtgeschmack aus der Brusttasche und steckte sie sich in den Mund. Dann hielt er das blaue Licht näher an die Finger der rechten Hand.

»Der Zeigefinger hat eine leichte Einbuchtung. Sieht aus, als hätte sie einen Ring getragen.«

Hajek zwängte sich an mir vorbei und machte mit seiner Kamera eine Nahaufnahme der Finger.

»Ich hab den Geschmackstest verpasst.« Er stieß Rogers verspielt an. »Kann ich ein Bild von dir machen, wie du an den Fingern lutschst?«

Rogers zeigte ihm den Stinkefinger. Hajek drückte auf den Auslöser.

»Wenn Sie mit den Fingernägeln fertig sind, geben Sie mir bitte einen davon.«

»Schon erledigt, Lieutenant.«

Rogers entfernte einen der falschen Fingernägel, steckte ihn in eine Beweistüte und gab sie mir. Dann schnitt er mit einem Skalpell Hautproben von jedem Arm ab und tat diese in Glasröhrchen.

»An den Handschellen war nichts?«

»Die hat jemand sorgfältig abgewischt. Ich kann sie mit ins Labor nehmen und zur Sicherheit mit Dampf bearbeiten.«

»Tun Sie das. Den hier werden Sie brauchen.«

Ich nahm den Schlüssel für die Handschellen von meinem Bund. Rogers schloss sie auf und verstaute sie in einer Beweistüte. Dann untersuchte er die Arme noch einmal mit seiner forensischen Lichtquelle.

»Keine Abschürfungen am Handgelenk.«

Hajek machte noch ein paar Fotos.

»Danke, Jungs«, sagte ich. »Ich hätte die Bilder und Abdrücke gern morgen auf meinem Schreibtisch.«

»Ich kümmere mich darum.«

Rogers kramte in seiner Tasche und holte Fingerabdrucktinte und zwei Kartensets heraus. Ich ließ ihn mit seiner Arbeit allein und machte mich auf die Suche nach Herb.

Benedict stand in der Lobby und unterhielt sich mit dem Angestellten, der mich vorhin empfangen hatte. In der Hand hielt er eine zur Hälfte gefüllte Tüte Kartoffelchips. Die andere Hälfte der Chips befand sich in seinem Mund.

Offenbar ahnte er, was ich ihn fragen wollte, denn er schmatzte: »Die sind fettfrei.«

»Herb … Wie kann man nur bei all diesen Leichen hier essen?«

»Mein Pilates-Trainer hat mir gesagt, ich soll mehrere kleine Mahlzeiten über den Tag verteilt zu mir nehmen, um den Stoffwechsel anzuregen.«

Er hielt mir die Tüte hin.

»Probier mal einen. Es sind gebackene Chips. Haben ein Drittel weniger Natrium.«

Ich lehnte dankend ab. »Konntest du etwas herausfinden?«

»Hier wird rund um die Uhr gearbeitet, in drei Achtstundenschichten. Ich hab die vier Angestellten befragt, die gerade anwesend sind, und keiner hat was gesehen. Die vollständige Mitarbeiterliste hab ich in der Tasche.«

»Die wird Ihnen nicht viel nützen.«

Der schlanke Afroamerikaner, der neben Herb stand, reichte mir die Hand. Ich drückte sie.

»Und warum nützt sie nichts, Mr …?«

»Graves. Carl Graves. Die Leichen kommen in Plastiksäcken an. Polizisten und Rettungssanitäter verpacken sie, bevor sie sie zu uns bringen. Es wäre nicht allzu schwer, ein paar Extrateile in einen Sack zu stecken und hier reinzuschmuggeln. Keiner würde was merken.«

»Wie viele Leichen werden pro Tag hier abgeliefert?«

»Das ist unterschiedlich. Manchmal fünf oder sechs, manchmal ein paar Dutzend.«

»Wer hat hier Zugang?«

»Polizisten, Ärzte, Bestatter. An manchen Tagen haben wir an die fünfzig Besucher.«

»Wie viele Leute arbeiten hier?«

»Ungefähr zwanzig, mit den Rechtsmedizinern.«

Ich runzelte die Stirn. Wenn diese Arme ein paar Tage hier gewesen waren, bevor man sie entdeckte, hätten wir es mit mehreren hundert Verdächtigen zu tun.

»Danke, Mr Graves.« Ich gab ihm meine Karte. »Falls Sie irgendetwas hören, sagen Sie uns bitte Bescheid.«

Graves nickte und ging.

»Gibt's was Neues zu den Armen?«, fragte Herb. An seinen Lippen klebten fettige Chipskrümel.

»Nichts, abgesehen davon, dass das meine Handschellen sind.«

»Muss ich dich jetzt festnehmen und dich über deine Rechte belehren?«

»Noch nicht. Erst musst du mir ein Geständnis entlocken.«

»Verstehe. Also … War es schwer, den Rest der Leiche zu entsorgen?«

»Ja. Die Blutflecken krieg ich nie aus meinem Teppich raus.«

Mein Handy klingelte und bewahrte mich vor weiteren Fragen.

»Daniels.«

»Ms Daniels? Hier ist Dr. Evan Kingsbury vom St. Mary's Hospital in Miami. Eine Mary Streng kam gerade in die Notaufnahme. In ihren Versicherungsunterlagen sind Sie als Kontaktperson aufgeführt.«

Mir rutschte das Herz in die Hose.

»Das ist meine Mutter. Was ist passiert?«

»Wir haben ihr ein Beruhigungsmittel verabreicht. Ich weiß, Sie sind in Chicago, aber wäre es Ihnen möglich, hierherzukommen? Ihre Mutter braucht Sie dringend.«

KAPITEL 3

Ich hatte keine Ahnung gehabt, wie zerbrechlich meine Mutter geworden war, bis ich sie in diesem Krankenhausbett sah. In ihrem dünnen, bleichen Arm steckte eine Infusionsnadel. Sie wog höchstens fünfzig Kilo. Ihre Augen, die früher vor Lebendigkeit gefunkelt hatten, lagen tief in ihren Höhlen und sahen müde aus.

Das konnte unmöglich die Frau sein, die mich großgezogen hatte, diese zähe und gleichzeitig liebevolle Polizistin, die für mich Mutter und Vater in einer Person gewesen war. Die Frau, die mir Lesen und Schießen beigebracht hatte. Die Frau, die mir mit ihrer inneren Stärke als Vorbild gedient hatte.

»Die Ärzte übertreiben maßlos, Jacqueline. Mir geht's schon bald wieder besser«, sagte sie mit einer Stimme, die nicht die ihre war. Ein schwaches Lächeln huschte über ihr Gesicht.

»Du hast dir die Hüfte gebrochen, Mom. Um ein Haar wärst du gestorben.«

»Davon war ich weit entfernt.«

Ich hielt ihre Hand und spürte die zerbrechlichen Knochen unter ihrer Haut. Meine Fassade bekam Risse.

»Wenn Mr Griffin nicht die Polizei gerufen hätte, würdest du immer noch im Bad auf dem Fußboden liegen.«

»Unsinn. Ich wäre früh genug allein rausgekommen.«

»Mom … Du hast dort vier Tage lang gelegen.« Vor Entsetzen verschlug es mir fast die Sprache. Ich hatte sie erst gestern angerufen – wir telefonierten zweimal die Woche – und als sie nicht ans Telefon ging, dachte ich, sie wäre bei Mr Griffin oder einem der anderen älteren Herren, mit denen sie sich hin und wieder traf.

»Ich hab Wasser aus der Badewanne getrunken. Ich hätte locker noch eine oder zwei Wochen überlebt.«

»Ach Mom …«

Mir kamen die Tränen. Meine Mutter tätschelte meinen Handrücken.

»Ach Jacqueline, sei bitte nicht böse. So was kommt vor, wenn man älter wird.«

»Ich hätte bei dir sein sollen.«

»Unsinn. Du wohnst fast zweitausend Kilometer weit weg. Dass ich beim Duschen ausgerutscht bin, ist meine Schuld.«

»Ich hab gestern versucht, dich zu erreichen. Als du nicht rangegangen bist, hätte ich …«

Meine Mutter versuchte sanft, mich zu beruhigen.

»Schätzchen, du weißt doch, dass dieses Was-wäre-wenn-Spiel nichts bringt … vor allem nicht in unserem Job. Das ist nicht das erste Mal, dass mir so etwas passiert ist.«

Sie hätte mich nicht schlimmer verletzen können, selbst wenn sie sich angestrengt hätte.

»Wie oft, Mom?«

»Jacqueline …«

»Wie oft?«

»Drei- oder viermal.«

Ich hörte das nur sehr ungern. »Aber du hast dich doch hoffentlich nie dabei verletzt, oder?«

»Kann sein, dass mein Ellenbogen mal eine Zeitlang im Gips war.«

»Und du hast mir nie was gesagt?« Ich musste mich zusammenreißen, um nicht zu schreien.

»Du bist nicht für mich verantwortlich.«

»Doch … das bin ich.«

Sie seufzte und blickte traurig drein.

»Jacqueline, als dein Vater starb, warst du die einzige Familienangehörige, die mir geblieben war. Und du warst die einzige Person, die ich jemals brauchte. Ich würde es mir nie erlauben, dir zur Last zu fallen.«

Ich schniefte und beruhigte mich wieder.

»Dann gewöhn dich mal dran. Sobald dich das Krankenhaus entlässt, ziehst du zu mir.«

»Das werde ich auf gar keinen Fall.«

»Doch, das wirst du.«

»Nein.«

»Bitte, Mom.«

»Nein. Ich bin ein sehr geselliger Mensch. Wie kann ich mit einem Mann intim werden, wenn sich meine Tochter im Nebenzimmer aufhält?«

Obwohl es mir schwerfiel, spielte ich meinen Trumpf aus.

»Ich hab mit deinen Ärzten geredet. Sie meinen, dass du allein nicht zurechtkommst.«

Mom blickte wütend drein.

»Was? Das ist doch lächerlich.«

»Sie lassen dich hier nur raus, wenn du zu mir ziehst.«

»War das etwa dieser Dr. Kingsbury? Dieser schmierige Dreckskerl. Behandelt mich immer wie ein kleines Kind.«

»Du hast keine andere Wahl, Mom.«

»Ich habe immer eine Wahl.«

»Du kommst entweder zu mir oder ins Altersheim.«

Ich sah zu, wie meine Worte langsam zu ihr durchdrangen. Die größte und einzige Furcht meiner Mutter war, im Altersheim zu landen. Bevor sie meinen Vater kennengelernt hatte, hatte sie kurz als Animateurin in einem solchen gearbeitet. Hinterher schwor sie, sich lieber vor einen Bus zu werfen als jemals in so ein »Hotel für Tote« zu gehen.

»Kommt nicht in die Tüte.«

»Mom, wenn es nicht anders geht, kann ich dich entmündigen lassen.«

»Ich bin aber noch bei klarem Verstand.«

Ich entschloss mich, auf diese Tour weiterzumachen, obwohl ich es hasste.

»Ich habe gute Freunde beim Gericht, Mom.«

Meine Mutter wandte sich von mir ab und schüttelte den Kopf.

»Das kannst du mir nicht antun.«

»Schau mich an, Mom. Was glaubst du, wie weit ich gehen würde, um dich zu schützen?«

Mom starrte weiterhin an die Wand. Über ihre Wangen liefen Tränen.

»Eine alte Frau erpressen! Hab ich dich so schlecht erzogen, Jacqueline?«

»Nein, Mom. Du hast mich so erzogen, dass ich mich um meine Familie kümmere. Um es mit deinen eigenen Worten zu sagen: Du bist die einzige Familienangehörige, die mir geblieben ist. Du hast achtzehn Jahre lang für mich gesorgt.« Ich drückte ihre Hand. »Und von jetzt an werde ich für dich sorgen.«

Mom zog ihre Hand weg.

»Ich möchte gern allein sein.«

»Bitte sei doch nicht so.«

Sie drückte auf den Klingelknopf für die Krankenschwester.

»Mom … bitte.«

Eine weißgekleidete Gestalt steckte den Kopf zur Tür herein.

»Wie geht es Ihnen, Mrs Streng?«

»Ich bin sehr müde und würde gern ein Nickerchen machen.«

Die Krankenschwester sah mich mitfühlend an.

Ich stand auf, fummelte für einen Augenblick verlegen an dem Blumenstrauß herum, den ich meiner Mutter mitgebracht hatte, und schickte mich zum Gehen an.

»Schwester.« Moms Stimme überschlug sich. »Bitte sorgen Sie dafür, dass die nächsten Tage keine Besucher zu mir kommen.«

»Morgen denken Sie vielleicht schon wieder anders darüber, Mrs Streng.«

»Nein, das tue ich bestimmt nicht.«

Mir kamen wieder die Tränen. Ich atmete tief durch und unterdrückte das Beben in meiner Brust.

»Ich hab dich lieb, Mom.«

Das erste Mal in ihrem Leben antwortete sie nicht mit »Ich dich auch«.

Die Krankenschwester legte mir eine Hand auf die Schulter und drückte sie sanft.

Ich drehte mich noch einmal zu meiner Mutter um, bevor ich ihr Zimmer verließ.

KAPITEL 4

Mom lebte in Dade City, einer netten Stadt, die eigentlich nicht nach Florida passte. Statt überfüllten Stränden und Vergnügungsparks gab es in der Umgebung sanfte Hügel, Wälder und so viele Antiquitätenläden, dass man nirgendwohin spucken konnte, ohne einen zu treffen.

Die Nachtluft war heiß und feucht wie eine durchnässte Decke, aber ich ließ die Fenster offen. Der Mietwagen hatte eine funktionierende Klimaanlage, doch ich fand, dass ich diese Annehmlichkeit nicht verdiente.

Ich war schon zweimal in der Wohnung meiner Mutter gewesen, verpasste aber jedes Mal die richtige Abzweigung. Heute war das nicht anders. Ich bog dreimal links ab und fand die Adresse schließlich beim zweiten Anlauf.

Zu ihrer Eigentumswohnung gehörte ein reservierter Parkplatz. Mit umgehängter Reisetasche und ihrem Wohnungsschlüssel in der Hand wollte ich gerade die Lobby des Gebäudes betreten, als mich etwas zögern ließ.

Tat ich das Richtige?

Doch dann sah ich vor meinem geistigen Auge Mom, wie sie mit dem Gesicht nach unten in der Badewanne lag, und ich ging weiter.

Die Anlage mit dem Namen *The Highlands* bestand aus Eigentumswohnungen für Senioren, ungeachtet dessen, was in den Broschüren stand. Hier wohnte keiner unter fünfundfünfzig. Es gab feste Angestellte, die den Swimmingpool sauber hielten, Besorgungen für die Bewohner erledigten und den unentbehrlichen Golfplatz mit seinen achtzehn Löchern in Schuss hielten. Außerdem waren sie alle als Rettungssanitäter ausgebildet – eine absolute Notwendigkeit, da die alten Leute sich oft, nun ja, wie alte Leute benahmen. Aber obwohl das Personal rund um die Uhr zur Verfügung stand, kam niemand auf den Gedanken, regelmäßig bei den Bewohnern nach dem Rechten zu sehen.

Ich fuhr mit dem Lift in den vierten Stock und sah, wie ein spindeldürrer alter Mann in einem Hawaiihemd vor der offenen Tür zur Wohnung meiner Mutter kniete und mit einem Schraubenzieher hantierte.

»Hallo?«

Er sah mich über die Ränder seiner Brille an und hob dann den Kopf, sodass er durch die dicken Gläser blicken konnte. Seine Glatze hatte so viele Altersflecken, dass sie aussah wie ein Spatzenei.

»Hm? Ah, hallo.«

Als er sich aufrichtete, knackten die Knochen laut. In aufrechter Haltung wirkte er nicht viel größer als auf Knien. Sein Rücken war gekrümmt wie ein Fragezeichen.

Er gab mir die Hand, lächelte und entblößte dabei ein leuchtend weißes Gebiss.

»Sie sind wohl Jacqueline. Sal Griffin. Ich bin ein Freund Ihrer Mutter.«

Ich unterdrückte ein Grinsen. Mom hatte mir oft von ihren sexuellen Eskapaden mit diesem Mann erzählt und ihn jedes Mal mit Worten wie »unersättlich«, »unermüdlich« und »er rammelt wie ein Karnickel« beschrieben. Ich hatte ihn mir stets als eine Art Sean-Connery-Verschnitt vorgestellt. Stattdessen stand ein etwas dümmlich dreinschauender Glatzkopf vor mir, der mich an den Fernsehkomiker Don Knotts erinnerte.

»Freut mich, Sie kennenzulernen, Mr Griffin.«

»Die Polizei hat eine ziemliche Unordnung hinterlassen.« Er deutete auf die Tür. »Ich bringe gerade ein neues Scharnier an.«

»Gibt es hier keinen Hausmeister?«

»Schon, aber ich wollte sicherstellen, dass es ordentlich gemacht wird. Entschuldigen Sie, wo bleiben nur meine guten Manieren? Warten Sie, ich nehme Ihnen das Gepäck ab.«

Mr Griffin streckte die Hand nach meiner Reisetasche aus. Zuerst wollte ich protestieren, aus Angst, er könnte sich einen Bruch heben, aber dann ließ ich ihn Kavalier spielen. Er führte mich in die Wohnung und knipste das Licht an.

Die Behausung meiner Mutter war sauber, ordentlich und aufgeräumt. Ich unterdrückte den Impuls, im Kühlschrank und den Küchenschränken nachzusehen, ob Mom sich vernünftig ernährte.

»Ich habe erst vor Kurzem mit Ihrer Mutter gesprochen. Sie hat erwähnt, dass Sie vielleicht vorbeikommen.«

Er stellte meine Tasche auf den Tisch im Esszimmer.

»Wann war das genau? Seit ich das Krankenhaus verlassen habe, habe ich ein paarmal versucht, sie zu erreichen. Aber ich bekomme nur den Hinweis, dass sie nicht gestört werden will.«

»Vor fünf Minuten ungefähr. Sie hat mich angerufen. Ich hab sie noch nie so wütend erlebt.«

»Wir hatten eine, nun ja, Meinungsverschiedenheit.«

Er runzelte die Stirn und nickte.

»Eine stolze Frau, Ihre Mutter. Als ich heute die Polizei geholt habe, damit sie die Tür aufbrechen, waren ihre ersten Worte, ich solle gefälligst aus ihrem Bad verschwinden, weil sie nicht wollte, dass ich sie so sehe.«

Ich musste schmunzeln. »Das sieht ihr ähnlich.«

»Tut mir leid, dass sie so lang da drinnen liegen musste. Ich bin erst heute Morgen wieder nachhause gekommen. Wenn ich nur im Geringsten geahnt hätte …«

»Danke, dass Sie ihr zu Hilfe geeilt sind, Mr Griffin. Ich bin diejenige, die ein schlechtes Gewissen haben muss. Sie ist schon öfter gestürzt.«

»Ich weiß. Acht- oder neunmal. Deshalb hab ich in ihrer Dusche den Haltegriff angebracht.«

Ich gab mir Mühe, mir meine Überraschung nicht anmerken zu lassen. »Was sagen Sie da? Mir hat sie gesagt, viermal.«

»Das wundert mich nicht. Sie hätten sie sonst …«

Er sprach den Satz nicht zu Ende. Wir beide kannten die unausgesprochene Wahrheit. Hätte ich gewusst, wie oft sie schon gestürzt war, hätte ich sie längst zu mir geholt.

»Ich weiß wirklich zu schätzen, was Sie für meine Mutter getan haben. Danke.«

Mr Griffin zuckte mit den Schultern. »Tolle Frau, Ihre Mutter. Freut mich, dass ich Sie endlich kennenlerne. Sie spricht andauernd von Ihnen.«

»Ich kann mir vorstellen, dass das nervt.«

»Ganz und gar nicht. Ich würde gern Ihre Version hören, wie Sie diesen Frauenmörder erwischt haben, diesen Lebkuchenmann. So wie es Ihre Mutter immer erzählt, hat dieser Privatdetektiv, der im Fernsehen als Held rübergekommen ist, in Wirklichkeit überhaupt nichts beigetragen.«

»Das stimmt.«

»Und Sie sehen viel besser aus als diese fette Schauspielerin, die Ihre Rolle spielt.«

»Danke.«

»Wobei ich gestehen muss, diese Szene in der Kanalisation, wo Sie vor diesem Kerl auf die Knie gefallen sind und ihn angefleht haben, Ihnen zu helfen ...« Mr Griffin kicherte. »Das war ziemlich witzig.«

Ich runzelte die Stirn. So war es in Wirklichkeit nicht gelaufen, aber ich war noch glimpflich davongekommen. In der ursprünglichen Drehbuchfassung hatte der Autor es so hingestellt, als hätte ich vor Angst in die Hose gemacht. Ich musste mit dem Anwalt drohen, damit diese Szene entfernt wurde.

»Tut mir leid, ich wollte Ihnen keinesfalls zu nahe treten.«

»Schon gut.«

Mr Griffin grinste. »Es ist hart, wenn einem der Stolz mit Füßen getreten wird.«

Dann zwinkerte er mir zu. Ganz schön clever, der alte Knacker. Ich wollte ihm gerade erklären, dass zwischen einem angeschlagenen Ego und einer gebrochenen Hüfte ein großer Unterschied bestand, als uns ein Piepton unterbrach.

»Mein Telefon. Entschuldigen Sie mich einen Augenblick.«

Er zog ein Handy aus seiner schlabberigen Hose.

»Hallo? … Hi, wie geht's dir, Mary? … Ja, sie ist gerade hier … Hmmm. Ach so. Möchtest du mit ihr sprechen? Vielleicht solltest du ihr das selbst sagen. Mir ist das unangenehm … Ja. Okay. Verstehe. Bis morgen dann.«

Er klappte das Handy zu und steckte es weg. Seinem faltigen Gesicht war die peinliche Berührtheit deutlich abzulesen.

»Sagen Sie's mir schon.«

»Ihre Mutter hat gesagt, ihr wäre es lieber, wenn Sie nicht hierbleiben.«

Ich zuckte zusammen.

»Sie ist ziemlich wütend im Moment, Jacqueline. Wütend und verletzt. Ich werde mit ihr reden.«

»Sie lag vier Tage lang verletzt im Bad auf dem Boden …«

»Ich weiß.«

»… in ihren eigenen Exkrementen …«

»Ich weiß.«

»Sie hätte sterben können, Mr Griffin. Ich kann nicht zulassen, dass so etwas noch einmal passiert.«

Mr Griffin legte mir eine Hand auf die Schulter.

»Jacqueline, Sie müssen verstehen, wie es ist, wenn man alt wird. Wir können nicht für immer und ewig gesund bleiben, das ist unmöglich. Aber wir kämpfen wie verrückt darum, dass uns wenigstens unsere Würde bleibt.«

Meine Augen wurden feucht, aber ich riss mich zusammen.

»Ich will einfach nur, dass meiner Mutter nichts passiert. Würde hin oder her.«

»Würde ist aber wichtig, Jacqueline. Wenn man die erst einmal verliert, dauert es nicht lang, bis der Überlebenswille erlischt.«

Ich ging zu dem Tisch, auf dem meine Reisetasche stand.

»Gut, dann nehme ich mir eben ein Hotelzimmer.«

»Von mir aus, aber Ihre Mutter war ziemlich deutlich. Sie will nicht mit Ihnen reden, bis Sie aufhören, sie unter Druck zu setzen. Tut mir leid.«

Ich biss die Zähne zusammen und ballte die Hände zu Fäusten. Am liebsten hätte ich laut geschrien. Statt die Tasche vom Tisch zu nehmen, ging ich daran vorbei ins Bad. Der Anblick des Ortes, wo es passiert war, samt der Scheiße, in der meine Mutter gelegen hatte, würde mich in meinem Vorsatz bestärken.

Aber das Bad war blitzsauber.

»Ich hab vorhin sauber gemacht.« Mr Griffin legte mir wieder seine Hand auf die Schulter. »Das wird schon wieder. Lassen Sie ihr einfach ein bisschen Zeit. Sie bittet nun mal nicht gern andere Leute um Hilfe.«

Ich fuhr streitlustig herum.

»Anscheinend wollen weder Sie noch meine Mutter kapieren, dass sie Hilfe braucht.«

Jetzt war er es, der traurig schaute.

»Doch, das tut sie. Wirklich.«

»Sie stimmen mir also zu?«

Er nickte.

»Warum fühle ich mich jetzt auf einmal noch schlechter?«

Mr Griffin, der Mann, der »rammelte wie ein Karnickel«, umarmte mich, und ich erwiderte die Geste. Wir standen einen Augenblick eng umschlungen da und versuchten zu verstehen, warum das Leben manchmal so ungerecht sein konnte.

»Soll ich mir jetzt ein Hotelzimmer nehmen und warten, bis sie sich wieder beruhigt?«, fragte ich.

»Ihre Mutter will Sie im Moment nicht hier haben, Jacqueline. Sie sollten lieber heimfliegen. Ich werde mit ihr reden. Das wird schon wieder.«

Ich nickte, obwohl ich es eigentlich besser wusste.

Der dreistündige Heimflug nach Chicago dauerte eine gefühlte Ewigkeit.

KAPITEL 5

Kurz nach drei Uhr morgens kam ich endlich nachhause. Ich wohne in Wrigleyville, in einem Appartement in der Addison Street Ecke Racine Avenue. Es ist eine laute Gegend. Auf den Straßen tummeln sich zu fast jeder Tages- und Nachtzeit entweder Fans der Chicago Cubs oder junge Leute, die von Kneipe zu Kneipe ziehen. Unter Letzteren gibt es viele, denen es offensichtlich großen Spaß macht, unter meinem Fenster herumzuhängen und laut zu grölen. Als ob das nicht genug wäre, ist meine Miete auch noch unverschämt hoch.

Ich war todmüde, aber leider stehe ich mit dem Schlaf auf Kriegsfuß. In guten Nächten schaffe ich gerade mal zwei Stunden REM-Schlaf, bevor ich völlig gestresst aufwache.

Heute würde bestimmt keine gute Nacht sein.

Ich schiebe die chronischen Schlafstörungen auf meinen Job, was leichter ist, als mir selbst die Schuld daran zu geben. Ich war bereits bei mehreren Ärzten, konnte mich aber bisher noch nicht dazu durchringen, zu einem Seelenklempner zu gehen. Die neueste Wunderpille, Ambien, half mir zwar, allerdings mit unangenehmen Nebenwirkungen: Am Morgen danach fühlte ich mich total benebelt, was meine Arbeit als Freund und Helfer schwerwiegend beeinträchtigte. Deshalb nahm ich dieses Mittel nur, wenn es gar nicht anders ging. Meine Schlaflosigkeit hatte aber auch etwas Positives, denn weniger Schlaf bedeutet erhöhte Produktivität. Außerdem fand mein Freund die Ringe unter meinen Augen sexy.

Apropos Freund … Er hatte eine Nachricht auf meinem Anrufbeantworter hinterlassen. Ich spielte sie ab, während ich mich entkleidete.

»Hi, Jack. Der Kongress läuft gut. Wir Steuerberater können manchmal sogar ganz lustig sein, wenn wir genug getrunken haben. Ach was, das war nur ein Scherz … Der Alkohol macht uns nur noch langweiliger. Ich hatte gerade ein zweistündiges Streitgespräch mit so einem Typen. Es ging um Rückstellungsposten. Ich bin morgen Abend wieder in Chicago. Du kannst also deinen anderen Verehrern sagen, dass du von mir in Beschlag genommen wirst. Ich muss dich etwas Wichtiges fragen. Du fehlst mir und ich liebe dich. Ich hoffe, du machst die Stadt sicher. Tschüss.«

Ich musste schmunzeln. Ich hatte Latham, einen Steuerberater in der Kanzlei Mariel Oldendorff & Co., vor zehn Monaten über eine Partnervermittlungsagentur kennengelernt. Herb hatte mich damals überredet, es auf diese Weise zu versuchen. Latham hatte eine angenehme Art, sah gut aus, war aufmerksam, hatte einen festen Job und war heterosexuell – so einen Mann zu finden, ist in Chicago für eine Frau über vierzig wie ein Sechser im Lotto. Außerdem liebte er mich, wobei es ihn nicht sonderlich störte, dass ich seine Gefühle noch nicht erwiderte.

Ich mochte Latham wirklich sehr und würde ihn eines Tages vielleicht sogar lieben. Aber seit Alan mich verlassen hatte, fiel es mir schwer, einem Mann mein Herz zu öffnen.

Ich zog mir ein altes T-Shirt an und ging ins Bett. Die Kissen rochen nach Lathams Rasierwasser. Ich drückte mir eins an die Brust und dachte an seinen Anruf.

Ich muss dich etwas Wichtiges fragen.

Was hatte das zu bedeuten?

Als ob ich nicht schon genug um die Ohren hatte.

Wie erwartet, machte sich der Schlaf rar. Ich wälzte mich hin und her und machte eine Reihe von Atem- und Entspannungsübungen, die mich meinem Ziel näher brachten – hin und wieder nickte ich kurz ein. Aber nach ein paar Minuten wachte ich jedes Mal wieder auf.

Ich verspürte eine immense Erleichterung, als schließlich der Weckruf erklang und mich daran erinnerte, dass es Zeit war, aufzustehen und zur Arbeit zu gehen.

Ich duschte, zog mir eine gelbe Bluse, eine hellbraune Jacke und eine dazu passende Hose an und trug schnell ein bisschen Make-up auf, wobei ich mich hauptsächlich darum bemühte, die Ringe unter meinen Augen zu kaschieren. Dann machte ich mich auf den Weg zur Arbeit.

Obwohl es erst acht Uhr morgens war, hatte das Thermometer die Dreißiggradgrenze bereits überschritten. In Chicago roch es selbst an Tagen mit normaler Temperatur nicht besonders gut, aber bei einer Hitze wie dieser erstickte die Stadt buchstäblich an ihrem Gestank. Auf dem Weg zu meinem Auto musste ich durch eine Seitengasse, und der Gestank aus den Mülltonnen traf mich wie ein Schlag ins Gesicht.

Schräg gegenüber vom sechsundzwanzigsten Polizeirevier hatte ein Gourmet-Coffeeshop aufgemacht. Ich holte mir dort einen starken kolumbianischen Kaffee ohne Milch und Zucker. Um ein Haar hätte ich für Herb einen Cappuccino mit extra viel Schokoladensirup mitgenommen, doch dann fiel mir im letzten Moment ein, dass er gerade eine Diät machte. Also nahm ich für ihn dasselbe wie für mich.

Mit dem Koffein in der Hand betrat ich das Polizeirevier und registrierte mit Verwunderung die kühle Temperatur. Es war sogar richtig kalt.

Die Abteilung für Gewalt- und Tötungsdelikte befand sich im zweiten Stock. Herb saß bereits in seinem Büro und hatte eine Hand in einer Packung fettfreier Schokoladenkekse. Er strahlte, als er mich sah.

»Jack? Wieso bist du nicht in Florida? Ist mit deiner Mutter alles in Ordnung?«

Da ich keine Lust hatte, dieses Thema breitzutreten, nickte ich nur und gab ihm seinen Kaffee.

»Heißer Kaffee, Gott sei Dank. Ich erfriere hier noch.«

»Wie ich sehe, hat jemand die Klimaanlage repariert.«

»Ja, aber dafür geht jetzt das Thermostat nicht. Es lässt sich nicht abschalten.«

»Fühlt sich gut an.«

»Warte mal zehn Minuten, und dein Atem fängt an zu kondensieren. Ich hab versucht, ein Fenster zu öffnen, aber der Gestank aus den Mülltonnen war mir zu heftig. Der Kaffee ist meine Rettung.« Herb nippte daran und verzog das Gesicht. »Was ist das denn?«

»Kaffee. So schmeckt er ohne Milch und Zucker.«

»Gleich so bitter?«

»Ja.«

Herb kramte in einer Schreibtischschublade herum und holte eine Handvoll rosa Tütchen hervor.

»Na, da bin ich ja froh, dass es deiner Mutter gut geht und dass du wieder hier bist. Übrigens, der Computer hat die Fingerabdrücke identifiziert.«

Während Herb krebserregenden Süßstoff in seinen Kaffee gab, überflog ich die Berichte auf seinem Schreibtisch.

Die abgetrennten Arme gehörten einer Davi McCormick, wohnhaft am North Lake Shore Drive 3800. Bis auf eine Festnahme wegen unerlaubter Prostitution war sie in den letzten fünf Jahren nie aktenkundig geworden. Erkennungsdienstliche Polizeifotos sahen normalerweise nicht gerade schmeichelhaft aus, aber das ihre konnte sich sehen lassen. Davi war eine attraktive Frau und sah ganz und gar nicht wie eine gewöhnliche Prostituierte aus.

Warum, wurde mir klar, als ich die Informationen im Zusammenhang mit ihrer Festnahme las. Davi hatte damals für Madame Pardieu gearbeitet, eine Escortagentur im Premiumbereich, die für einen Abend mit einer Dame bis zu tausend Dollar verlangte. Das erklärte Davis exklusive Adresse.

»Kommt sie dir nicht auch irgendwie bekannt vor?«, fragte Herb. Er hatte sich den Mund derart mit fettfreien Keksen vollgestopft, dass er wie ein Eichhörnchen aussah.

»Jetzt wo du es sagst, ja.«

»Du hast sie wahrscheinlich schon ein paar Dutzend Mal gesehen. Sobald wir ihren Namen wussten, habe ich bei den Kollegen von der Vermisstenfahndung nachgefragt. Ihr Agent hat sie gestern als vermisst gemeldet. Sie ist das Sure-a-Tex-Girl aus der Werbung.«

Sure-a-Tex war der Name für einen Tampon, der vor allem bei jüngeren Frauen beliebt war. In dem Werbespot flog das mit einem roten Umhang bekleidete Sure-a-Tex-Girl zur Rettung von Frauen, die in Extremsituationen ihre Tage bekamen, zum Beispiel beim Bergsteigen oder Wildwasser-Rafting. Das Produkt gab es in mehreren Designerfarben, darunter Neongrün und Knallpink.

»Hast du den Agenten kontaktiert?«

»Er müsste jeden Augenblick hier sein.« Herb nippte an seinem Kaffee und suchte nach weiteren Päckchen Süßstoff.

Phil Blaskys rechtsmedizinischer Bericht war der kürzeste, den ich je gelesen hatte, was an dem spärlichen Material lag, das er verwerten konnte. Erhöhte Histaminwerte und eine höhere Anzahl Blutplättchen wiesen darauf hin, dass das Opfer bereits vor dem Abtrennen der Arme geblutet hatte. Das Drogentestergebnis war negativ, die Blutfettwerte normal. Ferner gab es keinen Hinweis auf Herz- und Geschlechtskrankheiten oder auf eine Schwangerschaft. Kurzum: Die Untersuchung der Arme lieferte keine spektakulären Ergebnisse.

Des Weiteren stellte Phil fest, dass die Handschellen nach dem Tod angelegt wurden. Außerdem deuteten die Axtwunden darauf hin, dass die Schläge von vorn kamen und die Arme wie bei einer Kreuzigung ausgebreitet waren.

Officer Dan Rogers klopfte an meine offene Tür. Ich bat ihn herein.

»Ich habe die Ergebnisse der GC-Analyse der verbrannten Hautproben.« Er reichte mir eine Akte. »Mit meinem Zungentest lag ich richtig. Jemand hat die Arme mit Bleichmittel behandelt.«

»Hat man sonst noch irgendwelche Spuren gefunden?«

»Nein. Bleichmittel vernichtet so ziemlich alles. Deswegen verwendet man es beim Umgang mit Gefahrengut. Lieutenant, Sie haben nicht zufällig ein paar Aspirintabletten? Ich hab höllische Kopfschmerzen.«

Ich fand eine Packung in meinem Schreibtisch und warf sie ihm zu. Er schüttelte fünf heraus und schluckte sie trocken.

»Danke, Lieutenant. Sagen Sie mir Bescheid, wenn Sie noch etwas brauchen. Ich bin zwar gern Kriminaltechniker, aber *Detective Rogers* klingt auch nicht schlecht.«

Rogers drehte sich um und ging. Herb grunzte zufrieden und warf seine leere Packung Kekse in den Papierkorb, wo bereits drei andere lagen.

»Herb, nicht dass ich dir wegen deiner Diät zu nahe treten will, aber wie viele Packungen Kekse hast du heute schon verputzt?«

»Wieso?«

»Sagen wir's mal so: Das, was du in den letzten zehn Minuten verdrückt hast, würde zum Überwintern reichen.«

»Na und? Die sind fettfrei.«

»Schokoladensirup ist auch fettfrei. Schau dir mal die Kalorien an.«

Herb fischte die Schachtel, die er gerade weggeworfen hatte, aus dem Papierkorb und blickte auf die Nährwertangaben. »Ach du Scheiße! Kein Wunder, dass ich bei dieser Diät schon zwei Kilo zugenommen habe.«

»Du musst auf die Kohlenhydrate achten, nicht auf den Fettgehalt.«

»Ah. Diese hier haben nur fünfzehn Gramm Kohlenhydrate.«

»Pro Keks. Und wie viele Kekse hat eine Packung?«

»Ach du Scheiße!«

Es klopfte. Ich wandte mich zur Tür und entdeckte Officer Fuller. Der frühere Profifootballspieler war groß und breitschultrig und überragte seinen Begleiter, einen kleinen Mann mit zurückweichendem Haaransatz, der einen Armani-Anzug trug und stark nach dem Parfüm *Obsession for Men* roch.

»Das ist Marvin Pulitzer.«

Marvin lächelte, zeigte seine blendend weißen Zähne und reichte mir die Hand. Als ich sie schüttelte, merkte ich, dass er etwas in der Handfläche versteckte.

»Castingagentur Pulitzer. Freut mich, Sie kennenzulernen, Miss …?«

»Lieutenant Jacqueline Daniels.«

Er drückte meine Hand etwas länger als notwendig. Als er losließ, sah ich, dass er mir seine Visitenkarte gegeben hatte.

»Sie haben eine tolle Figur, Lieutenant. Modeln Sie nebenbei?«

»Ich war mal in der *Vogue*. Ist noch gar nicht so lang her.«

Pulitzer kniff die Augen zusammen. Dann lächelte er wieder.

»Ich verstehe … Das war ein Scherz. Witzig. Aber mal ganz im Ernst, ich hab diesen neuen Kunden, die suchen attraktive reifere Frauen. Sie sollten mal vorbeischauen, dann machen wir ein paar Probefotos.«

»Wie heißt die Firma?«

»Ever-Weave.«

Ich musste gestehen, diesen Namen noch nie gehört zu haben.

»Die verkaufen Schutzunterwäsche. Sie wissen schon, Windeln für Erwachsene.«

Fuller lachte aus tiefster Kehle. Ich schickte ihn weg.

»Überlegen Sie es sich. Sie müssen bei den Aufnahmen das Produkt nicht tragen, sondern einfach nur dastehen und verlegen dreinschauen.«

Ohne Witz!

»Ich glaube nicht, dass ich im Augenblick große Ambitionen habe, in die glamouröse Welt des Modelns einzutauchen, Mr Pulitzer. Kommen Sie rein und nehmen Sie Platz.«

Pulitzer und Herb gaben sich zur Begrüßung die Hand. Dann setzte er sich zwischen uns beiden auf einen Stuhl rechts von meinem Schreibtisch.

»Also, wo ist Davi?«

Herb zeigte Pulitzer das Polizeifoto.

»Ist das Davi McCormick?«, fragte er.

»Ja. Verdammt, sie steckt wohl wieder mal in Schwierigkeiten, oder? Was hat sie diesmal angestellt? Hat sie sich bereits einen Anwalt genommen?«

Pulitzer zog ein Handy von der Größe einer Streichholzschachtel aus der Tasche, klappte es auf und tippte mit dem kleinen Finger eine Nummer.

»Davi braucht keinen Anwalt, Mr Pulitzer. Man hat gestern in der Früh ihre abgetrennten Arme im Bezirksleichenschauhaus gefunden.«

»Ihre … Arme?«

Herb zeigte ihm ein weiteres Foto. Jetzt wich sämtliche Farbe aus Pulitzers Gesicht.

»Ach du Scheiße! Die sind von Davi? Scheiße! Was zum Teufel ist mit ihr passiert?«

»Wann haben Sie zuletzt mit Davi gesprochen?«

»Vor vier Tagen. Wir haben im Wildfire zu Mittag gegessen. Gleich danach ging mein Flieger nach New York.«

»Worüber haben Sie bei diesem Treffen geredet?«

»Das Übliche. Bevorstehende Auftritte und Castings.«

»Machte Davi auf Sie einen nervösen oder ängstlichen Eindruck?«

»Nein, sie wirkte völlig normal.«

Herb und ich wechselten uns bei Pulitzers Vernehmung ab. Wir prüften die Angaben zu seinem Flug nach und stellten ihm mehrere Dutzend Fragen zu Davi, ihren Freunden und Verwandten, ihrer geistigen und emotionalen Verfassung und ihrem Leben.

»Sie hat keine Feinde. Keinen einzigen. In einer Branche wie dieser, in der ein extremer Konkurrenzkampf herrscht, grenzt das schon fast an ein Wunder. Sie ist einfach ein nettes Mädchen.«

»Sie haben Davi gestern als vermisst gemeldet.«

»Ja. Sie hat vorgestern ein Fotoshooting verpasst. Das ist ihr noch nie passiert. Ich hab sie angerufen und sogar bei ihr daheim vorbeigeschaut. Sie war spurlos verschwunden. Wer um Himmels willen kann ihr das nur angetan haben?«

Pulitzer bat um eine kleine Pause, die er dazu nutzte, seine Nachmittagstermine zu verschieben. Während er telefonierte, besprach ich mich mit Herb.

»Davi war bekannt. Vielleicht hatte sie Stalker.«

»Wir rufen bei Sure-a-Tex an.«

Ich notierte es mir.

»Wir sollten auch mit Davis Eltern und Freunden reden und nachprüfen, wo sie im Lauf der letzten Woche überall war.«

Pulitzer beendete sein Telefongespräch und fragte, wo er Wasser bekommen konnte. Ich schickte ihn zur Herrentoilette.

Herb nippte an seinem Kaffee und nahm sich noch mehr Süßstoff. Der Haufen mit den aufgerissenen rosafarbenen Tütchen war inzwischen fast so hoch wie seine Tasse.

»Wenn es jemand war, der Davi kannte, wie kamen dann deine Handschellen ins Spiel?«

»Purer Zufall? Vielleicht hab ich sie verloren, und jemand hat sie gefunden und beim Pfandleiher verhökert?«

»Das glaube ich nicht.«

»Ich weiß, es klingt an den Haaren herbeigezogen. Aber die einzigen Leute, die Zutritt zu meinem Büro haben, sind das Reinigungspersonal und andere Polizisten.«

Das Reinigungspersonal wurde bei der Einstellung gründlich unter die Lupe genommen, und Polizisten waren, nun ja, Polizisten. Ich kannte niemanden im sechsundzwanzigsten Revier, der einen Groll gegen mich hegte, und dass sich unter meinen Kollegen ein Mörder befand, konnte ich mir beim besten Willen nicht vorstellen. Wer zum Chicago Police Department wollte, musste ein strenges Auswahlverfahren durchlaufen, darunter eine ganze Reihe von psychologischen und Persönlichkeitstests sowie Einstellungsgesprächen. Psychopathen wurden in der Regel relativ früh herausgefiltert.

»Vielleicht hat sie jemand geklaut.«

Das klang schon wahrscheinlicher. Ich trug keine Handtasche, und meine Kleidungsstücke hatten extragroße Taschen, in die alle meine wichtigen Gebrauchsgegenstände passten – Handschellen inbegriffen. Selbst ein mittelmäßiger Taschendieb hätte sie mir ohne größere Anstrengung entwenden können.

»Aber wieso ausgerechnet meine?«

Ich rief Fuller von Herbs Telefon aus an und bat ihn, noch einmal ins Büro zu kommen. Bei den Ermittlungen im Lebkuchenmann-Fall war er uns eine große Hilfe gewesen, und ich brauchte einen zusätzlichen Mann.

»Officer, ich möchte, dass Sie sämtliche Akten meiner früheren Fälle mit den Namen aus dem Besucherregister der Rechtsmedizin abgleichen. Sie wissen, wie man eine Datenbank erstellt?«

Fuller schnaubte verächtlich.

»Sie denken wohl, nur weil ich beim Bankdrücken hundertsechzig Kilo stemme, kann ich nicht mit Tabellen arbeiten?«

»Sie stemmen hundertsechzig?«, mischte sich Herb ein. »Ich wiege fast so viel.«

»So schwer ist das nicht. Ist alles nur eine Frage von Diät, Training und Nahrungsergänzungsmitteln.«

»Vielleicht ist das der Grund, warum ich keine Ergebnisse erziele. Ich nehme keine Nahrungsergänzungsmittel.«

Mir fielen hundert andere Gründe ein, aber ich hielt mich zurück.

Fuller trat an Herbs Schreibtisch und stützte sich darauf ab. Der Tisch knarzte. »Ich nehme Fatburner, um meine Kalorienverbrennung anzuheizen. Außerdem nehme ich Chrom, L-Carnitin, CLA und ausreichend Proteine vor dem Training. Wenn es Sie interessiert, erkläre ich Ihnen meinen Trainings- und Ernährungsplan aus meiner Zeit als aktiver Footballspieler.«

Herb strahlte übers ganze Gesicht, wie er es sonst nur tat, wenn er einen Hotdog mit Chilisauce verdrückte. »Das wäre super! Könnte ich eine Liste mit den Nahrungsergänzungsmitteln bekommen, die Sie nehmen?«

»Natürlich. Diese Fatburner zum Beispiel sind eine Kombination aus …«

»Officer Fuller«, fiel ich ihm ins Wort, »wir könnten wirklich diese Datenbank gebrauchen.«

»Verstehe, Lieutenant. Ich kümmere mich sofort darum.«

Fuller eilte davon. Herb sah mich stirnrunzelnd an.

»Was ist los, Jack?«

»Ich wollte euch bremsen, bevor ihr angefangen hättet, eure Muckis zu vergleichen.«

»Zu viel Machogehabe, stimmt's? Tut mir leid, ich wollte dich nicht ausschließen.«

Herb sagte dies ohne eine Spur von Sarkasmus, aber trotzdem tat seine Bemerkung weh. Als Frau wurde ich in der Männerwelt des Chicago Police Department ständig ausgeschlossen. Dass ich beim Pistolenschießen die besten Ergebnisse erzielte und einen schwarzen Gürtel in Taekwondo hatte, interessierte niemanden. Herbs unbewusster Sexismus bestand darin, dass er nie auf die Idee käme, mich nach meinem Trainingsprogramm zu fragen.

Aber vielleicht war ich im Augenblick auch nur besonders empfindlich, weil mich die Sache mit meiner Mutter belastete.

Als Pulitzer zurückkam, sah er ein bisschen besser aus.

»Mir ist noch was eingefallen. Ich weiß allerdings nicht, ob es Ihnen hilft.«

Wir warteten.

»Falls Davi etwas Illegales angestellt hat, ist das jetzt ja egal, oder? Ich meine, sie ist ja tot. Ich weiß, es klingt blöd, aber ich empfinde ihr gegenüber immer noch einen Beschützerinstinkt.«

»Drogen?«, fragte ich.

Pulitzer ließ die Schultern hängen.

»Kokain. Aber nur in kleinen Mengen, soweit ich weiß. Ihre Arbeit hat es jedenfalls nicht beeinträchtigt.«

»Wissen Sie, woher sie ihre Drogen hatte?«

»Keine Ahnung.«

Wir warteten erneut.

»Ich weiß es wirklich nicht. Ich will Ihnen ja gern helfen, aber ich hab mit dieser Szene nichts am Hut. Vielleicht könnte ich Sie zu ein paar von meinen anderen Models schicken, aber ich will nicht, dass die Ärger bekommen.«

Pulitzer kratzte sich im Nacken. Dabei rutschte sein rechter Ärmel hoch und gab den Blick auf einen Verband am Unterarm frei.

»Was ist Ihnen denn da passiert?«, fragte Herb und deutete darauf.

»Hm? Ach das. Das war Mr Friskers.«

»Mr Friskers?«

»Davis Kater. Ich hasse das Mistvieh. Extrem bösartig. Ich war in Davis Wohnung, bevor ich die Polizei rief. Sie hat mir mal einen Zweitschlüssel gegeben. Ich dachte mir, na ja, vielleicht hatte sie einen Herzinfarkt oder sich das Bein gebrochen und konnte deshalb nicht ans Telefon.«

Ich spürte Herbs Blick auf mir ruhen, konzentrierte mich aber weiterhin auf Pulitzer.

»Wir müssen uns die Wohnung anschauen. Wenn Sie uns den Schlüssel geben, sparen wir Zeit.«

Pulitzer kramte in seiner Hosentasche und gab mir einen Schlüsselring.

»Passen Sie bloß auf. Das Viech ist ein kleines Monster.«

Nachdem wir Pulitzer versprochen hatten, dass wir seine Models nicht wegen Drogenbesitz belangen würden, gab er uns die Namen von dreien, die Kokain nahmen.

»Gibt es sonst noch etwas? Leider konnte ich den Termin heute Nachmittag nicht verschieben. Ein wichtiger Kunde. Ich will Ihnen bei dieser Sache helfen, aber ich kann die Besprechung unmöglich sausen lassen.«

»Danke, Mr Pulitzer. Sie hören von uns.«

Wir gaben uns die Hand.

»Bitte schnappen Sie den Kerl, der das getan hat. Davi ist … ich meine, war … eine ganz Liebe.«

Als er gegangen war, stand ich auf und stampfte mit den Füßen, um ein wenig Blut in meine Zehen zu bringen. Sie fühlten sich wie erfroren an.

»Hast du Lust auf eine kleine Spritztour, Herb?«

»Na klar! An meinen Nasenhärchen hängen Eiszapfen.«

»Hoffen wir, dass es wirklich nur Eiszapfen sind.«

Wir gingen zu seinem Wagen und machten uns auf den Weg zu Davis Appartement.

Während der ersten fünf Minuten fühlte sich die Sommerhitze wunderbar an … bis Herb die Klimaanlage anstellte und auf Hochtouren laufen ließ.

KAPITEL 6

Diesmal ist es wirklich schlimm.

Er blickt sich im Büro um und drückt die Faust an die Schläfe, um den Schmerz zu vertreiben.

Hat jemand etwas bemerkt? Bestimmt. Seine Nackenmuskeln sind zum Zerreißen gespannt, der Schweiß läuft ihm in Strömen über das Gesicht, und er kann das Zittern nicht unterdrücken.

Noch nie hat er so schlimme Schmerzen gehabt. Selbst seine Verletzung hat nicht so wehgetan. Es fühlt sich an, als hätte jemand seinen Kopf in einen Schraubstock gespannt und drehte nun daran, bis die Augen aus den Höhlen platzen. Die Tabletten, die er vor einer Weile geschluckt hat, helfen kein bisschen.

Vielleicht hat seine Frau recht, und er sollte zum Arzt gehen. Aber der Gedanke macht ihm Angst. Was, wenn der Arzt herausfindet, dass mit ihm etwas ganz und gar nicht stimmt? Was, wenn er operiert werden muss? Lieber würde er mit dem Schmerz leben, als so einen Quacksalber in seinem Hirn herumfuhrwerken zu lassen.

»Geht's Ihnen nicht gut?«

Eine Kollegin. Sie sieht durchschnittlich aus, hat breite Hüften. Die kurzen braunen Haare trägt sie in einer Frisur wie Peter Pan.

»Kopfschmerzen.« Er bringt ein gequältes Lächeln zustande.

»Möchten Sie ein paar Aspirintabletten?«

Er beschließt, sie zu töten.

»Ja, das ist nett von Ihnen.«

Er sieht ihr zu, wie sie zu ihrem Schreibtisch geht, und fantasiert darüber, dass sie in seinem Plastikzimmer auf dem Boden kniet. Natürlich weint sie dabei. Vielleicht sollte er sie zuerst mit dem Gürtel schlagen, quasi zum Aufwärmen. Bei ihr kann er getrost Spuren hinterlassen. Da sie eine Kollegin ist, kann er es sich nicht leisten, dass man ihre Leiche findet.

»Geht auch Paracetamol?«, ruft sie über die Trennwand hinweg.

»Ja.«

Wie soll sie sterben? Ihre Frisur bringt ihn auf eine Idee. Er wird ihr mit dem Messer einen Schnitt entlang der Stirn verpassen und die Haut zurückziehen, bis man den Schädelknochen sieht. Dann wird er ihr mit den Fingern darunter fahren – erst mit einem, dann zwei, dann drei.

Haut dehnt sich. Er hat zwar große Hände, aber er müsste es schaffen, seine ganze Hand zwischen Schädel und Kopfhaut zu kriegen.

»Wie ein warmer, nasser Handschuh«, sagt er und zittert.

»Was ist wie ein Handschuh?«

Sie hält ihm die Arzneipackung hin und zieht eine Augenbraue hoch.

»Ich danke Ihnen.«

»Keine Ursache. Ich hatte früher häufig Migräne. Ich hätte jemanden umbringen können, nur um den Schmerz loszuwerden.«

Ich auch.

»Hören Sie, Sally, wir arbeiten jetzt schon seit ein paar Jahren im selben Büro, und ich weiß rein gar nichts über Sie.«

Sie lächelt und entblößt dabei eine Reihe schiefer Zähne. Er stellt sich vor, wie er ihr den Mund weit aufreißt, und sie dabei schreit und blutet, während er mit einem Kugelhammer Zahnarzt spielt.

»Ich bin verheiratet und habe zwei Töchter, Amanda und Jenna. Amanda ist acht, und Jenna ist gerade fünf geworden.«

Er ringt sich ein Lächeln ab, um sich die Enttäuschung nicht anmerken zu lassen. Wer hätte gedacht, dass eine so hässliche Tussi eine Familie hat? Er bezweifelt, dass er sie allein erwischt, und selbst wenn er es schaffen würde, so würde sie schnell vermisst.

»Und Sie? Sind Sie verheiratet?«

»Ja. Kinder hab ich allerdings keine. Meine Frau ist Model und will ihren Körper nicht verunstalten. Sie wissen schon … breite Hüften, Schwangerschaftsstreifen und Hängetitten.«

Sallys Lächeln lässt spürbar nach.

»Ja, na ja, so was passiert halt. Aber ich finde, das ist es wert.«

»So, jetzt muss ich aber wirklich wieder an die Arbeit. Danke für das Paracetamol.«

»Keine Ursache. Die Polizei – dein Freund und Helfer.«

Dieser Spruch lässt ihn innerlich zusammenzucken. »Ja. Die Polizei – dein Freund und Helfer.«

Sally, diese hässliche Frau, watschelt davon. Er öffnet die Packung und schluckt sechs Tabletten ohne Wasser. Das Pochen, das während seiner Mordfantasien leicht nachgelassen hatte, kehrt mit noch größerer Intensität zurück.

Er muss jemanden töten. So schnell wie möglich.

Die schmerzstillenden Eigenschaften des Tötens hat er in jungen Jahren entdeckt, als er bei seinen dritten Pflegeeltern lebte. Ironischerweise hatte ihn das Jugendamt aus seinem vorherigen Zuhause genommen, weil man ihn dort vernachlässigte. Bei dem Ehepaar, das ihn aufgenommen hatte, lebten noch acht weitere Pflegekinder – dem Paar ging es nur um das Geld, das sie vom Staat bekamen. Sie warfen es für Drogen zum Fenster hinaus und ließen die Kinder hungern. Das Jugendamt, das es gut mit ihm meinte, nahm ihn ihnen weg und brachte ihn bei einem psychopathischen Alkoholiker unter.

Eines Tages, nach einer besonders schweren Tracht Prügel mit einer Autoradioantenne, sperrte der Pflegevater ihn und seinen jüngeren Stiefbruder in einen Schrank.

Neben den Schmerzen, die schon schlimm genug waren, verspürte er ein frustrierendes Ohnmachtsgefühl, das er in der Enge des Schranks an dem kleineren Jungen ausließ. Je mehr er ihm wehtat, desto mehr ließen seine eigenen Schmerzen nach.

Der Stiefbruder starb an den Folgen, und der Pflegevater wanderte dafür in den Knast.

Seit diesem Vorfall weiß er, was zu tun ist, wenn die Kopfschmerzen einsetzen.

Vier Klicks mit der Maus, und schon erscheinen jede Menge Kandidatinnen auf seinem Monitor.

Er entscheidet sich schließlich für eine junge Frau, die nur ein paar Blocks weiter wohnt. Die Adresse scheint noch zu stimmen. Er ruft von seinem Handy aus an.

Am anderen Ende meldet sich eine Frau mit tiefer, kehliger Stimme.

Perfekt.

KAPITEL 7

Der Portier am Eingang zu dem Appartementblock, in dem sich Davi McCormicks Wohnung befand, trug einen dicken, dunkelroten Blazer aus Wolle, komplett mit goldenen Achselstücken und dazu passenden Knöpfen. Bei der Hitze sah er absolut elend aus.

»Ich habe Ms McCormick zuletzt am Sonntagabend gesehen, kurz bevor Murry mich abgelöst hat. Murrys Schicht geht von sechs Uhr abends bis zwei Uhr morgens, und Ms McCormick hat das Gebäude etwa fünfzehn Minuten vor Schichtwechsel verlassen.«

»Wissen Sie noch, was sie anhatte?«

»Ein schwarzes Cocktailkleid, Schuhe mit hohen Absätzen und diamantbesetzte Ohrringe. Das Haar hatte sie hochgesteckt. Als ich ihr die Tür aufhielt, hab ich ihr gesagt, dass sie toll aussieht, und sie gefragt, wo sie hingeht.«

»Und was hat sie gesagt?«

»Sie hat gesagt, sie hätte heute Abend ein wichtiges Date. Und dann hat sie gelacht. Ist alles in Ordnung mit ihr?«

Herb erklärte ihm, was vorgefallen war, und ließ sich die Telefonnummern von Murry und dem Portier der Frühschicht geben. Er rief beide an, während wir mit dem Lift nach oben fuhren. Keiner hatte Davi seit Sonntag gesehen.

Pulitzers Schlüssel verschaffte uns Zutritt zu dem Appartement. Es war so groß, dass meine Wohnung dreimal hineingepasst hätte. Und zusätzlich wäre Platz für mein Auto gewesen.

»Ich schau mir das Schlafzimmer an«, sagte ich zu Herb. Plötzlich hörten wir einen Schrei.

Ich zog meine .38er aus dem Holster unter meiner linken Achsel. Meine Sinne waren aufs Äußerste geschärft.

Eine Bewegung rechts von uns. Herb und ich fuhren mit unseren Waffen im Anschlag herum.

Eine Katze, die eine Wegwerfwindel um das Hinterteil trug, sprang unter dem Esszimmertisch hervor, rannte in den Flur und kreischte dabei wie eine Zugpfeife.

Herb atmete geräuschvoll aus. »Ich hatte soeben viermal einen Herzinfarkt.«

»Das war wohl Mr Friskers.«

»Entweder das oder ein Kleinkind mit Fell. Hast du die Windel gesehen?«

»Ja. Unglaublich, wie manche Leute ihre Haustiere verhätscheln.«

Ich steckte die Waffe wieder ins Holster und holte ein Paar Latexhandschuhe aus der Tasche.

»Wir haben eine Stunde«, sagte ich zu Herb. Dann würden die Kollegen von der Spurensicherung kommen.

Davis Schlafzimmer sah aus wie das einer typischen jungen Frau – in diesem Fall einer jungen Frau mit viel Geld. Über die rosa Tagesdecke des ungemachten Bettes lagen mehr als ein Dutzend Stofftiere verstreut. An der Wand am anderen Ende des Zimmers hing ein eingerahmter Druck von Patrick Nagel. Eine Collage von Fotos – Ausschnitte aus Zeitschriften, von denen die meisten Davi zeigten – füllte die Wand hinter dem Bett.

Neben dem Wandschrank lag ein großer Haufen Kleider, und über der Kommode hing ein Make-up-Spiegel mit Beleuchtung, von der Art, wie ihn Hollywoodstars benutzen. Sämtliche horizontalen Oberflächen im Raum waren voller Kosmetikartikel.

Auf dem Nachtkästchen neben dem Bett blinkte ein Anrufbeantworter und zeigte zwölf Anrufe an. Ich scrollte durch die Nummern in der Anrufanzeige. Bei vier davon stand *Anonym*. Der letzte Anruf war von Sonntag um 16:33 Uhr.

Ich spielte die Nachrichten ab. Alle waren von Pulitzer, bis auf ein Ferngespräch von Davis Mutter. Keine der Nachrichten schien zu den unterdrückten Rufnummern zu gehören.

Davis begehbarer Wandschrank war bis zum Bersten mit Kleidern gefüllt. Einige davon hingen an Kleiderbügeln, aber die meisten lagen in großen Haufen auf dem Boden. Ich wühlte darin herum, fand aber nichts außer einem leeren Transportkäfig für Katzen.

Eine schnelle Durchsuchung der Schubladen förderte noch mehr Kleider und Kosmetikartikel sowie eine Tüte mit fünf Gramm Kokain zutage. Letzteres verstaute ich in einem der Beweisbeutel, die ich immer bei mir trage. Dann zog ich jede einzelne Schublade komplett heraus und kontrollierte, ob irgendetwas dahinter versteckt oder darunter mit Klebeband befestigt war. Diese Vorgehensweise gehörte zu meiner Routine, seit ich einmal in einer Folge der Krimiserie *Polizeirevier Hill Street* gesehen hatte, wie ein Polizist auf diese Weise ein Beweisstück fand. Vielleicht hatte unser Täter diese Sendung ebenfalls gesehen.

Aber an diesem Tag hatte ich damit kein Glück.

Unter dem Bett fand ich zwei einsame Stofftiere, ein Katzenspielzeug und den angesammelten Staub von mehreren Jahren. Dann sah ich noch unter der Matratze und hinter dem Nagel-Druck nach, aber auch da war nichts.

Ich ging wieder zum Telefon, drückte auf die Wahlwiederholungstaste und notierte mir die letzte gewählte Nummer. Bevor der Anruf durchging, legte ich auf. Dann schrieb ich mir sämtliche Nummern auf der Anrufanzeige auf.

»Jack!«

In den über zehn Jahren, die ich bereits mit Herb zusammenarbeitete, hatte ich noch nie eine solche Panik in seiner Stimme gehört. Ich zog die Waffe und stürmte aus dem Schlafzimmer.

Herb stand stocksteif im Wohnzimmer. Tränen liefen über seine Wangen.

Auf seinem Kopf thronte Mr Friskers und hielt sich mit den Krallen daran fest.

»Er hat mich vom Vorhang angesprungen. Seine Krallen sind wie Angelhaken.«

Als ich einen Schritt näher trat, machte Mr Friskers einen Buckel und fauchte wild.

Herb schrie.

»Jack, nimm ihn runter, bevor er mich skalpiert!«

»Kannst du das nicht selbst machen?«

»Seine Krallen stecken in meiner Schädeldecke.«

Nur meine jahrelange Ausbildung und meine professionelle Einstellung hielten mich davon ab, in hysterisches Gelächter auszubrechen.

»Soll ich den Tierfänger holen?« Ich versuchte, es in ernsthaftem Tonfall zu sagen, aber dann entwich mir ein Kichern.

»Nein. Erschieß ihn.«

»Herb …«

»Erschieß diesen Scheißkater, Jack. Bitte. Ich flehe dich an. Der Schmerz ist nicht mal das Schlimmste. In dieser verdammten Windel ist Katzenscheiße von mehreren Tagen. Der Gestank treibt mir Tränen in die Augen.«

Da ich noch nie eine Katze besessen hatte, fehlte mir jegliche Erfahrung im Umgang mit diesen Tieren. Aber dann fiel mir eine alte Fernsehreklame ein, in der die Katze angerannt kam, wenn man ihr Futter hinstellte. Ein Versuch konnte nichts schaden.

»Bin gleich wieder da.«

»Jack, lass mich nicht allein.«

»Ich hole bloß meine Kamera.«

»Das ist überhaupt nicht witzig.«

In einem Küchenschrank fand ich mehrere Dosen Katzenfutter. Als ich eine davon öffnete, schrie Herb erneut. Kurz darauf kam Mr Friskers in die Küche gerannt.

»Du hattest einfach nur Hunger. Stimmt's, Mieze?«

Der Kater fauchte mich an. Ich stellte die Dose auf den Boden und sah zu, wie er den Inhalt verschlang.

Herb tauchte im Türrahmen auf und zielte mit seiner Waffe auf Mr Friskers.

»Herb, steck das Ding weg.«

»Dieses Viech ist abgrundtief böse, Jack. Es muss sterben.«

Mr Friskers fauchte Herb an und rannte aus dem Zimmer. Mein Partner steckte die Waffe wieder ein.

»Blute ich?«

»Ein bisschen.« Ich gab ihm ein paar Papiertücher. »Hast du was gefunden?«

»Kontoauszüge und Kreditkartenbelege, Telefonrechnungen und ein paar Briefe. Und du?«

»Ein paar Gramm Kokain.«

»Gib's dem Kater. Vielleicht beruhigt es ihn.«

Ich grinste spöttisch. »Für jemanden, der fast verblutet wäre, kannst du ja noch ganz schön Witze reißen. Sollen wir unterwegs in einem Krankenhaus vorbeischauen, damit du dich gegen Tollwut impfen lassen kannst?«

Herb verengte die Augen zu Schlitzen und ließ seinen Blick an mir vorbei durch die Küche wandern.

»Die Spurensicherung wird bald hier sein.«

»Na und?«

Plötzlich schoss Mr Friskers mit lautem Kreischen an uns vorbei und sprang in voller Windelmontur auf den Küchentresen. Dort blieb er fauchend sitzen. Sein Schwanz, der aus der Windel herausragte, wedelte wie eine Kobra hin und her.

»Ich rufe den Tierfänger«, sagte ich und holte das Handy aus der Tasche.

Leider hatte ich kein Glück.

»Tut mir leid, Lieutenant. Wir haben wegen der Hitze dreimal so viele Einsätze wie sonst. Vor Montag können wir das Tier nicht holen.«

»Bis dahin hat es uns gefressen.«

»Ich kann leider nichts machen. Probieren Sie es doch mal beim Tierheim.«

Ich rief dort an.

»Tut mir leid, Officer. Wir können frühestens in einer Woche vorbeikommen. Bei dieser Hitze erwischt es Tiere besonders hart. Wir haben im Augenblick keinen Platz.«

Herb stieß mich an.

»Sag ihnen, dieser Kater ist vom Teufel besessen. Wenn man ihm das Fell vom Kopf rasiert, sieht man die Zahlen 666.«

Ich gab die Information weiter, hatte damit allerdings keinen Erfolg. Herb schlug vor, einen Löwendompteur zu holen, aber keiner von uns hatte die Telefonnummer von einem Zirkus.

»Wir können ihn auf keinen Fall hierlassen, Jack.«

Ich gab ihm recht. Ein Kater konnte einen Tatort auf vielfältige Art und Weise verunreinigen. Die Vernichtung von Beweisen war nicht das einzige Problem – er würde die Kriminaltechniker bei der Arbeit stören, könnte jemanden verletzen oder selbst zu Schaden kommen, falls er giftige Chemikalien einatmete.

»Willst du ihn behalten?«, fragte ich.

Herb blickte grimmig drein, riss einen Fetzen von der Küchenrolle und tupfte sich damit die Kopfhaut ab.

Ich streckte vorsichtig die Hand aus, um das Tier zu streicheln, aber der Kater fuhr die Krallen aus und schlug mit der Pfote nach mir.

»Halt ihm deinen Kopf hin«, schlug Herb vor. »Dann springt er drauf, und wir können mit ihm rausgehen.«

Ich verließ die Küche und ging ins Schlafzimmer. Einen Augenblick später kam ich mit dem Transportkäfig und einem Paar Skihandschuhen zurück.

Herb zog eine Augenbraue hoch. »Soll ich nicht vielleicht lieber Verstärkung anfordern?«

»Mach dir mal keine Sorgen. Tiere mögen mich. Sie spüren, dass ich ihnen wohlgesonnen bin.«

Ohne zu zögern, packte ich Mr Friskers, worauf dieser lauter kreischte, als ich es je für möglich gehalten hätte, und meinen rechten Zeigefinger mit seinen Krallen erwischte. Dank der Handschuhe schaffte ich es, ihn in den Käfig zu stecken, ohne dabei einen Finger zu verlieren.

»Und jetzt werfen wir ihn in den Michigansee, oder?«

»Ich bin sicher, dass ihn eine von Davis Freundinnen nimmt.«

»Und in der Zwischenzeit?«

Ich stieß einen lauten, dramatischen Seufzer aus.

»Tja, dann muss ich ihn wohl für ein paar Tage mit zu mir nehmen.«

»Das ist keine gute Idee, Jack. Ich habe keine Lust, als Nächstes in deinem Mordfall zu ermitteln.«

»Er ist einfach nur missmutig, weil er Angst hat. Du wärst auch schlecht gelaunt, wenn du vier Tage lang die gleiche Windel tragen müsstest. Stimmt's, Kleiner?«

Ich stieß den behandschuhten Finger in den Tragekäfig, worauf Mr Friskers ihn biss und kratzte.

»Zeig ihm einfach, wie wohlgesonnen du Tieren gegenüber bist«, spottete Herb.

Der Kater fauchte und kreischte während der gesamten Fahrt ins Revier.

KAPITEL 8

»Noch ein Block, dann sind wir da.«

»Das ist ja nicht gerade die feinste Gegend.«

»Da steckt Absicht dahinter. Meine Frau käme nie auf den Gedanken, hier nach mir zu suchen.«

Er lächelt die junge Frau an. Eileen Hutton. Jung, hübsch, perfekter Körper. Sie weiß das – nicht umsonst kostet ihn dieses Date einen Tausender.

Sie wird jedoch keine Gelegenheit bekommen, das Geld auszugeben.

Er fährt mit ihr die Kedzie Avenue nach Süden. Die Gegend wirkt von Block zu Block immer schäbiger, Häuser und Grundstücke verlieren an Wert. Die Absteige, in die er diese Frau mitnimmt, ist heruntergekommen und dreckig. Draußen auf der Straße hängen besoffene Penner herum. Als er in einer Seitengasse nebenan parkt, traut sie sich nicht, auszusteigen.

»Was ist los?« Er grinst. Sein Kopf fühlt sich an, als würde er jeden Moment platzen. Das ständige Pochen hinter seinen Schläfen bewirkt, dass er nur verschwommen sieht. Der Schweiß läuft ihm in Strömen übers Gesicht. Hoffentlich denkt sie, dass es an der Hitze liegt.

»Mir gefällt es hier nicht.«

»Traust du mir etwa nicht? Ich bin doch einer von den Guten.«

Er öffnet das Handschuhfach und nimmt ein silbernes Zigarettenetui heraus. Darin befinden sich sechs selbstgedrehte Joints. Er zündet einen an und gibt ihn ihr.

»Ich hab meine Frau nur wegen der Kohle geheiratet. Glaub mir, sie hat jede Menge Schotter. Leider lässt sie mich nicht ran, also muss ich es mir woanders holen. Diskret natürlich. Du verstehst, was ich meine.«

Sie nimmt einen Zug von dem Joint und nickt.

Genieß das Zeug, Baby. Dieser Joint wird dein letzter sein.

Niemand beobachtet sie, als sie das Haus betreten. Im schwach beleuchteten Flur stinkt es nach Pisse und Schlimmerem. Sie hält sich an seinem Arm fest, bis sie zu seinem Zimmer gelangen.

Mit zitternder Hand schließt er die Tür auf.

Bald haben wir's geschafft. Nur noch ein paar Minuten.

Sie treten ein. Die Frau lässt ihren Blick umherschweifen und muss das Gesehene erst einmal verarbeiten. »Wow! Auf was für perverse Sachen stehst du denn?«

Der Fußboden und die Wände sind mit durchsichtigen Plastikfolien abgedeckt. Außer einem Bett gibt es in dem Raum keine Möbel, und auch das hat einen Plastiküberzug.

»Ich mag Plastik.«

»Das sieht man.« Um ihre Lippen spielt ein Lächeln, das sie wahrscheinlich für sexy hält. *Blöde Tussi.* Es wird ihm Spaß machen, sie in Stücke zu schneiden.

»Ich möchte, dass du etwas ganz Bestimmtes für mich trägst.«

»Lass mich raten. Einen Müllbeutel aus Plastik?«

»Nein. Diese hier.«

Er langt in die Hosentasche und holt ein Paar silberne, antik aussehende Ohrringe heraus.

»Die sind hübsch.«

Sie entfernt ihre eigenen Ohrringe aus Gold und steckt sie in ihre kleine Designerhandtasche. Als sie den ersten Ring ans Ohr steckt, schnauft er vor Erregung. Offenbar hat sein Gesichtsausdruck sie verschreckt, denn sie lächelt nicht mehr.

»Weißt du, ich mache normalerweise keine Dates auf eigene Faust. Das läuft sonst immer über die Escortagentur.«

»Brauchst keine Angst zu haben. Hast du nicht gesagt, du vertraust mir?«

Sie nickt, wirkt dabei jedoch unsicher.

»Diese Ohrringe stehen dir ausgezeichnet, Eileen.«

»Danke. Äh, woher hast du eigentlich meine Telefonnummer?«

»Ich weiß, wie man solche Dinge herausfindet.«

»Ja, sieht ganz so aus.«

»Das Bad ist dort hinten. Mir wäre es am liebsten, wenn du völlig nackt wieder rauskommst, nur mit den Ohrringen.«

Sie schenkt ihm ein flüchtiges Lächeln und geht nach kurzem Zögern ins Bad. Wie eine gute kleine Hure.

Er zieht sich aus, legt seine Kleider sorgfältig zusammen und legt sie in den Wandschrank auf den Boden, gleich neben die Axt. Seine anderen Werkzeuge liegen fein säuberlich auf einem fleckigen Tuch.

Was nehme ich nur, was nehme ich nur?

Er entscheidet sich schließlich für eine Garotte, um das Mädchen zu töten, und ein Teppichmesser für die Kleinarbeit danach. Die Garotte hat er sich bei der Arbeit besorgt. Sie besteht aus einem fünfzig Zentimeter langen Stück Klavierdraht, an dessen Enden je ein Holzgriff befestigt ist. Er hat das Ding noch nie ausprobiert. Wird bestimmt lustig.

Sie kommt mit stolzierendem Gang aus dem Bad. Offenbar hat sie ihr Selbstbewusstsein wieder. Ihr nackter Körper ist makellos.

Aber nicht mehr lang.

»Na, du bist ja ein ganz Großer. Womit möchtest du denn anfangen, Big Boy?«

Ihr den Kopf abzutrennen, erweist sich als schwieriger, als er vermutet hatte. Er muss ihr das Knie in den Rücken drücken, um eine Hebelwirkung zu erhalten. Dann macht er mit der Garotte eine sägende Bewegung, um den Halswirbel zu durchtrennen.

Dabei fließt viel Blut.

Als er fertig ist, macht er sich mit dem Teppichmesser an die Arbeit.

Er macht sich mit großem Eifer über sie her, wie jemand, der kurz vor dem Verhungern steht. Das Gefühl, das er dabei empfindet, geht über das rein Sexuelle hinaus – es lässt sich am besten mit den Worten Euphorie und Bewusstseinserweiterung beschreiben.

Und es vertreibt den Schmerz.

Seit dem Augenblick, in dem er hinter sie getreten ist und ihr den Draht um den hübschen kleinen Hals gewickelt hat, ist der Schmerz verschwunden. Er kann wieder klar sehen, die Kiefernmuskulatur hat sich entspannt, und ein Gefühl purer Erleichterung, tausendmal besser als ein Orgasmus, durchflutet ihn.

Er versteht nicht, warum, und es ist ihm auch egal. Das Pochen in seinem Schädel ist weg, und während er mit dem Messer härter und schneller arbeitet, bricht er in irres Kichern aus.

Bald steigert sich seine Erregung in eine wilde, zügellose Gewalt- und Blutorgie.

Hinterher duscht er. Das Wasser ist lauwarm und riecht nach Rost. Es ist ihm egal.

Hauptsache, der Schmerz ist weg.

Wie lang dieser Zustand anhält, weiß er nicht. Manchmal mehrere Wochen, andere Male nur ein paar Stunden.

Er nimmt die Dinge, wie sie kommen.

Mit einer Zahnbürste und viel Seife schrubbt er das Blut und winzige Fleischstückchen von den Fingernägeln. Auch im Mund hat er ein paar Stückchen und spuckt etwas Blutiges auf den Boden der Duschkabine.

Da muss ich ja wirklich wie ein Besessener gewütet haben.

Als er das Bad verlässt, bemerkt er erst, wie sehr.

Es ist eine unbeschreibliche Sauerei, schlimmer als alles, was er je zuvor angerichtet hat.

Als er nackt auf dem Bett sitzt und die Leiche nachdenklich anstarrt, kann er sich nicht einmal mehr an die Hälfte der Dinge erinnern, die er mit ihr angestellt hat. Und das alles mit nur einer Drahtschlinge, einer zweieinhalb Zentimeter langen Klinge und roher Körperkraft. Wirklich beeindruckend.

»Ich bin schon ein verdammt gefährlicher Bursche«, sagt er zu sich selbst.

Einen Sicherheitsabstand zu der Blutlache haltend, geht er zum Wandschrank und zieht sich schnell an. Dann drückt er die Drei auf seinem Handy – eine einprogrammierte Kurzwahlnummer.

»Ich hab wieder Arbeit für Sie.«

Kichern am anderen Ende. »Sie sind ja ganz schön fleißig.«

»Kümmern Sie sich darum.«

»Bin schon unterwegs.«

Er stellt sich in die Ecke, starrt die Sauerei an und prägt sich jedes Detail ein.

Zwanzig Minuten später klopft es an der Tür.

»Wer zum Teufel ist da?«

»Das Passwort lautet *Psychopath*. Machen Sie schon auf.«

Er grinst und lässt Derrick herein. Der Mann ist klein und gedrungen, hat Akne in seinem rundlichen Gesicht und ein halb geöffnetes Auge, mit dem er immer nach links schielt.

Derrick wirft einen Blick in das Zimmer und pfeift anerkennend.

»Mann! Da hat jemand ganze Arbeit geleistet. Dafür brauch ich 'ne Schaufel.«

»Na und?« Er gibt Derrick fünfzig Dollar. »Dann kaufen Sie halt eine.«

»Bin gleich wieder da, Tiger.«

Eine halbe Stunde später taucht Derrick wieder auf. Er schiebt ein Wägelchen in das Zimmer. Obendrauf liegt der Leichensack.

»Ich dachte, Sie wollten sich eine Schaufel besorgen.«

»Die ist in dem Sack.«

Derrick macht sich an die Arbeit und wickelt die zerstückelte Leiche in die Plastikfolie auf dem Fußboden.

»Junge, Junge, Sie haben ja ganz schön gewütet«, sagt Derrick. »Wo ist ihr Herz?«

Der Mörder rülpst und schlägt sich auf die Brust.

Derrick lacht. »Da soll Ihnen bloß keiner vorwerfen, Sie wären herzlos.«

Er lacht nicht über den Witz. Jetzt, wo der Anfall vorbei ist, wird er nervös. Er muss darauf achten, dass alles nach Plan läuft.

»Wie werden Sie sie entsorgen?«

»Ich glaube, ich werde sie einäschern. Mein berühmtes Zwei-zum-Preis-von-einem-Spezialangebot kann ich diesmal nicht riskieren. Die Sauerei würde aus dem Sarg auslaufen.«

»Ich möchte, dass man die hier im Leichenschauhaus findet … wie zuvor.«

Der Mörder gibt ihm einen Plastikbeutel.

»Ohren? Das ist ja zum Brüllen.« Derrick hält sich den Beutel vor den Mund und ruft: »Hallo! Hören Sie mich?«

Vollidiot. Aber man kann nicht wählerisch sein.

»Lassen Sie die Ohrringe dran. Die sind wichtig.«

»Kein Problem. Die Ohren kann ich leichter reinschmuggeln als die Arme. Die passen sogar in meine Hosentasche.«

»Ihre Sachen sind im Bad. Nehmen Sie sich, was Sie wollen. In ihrer Handtasche ist ein Tausender.«

»Klar doch, Chef.«

Die Zimmerreinigung dauert eine weitere Viertelstunde. Derrick stopft die Leiche und die blutigen Plastikfolien in den Leichensack und macht den Reißverschluss zu.

»Ich leg das Zimmer irgendwann nächste Woche mit neuen Folien aus.«

»Vorher.«

»Vorher? Juckt es Ihnen etwa schon wieder in den Fingern?«

»Noch nicht. Aber es könnte passieren.«

Derrick weiß nichts über die Kopfschmerzen. Er glaubt, er hätte es mit einem stinknormalen Sexmörder zu tun.

»Verdammt, solang Sie frei herumlaufen, bin ich echt froh, dass ich keine gutaussehende Frau bin.«

Das nützt dir nichts. Wenn die Zeit reif ist, werde ich dich genauso ausweiden.

Sie verlassen das Zimmer. Derrick schiebt das Wägelchen, der Mörder geht neben ihm her. Ein paar besoffene Penner schauen zu ihnen hinüber, wenden aber die Blicke schnell wieder ab. Derricks Kleintransporter parkt in der Seitengasse, gleich hinter dem Auto des Mörders. Als er das Wägelchen in den Laderaum bugsiert, klappen die gefederten Räder zusammen.

»Hey, was meinen Sie … kann ich beim nächsten Mal, wenn Sie sich wieder so eine Tussi vornehmen …«

»Sie wollen mir dabei zugucken?«

Derrick strahlt übers ganze Gesicht. »Na klar! Ich meine, ich bin kein unbeschriebenes Blatt. Ich bin zwar nicht so, äh, extrem wie Sie, aber ich hab schon einiges gemacht.«

Du perverse Pickelfresse. Ich weiß, was du gemacht hast. Wenn ich daran denke, dreht sich mir der Magen um.

»Schauen wir mal. Teamarbeit kann manchmal ganz lustig sein.«

»Teamarbeit. Hey, das gefällt mir.«

Er klopft Derrick auf die Schulter und ringt sich ein Lächeln ab. Er weiß, dass das Schwierigste bei einem Mord, bei dem man nicht erwischt werden will, die Entsorgung der Leiche ist. Da hilft es schon, wenn man einen Bestattungsunternehmer kennt, der das für einen übernimmt. Aber Derrick zuschauen zu lassen, das kommt nun wirklich nicht infrage. Wahrscheinlich muss er den Kerl früher als erwartet aus dem Weg räumen.

»Hey, ich ruf Sie an, sobald ich die Ohren im Leichenschauhaus hinterlegt hab.«

»Denken Sie daran, sie vorher zu waschen. Ich will nicht, dass man Spuren findet.«

»Geht in Ordnung. Bis demnächst mal wieder.«

Derrick steigt in den Kleintransporter und fährt los. Der Mörder atmet tief ein. Die Luft in dieser Seitengasse riecht nach Müll.

Doch das stört ihn nicht.

Jetzt bringt ihn nichts mehr so schnell aus der Ruhe.

KAPITEL 9

»Dieser Kater macht mich noch wahnsinnig.«

Herb wandte sich von seinem Computer ab und warf Mr Friskers einen wütenden Blick zu. Mr Friskers reagierte darauf mit einem Kreischen.

»Er will wahrscheinlich aus dem Käfig raus.«

»Eher würde ich Charles Manson rauslassen. Was willst du eigentlich mit ihm machen?«

Ich rieb mir die Schläfen, um die Anspannung zu vertreiben. Wir waren vor zwei Stunden ins Revier zurückgekehrt, und seitdem hatte der Kater ununterbrochen Terror gemacht.

»Ich habe Davis Modelfreundinnen, ihren Exfreund und ihre Mutter angerufen. Keiner will das Tier.«

»Verstehe ich nicht. Er ist doch so ein liebenswertes Fellknäuel.«

»Ich habe auch bei ein paar Tierheimen angerufen. Anscheinend wirkt die Hitze sich auf das Paarungsverhalten von Katzen aus – so viele streunende Tiere gab es schon lang nicht mehr. Keiner von diesen Läden nimmt im Augenblick Katzen an.«

Herb strich über seinen Schnurrbart, ein Zeichen dafür, dass er in Gedanken vertieft war.

»Streunende Tiere, sagtest du? Das ist gar keine schlechte Idee. Lass dieses kleine Monster einfach irgendwo in der Stadt frei. Er führt sich ja ohnehin nur deshalb so auf, weil er seine Freiheit will.«

Ich überlegte. Einerseits würde ein Kater, der Windeln trug, nicht allzu lang auf der Straße überleben. Andererseits war Mr Friskers so bösartig, dass er es vielleicht doch schaffen könnte. Ich würde ihm sogar zutrauen, dass er sich einer Gang anschloss und Banken ausraubte.

»Also gut, wir setzen ihn aus. Kommst du mit?«

»Ich bleib hier. Gib ihm einen Abschiedskuss von mir.«

Ich nahm den Tragekäfig, worauf Mr Friskers noch lauter kreischte. Nach einer kurzen Fahrt im eiskalten Lift – die Klimaanlage lief noch immer auf Hochtouren – fanden wir uns auf dem Parkplatz hinter dem Polizeirevier wieder.

»So, mein lauter Freund. Hier trennen sich unsere Wege.« Ich öffnete die Käfigtüre. »Los, ab in die Freiheit.«

Doch Mr Friskers blieb sitzen.

»Na los. Jetzt hast du deinen Willen.«

Der Kater kreischte, rührte sich aber nicht vom Fleck.

Ich dachte mir, dass er vielleicht ein bisschen Hilfe brauchte, und kippte den Käfig mit dem Ausgang nach unten. Der Kater spreizte alle Viere von sich, klammerte sich an den Seitenwänden fest und weigerte sich standhaft, seine Behausung zu verlassen.

Ich kniete mich hin und blickte in den Käfig. »Was hast du nur, du dämliches Vieh?«

Er erwiderte meinen Blick, als wollte er mich dasselbe fragen.

Zunächst wollte ich ihn einfach zurücklassen. Irgendwann würde er es schon kapieren. Wahrscheinlich würde er sich aus dem Staub machen, sobald ich außer Sichtweite war.

Doch dann fiel mir meine Mutter ein.

Manchmal haben diejenigen, die sich nicht helfen lassen wollen, am meisten Hilfe nötig.

»Also gut«, sagte ich und klappte die Käfigtür wieder zu. »Dann behalte ich dich eben.«

Als Antwort bekam ich ein Kreischen.

Herb war nicht besonders erfreut darüber, seinen Erzfeind wiederzusehen.

»Ich dachte, du wolltest die Katze aus dem Sack lassen.«

»Das hatte ich auch vor. Aber er wollte nicht gehen.«

»Hast du ihn mit einem Stock angestupst?«

»Nein. Vielleicht sollte ich aus der Waffenkammer einen Taser holen und ihn ein paarmal damit schocken.«

»Soll ich dir einen holen?«

»Ich hebe mir das als allerletzte Möglichkeit auf.«

Herb biss in eine Reiswaffel und verzog das Gesicht. Er kramte in seiner Tasche herum, holte ein Päckchen Süßstoff heraus und schüttete ihn auf die verbliebene Hälfte.

»Möchtest du auch eine?«

»Danke, aber ich will nicht abnehmen.«

Herb biss noch einmal hinein und fügte mehr Süßstoff hinzu. »Wenigstens gibt dieser Kater endlich Ruhe.«

Ich warf einen Blick auf den Transportkäfig. Mr Friskers hatte sich zu einem Pelzknäuel zusammengerollt.

»Er schläft. Vielleicht können wir jetzt endlich unsere Arbeit machen.«

»Diese paar ruhigen Minuten waren alles, was ich gebraucht habe. Ich habe zu der letzten Nummer, die Davi gewählt hat, einen Namen gefunden. Es ist ein Handy, und es gehört einem gewissen Colin Andrews. Dreiundzwanzig Jahre alt, Afroamerikaner, wohnt 95th Street Ecke Wabash Avenue.«

»Hat er ein Vorstrafenregister?«

»Ein ziemlich langes sogar. Er ist Drogendealer.«

»Davis Kokainlieferant?«

»Er stand bisher zwar nur wegen Besitzes von Marihuana vor Gericht, aber ich würde mal darauf tippen. Und er war erst vor ein paar Wochen bei uns zu Gast. Rate mal, in welchem Revier.«

Das erste Mal seit dieser Fall begonnen hatte, sagte mir ein Bauchgefühl, dass wir möglicherweise eine heiße Spur hatten.

»Du machst Witze. Hier?«

»Genau. Im guten alten Zwei-Sechser. Wegen Drogenbesitz.«

Wir hatten keine Beweise, aber immerhin eine Spur. Wenn Colin Andrews sich in unserem Gebäude aufgehalten hatte, bestand die Möglichkeit, dass er meine Handschellen gestohlen hatte.

»Wer hat ihn erkennungsdienstlich behandelt?«

»Hanson.« Herb tippte auf ein paar Tasten an seinem Computer. »Sie hat bereits Feierabend gemacht. Ach ja, wo wir gerade beim Thema sind ... Ich muss heute früher gehen.«

»Hast du was Besonderes vor?«

Herb grinste mich verrucht an. Ich verstand, was er meinte.

»Aha, so läuft der Hase. Und dafür musst du früher nachhause?«

»In diesem Fall ja.«

»Also gut, Romeo. Dann nehmen wir uns Andrews morgen vor.«

»Gut. Übrigens«, Herb warf einen Blick auf den Kater, »komme ich auf dem Heimweg am Chicago River vorbei.«

»Danke für das Angebot. Aber ich glaube, ich lasse ihn erst mal leben.«

Herb wünschte mir einen schönen Abend und verließ das Büro.

»Jetzt sind wir beide allein, Mr Friskers.«

Sobald ich seinen Namen erwähnt hatte, wachte der Kater auf und fing an zu kreischen.

Ich gab mir Mühe, ihn zu ignorieren, und schrieb einen Bericht über einen Selbstmord von letzter Woche fertig. Danach ging ich die unbearbeiteten Akten auf meinem Schreibtisch durch und delegierte ein paar neuere Mordfälle, die schon so gut wie aufgeklärt waren, an andere Kollegen.

Meine Position innerhalb des Chicago Police Department erlaubte mir mehr Spielraum, als ihn die meisten meiner Kollegen hatten. Soweit ich wusste, war ich unter den Detectives der einzige Lieutenant. Etwa um die Zeit, als die Mordkommission in der Abteilung für Gewalt- und Tötungsdelikte aufging, hatte man damit begonnen, diesen Rang schrittweise abzuschaffen. Es gibt noch den Titel Lieutenant Inspector, in der Hierarchie gleich unter einem Captain, aber das ist ein reiner Verwaltungsjob, und ich hatte keine Lust, die Ermittlungsarbeit an den Nagel zu hängen. Meine Position erlaubte es mir, morgens nicht zum Appell antreten zu müssen, in anderen Polizeibezirken ohne Kompetenzüberschreitungsprobleme tätig zu werden, Befehle zu erteilen und mir meine Fälle selbst auszusuchen.

Diese Autonomie zu erlangen, hatte über zwanzig Jahre gedauert, und ich genoss sie. Wahrscheinlich war das auch der Grund, warum sich keiner meiner Kollegen über den Lärm beschwerte, den Mr Friskers machte. Ein höherer Rang zieht eben Privilegien nach sich.

Mitten in meiner Arbeit klingelte mein Handy. Latham.
»Hi, Latham. Wieder daheim?«
»Ja, Jack. Was hast du gerade an?«
Ich lächelte. »Ein kariertes Flanellhemd und eine Latzhose.«
»Hör auf – du machst mich ganz heiß. Würdest du mir die Ehre erweisen, heute mit mir abendessen zu gehen?«
»Da muss ich erst meinen Freund fragen.«
»Den kannst du ficken.«

»Das hatte ich sowieso vor. Passt es dir um sechs Uhr?«

»Perfekt. Ich hab an ein schönes Restaurant gedacht.«

»Schön im Sinne von Kleid und hochhackigen Schuhen?«

»Hey, das gefällt mir sogar noch besser als die Latzhose.«

»Hat das Ganze irgendetwas mit dieser wichtigen Frage zu tun, die du auf meinem Anrufbeantworter erwähnt hast?«

»Vielleicht, vielleicht auch nicht. Prügelst du gerade ein Geständnis aus einem Kriminellen raus?«

»Ach so, das Geschrei. Das ist ein Kater. Lange Geschichte. Erzähl ich dir, wenn du mich abholst.«

»Super. Ich bin der Typ, der mit einem Strauß Blumen an deiner Tür klopft. Bis gleich.«

Er legte auf und ließ mich mit einem dämlichen Grinsen allein. Ich war froh, dass Latham wieder daheim war, und das nicht nur, weil ich seit drei Wochen keinen Sex mehr gehabt hatte. Latham gab mir das Gefühl, etwas Besonderes zu sein. Er war witzig, aufmerksam, attraktiv, erfolgreich, romantisch und in mich verliebt. Was wollte ich mehr?

Ein Teil von mir konnte sich allerdings des Verdachts nicht erwehren, dass die Sache einen Haken hatte. Irgendwo musste doch bei ihm der Wurm drin sein. Aber bisher hatten mich nur ein paar Kleinigkeiten gestört – dass er schnarchte, Haare auf dem Rücken hatte und den Toilettensitz nicht herunterklappte. Und seine pubertäre Leidenschaft für schlechte Horrorfilme und Hits aus den achtziger Jahren.

Wahrscheinlich hatte er Ehefrauen in vier verschiedenen Staaten. Oder eine tote, mumifizierte Mutter, die auf dem Speicher an einen Schaukelstuhl gefesselt war.

Apropos Mutter …

Ich versuchte, meine Mutter im Krankenhaus in Florida zu erreichen, aber sie blockierte auf ihrem Zimmertelefon weiterhin meine Anrufe. Von einer Krankenschwester erfuhr ich, dass es Mom schon wieder besser ging. Allerdings war sie immer noch stinksauer auf mich. Ich bat die Schwester, liebe Grüße auszurichten und legte auf. Meine gute Laune hatte einen Dämpfer erhalten.

»Ich lass mich nicht kleinkriegen«, sagte ich zu Mr Friskers. »Sie braucht meine Hilfe.«

Er kreischte, was ich als Zustimmung verstand.

Mir blieben nur noch zwei Stunden, um mich fein zu machen, bevor mein Freund vor der Tür stand. Also machte ich früher Feierabend. Auf dem Heimweg legte ich einen Zwischenstopp in einer Tierhandlung ein und besorgte ein paar Artikel für Mr Friskers: ein Katzenklo, Katzenstreu, Katzenfutter und eine mit Katzenminze ausgestopfte Spielzeugmaus. Als ich die Verkäuferin nach einem Maulkorb für Katzen fragte, schaute sie mich so wütend an, dass ich den Laden verließ, ohne ihre Antwort abzuwarten.

Meine Wohnung war immer noch da, wo ich sie zurückgelassen hatte. Ich musste zwei Trips zum Auto machen, um sämtliche Einkäufe zu holen. Da ich die Klimaanlage aus Kostengründen abschalte, wenn ich nicht zuhause bin, war es in meiner Wohnung ungefähr so heiß wie in der Hölle, nur schwüler.

Das Chicago Police Department zahlte mir für meine Arbeit ein angemessenes Gehalt, aber die Ratenzahlungen für die Eigentumswohnung meiner Mutter verschlangen einen Großteil davon. Ich hatte eine stillschweigende Übereinkunft mit ihrer Bank: Mom bekam pro forma eine Monatsrechnung über einen kleineren Betrag, und ich übernahm den Löwenanteil.

In meiner Besessenheit, jeden möglichen Cent zu sparen, hatte ich meine Wohnung in ein Treibhaus verwandelt. Es war so heiß, dass auf dem Sofa wilde Orchideen wuchsen. Ich stellte die Klimaanlage auf arktische Temperaturen und ging ins Bad, um kalt zu duschen. Leider wurde das Wasser nicht kälter als lauwarm. Dann schlüpfte ich in einen Frotteebademantel und kümmerte mich um Mr Friskers.

Obwohl ich vor einer Ewigkeit das letzte Mal Ski gefahren war, besaß ich noch ein Paar schwarze Lederhandschuhe, die mir Schutz vor den Krallen bieten würden. Ich zog sie mir an und war nun einsatzbereit.

Mr Friskers saß still und geduldig in seinem Tragekäfig. Vermutlich plante er gerade, die Regierung der Vereinigten Staaten zu stürzen. Als ich die Türklappe öffnete, machte er keinerlei Anstalten, mich mit lautem Gekreische anzugreifen.

Vielleicht hatte er sich verausgabt.

Ich holte zwei saubere Schalen und füllte eine davon mit Wasser. In die andere tat ich etwas von dem Katzenfutter, das ich unterwegs gekauft hatte. Dann stellte ich beide Schalen vor den Käfig.

Jetzt wagte sich Mr Friskers heraus. Er schnupperte am Futter und sah mich mit einem Ausdruck tiefster Enttäuschung an.

»Die Zeiten, wo du mit einer Milchflasche aufgezogen wurdest, sind vorbei, mein Freund. Und wo wir gerade dabei sind …«

Ich streckte die Hand aus und packte ihn an der Windel. Sofort verwandelte er sich in eine fauchende, tobende Bestie und traf mich mit seinen Krallen am rechten Unterarm. Aber ich war stärker und schaffte es, ihm die Windel auszuziehen, bevor ich zu viel Blut verlor.

Der Gestank warf mich fast um. Als ich mich von dem Schock erholt hatte, steckte ich die Windel in einen doppelten Müllbeutel und warf sie in den Müllschlucker draußen im Flur.

Als ich wieder in die Küche kam, schlabberte Mr Friskers Wasser. Ohne Windel sah er nicht mehr wie ein Monster aus, sondern eher wie ein ganz normaler Kater. Nachdem er seinen Durst gelöscht hatte, schnupperte er noch mal an der Schale mit dem Katzenfutter und bedachte mich mit einem Blick, den man bei einem Menschen als spöttisches Grinsen bezeichnet hätte.

»Der da schmeckt es«, sagte ich und zeigte auf die Katze auf der Futterpackung.

Er schien darüber nachzudenken und fing endlich an zu fressen.

Zeit für Phase zwei.

Ich stellte das Katzenklo auf den Boden und las die Anleitung auf der Rückseite der Katzenstreupackung. Klang ziemlich einfach. Ich riss die Packung auf und füllte das Katzenklo, worauf mir ein süßer, parfümartiger Geruch in die Nase drang.

Mr Friskers blickte von seinem Fressnapf auf und sah mich mit zur Seite geneigtem Kopf an.

»Okay. Zeit für Lektion Nummer eins.«

Ich hob ihn sanft auf. Zu meiner Verwunderung ließ er es mit sich geschehen und hing schlaff in meinen Händen. Sobald ich ihn jedoch im Katzenklo absetzen wollte, drehte er durch und wirbelte kreischend und fauchend Katzenstreu auf. Aus Angst, womöglich ein Auge zu verlieren, ließ ich ihn los, worauf er aus der Küche in den Flur flüchtete.

Ich spuckte Katzenstreu aus. Die Beschreibung auf der Verpackung hatte nicht gelogen – die Körnchen verklumpten wunderbar.

»Lektion Nummer zwei kommt noch!«, rief ich Mr Friskers nach.

Ich zupfte mir Katzenstreu aus den feuchten Haaren und widmete mich meinem Make-up. Morgens vor der Arbeit beschränkte ich mich normalerweise auf etwas Puder, Lidstriche und Lippenstift. An diesem Abend trug ich ziemlich dick auf – Grundierung, Mascara, Lidschatten, Lippenkonturenstift, Farbe auf meinen Wangen und schließlich durchsichtiges Puder mit Glitzerstaub.

Zufrieden mit meinem Äußeren ging ich ins Schlafzimmer und suchte mir Unterwäsche für besondere Anlässe aus. Ich schlüpfte in ein schwarzes Seidenhöschen und legte mir den einzigen guten BH an, den ich besaß, und der meine Brüste vorteilhaft zur Geltung brachte. Latham hatte mich bisher nur zweimal darin gesehen.

Da ich meinen Wandschrank hasste – und das nicht nur wegen meiner nicht gerade modischen Garderobe –, verschwendete ich nicht viel Zeit damit, mir lang zu überlegen, was ich anziehen sollte. Ich wählte ein trägerloses schwarzes Kleid mit tiefem Ausschnitt. Es reichte mir bis unter die Knie, hatte aber auf der rechten Seite einen Schlitz, der meinen Oberschenkel bis zur Mitte zeigte. Mir gefiel es, weil es nicht allzu eng saß und ich daher nicht den ganzen Abend den Bauch einziehen musste.

Ich durchwühlte gerade meine Sockenschublade in einer vergeblichen Suche nach einem Paar Nylonstrümpfe ohne Laufmasche, als ich bemerkte, wie Mr Friskers auf meinem Bett saß und mit seinen Krallen scharrte. Er zerriss die Decke nicht, sondern zerwühlte sie nur zu einem Haufen, als wollte er etwas verstecken.

»Hey, Mieze, was machst du da? Ach du Scheiße!«

Da hätte ich mir das Katzenklo sparen können.

Ich zog die Bettwäsche ab und ging in die Küche, um einen Fleckenentferner zu holen. Überall auf dem Küchenboden lag Katzendreck herum, und die Spur ins Wohnzimmer zeigte, dass Mr Friskers einen Teil davon quer durch die Wohnung verschleppt hatte. Nicht schlecht für ein Tier, das über keine Daumen verfügt und daher nicht richtig greifen kann.

Es war schon fast sechs Uhr, und ich hatte noch nicht einmal meine Haare zurechtgemacht. Ich rannte ins Schlafzimmer, schüttete Reinigungsmittel auf die Flecken und föhnte mir schnell die Haare.

Da ging auch schon die Klingel. Ich betätigte den Türöffner an meiner Gegensprechanlage, um Latham hereinzulassen, zwängte mich in die Strumpfhose, die am wenigsten Laufmaschen hatte, und schaffte es gerade noch, in ein Paar hohe Schuhe zu schlüpfen, bevor es an der Tür klopfte.

Ein schneller Blick in den Spiegel. Nicht schlecht. Ich fuhr mir noch schnell ein letztes Mal durch die Haare, um sie ein wenig aufzulockern, und ging dann zur Tür.

Aber als ich sie öffnete, sah ich, dass es gar nicht Latham war.

KAPITEL 10

»Hallo, Jackie. Wow, du siehst echt scharf aus. Hast dich ziemlich aufgedonnert. Woher wusstest du, dass ich komme?«

Harry McGlade hatte ein paar Kilo mehr auf den Rippen, seit ich ihn vor ein paar Monaten zuletzt gesehen hatte. Das war bei meinem einzigen Besuch am Drehort des Films *Tödliche Begegnung: Harry McGlade gegen den Lebkuchenmann* gewesen. Harry hatte wie gewöhnlich einen Dreitagebart und trug ein zerknittertes gelbes Jackett über einem knallroten T-Shirt.

»Ich wusste gar nicht, dass der Miami-Vice-Look wieder in Mode ist.«

Harry grinste. »Tennissocken hab ich aber keine an. Willst du mich nicht hereinbitten?«

»Nein.«

»Jetzt sei doch nicht so, Jackie. Sag bloß, du bist immer noch sauer auf mich.«

»Ich bin nicht sauer«, log ich. »Ich warte gerade auf meinen Freund. Schau doch einfach noch mal nach Weihnachten vorbei. Weihnachten 2012, meine ich.«

»Jackie, alte Partnerin …«

»Wir sind keine Partner mehr, McGlade.«

Harry hob beschwichtigend die Hände. »Hör zu, es tut mir leid. Ich dachte, du würdest dich freuen, wenn dein Name im Abspann erscheint.«

Ich hatte den Drehort besucht, weil McGlade unbedingt wollte, dass ich den Regisseur und die Schauspielerin, die mich spielte, kennenlernte. »Damit du im Film authentisch rüberkommst«, hatte er mir gesagt.

Doch dann stellte sich heraus, dass meine Figur nur dazu da war, um für Lacher zu sorgen. Außerdem war sie strohdumm und trug in der ersten Hälfte des Films ein Paar unterschiedliche Schuhe. Ich zuckte zusammen, als ich an die Szene dachte, wo die Idiotin mit meinem Namen einen Verdächtigen festnahm und statt der üblichen Miranda-Warnung ihn über seine *Fernando*-Rechte belehrte.

Wut kochte in mir hoch, und ich verschränkte die Arme vor der Brust. »Du hast mich im Abspann als technischen Berater erwähnen lassen, und das bei einem Film, der nicht einen einzigen Aspekt der Polizeiarbeit korrekt darstellt.«

»Hehe. Erinnerst du dich an die Szene mit den *Fernando*-Rechten? Das war der größte Lacher im ganzen Film.«

Ich wollte Harry die Tür vor der Nase zuknallen, aber er schob einen Fuß dazwischen.

»Jackie! Bitte! Ich muss unbedingt mit dir reden. Es ist wirklich wichtig.«

Ich drückte mit meinem gesamten Körpergewicht gegen die Tür.

»Es geht um Leben und Tod! Bitte! Hey, pass auf, das sind italienische Schuhe!«

Da ich Harry – zu meinem Bedauern – gut kannte, wusste ich, dass er mich nicht in Ruhe lassen würde, bis ich meinen Widerstand aufgab. Ich überlegte schon, ihn unter einem Vorwand festzunehmen. So sehr mir dies auch Spaß gemacht hätte, Latham konnte jeden Moment vor der Tür stehen, und ich hatte keine Lust, unnötige Zeit zu verschwenden und McGlade aufs Revier zu bringen.

»Ich gebe dir dreißig Sekunden, McGlade, dann verschwindest du.«

»Sechzig.«

»Dreißig.«

»Fünfundvierzig.«

»Zwanzig.«

»Also gut. Dreißig Sekunden, dann bin ich hier weg.«

Ich ließ die Tür los. Harry grinste.

»Danke, Jackie. Darf ich jetzt reinkommen?«

Ich trat zur Seite. Er kam hereinspaziert und zog eine Duftwolke *Brut* hinter sich her.

»So, hier wohnst du also. Ziemlich heruntergekommenes Loch, findest du nicht?«

»Du hast noch fünfundzwanzig Sekunden.«

Harry hörte auf, meine Couch abzutasten und wandte sich mir zu.

»Okay, ich komme gleich zur Sache. Ich brauche einen Gefallen. Kennst du einen Sergeant Pierce im zwölften Revier?«

»Nein.«

»Also, der Typ …«

Es klingelte. Perfektes Timing, Latham. Ich drückte auf die Taste der Gegensprechanlage.

»Ich bin gleich unten, Latham.«

»Darf ich raufkommen? Die Blumen brauchen Wasser.«

Ich drückte noch einmal die Sprechtaste, wusste aber nicht, was ich sagen sollte. Ich wollte auf gar keinen Fall, dass Latham McGlade begegnete.

»Jackie!«, rief Harry. »Komm sofort wieder ins Bett!«

Ich boxte McGlade in die Rippen. Trotz meines geringen Körpergewichts konnte ich fest zuschlagen – ich machte gerade meinen schwarzen Gürtel in Taekwondo. McGlade schrie auf.

»Jack, wer war das?«

»Harry McGlade. Er geht gerade.«

McGlade verzog das Gesicht. »Du hast mir dreißig Sekunden versprochen!«

»Jack, wenn bei dir was dazwischengekommen ist, können wir immer noch morgen ausgehen.« Er klang verwirrt.

»Nein! Komm rauf.«

Ich drückte den Türöffner. Dann stieß ich einen Finger in McGlades schwabbelige Brust.

»Raus!«

»Aber du hast doch gesagt …«

»Wenn du nicht auf der Stelle verschwindest, tu ich dir nie wieder einen Gefallen, das schwöre ich dir.«

McGlade ließ sich meine Drohung durch den Kopf gehen.

»Also dann tust du mir den Gefallen, wenn ich jetzt gehe?«

»Ich weiß noch nicht mal, was du überhaupt von mir willst.«

»Wann hast du Zeit, damit wir uns darüber unterhalten können?« Harry griff in seine Tasche und holte einen digitalen Organizer hervor. »Ich könnte mich morgen mit dir zum Mittagessen treffen.«

»Gut, morgen Mittag dann. Aber jetzt musst du gehen.«

Ich schob Harry zur Tür hinaus und eilte ins Bad, um noch einmal meine Frisur und mein Make-up zu überprüfen. Außerdem schluckte ich zwei Aspirin. McGlade verursachte mir jedes Mal Kopfschmerzen.

Als es klopfte, gab ich mir größte Mühe, freundlich zu lächeln.

»Hi, Latham.«

Latham wartete mit einem Dutzend Rosen in der Hand vor meiner Tür und schaute verwirrt drein. Daneben stand Harry und legte ihm einen Arm um die Schultern.

»Ich hab eine gute Nachricht für dich, Jack. Wir können auf das Mittagessen morgen verzichten. Dein Freund hat gesagt, ich kann mit euch zum Abendessen kommen.«

Latham zuckte betreten mit den Schultern.

»Er hat gesagt, es geht um Leben und Tod.«

Ich bedachte Harry mit einem Blick, den ich mir sonst nur für Vergewaltiger und Mörder vorbehielt.

»McGlade …«

»Ich bleib nicht lang. Und ich bezahle. Ich kenne eine gute Bar mit Restaurantbetrieb gleich ums Eck.«

»Warte draußen«, befahl ich ihm. Dann zog ich Latham in meine Wohnung und schloss die Tür.

Latham sah gut aus. Er trug einen dunkelgrauen Anzug, ein hellgraues Hemd und eine tiefblaue Seidenkrawatte. Der schicke Businesslook.

»Das ist also Harry. Er ist aber älter und dicker als der Typ, der ihn im Fernsehen gespielt hat.«

»Er ist auch dümmer. Sind die für mich?«

Latham gab mir die Rosen. Ich roch daran, wie es sich gehört.

»Die sind wunderschön.«

»Du auch.«

Latham beugte sich vor, um mich zu küssen. Als seine Lippen die meinen berührten, spürte ich es bis in meine Zehen. Mich überkam ein plötzlicher Impuls, das Abendessen und McGlade sausen zu lassen und stattdessen Latham ins Schlafzimmer zu zerren. Wenn mein Bett nicht voller Katzendreck gewesen wäre, hätte ich es auch getan.

»Wir sollten die Rosen in eine Vase mit Wasser tun.« Latham brachte den Strauß in die Küche und blieb abrupt stehen, als er die Unordnung sah.

»Was ist denn da passiert? Hier sieht's ja aus wie in Pompeji nach dem Vesuvausbruch.«

»Eine lange Geschichte. Ich erzähle sie dir bei einem romantischen Dinner.«

»Jackie!« McGlade hämmerte gegen die Tür. »Wieso braucht ihr so lang? Treibt ihr es miteinander?«

Latham lachte. »Soso ... ein romantisches Abendessen?«

»Meine Waffe ist in der Handtasche. Soll ich ihn erschießen?«

»Lass ihn zuerst fürs Abendessen bezahlen.«

Im Küchenschrank fand ich eine Vase. Latham schnitt unten an den Stielen zwei Zentimeter ab. Als die Rosen versorgt waren, küsste ich ihn noch einmal und wischte danach Lippenstift von seinem Mund.

»Also, was war diese wichtige Angelegenheit, über die du mit mir reden wolltest, Latham?«

Latham lächelte. In seinen Augen blitzte es.

»Das erfährst du noch früh genug.«

KAPITEL 11

»Also, das war in den Achtzigern, und Crack war damals noch eine ziemlich neue Droge. Jackie und ich hören über Funk, dass bei dieser bekannten Crackhöhle ein Kollege dringend Hilfe braucht und …«

Latham stieß mich an. »Ihr beide seid damals zusammen Streife gefahren?«

Ich nahm einen großen Schluck Sam Adams und verzog das Gesicht.

»Wollte ja sonst keiner mit ihm fahren, da ist er an mir hängen geblieben.«

»Das stimmt. Lag daran, dass ich ein Draufgänger war.«

»Es lag daran, dass du eine Nervensäge bist. Bisher hat jeder, der Harry als Partner hatte, um Versetzung gebeten.«

Harry schüttelte den Kopf. »Stimmt nicht. Steinwank hat eine Schussverletzung abbekommen.«

»Steinwank hat sich selbst in den Fuß geschossen, um von dir wegzukommen.«

»Was soll's. Wo war ich stehengeblieben? Ach ja, wir fahren also vor dieser Crackhöhle vor, und da liegt doch tatsächlich ein Uniformierter auf dem Gehsteig.«

Ich trank noch einen Schluck Bier und sah mich in der Kneipe um. Wir saßen im Cubby Bear, einer Sportsbar gleich gegenüber vom Wrigley Field, nur ein paar Blocks von meiner Wohnung entfernt. Harrys Gesicht war voller Barbecuesoße, und während er redete, nagte er an seinen Buffalo Wings.

»Jack steigt also aus und schaut sich den Typen an. Er liegt da und rührt sich nicht.«

»Hatte es ihn tödlich erwischt?«, fragte Latham. Während der letzten halben Stunde hatte er Harry aufmerksam und interessiert zugehört und ihn damit bei guter Laune gehalten, und ich wünschte mir, er würde endlich damit aufhören. Weder er noch Harry hatten mir bisher konkrete Gründe genannt, warum sie mit mir reden wollten. Hier saß ich nun, ungeduldig und übertrieben angezogen, und hatte den Zigarettenqualm, den Lärm und die College-Studenten, die ständig gegen meinen Stuhl stießen, gründlich satt.

»Das ist ja gerade der Witz. Von einer Schusswunde keine Spur, aber dafür hat er diese riesige Beule auf seinem Kopf, so groß wie ein Gänseei. Der Typ wollte einfach nicht zu sich kommen, hat sogar geschnarcht. Na ja, jedenfalls hat Jackie das als Vorwand genommen, um in die Crackhöhle einzudringen. Sie spaziert da einfach rein, was an Selbstmord grenzt. Crackhöhlen sind nämlich regelrechte Festungen. Ich erinnere mich an eine Razzia, wo die

Jungs von der Sitte einen Granatwerfer gefunden haben. Diese Typen verstehen keinen Spaß.«

Latham sah mich mit derart unverhohlener Bewunderung an, dass ich beinahe rot anlief.

»Die hatten aber keinen Granatwerfer«, sagte ich.

»Lass mich zu Ende erzählen. Ich gehe also hinterher, bin ja schließlich ihr Partner. Jackie brüllt herum und fuchtelt mit ihrer Dienstwaffe, bis die Typen sich vor Angst in die Hose machen. Bevor wir bis drei zählen konnten, haben die sich alle ergeben. Wir haben ganz allein achtzehn Leute wegen schwerer Straftaten festgenommen, ohne einen einzigen Schuss abzufeuern. Wir kamen sogar in die Abendnachrichten.«

»Und was war mit diesem Polizisten?«

»Das ist das Beste. Wie sich herausstellte, wollte er sich in dem Haus Koks für seinen privaten Gebrauch besorgen. Und dann ist er über seine Schnürsenkel gestolpert und derart auf die Fresse gefallen, dass er bewusstlos war.«

Harry klopfte sich lachend auf die Schenkel und hinterließ dort Soßenflecken.

»Tolle Geschichte«, sagte Latham und trank einen Schluck Bier. »Jack erzählt eigentlich nie so richtig von sich.«

»Hat Sie Ihnen von ihrem Undercover-Einsatz für die Sitte erzählt, wo sie sich als Nutte verkleidet hat?«

»Nein. Die Story würde ich gern hören.«

Ich hatte zwar nichts dagegen, mir Geschichten aus meiner Vergangenheit anzuhören, aber Lathams kumpelhaftes Verhalten gegenüber Harry McGlade ging mir gegen den Strich. Ich konnte den Kerl einfach nicht ausstehen – aus einer Vielzahl von Gründen. Es wurde also Zeit, das Thema zu wechseln.

»Was ist das für ein Problem, das du mit Sergeant Pierce hast?«, fragte ich Harry.

»Ach das. Ich hab seine Frau gevögelt.«

»Du hast was?«

»Ich hab ihr meine Spezialbehandlung verpasst, mit allem Drum und Dran. Sie ist eine klasse Frau, viel zu gut für ihn.« Harry schleckte seine Finger ab und schnappte sich den letzten Hühnerflügel.

»Und du brauchst mich, weil …?«

»So wie es aussieht – und Mrs Pierce hat mir leider nichts davon gesagt, bevor sie mit mir in die Kiste gehüpft ist –, spielt ihr Mann mit dem Bürgermeister Golf.«

»Und?«

»Und jetzt will mir die Stadtverwaltung meine Privatermittlerlizenz nicht verlängern.«

Ich wollte gerade meine Belustigung über diese gute Nachricht zum Ausdruck bringen, als das Knallen von Pistolenschüssen durch die Bar hallte.

Harry und ich erkannten das Geräusch sofort und warfen uns auf den Boden. Ich riss Latham mit mir mit.

»Siehst du was?« McGlade hatte bereits seine Waffe gezogen, eine .44er-Magnum, die größte Handfeuerwaffe auf dem Markt. Wenn die Lage nicht so ernst gewesen wäre, hätte ich einen Witz über Freud'sche Überkompensation gemacht.

»Am Eingang«, antwortete ich und riss meine .38er aus der Handtasche.

Wieder ein Schuss. Die meisten Gäste in der Bar hatten immer noch nicht kapiert, was geschah, und standen verwirrt herum. Ich spähte durch den Wald von Beinen hindurch und sah den Schützen bei der Eingangstür. Er war weiß und dünn, und sein Gesicht sah fast so ungepflegt aus wie seine Kleidung. In seiner Hand hielt er eine Pistole, dem Aussehen nach eine 9 mm, und fuchtelte wild damit herum.

Vor ihm lag der Türsteher in einer Blutlache, die immer größer wurde.

»Sieht aus wie ein Obdachloser auf Drogen. Er hat 'ne 9 mm. Einer liegt am Boden, soweit ich erkennen kann.«

»Ich mach mich seitlich an ihn ran. Lenk ihn ab.«

Harry huschte nach rechts in Richtung Wand auf der anderen Seite der Bar. Mit der Linken holte ich meine Polizeimarke hervor.

»Bleib liegen«, befahl ich Latham. Dann erhob ich mich und hielt die Polizeimarke hoch.

»Polizei! Runter! Alle auf den Boden!«

Panik ergriff die Leute um mich herum. Sie schrien und rannten durcheinander. Ein paar hörten auf mich und schmissen sich hin. Die Rockmusik aus den Lautsprechern verstummte. Ich zog meine hochhackigen Schuhe aus und zielte auf den Schützen. Der stand nur mit offenem Mund da und starrte an die Decke.

»Waffe weg!«

Keine Reaktion. Ich wusste nicht, ob er mich überhaupt gehört hatte. Ich blickte nach rechts, konnte Harry in dem Gewimmel jedoch nirgendwo sehen.

Ich machte drei Schritte auf den Schützen zu, streckte den rechten Arm aus und stützte den Ellenbogen mit der Linken ab. Mein Revolver zielte direkt auf sein Herz.

»Werfen Sie die Waffe weg, Sir!«

Der Typ hätte genauso gut taub sein können. Ich näherte mich ihm auf weniger als fünf Meter. Ein leichtes Ziel. Ich hatte keine Extramunition und hoffte, dass sechs Kugeln reichen würden.

»Ich warne Sie zum letzten Mal, Sir! Werfen Sie die Waffe weg!«

Er rührte sich nicht. Jetzt hatte ich keine andere Wahl.

Einatmen, ausatmen, abdrücken.

Drei Kugeln trafen ihn dicht nebeneinander in die Brust.

Er taumelte rückwärts, starrte mich an und hob seine 9 mm.

Kaum hatte ich meinen letzten Schuss abgefeuert, ging Harrys Kanone mit Donnerschlag los.

Ich hatte ziemlich weit oben getroffen, zweimal an der Schulter, einmal am Hals.

Harrys Schüsse trafen überall. Seine Kugeln waren größer und schneller und rissen klaffende Löcher in den Kerl, worauf er zusammenbrach und hart auf dem Boden aufschlug.

Ich eilte zu ihm und kickte seine Pistole weg. Ich hatte zwar Handschellen in meiner Tasche, würde sie aber wohl kaum brauchen. Der Kerl sah nämlich aus wie ein gerupftes Huhn.

Stattdessen widmete ich meine Aufmerksamkeit dem angeschossenen Türsteher. Bauchwunde. Puls kräftig, aber unregelmäßig. Aus der Ferne hörte ich Sirenen, die näherkamen. Ich sah mich nach etwas um, mit dem ich die Blutung stoppen konnte.

»Jetzt scheiß doch die Wand an!«

Harry tippte mir auf die Schulter. Er hatte gerade die leeren Patronenhülsen aus der Trommel seines Revolvers entfernt, und als ich zu ihm aufblickte, deutete er mit dem Kinn nach vorn.

Der Täter, unser Täter, rannte zur Tür hinaus.

Ich sah Harry an. Er zuckte die Achseln.

Wir rannten dem Kerl nach.

Als ich barfuß nach draußen stürzte, schlug mir die Hitze wie aus einem Backofen entgegen. Die Blutspur ging nach links, und ich sah, wie der Schütze durch den Verkehr sprintete, und zwar um einiges schneller, als dies bei seinen Verletzungen möglich sein sollte.

Harry pfiff. »Verdammt. Sind alle deine Schüsse danebengegangen?«

»Unsinn, ich hab ihn mehrfach erwischt. Wie konntest *du* mit diesem Gerät dein Ziel verfehlen?«

»Meine waren Volltreffer. Der Kerl hatte mehr Löcher als ein Golfplatz.«

Wir eilten ihm nach.

Der Asphalt war heiß, und winzige Steinsplitter gruben sich in meine Fußsohlen. Das erste Mal im Leben war ich froh, dass ich diese hässliche Hornhaut hatte.

»Scheiße!« McGlade schnaufte laut neben mir. »Ich bin diese Anstrengung nicht mehr gewöhnt – außer in der Horizontalen.«

»Friss nicht so viele Buffalo Wings!«

Der Flüchtige rannte am Nordeingang von Wrigley Field vorbei. Umherstehende wichen ihm aus. Er blutete, aber nicht so stark, wie ich vermutet hätte. Vielleicht wirkte seine vor Schmutz erstarrte Kleidung wie eine schusssichere Weste.

McGlade fiel hinter mir zurück und bekam einen Hustenanfall. Ich legte einen Zahn zu. Mein Kleid saß zwar eng um meine Beine, aber der Schlitz gab mir ausreichend Bewegungsfreiheit. In meiner Rechten hielt ich immer noch meine Waffe, die sich allmählich schwer anfühlte. Mit der Linken versuchte ich, meinen Bügel-BH zurechtzurücken, der mir schmerzhaft in die Rippen schnitt.

Ich wich einer zerbrochenen Bierflasche aus, rannte um die Ecke und machte mir beinahe vor Schreck in die Hose.

Der Kerl hatte die Richtung gewechselt und ging jetzt geradewegs auf mich los.

Ich kam schlitternd zum Stehen, schürfte mir dabei die Haut an meinen kleinen Zehen ab und fing mich rechtzeitig, um in Kampfstellung zu gehen – das rechte Bein hinten, das linke vorn, die Knie leicht angewinkelt, die linke Hand zur Faust geballt und parallel zum Bein. Eine Abwehrhaltung.

Taekwondo kommt ursprünglich aus Korea. Schüler müssen zehn Grade durchlaufen, bevor sie den schwarzen Gürtel erwerben. Die Prüfung für jeden Gürtel besteht aus vier Teilen: Formen, was nichts anderes ist als einstudierte Schritte, ähnlich den *Katas* beim Karate, Bretter entzweitreten, was teilweise meine Hornhaut an den Füßen erklärte, koreanische Terminologie und Sparring.

Letzteres war meine Stärke.

Der Täter holte mit dem rechten Arm aus und ließ ihn auf mich herabsausen.

Ich wehrte den Schlag mühelos ab, wirbelte herum und brachte ihn mit einem Tritt in die Wirbelsäule aus dem Gleichgewicht.

Er schlug hart auf dem Asphalt auf und rollte zur Seite. Der Gehsteig unter ihm war voller Blut. Ich sah ihm in die Augen – nichts als geweitete Pupillen, die ins Leere starrten. Aus den Wunden in seiner Brust strömte Blut wie aus einem ausgedrückten Schwamm.

Ich hatte schon Leichen gesehen, die besser aussahen.

Aber der Kerl war einfach nicht totzukriegen. Er setzte sich auf und versuchte, auf die Beine zu kommen.

Ich packte meine Waffe am Lauf und schlug ihm mit dem Griff auf die Stirn.

Er fiel auf den Rücken und setzte sich wieder auf. Aus einer Kopfwunde spritzte Blut.

Im Lauf der Jahre hatte ich immer wieder Geschichten über Leute gehört, die PCP genommen hatten und dann Handschellen zersprengten, einen Sprung aus dem zehnten Stock überlebten oder ein Dutzend Schüsse abbekamen und trotzdem weiterkämpften. Aber ich hatte diesen Schilderungen nie Glauben geschenkt.

Bis zu diesem Augenblick.

Hinter mir kam Harry keuchend angerannt und schnappte nach Luft wie ein Asthmakranker, der obendrein unter einer Pollenallergie leidet.

Der Täter sah Harry an, schrie etwas Unverständliches und stürzte sich auf den neuen Gegner.

McGlade schrie ebenfalls, allerdings eine Oktave höher, und zog dem Kerl mit seiner Magnum eins über.

Der Typ ging wieder zu Boden.

Und setzte sich wieder auf.

McGlade trat einen Schritt zurück. »Da stimmt doch was nicht, Jackie. Vielleicht sollten wir ihn einfach gehen lassen.«

»Wenn wir das tun, verblutet er.«

»Und was ist daran so schlimm?«

Der Mann schaffte es, sich erst hinzuknien und dann aufzustehen. Da ich ihm nicht schon wieder mit der Knarre eins überbraten wollte, probierte ich es mit einem Halbkreistritt an seinen Kopf.

Er fiel um und stand wieder auf.

Harry kratzte sich am Kinn. »Wie dieses Spielzeug, das es früher mal gab. Du weißt schon, diese kleinen Figuren, die in sich zusammensinken und wieder aufstehen.«

»Stehaufmännchen. Aber ich kann mich nicht erinnern, dass die so stark geblutet haben.«

»Ich glaube, ich hab eine Idee.« Harry drehte sich um und entfernte sich.

»Willst du einen Panzer mieten?«

»Nein. Ich nehme bloß Anlauf.«

McGlade machte vier schnelle Schritte und trat dem Kerl voll in die Eier.

Der Typ brüllte in den Nachthimmel von Chicago, so laut, dass das Echo noch eine ganze Weile nachhallte.

»Na also.« McGlade strich sich seine Jacke glatt. »Das würde selbst den Terminator von den Socken hauen.«

Er hatte recht. Der Mann hielt sich röchelnd den Schritt und fiel um.

»Der gehört dir, Jack. Du kannst ihn jetzt über seine Fernando-Rechte belehren.«

Ich legte ihm Handschellen an, ließ ihn mit McGlade zurück und ging los, um Verstärkung zu holen.

KAPITEL 12

Das Taxi setzte uns kurz nach vier Uhr morgens vor meiner Haustür ab. Latham, ganz der Gentleman, war während der zwei Einsatzbesprechungen zu meiner Aktion und meines anschließenden Besuchs in der Notaufnahme, wo ich mir ein paar Glassplitter aus meinen Füßen entfernen ließ, nicht von meiner Seite gewichen. Er begleitete mich bis zu meiner Wohnung, und ich umarmte ihn.

»Romantischer Abend, nicht wahr?«

Er lächelte und gab mir einen Kuss auf die Nasenspitze.

»Das kannst du laut sagen. Bei unserem ersten Date entführt mich ein Serienmörder, und heute darf ich dabei zusehen, wie du einen Irren auf Drogen davon abhältst, eine Yuppie-Bar zusammenzuschießen. Hast du morgen Zeit? Vielleicht erleben wir live einen Bankraub mit.«

Er zog mich sanft zu sich heran.

»Möchtest du reinkommen?«, fragte ich.

»Das ist der beste Vorschlag, den ich heute gehört habe.«

Ich öffnete die Tür, wohl wissend, dass ich keine saubere Bettwäsche hatte. Ich fragte mich, ob ich nicht schon zu alt dafür war, es auf dem Sofa zu treiben.

»Ist es zu spät für einen Drink?«, fragte ich. »Oder zu früh?«

»Im Augenblick würde ich sogar Muskateller aus einem Hundenapf trinken.«

»Wie wär's mit einem Whiskey Sour?«

Latham nickte.

Ich ging in die Küche und verzog erst einmal das Gesicht, als ich die Unordnung sah. Dann mixte ich zwei brauchbare Highballs. Latham stand im Wohnzimmer und hatte sein Jackett abgelegt. Ein gutes Zeichen.

»Gefällt es dir hier?«, fragte er, als ich ihm seinen Drink reichte.

»Hier zusammen mit dir?«

»Hier in dieser Wohnung. Ich weiß, dass du diese Gegend nicht besonders magst und dass hier ein paar, nun ja, unangenehme Dinge passiert sind.«

»So genau hab ich eigentlich nie darüber nachgedacht. Wieso fragst du?«

Er sah mich mit einem spitzbübischen Grinsen an.

»Ich hab mir gerade eine Eigentumswohnung am Seeufer gekauft. Mit jeder Menge Platz und einer tollen Aussicht.«

»Super.« Ich nippte an meinem Drink. »Und was ist mit deinem Haus?«

»Schon verkauft. Jack, ich will, dass du zu mir ziehst.«

Bevor ich antworten konnte, sah ich Mr Friskers auf dem Fernseher, wie er gerade zum Sprung ansetzte.

»Latham, bleib, wo du bist.«

»Aber ich muss umziehen, ich hab ja schon den Kaufvertrag unterschrieben …«

»Scht.« Ich hielt den Zeigefinger an die Lippen. »Ich meine, wegen des Katers. Sieht so aus, als ob er dich jeden Moment anspringt.«

»Hey, ich mag Katzen. Wenn du ihn mitnehmen willst, hab ich nichts … Hey, was soll das?!«

Mr Friskers flog wie eine Rakete durch die Luft und krallte sich mit allen vieren an Lathams Gesicht fest.

Latham schrie etwas, aber ich konnte es durch das Fell nicht hören. Ich packte den Kater und versuchte vorsichtig, ihn wegzuziehen. Lathams Schreie klangen immer noch gedämpft, doch diesmal konnte ich ihn verstehen.

»Nein! Hör auf zu ziehen! Hör auf zu ziehen!«

Ich ließ los und blickte mich hektisch im Zimmer um. Neben dem Sofa lag die mit Katzenminze ausgestopfte Spielzeugmaus, die ich in der Tierhandlung gekauft hatte. Ich hob sie auf und hielt sie Mr Friskers unter die Nase.

»Brave Mieze. Lass sein Gesicht los. Lass los, Mieze.«

Mr Friskers schnupperte ein paarmal und wurde total schlaff. Ich trug ihn ins Bad und hielt ihm die Spielzeugmaus weiterhin an die Nase. Dann setzte ich ihn mitsamt der Maus ab und sperrte die Tür zu.

Latham war inzwischen in der Küche und tupfte sich mit einer Küchenrolle das Blut vom Gesicht.

»Menschenskind, Latham, ist alles in Ordnung?«

Er rang sich ein Lächeln ab.

»Ich brauche womöglich eine Bluttransfusion.«

»Das tut mir wirklich leid. Ich hätte dich warnen sollen.«

»Und ich dachte, es ist verboten, Berglöwen als Haustiere zu halten.«

Ich erzählte ihm die Kurzversion, wie ich zu Mr Friskers gekommen war, während ich ihm half, die Kratzer zu verarzten. Sie waren nicht so schlimm wie bei Herb. Vielleicht wurde Mr Friskers langsam zahmer.

»Du willst ihn also nicht behalten?«

»Nicht, wenn ich es vermeiden kann.«

»Gut. Ich meine, ich würde ihn natürlich akzeptieren, wenn er dir gehört. Aber wenn er im Zimmer ist, möchte ich mir nicht die Hose ausziehen.«

Ich wollte etwas sagen, wusste aber nicht, was. Mit Latham zusammenzuwohnen wäre eine tolle Sache. Er hatte recht – weder die Gegend noch meine Wohnung gefielen mir, und wenn er mich jede Nacht in den Armen hielt, könnte das vielleicht meine Schlaflosigkeit kurieren.

Aber anstatt an all das zu denken, sah ich meine Mutter vor mir, wie sie in ihrem Bad hilflos auf dem Boden lag.

»Latham, ich würde gern mit dir zusammenziehen …«

»Super!«

»… aber das geht nicht. Sobald meine Mutter aus dem Krankenhaus entlassen wird, zieht sie zu mir.«

Als ich sah, wie sich in seinem Gesicht langsam die Enttäuschung breitmachte, zuckte ich zusammen.

»Meine neue Wohnung hat aber nur ein Schlafzimmer.«

Ich ging in die Defensive. »Latham, ich hab doch nicht von dir verlangt, dass du meine Mutter bei dir wohnen lässt.«

»Ich weiß. Ich meine, ich hätte natürlich nichts dagegen, wenn sie mit dir kommt, aber die Wohnung hat halt leider nur ein Schlafzimmer. Da wäre für sie kein Platz.«

»Hey, ich hab doch gesagt, dass ich das nicht von dir verlange.«

»Dann hab ich mich wohl falsch ausgedrückt.« Latham streichelte meine Wange. »Hör zu, Jack, ich will wirklich mit dir zusammen sein. Dieses ständige *Ich-komm-zu-dir-du-kommst-zu-mir*, dafür sind wir einfach zu alt. Verstehst du, was ich meine?«

»Ich weiß, Latham. Ich wollte, es gäbe eine Lösung.«

»Vielleicht gibt es ja eine. Zumindest eine Teillösung.«

Mir gefiel nicht, worauf das hinauslief, aber ich war trotzdem neugierig.

»Wie meinst du das?«

»Was sagst du dazu, wenn sie hier wohnt, in deiner Wohnung? Mit dem Auto sind das nur zwanzig Minuten.«

»Sie braucht aber jemanden, der sich ständig um sie kümmert.«

»Okay, gut. Es gibt ja Altenheime, sehr gute sogar. Deine Mutter könnte dort die Pflege und ärztliche Betreuung bekommen, die sie braucht, und wir könnten sie jeden Tag be…«

»Ich glaube, es ist besser, wenn du jetzt gehst, Latham.«

Ich nahm ihn am Ellenbogen und geleitete ihn zur Tür.

»Jack, ich wollte damit doch nur sagen, dass es viel Arbeit macht, einen alten Menschen zu pflegen. Ich will nicht, dass du dein Leben verschwendest …«

Ich machte die Tür auf.

»Wenn ich mich um meine Mutter kümmere, verschwende ich mein Leben nicht.«

»So hab ich das auch nicht gemeint. Hör zu, Jack, wir haben eine schreckliche Nacht hinter uns, und ich kann momentan nicht klar denken.«

»Anscheinend nicht.«

Plötzlich starrten Lathams Augen mich grimmig an. Ich hatte ihn noch nie richtig wütend erlebt, und das, was sich da anzubahnen schien, gefiel mir nicht.

»Das klingt jetzt vielleicht nach Eigenlob, Jack, aber ich finde, dass ich ein netter und anständiger Kerl bin.«

»Es klingt nicht nur so«, erwiderte ich. »Es *ist* Eigenlob.«

Kaum war mir dieser Satz über die Lippen gegangen, fühlte ich mich schrecklich. Aber bevor ich mich entschuldigen konnte, war Latham bereits draußen im Gang. Ich sah gerade noch, wie er im Treppenhaus verschwand, ohne sich umzublicken.

Das hast du wieder mal toll hingekriegt, Jack. Du hast soeben eine Beziehung mit dem letzten anständigen Mann im Mittleren Westen kaputt gemacht.

Aus dem Bad hörte ich, wie Mr Friskers zustimmend kreischte.

Ich ging wieder in meine Wohnung und kippte meinen restlichen Drink, den von Latham und dann noch einen herunter. Angenehm beschwipst ließ ich den kreischenden Kater aus dem Bad, entfernte mein Make-up, rollte mich auf meinem nicht bezogenen Bett zusammen und schlief eine wunderbare Dreiviertelstunde, bevor ich wieder wach wurde.

Die nächsten drei Stunden schlief ich im Stop-and-go-Modus. Ich nickte immer mal wieder kurz ein, lag dann aber längere Phasen wach, in denen mich Angst, bohrende Fragen und Selbstzweifel quälten.

Als ich schließlich aufstand, um zur Arbeit zu gehen, sah mein Spiegelbild nicht gerade schmeichelhaft aus.

Ich quälte mich durch meine Morgengymnastik, bestehend aus Liegestützen und Sit-ups, duschte kalt und zog mir einen hellbraunen Blazer von Perry Ellis, einen dazu passenden Rock und eine gestreifte Bluse an.

Als ich das Wohnzimmer betrat, stellte ich fest, dass ich nicht das einzige nachtaktive Wesen in meinem Haushalt war. Zu meiner grenzenlosen Erheiterung hatte Mr Friskers fast die ganze Farbe von dem alten Schaukelstuhl meiner Großmutter abgekratzt. Von seinem Platz auf dem Sofa starrte er mich mit großen Augen an, während ich den Schaden inspizierte.

»Jetzt verstehe ich, warum sich die meisten Leute lieber einen Hund anschaffen.«

Er hatte darauf keine Antwort parat.

Ich beseitigte den Katzendreck, so gut es ging, füllte seinen Fressnapf, würgte ein paar Cornflakes herunter und verließ meine Wohnung. Der Tag konnte losgehen.

Draußen herrschte eine Hitze wie in einem Backofen, und ich schwitzte so sehr, dass mein Lidschatten zerrann. Unterwegs einen Kaffee zu besorgen, schien absurd, aber ich brauchte den Koffeinkick. Ich nahm auch gleich einen für Herb mit.

Im Polizeirevier funktionierte die Klimaanlage immer noch nicht richtig. Die eisigen Temperaturen fühlten sich die ersten zwei Minuten gut an, aber dann wurde es richtig unangenehm.

Herb war noch nicht in seinem Büro. Das war ungewöhnlich, denn sonst kam er stets vor mir zur Arbeit. Ich stellte seinen Kaffee auf seinen Schreibtisch und ging zurück in mein Büro, wo ich ein paar Anrufe tätigte, die mit dem gestrigen Vorfall zu tun hatten.

Der Zustand des Türstehers mit der Bauchwunde hatte sich inzwischen stabilisiert, und der Täter lebte wider Erwarten noch. Ich bat die Ärztin, mir Bescheid zu geben, sobald ihr das toxikologische Labor die Ergebnisse des Bluttests mitgeteilt hatte, aber sie meinte, dies wäre nicht nötig.

»Ich bin mir zu neunundneunzig Prozent sicher, dass er auf Hydro war.«

»Wasser?«

»Nein. So heißt diese neue Droge, die auf der Straße in Umlauf ist. Es ist ein gefährlicher Cocktail aus Phencyclidin, Phentermin und Oxycodon, also im Prinzip Angel Dust, Speed und Codein. Wie jemand auf die Idee kommt, die drei zusammenzumischen, kann ich mir nicht vorstellen. Außerdem wird manchmal noch Phyllochinon beigemischt.«

»Was ist das?«

»Vitamin K. Man verabreicht es Patienten vor einer Operation, weil es die Blutgerinnung unterstützt.«

»Diese Droge verwandelt also Menschen in psychopathische Supermänner, die weder bluten noch Schmerz empfinden?«

»Da sehnt man sich doch glatt nach den sechziger Jahren und dem guten alten LSD zurück, finden Sie nicht?«

»Wer ist so verrückt und stellt so etwas her?«

»Ich arbeite jetzt schon seit sechs Jahren in der Notaufnahme, und da habe ich den Überblick über die verschiedenen Methoden verloren, mit denen Menschen sich selbst zerstören. Ich flicke sie einfach nur zusammen, damit sie wieder von vorn anfangen können.«

»Sie klingen zynisch.«

»Ich hab all die Löcher genäht, die Sie diesem Kerl verpasst haben, und da nennen Sie mich eine Zynikerin?«

Ihr Einwand war berechtigt. Ich legte auf und rief aus purer Neugierde bei der Bundesdrogenbehörde DEA an.

»Sie haben sicher schon von unserem großen Fang gehört.«

Der Agent meinte damit die Sicherstellung von Heroin im Wert von fast einer Milliarde Dollar vor der Küste Floridas. Eine der größten Drogenbeschlagnahmen in der Geschichte der USA.

»Das hat auf dem Markt ein Vakuum hinterlassen«, fuhr er fort. »Die Junkies brauchten weiterhin etwas, das sie sich spritzen konnten. Also hat dieser Drogenring an der Westküste ein paar Chemiker angeheuert, um eine Ersatzdroge herzustellen. Wir konnten bereits drei Hydro-Labore dichtmachen, aber die schießen wie Pilze aus dem Boden. Das Zeug hat eine schlimme Wirkung, lässt die Leute total ausrasten.«

»Das hab ich gesehen. Wir haben einem Mann elf Schüsse verpasst, und er ist davongesprintet wie Carl Lewis.«

»Nur elf? Das ist ja gar nichts. In Compton mussten zwei Polizisten achtundzwanzig Schüsse aus einer Mac-10-Maschinenpistole auf diesen Typen abfeuern, ehe er zu Boden ging. Hydro ist eine Teufelsdroge.«

»Meiner lebt noch.«

»Der andere auch. Er wird jetzt allerdings durch einen Schlauch ernährt. Wir überlegen schon, ihn als abschreckendes Beispiel in unserer Antidrogenkampagne zu verwenden.«

Mein Glaube an die Menschheit war nun wiederhergestellt. Ich schaute noch einmal in Herbs Büro, aber er war immer noch nicht da. Da ich meinen Kaffee längst ausgetrunken hatte, nahm ich seinen und ging zu Officer Fuller, um nachzusehen, wie er mit der Datenbank vorankam.

»Gerade erst angekommen?«, fragte ich.

Er saß über seinen Computer gebeugt und musterte mit zusammengekniffenen Augen eine Tabelle. Anscheinend hatte ich ihn überrascht, denn er zuckte zusammen, als er meine Stimme hörte.

»Oh, hi, Lieutenant. Nein, ich bin schon länger hier. Warum?«

»Hier drinnen ist es kalt wie in einem Gefrierfach, und Sie schwitzen.«

Er lächelte. »Ich habe eben einen hohen Stoffwechsel.«

»Ich wollte, ich könnte das von mir sagen. Wie kommen Sie mit der Datenbank voran?«

»Langsam. Sie haben viele Festnahmen.«

»Ich blicke ja auch auf eine lange Laufbahn zurück. Haben Sie schon Übereinstimmungen mit dem Besucherverzeichnis des Leichenschauhauses gefunden?«

Er schüttelte den Kopf. »Sobald ich was finde, sag ich Ihnen Bescheid.«

»Danke, Officer. Carmichael geht übrigens im Oktober in Rente. Das heißt, dass eine Stelle in der Detective-Abteilung frei wird.«

Fuller murmelte irgendetwas, das ich nicht verstand.

»Wie bitte?«

»Ach, nur ein stilles Gebet, Lieutenant. Ich versuche schon seit über einem Jahr, in die Detective-Abteilung zu kommen, werde aber jedes Mal übergangen.«

»Sie sind ein guter Polizist, Fuller. Aber die Kollegen, die diese Stellen bekommen haben, hatten mehr Dienstjahre auf dem Buckel.«

Er murmelte wieder etwas, und ich hatte das Gefühl, dass er mich beleidigt hatte. Aber ich sah darüber hinweg. Ich konnte verstehen, dass Fuller enttäuscht war – er unterstützte mich und Herb mit Übereifer, wann immer es eine Möglichkeit dazu gab, und das sogar nach Feierabend. Fuller hatte einen Riecher für Mordermittlungen, vor allem für die besonders brutalen Fälle. Seine Mitarbeit hatte sich schon öfter als wertvoll erwiesen.

Allerdings war er erst seit drei Jahren im Polizeidienst, und niemand kletterte so schnell die Karriereleiter empor. Das System ließ so etwas nicht zu.

»Sie haben also noch nichts für mich?«, hakte ich nach.

»Noch nicht, aber wenn es etwas gibt, dann finde ich es.«

Ich dankte ihm. Plötzlich tauchte Benedict am Rand meines Gesichtsfelds auf. Ich hatte ihn bereits gehört, bevor ich ihn sah. Er pfiff.

»Guten Morgen, Herb.«

»Morgen, Jack.« Er grinste breit und zwinkerte mir zu. Ich sah ihn verwundert an. »Alles in Ordnung, Herb?«

»Mir geht's blendend. Könnte gar nicht besser sein.«

»Du bist heute Morgen spät dran.«

»Ich hab verschlafen.« Herb zwinkerte mir wieder zu.

»Stimmt mit deinem Auge irgendwas nicht?«

»Nein, wieso?«

»Du zwinkerst mir ständig zu.«

»Ich bin einfach gut drauf, das ist alles. Nehmen wir uns heute den Drogendealer vor?«

Er steckte die Hände in die Hosentaschen und wippte auf den Fersen auf und ab.

»Ja. Ich hol nur eben mal 'ne Tüte. Ist mit dir wirklich alles in Ordnung?«

»Alles im grünen Bereich, Jack.« Und wieder zwinkerte er mir zu.

Gefolgt von meinem Partner, der mit seinem bizarren Benehmen wirkte, als käme er aus einem Paralleluniversum, ging ich zu meinem Schreibtisch und holte einen Plastikbeutel mit Puderzucker. Davis Drogenhändler würde sich der Polizei gegenüber wahrscheinlich nicht gerade kooperativ verhalten. Der Beutel würde ihn zum Reden bringen.

Ich gab ihn Herb. Heutzutage war es für eine Frau riskant, an einem Mann eine Leibesvisitation vorzunehmen, und umgekehrt genauso. Die Gesetze gegen sexuelle Belästigung schützten auch Kriminelle.

Nach einem kurzen Spaziergang über den Parkplatz, auf dem es heiß wie in der Sahara war, stiegen wir in Herbs

Camaro und stellten die Klimaanlage auf Hochtouren. Es war nur noch eine Frage der Zeit, bis ich mir von diesem ständigen Wechsel zwischen heiß und kalt eine Lungenentzündung holen würde.

Herb nahm den Lake Shore Drive nach Süden. Die Hitze schien Chicago nichts auszumachen, denn auf den Fußwegen entlang des Strandes wimmelte es von Menschen, und ein paar Selbstmörder gingen sogar joggen. Draußen auf dem Michigansee kreuzten hunderte Boote. Es sah aus, als hätte jemand körniges Meersalz auf einen riesigen polierten Spiegel gestreut.

Herb pfiff schon wieder und trommelte im Takt mit den Fingern auf das Lenkrad.

»Okay«, sagte ich, nachdem ich mir fünf Minuten lang auf die Zunge gebissen hatte. »Raus mit der Sprache.«

»Worüber?«

»Darüber, warum du so verdammt guter Laune bist.«

»Was meinst du damit?«

»Du benimmst dich, als hätte dich der Hafer gestochen.«

Er sah mich an und zwinkerte mir zu.

»Es gibt Dinge, über die schweigt man lieber.«

»Blödsinn, Herb. Wir sind Partner. Wir haben keine Geheimnisse voreinander.«

»Bist du dir sicher?«

»Todsicher.«

Herb zwinkerte mir wieder zu. Ich ballte meine Rechte zur Faust und hätte ihm am liebsten eine reingehauen.

»Also gut. Bernice und ich … haben gestern Nacht miteinander geschlafen.«

Ich starrte ihn an.

»Das ist alles? Du bist so gut gelaunt, weil du Sex hattest?«

Er grinste. »Und das gleich fünfmal.«

Ich glaubte, mich verhört zu haben.

»Fünfmal?«

Er nickte. »Dreimal letzte Nacht und dann noch zweimal heute Morgen.«

Ich sah Benedict mit neugewonnenem Respekt an.

»Dich hat nicht nur der Hafer gestochen, sondern du bist auch noch ein richtiger Pornostar.«

Wieder zwinkerte er mir zu. »Viagra.«

»Echt?«

»Bernice und ich haben dreißig Jahre lang die typische Einmal-die-Woche-Routine durchgezogen. Aber dann hab ich gestern beschlossen, ein bisschen Schwung in unser Liebesleben zu bringen.«

»Anscheinend hat es funktioniert.«

»Ich war nicht mehr zu bremsen, Jack. Du solltest die Kratzspuren auf meinem Rücken sehen.«

Ich wusste nicht, wie ich darauf reagieren sollte. Ihm anerkennend auf die Schulter klopfen? Ihm sagen, er solle sie gleich für mich mitvögeln? Ich entschied mich schließlich für ein: »Na, das ist doch super.«

»Sie hat mich um Gnade angefleht, Jack. Aber ich hab weitergemacht. Ich hab sie schon ewig nicht mehr so schreien hören wie …«

»Herb«, unterbrach ich ihn, »ich glaube, du hattest recht. Es gibt Dinge, über die schweigt man lieber.«

Die Gegend, in der Colin Andrews wohnte, war ein soziales Brennpunktviertel. Gangmitglieder, die offen ihre Farben und Insignien zur Schau stellten, beobachteten uns und überlegten wahrscheinlich, was ein weißes Paar in einem neuen Sportwagen in ihrem Viertel wollte. Als wir an einer Ampel warteten, kam ein Junge in schlabberigen Hosen mit übertrieben federndem, abrollendem Gang auf uns zu und klopfte an das Fenster der Beifahrerseite.

»Yo, habt ihr euch verfahren?«

Ich lächelte ihn an. »Wir sind Cops. Hast du Drogen bei dir?«

Er hob beide Hände, lächelte verlegen und entblößte dabei ein paar Goldzähne. Dann trat er den Rückzug an. Die Art und Weise, wie er sein Kopftuch trug, verriet mir, dass er zu den Gangsta Disciples gehörte. Er war bestimmt nicht älter als zwölf.

»Daran ist nur diese Rapmusik schuld«, sagte Herb.

»Das ist einfacher, als die Verantwortung bei den Eltern zu suchen.«

»Ich meine es ernst. Stell dir vor, wie die Bandenkriminalität zurückginge, wenn sich diese Kids Perry Como anhören würden.«

»Zurückgehen? Ich glaube, die würden dann erst recht randalieren. Ich würde es jedenfalls tun.«

Die 96th Street hatte mehr Schlaglöcher als Asphalt, und Herb zuckte jedes Mal zusammen, wenn sein Wagen über eines fuhr. Das Haus, in dem sich das Appartement von Andrews befand, war das gepflegteste in diesem Block, aber das sagte nicht viel aus. Graffitis verunstalteten nach wie vor den Gehsteig und die Wände, und die drei Löcher in der Eingangstür waren eindeutig Schusslöcher.

Herb parkte direkt vor dem Gebäude. An den Lederetuis mit unseren Polizeimarken waren Bänder befestigt, sodass wir sie uns um den Hals hängen konnten. Als ich ausstieg, verspürte ich dasselbe unsichere Gefühl, das ich jedes Mal hatte, wenn ich mich als weiße Polizistin in die South Side wagte. Weiß, Bulle, Frau – keine dieser Kategorien genoss in dieser Gegend Respekt.

Herb sah mich an. »Wie siehst du das Ganze?«

Ich wusste, was er meinte. Es war eher unwahrscheinlich, dass Davi McCormick ihre Drogen von Colin bezogen hatte, es sei denn, er besuchte öfter das Gold-Coast-Viertel. Allerdings bleiben Dealer meistens in ihrem eigenen Bezirk. Und zwei abgetrennte Arme im Bezirksleichenschauhaus zu hinterlegen, war wohl kaum die Tat eines typischen Bandenmitglieds oder Drogenhändlers.

»Die Anrufe von ihrem Festnetz gingen auf sein Handy. Vielleicht haben wir Glück.«

Das Schloss der Sicherheitstür war aufgebrochen, was uns den Zugang erleichterte. Im Treppenhaus roch es nach Hitze und Fäulnis. Graffitis zierten die Wände, und jemand hatte zwei von den drei Flurlampen demoliert.

Das Appartement, in dem Colin Andrews wohnte, lag im Erdgeschoss. Jemand hatte die Nummer an der Tür entfernt, aber wir fanden es, indem wir zählten.

Herb klopfte an die Tür.

»Colin Andrews? Chicago Police Department.«

Keine Antwort.

»Mr Andrews, hier ist die Polizei. Wir würden Ihnen gern ein paar Fragen stellen. Uns aufzumachen liegt in Ihrem eigenen Interesse.«

»Wieso sollte es in meinem Interesse liegen, Bullen reinzulassen?«

»Weil wir bei sämtlichen Nachbarn klopfen werden, wenn Sie uns nicht aufmachen«, sagte Benedict. »Wenn die denken, Sie sind ein Polizeiinformant, könnte das für Sie sehr unangenehm werden.«

»Ich bin kein Scheißspitzel.«

Wir warteten. Herbs Hand wanderte in Richtung Holster, und ich stellte fest, dass meine dasselbe tat.

Nach einer Minute ging die Tür einen Spaltbreit auf, und ein braunes Auge schaute uns misstrauisch an.

»Worum geht's?«

Ich lächelte freundlich. »Wollen Sie wirklich, dass jeder sieht, wie Sie mit uns im Flur reden?«

Er öffnete die Tür.

Die Wohnung war klimatisiert, sauber und schön eingerichtet. Ein TV-/Hi-Fi-Schrank voll mit modernster Unterhaltungselektronik stand neben einem Breitbildfernseher.

Colin war ungefähr so groß wie Benedict, aber spindeldürr. Er trug ein übergroßes Steelers-Trikot. Um seinen Hals hing eine dicke Goldkette, die so schwer aussah, als müsste sie ihn eigentlich herabziehen.

»Anscheinend laufen Ihre Geschäfte gut.« Als mein Blick durch seine Wohnung schweifte, ärgerte ich mich, dass Kriminelle stets bessere und schönere Sachen besaßen als ich.

Colin zuckte mit den Schultern.

»Colin?« Aus einem der hinteren Zimmer ertönte eine Frauenstimme. »Wer ist das?«

»Niemand, Mom. Bleib in deinem Zimmer.«

»Weiß Mom, dass Sie Drogen verticken?«, fragte ich.

»Ich bin kein Dealer. Das ist alles ein großes Missverständnis.«

Ich kramte in den Taschen meines Blazers und holte ein gefaltetes Portraitfoto von Davi McCormick hervor.

»Kennen Sie diese Frau?«

Ich musterte Colins Gesicht. Er warf einen Blick auf das Foto, ohne eine Miene zu verziehen.

»Hab sie noch nie gesehen.«

»Sie hat vor ein paar Tagen auf Ihrem Handy angerufen.«

»Ich hab kein Handy.«

Ich las ihm die Nummer vor.

»Dieses Handy hab ich nicht mehr. Hab's verloren.«

»Wann?«

»Vor ein paar Wochen.«

Herb bückte sich und streckte die Hand nach Colins Fuß aus.

»Ich glaube, Sie haben was fallen gelassen, Colin. Sieh mal einer an.«

Herb hielt den Beutel Puderzucker hoch.

»Verdammt, der ist nicht von mir!«

Herb blickte unschuldig drein. »Ich hab gesehen, wie er aus Ihrer Tasche gefallen ist. Du auch, Jack?«

»Ich verkauf kein Koks, Mann. Nur Marihuana.«

»Wo ist Ihr Handy, Colin?«

»Ich hab Ihnen doch gesagt, ich hab's verloren.«

Benedict steckte einen Finger in den Beutel und hielt ihn sich an die Zunge.

»Wie viel mag da wohl drinnen sein? Acht, zehn Gramm? Das macht wie viel … dreißig Jahre?

Ich trat näher an Colin heran. »Wir haben die Arme gefunden. Wir wissen, dass sie bei Ihnen angerufen hat.«

»Was für Arme? Ich weiß nicht, wovon Sie reden.«

»Wo ist das Handy?«

»Weiß ich nicht.«

Colin sah aus, als ob er Angst hatte. Obwohl ich ihn schlecht wegen Besitz von Puderzucker festnehmen konnte, beschloss ich, es darauf ankommen zu lassen.

»Sie kennen die Routine, Colin. Gehen Sie auf die Knie und verschränken Sie die Hände hinter dem Kopf.«

»Ich hab das Handy nicht, das schwör ich! Sie brauchen bloß Ihre Kollegen zu fragen!«

»Welche Kollegen?«

»Na, die Bullen. Als ich letzten Monat festgenommen wurde, haben sie mir das Handy weggenommen. Ich hab's nie zurückbekommen.«

Aus dem Augenwinkel sah ich, wie Herb wieder seine Hand in den Beutel steckte, um von dem Puderzucker zu naschen. Ich trat zwischen ihn und Colin.

»Sie behaupten also, dass wir Ihr Handy haben?«

»Ich hatte es bei mir, als man mich aufs Revier gebracht hat. Als man mich wieder hat laufen lassen, wusste niemand, wo mein Handy geblieben war.«

Ich hatte einen guten Riecher dafür, ob mich jemand anlog. Colin war entweder viel gerissener, als ich dachte, oder er sagte die Wahrheit.

»Haben Sie das Handy sperren lassen?«

»Bin noch nicht dazu gekommen.«

»Warum nicht?«

Für einen Augenblick sah ich Panik in Colins Augen.

»Colin, wissen Sie, wer Ihr Handy hat?«

»Nein.«

»Colin, wer auch immer Ihnen das Handy weggenommen hat, ist äußerst gefährlich. Wenn Sie uns sagen, wer es ist, können wir Sie schützen.«

»Ich hab Ihnen doch gesagt, ich weiß es nicht.«

»Ein kleiner Ausflug ins Revier hilft Ihrem Gedächtnis vielleicht auf die Sprünge.«

Colin warf einen Blick auf Herb und grinste spöttisch. »Ich glaub nicht, dass Sie gegen mich was in der Hand haben.«

Ich folgte seinem Blick. Benedict leckte gerade eine größere Menge Puderzucker von seiner Hand.

»Ich teste das Zeug auf seine Reinheit«, sagte Benedict. Sein Schnurrbart war weiß.

Colin ging zur Tür und hielt sie auf.

»Verschwinden Sie.«

»Colin …«

»Ich kenne meine Rechte. Wenn ich Ihnen sage, Sie sollen gehen, dann müssen Sie das tun.«

»Wir wollen Ihnen doch nur helfen, Colin.«

»Verarschen kann ich mich selbst.«

Ich gab ihm meine Visitenkarte. Er nahm sie zögernd entgegen.

»Wenn ein Polizist Ihr Handy gestohlen hat, können Sie dagegen Beschwerde einlegen. Sie können uns helfen, den Kerl zu schnappen.«

»Jaja.«

Wir verließen die Wohnung.

»Verdammt noch mal, Herb, das war wirklich unheimlich professionell.«

»Ich konnte nichts machen. Hab über eine Woche nichts Süßes gegessen. Als ich erst einmal ein bisschen von dem Zeug probiert hatte, konnte ich nicht mehr aufhören.«

Zur Bekräftigung schüttete er sich den Rest des Beutelinhalts in den Mund.

»Hast du eine Ahnung, wie viele Kohlenhydrate da drinnen sind?«

»Ist mir doch egal. Ich bin voll im Zuckerrausch.«

»Hast du in deinem Rausch wenigstens mitbekommen, was Colin gesagt hat?«

Er nickte. Sein Gesichtsausdruck wurde plötzlich ernst.

Der Täter hatte Zugang zu meinen Handschellen, zum Bezirksleichenschauhaus und zu Colins Handy.

Sämtliche Indizien deuteten darauf hin, dass es sich bei dem Mörder um einen Polizisten handelte.

Leider engte das den Kreis der Verdächtigen nicht besonders ein. In Chicago gab es über siebzehntausend Cops. Allein in meinem Revier waren es achthundert, und Polizisten aus anderen Revieren gingen täglich bei uns ein und aus. Dasselbe galt für Polizisten, die von auswärts kamen, sowie Mitarbeiter von Bundespolizeibehörden, Anwälte und Beamte des Bundesstaates Illinois.

Benedict schien meine Gedanken zu erraten. »Vielleicht kommen wir der Sache näher, wenn wir die Anrufliste durchgehen.«

»Wer ist Colins Mobilfunkanbieter?«

»FoneCo. Bevor wir an deren Unterlagen rankommen, brauchen wir einen richterlichen Beschluss.«

»Wir können unterwegs beim Justizgebäude vorbeischauen.«

Benedict fuhr mit der Zunge über den Schnurrbart und suchte nach Puderzuckerresten.

»Sollen wir Colin observieren lassen?«

Ich überlegte. Wenn er Polizisten vor seinem Haus sah, würde er womöglich Panik bekommen und verschwinden. Außerdem wusste ich nicht, wem von meinen Leuten ich überhaupt trauen konnte. Was, wenn ich aus Versehen den Mörder auf ihn ansetzte?

»Nein. Wir sollten erst mit dem stellvertretenden Staatsanwalt reden. Colin hat bald seinen Gerichtstermin.«

Ich verließ Colin nur ungern mit dem Wissen, dass er etwas verbarg, aber ich konnte nichts machen. Vielleicht würde er reden, wenn ihm der Staatsanwalt einen Deal anbot.

»Ich hoffe, der Täter ist kein böser Bulle, Jack.«

Das hoffte ich auch. Wenn die Bevölkerung die Polizei als Feind ansähe, würde dies das ohnehin schon prekäre Gleichgewicht der Macht zu unseren Ungunsten verschieben. Die Leute würden jeglichen Respekt vor Recht und Ordnung verlieren. Gesetzesverstöße und schlimmer noch, Angriffe auf Polizisten, würden sich häufen.

Ich schloss die Augen und versuchte, nicht an bürgerkriegsähnliche Unruhen zu denken.

»Wahrscheinlich irren wir uns, Herb, und es ist gar keiner von uns.«

Aber tief in meinem Inneren wusste ich, dass wir richtiglagen.

KAPITEL 13

Er beobachtet sie dabei, wie sie in den Sportwagen steigen und wegfahren. Diese Schlampe Daniels und ihr Fettwanst von einem Partner, Herb Benedict.

Er verlässt seinen Wagen und steuert auf das Appartement von Colin Andrews zu.

Er hat damit gerechnet, dass sie Andrews früher oder später finden würden, aber dass es so schnell ging, hat ihn überrascht.

Egal. Jetzt muss er eben seine Pläne ein bisschen beschleunigen.

Neben der Sicherheitstür liegt eine leere Plastikflasche. Er hebt sie auf und betritt das Gebäude.

Drinnen ist es heiß und dunkel. Er holt ein Paar Latexhandschuhe aus der Hosentasche. Beim Anziehen machen sie ein schnalzendes Geräusch. Sie sitzen eng um seine großen, verschwitzten Hände.

Er hat leichte Kopfschmerzen, aber das Aspirin mildert sie ab. Er ist nicht zum Vergnügen hier, sondern um etwas Wichtiges zu erledigen.

Aber seine Erregung ist offensichtlich.

Er klopft an Andrews' Tür.

»Chicago Police Department.«

Stille. Er klopft ein zweites Mal.

»Aufmachen, Polizei.«

»Ohne Durchsuchungsbefehl lass ich Sie nicht rein.«

Eine Männerstimme. Sie klingt ängstlich.

»Wir haben einen Durchsuchungsbeschluss«, lügt der Mörder.

»Schieben Sie ihn unter der Tür durch.«

Er blickt erst nach links, dann nach rechts. Die Luft ist rein.

Dann tritt er einen Schritt zurück, nimmt Anlauf und wirft sich gegen die Tür.

Der Rahmen zersplittert wie Balsaholz. Die Wucht des Aufpralls schleudert Colin Andrews zurück. Mit beiden Händen hält er sich die blutige Nase. Der Mörder betritt die Wohnung und stößt die Tür so fest zu, dass sie in den zersplitterten Rahmen passt.

»Colin? Wer ist da?«

Er grinst. Eine Frau. Damit hat er nicht gerechnet.

Das wird ein Riesenspaß.

Colin liegt mit weit aufgerissenen Augen auf dem Rücken und kriecht panisch davon.

Er überlegt schon, ob er ihm einen Fußtritt verpassen soll, aber er will vermeiden, dass Blut an seine Hose kommt. Stattdessen zieht er seine Pistole, die er nach einmaliger Benutzung entsorgen wird – eine 9-mm-Firestar, die er zur gleichen Zeit aus der Asservatenkammer entwendet hat wie Colins Handy.

Er drückt den Lauf an Colins Stirn.

»Sag ihr, sie ist zur Party eingeladen.«

Colin öffnet den Mund, bringt aber keinen Ton heraus. Er schlägt ihm mit dem Pistolengriff fest auf den Kopf.

»Hol sie, aber ein bisschen plötzlich.«

Colin fängt an zu heulen und ruft mit tränenerstickter Stimme nach seiner Mami.

Die Frau trägt ein T-Shirt und Jeans. Sie ist jünger, als der Mörder erwartet hat. Und hübscher.

»Hi, Mom.« Er wirft ihr eine Kusshand zu. »Setz dich aufs Sofa. Ich möchte mich mit euch beiden unterhalten.«

Mom stemmt wütend die Hände in die Hüften. »Was zum …«

»Mom, setz dich!«, schreit Colin sie an. Blut und Tränen laufen ihm über das Gesicht.

Seine Mutter nickt und tut, was er sagt.

»Okay, dann sag ich euch mal, was hier abgeht.« Der Bulle grinst über seine eigene saloppe Ausdrucksweise. »Ich stelle euch jetzt ein paar Fragen. Wenn ich mit den Antworten zufrieden bin, verschwinde ich und komme nie wieder. Wenn ich aber nicht zufrieden bin …«

Er schlägt Colin so fest mit der Pistole ins Gesicht, dass dieser erneut hinfällt.

»Haben wir uns verstanden?«

Er sieht die Mutter an. Ihr Blick ist kalt, aber sie nickt.

Colin liegt zitternd auf dem Boden. Der Mörder stupst ihn mit dem Fuß an.

»Weißt du, wer ich bin, Colin?«

Colin blickt zu ihm empor und nickt.

»Dann sag's mir.«

»Sie haben mich in die Zelle gesperrt, als ich festgenommen wurde.«

»Das ist richtig, Colin. Weißt du noch, was ich dir damals gesagt habe?«

Colin schluckt. Sein Kehlkopf hüpft auf und nieder wie ein Basketball.

»Sie haben gesagt, ich soll mein Handy nicht sperren lassen.«

»Und was noch?«

»Dass Sie mich am nächstbesten Laternenmast aufhängen, falls ich es doch tue.«

»Gutes Gedächtnis, Colin. Und, hast du mir das geglaubt?«

»Ich hab das Handy nicht sperren lassen! Das schwör ich!«

»Ich weiß, Colin. Deshalb baumelst du jetzt auch nicht von dem Laternenmast draußen vor dem Haus. Aber du hast den Bullen von mir erzählt, stimmt's?«

Colin schüttelt so heftig den Kopf, dass es fast schon lustig wirkt.

»Ich hab nix gesagt!«

»Bist du dir da sicher?«

»Ich hab nix gesagt, ich schwör's!«

»Steh auf und setz dich zu deiner Mom auf die Couch.«

Colin rappelt sich auf und lässt sich neben seiner Mutter auf das Sofa fallen. Der Bulle weiß, dass er ihn gebrochen hat. Der Typ sagt die Wahrheit.

Er wirft einen Blick auf die Armbanduhr. Noch genügend Zeit für ein bisschen Spaß.

»Lügt dein Sohnemann mich an, Mom?«

Sie legt einen Arm um Colins Schultern, während der Junge das Gesicht in den Händen vergräbt und weint.

»Colin lügt nicht.«

Der Mörder bewundert die Widerspenstigkeit in ihren Augen. Das erregt ihn noch mehr. »Wirklich? Aber Colin handelt mit Drogen, oder nicht?«

Sie streichelt Colins Kopf wie den eines Hundes.

»Ich hab zugehört, als diese anderen Bullen hier waren. Er hat ihnen nichts gesagt.«

Der Bulle tritt näher an das Sofa heran. Er ist so geil, dass er am liebsten sofort abspritzen würde.

»Du scheinst mir eine kluge Frau zu sein. Wenn du und dein Junge das hier überleben wollt, musst du was für mich tun. Kannst du dir denken, was das ist?«

Colins Mom starrt ihn an und nickt.

»In meiner Hosentasche ist ein Kondom. Hol es raus.«

Ihre Hände fühlen sich heiß in seiner Hose an.

»Zieh es mir über und mach dich an die Arbeit, Mom. Mach mich glücklich, und ich lass dich am Leben.«

Er hat schon Besseres erlebt, und mit dem Kondom spürt er nicht so viel, aber sie besorgt es ihm immer noch besser als diese dumme Kuh, mit der er verheiratet ist.

»Hey, Colin, ich glaube, deine Mom hat das schon öfter gemacht. Sie hat ein paar gute Tricks drauf.«

Ein paar Minuten vergehen. Die einzigen Geräusche sind Colins Schluchzen und das Atmen des Mörders. Letzteres wird immer schneller.

»So ist's gut. Ja. Gut.«

Als er sich dem Höhepunkt nähert, drückt er den Boden der Plastikflasche, die er in der Hand gehalten hat, an den Kopf der Frau. Dann schiebt er den Lauf der 9 mm in den Flaschenhals.

»Jaaaa!«

In seinen Lenden zuckt es. In dem Augenblick, als er kommt, schießt er in die Flasche. Die Kugel geht durch die Stirn der Frau hindurch und bleibt im Sofa stecken.

Die Flasche dämpft das Geräusch weitgehend, sodass der Schuss nicht lauter ist als ein Händeklatschen.

Colin zuckt zusammen und sieht mit weit aufgerissenen Augen zu, wie seine Mutter umkippt.

»Schau nicht so blöd, Colin. Du weißt doch, dass man Bullen nicht trauen kann.«

Er wirft die Flasche beiseite, in der jetzt weißer Rauch wirbelt. Dann nimmt er ein Sofakissen, drückt es Colin ins Gesicht und rammt den Pistolenlauf dagegen.

Vier Schüsse. Colin sackt leblos zusammen.

Ohne das Kondom abzustreifen, macht der Mörder den Reißverschluss seiner Hose zu, hebt die Plastikflasche auf und verlässt die Wohnung. Keine Menschenseele zu sehen, weder im Gang noch draußen auf der Straße.

Er registriert erfreut, dass die Kopfschmerzen weg sind.

Der Bulle steigt in seinen Wagen und sieht auf die Armbanduhr. In fünf Minuten ist seine Mittagspause vorüber.

Er rast zurück zum Revier. Zehn Blocks vom Tatort wirft er das Kondom aus dem Fenster, ein Stück weiter die Plastikflasche.

An der Wabash Bridge legt er einen weiteren Stopp ein. Er parkt am Straßenrand und steigt aus, die Pistole in der Hand versteckt. Dann geht er zum Chicago River.

Niemand beobachtet ihn. Er wirft die Waffe in das grünliche Wasser.

Als er auf den Parkplatz am Revier fährt, sieht er nirgendwo Benedicts Camaro. Die beiden sind noch nicht zurück.

Der Bulle parkt seinen Wagen und geht ins Gebäude. Unterwegs überlegt er, wen er mehr hasst – Jack oder diesen Fettwanst Herb.

Er steigt die Treppe hinauf und steuert auf Benedicts Büro zu. Sein Plan ist verblüffend einfach.

Er wird weiterhin Frauen umbringen und diverse Gegenstände, die Jack und Herb gehören, an den Tatorten zurücklassen.

Irgendwann werden sie dahinterkommen. Wenn es so weit ist, wird er sie beide töten und die Sache so hindrehen, dass es aussieht, als hätten sie sich gegenseitig umgebracht.

Dann wird er die Frauenmorde selbst aufklären und seinem Kumpel Derrick Rushlo, dem Bestattungsunternehmer, die Verbrechen in die Schuhe schieben.

Leider wird Derrick seine Gerichtsverhandlung nicht mehr erleben.

Ein simpler und effektiver Plan. Und es macht so viel Spaß.

Der Mörder vergewissert sich, dass ihn niemand dabei beobachtet, wie er sich in Herbs Büro schleicht.

Er sucht nach etwas, egal was, das Herb erkennt, wenn er es bei dem nächsten Opfer findet. Eine Krawattennadel, eine Armbanduhr, ein Foto von seiner hässlichen Frau …

»Da haben wir's.«

In der Schreibtischschublade findet er einen Bibliotheksausweis. Ohne zu zögern, nimmt er ihn an sich.

»Kann ich Ihnen helfen, Officer?«

Er dreht ruckartig den Kopf nach hinten. Benedict betritt gerade sein Büro, in der Hand einen großen Becher Kaffee. Der Detective zieht eine Augenbraue hoch – eine stumme Frage.

»Hi, Detective Benedict. Ich hab Ihnen das hier mitgebracht.«

Mit einer schnellen Bewegung lässt er den Bibliotheksausweis in seiner Brusttasche verschwinden, holt ein Fläschchen Pillen heraus und gibt es Benedict.

»Schmerzlinderndes Mittel ohne Aspirin?«, liest Herb auf dem Etikett.

»Erinnern Sie sich noch an das Fläschchen, das ich mir letzten Monat von Ihnen geliehen habe?«

»Ach ja, natürlich. Danke.« Benedict klopft ihm freundschaftlich auf die Schulter.

»So, zurück an die Arbeit«, sagt er. »Die Polizei, dein Freund und Helfer.«

»Dafür werden wir bezahlt.« Herb lacht glucksend. »Dass wir den Leuten helfen.«

Pech für dich, dass dir niemand helfen wird, wenn ich mir dich vornehme, Alter.

Er verlässt Herbs Büro und stößt auf dem Flur mit Jack zusammen. Sie verschüttet etwas Kaffee.

»Guten Tag, Officer.«

»Guten Tag, Lieutenant.«

Dumme Kuh.

Was soll's, wenn die Dinge wie geplant laufen, werden Herb und Jack ihm nicht mehr lang auf die Nerven gehen.

Er kehrt an seinen Schreibtisch zurück, setzt sich und atmet tief durch.

Das war knapp.

Er denkt an Herb Benedict und daran, wie er ihn umbringen wird. Bisher hat er noch nie einen Menschen mit dieser enormen Körperfülle getötet. Es könnte sich als eine Herausforderung erweisen.

Und Herausforderungen machen Spaß.

Er beschließt, ihn mit bloßen Händen zu töten, wenn es so weit ist. In einem Zweikampf ohne Waffen. Er wird ihn totschlagen.

Was Lieutenant Daniels angeht …

Die Frau ist stark und zäh. Sie wird ihm in seinem kleinen Plastikzimmer in der South Side eine Unterhaltung bieten, die den ganzen Abend andauern wird.

Wenn er vorsichtig ist, kann er sich mit ihr vielleicht das ganze Wochenende vergnügen.

KAPITEL 14

Herb und ich benötigten fast den ganzen Nachmittag für den Papierkram, der nötig war, um die Überwachung von Colins Handy zu ermöglichen.

Mit einem richterlichen Beschluss in der Hand bekamen wir Zugang zu den Verbindungsdaten. Die Liste enthielt nur drei Anrufe – einen an den Festnetzanschluss von Davi McCormick, einen an ein Callgirl namens Eileen Hutton, und einen an ein TracFone-Handy, das einem John Smith gehörte.

Eileen Hutton war kein unbeschriebenes Blatt – sie arbeitete ähnlich wie Davi für einen edlen Escortservice. Eine Durchsuchung ihrer Wohnung lieferte keine Hinweise auf ein Verbrechen, und als wir bei dem Escortservice anriefen, machte man sich dort Sorgen, weil Eileen nicht zu ihren letzten beiden Dates erschienen war.

Ein TracFone ist ein Prepaidhandy, das man in Drogeriemärkten, Elektronikgeschäften oder im Internet kaufen kann. Diese Mobiltelefone sind der schlimmste Alptraum der Polizei. Es ist einfach, unter Verwendung eines falschen Namens ein anonymes Konto einzurichten und dafür Prepaidkarten mit Bargeld zu kaufen.

Mithilfe eines weiteren richterlichen Beschlusses erhielten wir die Verbindungsdaten von dem TracFone, das der Mörder angerufen hatte. Es gab keine abgehenden Anrufe, und die einzigen eingehenden kamen von Colins Handy.

Nach einigen längeren Gesprächen mit verschiedenen Mitarbeitern des Mobilfunkanbieters mussten wir feststellen, dass es unmöglich war, diese Handys zu orten. Aber wenigstens fanden wir heraus, wo und wann der Nutzer das Gerät und die Prepaidkarten gekauft hatte, nämlich in der Osco-Drogerie Ecke Wabash Avenue und Columbus Drive vor zwei Monaten. Zwei Wochen darauf hatte jemand am selben Ort eine Karte mit einem Guthaben von zwanzig Minuten gekauft.

Anhand der neuesten Rechnung erfuhren wir, dass diese zwanzig Minuten morgen auslaufen würden. Das bedeutete, dass der Nutzer eine neue Karte kaufen würde, hoffentlich im selben Drogeriemarkt.

Da wir einen Polizisten im Verdacht hatten, der Mörder zu sein, ließ ich bei der Auswahl der Beobachtungsteams extra große Vorsicht walten. Ich ließ mich von meinen zugegebenermaßen sexistischen Vorurteilen leiten und stellte zwei Teams aus je drei Polizistinnen zusammen, die in Achtstundenschichten arbeiteten. Falls der Mörder eine Frau war, würde diese Strategie gehörig danebengehen. Aber ich konnte mir einfach nicht vorstellen, dass eine Frau dazu imstande war, einem Menschen die Arme abzutrennen.

Jeder, der in dieser Drogerie eine Prepaidkarte oder ein neues Handy kaufte, würde beschattet werden. Wenn sich jemand darunter befand, der Zugang zum Bezirksleichenschauhaus hatte – also Polizisten, Bestattungsunternehmer oder Ärzte –, würde ich sofort davon erfahren.

Die Osco-Filiale teilte mir auf meine Anfrage hin mit, dass pro Tag zwischen fünf und zehn Prepaidkarten verkauft wurden. Ich hoffte, dass drei Polizisten vor Ort ausreichen würden, hatte aber im Notfall mehr Leute zur Verfügung.

»Wir kommen der Sache näher«, sagte Herb.

»Es ist immer noch ein Schuss ins Blaue, Herb. Die Person, der das TracFone gehört, muss nicht unbedingt ein Komplize sein. Es könnte sich um jemanden handeln, der den Täter nicht einmal kennt.«

»Wenn wir uns die Anrufe anschauen, passt es. Der Täter hat um 14:45 Uhr bei Davi angerufen. Sie hat ihn um 18:15 Uhr zurückgerufen. Später, um 21:20 Uhr, ruft der Täter das TracFone an. In Eileens Fall hat der Täter sie gestern um 10:30 Uhr und dann noch einmal um 15:12 Uhr angerufen. Und knapp drei Stunden später, nämlich um 18:02 Uhr, ruft er das TracFone an.«

»Du meinst also, der Täter entführt diese Frauen und ruft dann jemanden an, um ihn zu der Party einzuladen?«

»Oder, damit der Betreffende ihm bei der Entsorgung der Leiche hilft.«

Während ich mir das Ganze durch den Kopf gehen ließ, fiel mein Blick auf das Telefon. Ich hatte Latham dreimal angerufen, aber noch nichts von ihm gehört. Ich unterdrückte den Impuls, meine Mailbox auf eingegangene Nachrichten zu checken.

Außerdem hatte ich zweimal versucht, meine Mutter zu erreichen. Sie blockierte immer noch meine Anrufe.

Manchmal frage ich mich, ob Alexander Graham Bell, der Erfinder des Telefons, eine Vorstellung davon hatte, wie sehr seine Erfindung eines Tages die Leben vieler Menschen kontrollieren würde. Vor allem meins.

Ich kehrte zum Thema zurück. »Vielleicht haben wir eine Verbindung zwischen Davi und Eileen übersehen.«

Benedict blätterte in seinen Notizen herum. »Da muss es nicht unbedingt eine Verbindung geben. Beide waren polizeilich aktenkundig. Vielleicht hat der Mörder seine potenziellen Opfer gesucht, indem er Festnahmen durchging. Alle Polizisten haben Zugang zu den einschlägigen Datenbanken.«

Die Stadt Chicago beschäftigte drei Psychiater speziell für Polizisten. In unserem Beruf haben die Leute dieselben Probleme wie der Rest der Bevölkerung, nur in konzentrierterer Form. Ich hatte diese Ärzte angerufen, und alle hatten mir einen Vortrag über ihre Schweigepflicht gehalten. Auf meine inoffizielle Frage – »Kennen Sie Polizisten, die zu so etwas fähig wären?« – antworteten alle drei mit einem eindeutigen Ja.

Herb steckte sich etwas in den Mund und spülte es mit kaltem Kaffee herunter. Dann sah er auf die Uhr.

»Ich muss los, Jack. Das Zeug wirkt ziemlich schnell.«

»Du hast Viagra genommen? Herb, willst du deiner armen Frau nicht mal eine Pause gönnen?«

»Willst du auch eine? Für Latham, meine ich.«

Ich verschränkte die Arme.

»Danke, aber Latham hat in dieser Hinsicht keine Probleme.«

»Du klingst defensiv.«

»Das bin ich aber nicht.«

»Jack, alle Paare haben mal Probleme. Ich bin sicher, Latham findet dich sehr attraktiv.«

»Wir haben keine Probleme im Bett, Herb. Das heißt, wenn wir die Zeit finden, um miteinander ins Bett zu gehen.«

»Ich dachte, gestern Nacht …«

»Hast du von der Schießerei in der Cubby-Bear-Bar gehört?«

Herb begriff, worauf ich hinauswollte.

»Ich hab mir schon fast gedacht, dass du das warst, aber als du heute Morgen nichts gesagt hast …«

Ich gab Herb eine kurze Zusammenfassung der gestrigen Ereignisse und endete mit meinem Streit mit Latham.

»Ich hab also gestern Nacht keinen Sex bekommen, weil er sich wie ein Arschloch benommen hat.«

»Nur weil er mit der Frau, die er liebt, zusammenziehen will, ist er jetzt plötzlich ein Arschloch?«

»Ich … äh …«

»Er hat dir gesagt, dass er dich liebt, stimmt's?«

»Ja, aber …«

»Hast du es ihm auch gesagt?«

»Ich … äh …«

»Hast du ihn heute schon angerufen?«

Auf diese Frage hatte ich eine Antwort.

»Dreimal. Er hat aber nicht zurückgerufen.«

»Als du ihn angerufen hast, hast du dich dafür entschuldigt, dass du dich total danebenbenommen hast?«

»Warum sollte ich das? Er will meine Mutter in ein Altenheim stecken.«

»Er will einen Weg finden, sein Leben mit dir zu teilen, und du wirfst ihm Eigenlob vor.«

Oh je … Da war ich ganz schön ins Fettnäpfchen getreten.

»Jack.« Herb wurde auf einmal rot wie ein Apfel. »Ich will nicht unhöflich sein, aber ich muss jetzt wirklich los. Und vielleicht solltest du lieber wegschauen.«

»Wieso? Oh … Das Viagra wirkt bereits?«

»Ich hab gerade in meiner Hose ein Zelt aufgestellt.«

Herb nahm einen Manilaumschlag und hielt ihn sich in einiger Entfernung vor den Schritt.

»Das Zeug funktioniert wirklich«, sagte ich, weil mir gerade nichts Besseres einfiel.

»Gute Nacht, Jack. Wenn du mich jetzt bitte entschuldigst …«

»Gute Nacht, Herb. Grüße Bernice von mir. Ich wünsche dir einen schönen Abend und viel Spaß. So, jetzt halte ich aber den Mund.«

Herb eilte zur Tür hinaus, während ich die Kacheln an der Decke zählte.

Nach Herbs peinlichem Abgang überwand ich meinen Stolz, griff zum Telefonhörer und rief Latham an. Sein Anrufbeantworter sprang an.

»Hi, Latham. Hör zu, ich …«

Sag, dass es dir leidtut, redete ich mir ein. *Na los, sag's schon.*

Aber ich brachte kein Wort heraus.

»… ich versuch's morgen noch mal.«

Warum zum Teufel blieben mir die Worte im Hals stecken? Warum fiel es mir so schwer, mich zu entschuldigen? Wenn ich mir selbst einen Fehler eingestehen konnte, warum konnte ich das nicht gegenüber Latham?

»Lieutenant?«

Ich blickte auf und sah Fuller im Türrahmen stehen.

»Kommen Sie rein.«

Er legte einen Computerausdruck auf meinen Schreibtisch.

»Ich bin mit der Datenbank fertig. Es gab keinerlei Verbindungen zwischen Ihren früheren Fällen und dem Besucherverzeichnis im Bezirksleichenschauhaus.«

»Danke. Ich werde es mir später ansehen.«

Ich wollte ihm damit signalisieren, dass er entlassen war, aber er blieb stehen.

»Gibt's sonst noch was?«, fragte ich.

»Hören Sie, Lieutenant, ich … ich möchte ja nur helfen.«

Ich ließ mir sein Angebot durch den Kopf gehen. Der einzige Mensch, dem ich wirklich traute, war Herb. Aber Fuller hatte sich bei vielen meiner Ermittlungen äußerst nützlich gemacht und dabei einen Diensteifer an den Tag gelegt, der weit über seine Pflichten und Aufgaben hinausging. Ich wusste nicht viel über ihn als Privatperson, aber als Polizist arbeitete er klug, effizient und stets zu hundert Prozent professionell.

Schließlich beschloss ich, ihn mit an Bord zu nehmen.

»Okay, ich habe eine Aufgabe für Sie. Ich möchte, dass Sie ein paar Namen zu der Datenbank hinzufügen.«

»In Ordnung. Was für Namen?«

»Fangen Sie mit diesem Revier an, und dann die umliegenden Reviere, bis Sie alle sechsundzwanzig haben.«

Fuller runzelte die Stirn. »Polizisten? Glauben Sie, der Täter ist einer von uns?«

Ich musste die Sache vorsichtig handhaben, damit ich nicht die Gerüchteküche zum Brodeln brachte.

»Nein. Aber wenn ich weiß, welche Kollegen innerhalb der letzten Woche im Leichenschauhaus waren, kann ich sie fragen, ob sie etwas Verdächtiges bemerkt haben.«

»Verstehe.«

»Das hat keine Eile. Es reicht, wenn Sie morgen damit anfangen.«

Er nickte, grinste und verließ mein Büro.

Ich tippte meinen Bericht über die Befragung von Colin Andrews fertig – wobei ich das Fiasko mit dem Puderzucker wegließ – und ging dann nachhause. Vielleicht hatte Latham inzwischen eine Nachricht auf meinem Anrufbeantworter hinterlassen.

Hatte er aber nicht, genauso wenig wie meine Mutter. Dafür hatte Mr Friskers, dieser liebenswerte Pelzknäuel, beide Vorhänge in meinem Wohnzimmer zerfetzt.

»Morgen«, versprach ich ihm, »wirst du entkrallt.«

Ich wechselte in ein übergroßes T-Shirt und ging barfuß in die Küche, wo ich prompt in Katzenscheiße trat. Ich kehrte alles zusammen und tat es ins Katzenklo. Dabei stellte ich überrascht fest, dass Mr Friskers dieses bereits benutzt hatte.

»Brave Mieze«, lobte ich ihn, aber er blieb in seinem Versteck.

Ich ging zum Kühlschrank, um ihm etwas Milch zu geben, und trat wieder in eine seiner Hinterlassenschaften.

Da half nur eine Dusche. Danach machte ich die Küche sauber, gab Mr Friskers Milch und Futter und sah mich nach etwas Essbarem um. In einem Küchenschrank fand ich schließlich eine Dosensuppe. Eigentlich stand mir der Sinn nicht nach Suppe, vor allem nicht nach einer mit Pilzen. Aber das Verfallsdatum war nächsten Monat, und so aß ich sie, bevor ich sie wegwerfen musste.

Ich war gerade zur Hälfte fertig, als Mr Friskers hereinkam.

»Mir gefällt, was du mit den Vorhängen gemacht hast«, sagte ich zu ihm. »Das ist so richtig Feng-Shui. Das ganze Zimmer hat jetzt eine viel bessere Energie.«

Er beachtete mich nicht, sondern steckte sein Gesicht in die Milch.

Ich aß die Suppe nicht fertig und stellte den Rest für Mr Friskers auf den Boden. Dann ging ich ins Schlafzimmer und starrte auf meinen schlimmsten Feind, das Bett.

Die Bettwäsche befand sich noch im Trockner. Ich bezog das Bett frisch, legte mich hinein und schloss die Augen.

Ich brauchte nur fünf Sekunden, bis ich begriff, dass ich eher im Lotto gewinnen als einschlafen würde. Also schaltete ich den Fernseher ein und zappte durch die Kanäle.

Wiederholungen. Sport. Scheiße. Ein Film, den ich schon mal gesehen hatte. Scheiße. Scheiße. Wiederholungen. Scheiße. Home Shopping Network.

Ich blieb bei einer Dauerwerbesendung über Natursäfte als Anti-Aging-Mittel hängen, in der ein mickriger, neunzig Jahre alter Mann Dutzende Liegestütze machte und darauf schwor, dass Selleriesaft ein Lebenselixier sei.

Gab es tatsächlich Leute, die auf diese Masche reinfielen?

Ja … mich zum Beispiel. Ich entschied mich sogar für die Eillieferung.

Dann kaufte ich noch ein Schnellbügeleisen, mit dem man nur halb so viel Zeit zum Bügeln brauchte, einen Mikrowellenherd, mit dem man Speck knusprig braten konnte – laut dieser Werbung war Speck ein gesundes Nahrungsmittel –, sowie ein Home-Waxing-Set zur Haarentfernung mit Warmwachs, das angeblich nicht so wehtat wie die vier anderen neuen Home-Waxing-Sets, die in meinem Badschrank Staub ansetzten.

Das Einzige, was mich davon abhielt, eine Menge Geld für einen Brathähnchengrill hinzublättern, war die Tatsache, dass ich auf meinem Küchentresen kaum Platz für einen Toaster hatte. Für einen Augenblick spielte ich mit dem Gedanken, mir trotzdem einen zu kaufen und ihn im Schlafzimmer aufzubewahren. Ich bin zwar eine alleinstehende Frau und nur selten zuhause, aber die Vorstellung, zwei Hähnchen auf einmal zu grillen, hatte einen gewissen Reiz.

Mitten in einem Seminar darüber, wie man sein Gedächtnis verbessert, schlief ich schließlich ein, wachte aber über die nächsten Stunden immer wieder auf, bis dann um sieben Uhr morgens das Telefon klingelte.

Ich fuhr senkrecht im Bett hoch und hoffte, es wäre Latham oder meine Mutter.

»Lieutenant? Hier ist Officer Sue Petersen vom Beobachtungsteam an der Osco-Drogeriefiliale. Ich bin gerade einem Mann gefolgt, der eine Prepaidkarte für zwanzig Dollar gekauft hat. Ein gewisser Derrick Rushlo, sechsunddreißig Jahre alt. Er ist der Eigentümer des Rushlo-Bestattungsinstituts an der Grand Avenue.«

»Warten Sie einen Augenblick.«

Ich ging in die Küche, wo ich Fullers Bericht liegen gelassen hatte. Rushlos Name stand auf Seite zwei. Er hatte das Bezirksleichenschauhaus vorige Woche besucht.

»Observieren Sie ihn immer noch?«, fragte ich.

»Ja, Ma'am.«

»Bleiben Sie an ihm dran. Und rufen Sie an, wenn er sich bewegt. Ich bin in spätestens einer Stunde bei Ihnen.«

KAPITEL 15

Das Rushlo-Bestattungsinstitut, mit einer Ladenfrontbreite von nur zehn Metern, lag an der vielbefahrenen Grand Avenue zwischen einem Secondhandladen und einer Zahnarztpraxis. Alle drei Läden hatten dieselbe Fassade aus cremefarbenen Ziegeln. Zwei Büsche in großen Betonkübeln, beide in der Form von Korkenziehern zurechtgestutzt, säumten die verschnörkelte Eingangstür.

Herb und ich betraten das Geschäft, das innen aussah wie jedes beliebige Bestattungsinstitut: geschmackvoll und ein bisschen protzig, mit dicken Teppichen und edlen Lampen. Die Klimaanlage verströmte ein dezentes Lilienaroma.

»Alles in Ordnung mit dir, Herb?« Benedict hatte einen komischen Gang.

»Ich hab einen Rückenmuskel gezerrt.«

»Beim Training im Fitnessstudio?«

»Nein, beim Sex. Auf dem Viagra-Beipackzettel sollte eine Warnung stehen.«

Vorbei an zwei Aufbahrungsräumen gelangten wir zum Büro am Ende des Flurs. Es war leer.

»Kann ich Ihnen helfen?«

Der Mann, der durch eine Seitentür neben dem Büro eingetreten war, hatte eine untersetzte Statur und einen sorgfältig gestutzten Bart, der sein Doppelkinn betonte. Er trug eine schwarze Hose, ein blaues Hemd und eine Krawatte mit Paisleymuster, die ihm über seinen massigen Bauch hing.

»Derrick Rushlo?«, fragte Herb.

Der Mann nickte und gab Herb die Hand.

»Ich bin Detective Benedict vom Chicago Police Department.«

Rushlo hatte hellblaue, weit auseinanderliegende Augen. Das linke war nur halb geöffnet und schien mich anzustarren, während das andere auf Herb gerichtet war. Als Benedict das CPD erwähnte, traten beide Augen hervor.

»Und ich bin Lieutenant Daniels.«

Rushlo hielt mir nach kurzem Zögern die Hand hin, ließ sie aber sogleich wieder sinken, als er merkte, dass meine sich nicht rührte.

»Wissen Sie, warum wir hier sind, Derrick?«

»Keine Ahnung, Lieutenant.« Seine Stimme klang hell und belegt.

»Wir würden uns gern von Ihnen die Räumlichkeiten zeigen lassen und uns ein wenig umsehen, wenn Sie nichts dagegen haben.«

Er zwinkerte hastig ein paarmal hintereinander.

»Normalerweise hätte ich nichts dagegen. Aber ich bin gerade mitten in einer Einbalsamierung. Wenn Sie vielleicht in …«

Benedict zeigte ihm den Durchsuchungsbeschluss.

»Jetzt wäre eine gute Zeit.«

Rushlo nickte. Sein Doppelkinn hüpfte auf und ab.

»Die Balsamierungsräumlichkeiten sind dort hinten?« Ich deutete auf die Tür, durch die er gekommen war.

»Äh, ja. Kommen Sie mit.«

Wir folgten ihm durch einen weißgekachelten, schlecht beleuchteten Flur in eine geräumige Halle mit zwei Garagentoren, vor denen ein Bestattungswagen und ein Kleintransporter parkten. An der hinteren Wand stand eine Bahre.

»Das hier sind die, äh, hinteren Räumlichkeiten. Sehen Sie sich ruhig um.«

»Wir würden gern das Balsamierungszimmer sehen.«

Er verzog das Gesicht, führte uns aber zu einer anderen Tür.

Als ich den Raum dahinter betrat, zuckte ich zusammen. Es roch wie im Leichenschauhaus, nur frischer. Boden und Wände waren mit braunen Flecken übersät, und in der Ecke standen mehrere schmutzverkrustete Eimer. Auf einem Tisch befand sich eine Balsamierungsmaschine, die aussah wie eine gigantische Version des Saftmixers, den ich gestern Nacht gekauft hatte. Auf einem Regal dahinter reihten sich Flaschen mit roter Flüssigkeit in unterschiedlichen Schattierungen.

In der Mitte des Raums stand ein großer Tisch aus Edelstahl mit Abflussrinnen an allen vier Seiten und einem

Abfallbecken am Fußende. Darauf lag eine mit einem blutigen Tuch zugedeckte Leiche.

»Entfernen Sie das.«

Nach kurzem Zögern zog Rushlo das Tuch weg und ließ es auf den Boden fallen.

Auf dem Tisch lagen die Überreste einer Frau – weiß, jung, vom Scham- bis zum Brustbein ausgeweidet. Ich konnte in ihrer leeren Körperhöhle die Rippen sehen.

Sie hatte in etwa den gleichen Körperbau wie Eileen Hutton, aber ich konnte sie nicht eindeutig identifizieren, weil der Kopf fehlte.

»Wer ist das?«

»Ihr Name lautet Felicia Wymann. Gestern reingekommen.«

»Eine Obduktion?«, fragte ich. Das würde erklären, warum man ihre Organe entfernt hatte.

»Ja. Ist aber nicht von hier, sondern aus Wisconsin. Autounfall mit Fahrerflucht. Ich kenne ihre Familie, und sie hat mich gebeten, mich um sie zu kümmern. Hier sind die Papiere.«

Während Herb die Sterbeurkunde begutachtete, sah ich mir die Leiche näher an. Die Haut um den Halsstumpf war glatt; es sah so aus, als wäre der Kopf sauber abgetrennt worden. Bei einem Autounfall war so etwas unwahrscheinlich.

Auffällig waren auch die Hände. Die Fingerspitzen waren nur noch fleischige Stummel. Jemand hatte sie abgeschnitten.

Weiter oben entdeckte ich mehrere ovale Schrammen an ihren Schultern und Armen. Bei manchen fehlte das Fleisch.

Bisswunden.

Die Leiche lag mit gespreizten Beinen und angewinkelten Knien da, wie eine Frau, die gerade ein Kind zur Welt brachte. Ich bemerkte ein paar Abschürfungen im Vaginalbereich, bekam ein flaues Gefühl im Magen und wandte mich ab.

»Wo ist ihr Kopf?«, fragte ich.

»Ihr Kopf? Ähm, der wurde bei dem Unfall zerquetscht.«

»Müsste er nicht noch hier sein?«

»Ich habe den Kopf und die lebenswichtigen Organe vorhin eingeäschert. Die Familie wollte eine Feuerbestattung.«

»Warum haben Sie dann nicht gleich die ganze Leiche verbrannt?«

Rushlo kratzte sich am Genick.

»Das wollte ich später noch machen.« Mit einem Auge betrachtete er mich, mit dem anderen Herb. »Das Krematorium funktioniert momentan nicht richtig. Da ist es besser, man verbrennt sie in kleineren Stücken.«

»Wo ist der Obduktionsbericht?«, fragte Herb.

»Der Obduktionsbericht? Keine Ahnung. Er muss hier irgendwo herumliegen. Sie können sich nicht vorstellen, wie oft Papierkram einfach verschwindet.«

Er kicherte aufgedreht.

»Haben Sie ein Handy, Derrick?«

»Äh, natürlich. Das hat heutzutage doch jeder.«

»Ist es ein Prepaidhandy, also eins ohne Vertrag?«

Er machte den Mund auf, hielt jedoch inne, bevor seine Lippen ein »Ja« formten. »Ich will einen Anwalt.«

»Sie sind nicht festgenommen, Derrick. Warum brauchen Sie dann einen Anwalt?«

Er verschränkte die Arme.

»Ohne Anwalt sage ich nichts mehr.«

Ich warf einen Blick auf die Leiche. Inzwischen war ich mir zu neunzig Prozent sicher, dass es sich um Eileen Hutton handelte. Ich erinnerte mich, bei der Durchsuchung ihrer Wohnung eine Haarbürste gesehen zu haben. Für eine DNA-Probe benötigte ich lediglich ein einziges Haar mitsamt der Wurzel.

Aber anders als in Fernsehkrimis dauert ein DNA-Test mehrere Wochen, selbst wenn das Labor sich beeilt.

Bevor das Ergebnis vorlag, hatten wir gegen Rushlo nichts in der Hand. Für eine Festnahme brauchte ich dringend belastendes Material. Wir mussten das TracFone finden.

»Ich rufe jetzt meinen Anwalt an.«

Er verließ den Raum. Ich bedeutete Herb mit einem Nicken, ihm zu folgen und aufzupassen, dass Rushlo nicht seinen Komplizen warnte.

Ich streifte mir ein Paar Latexhandschuhe über und machte mich an eine Durchsuchung der Schränke an der hinteren Wand. Dort fand ich Schläuche, Trokare, Skalpelle, eine Schachtel Augenkappen, Plastikbehälter mit verschiedenen Flüssigkeiten sowie ein paar Kittel.

In dem großen Wandschrank befanden sich ein übelriechender Wischmopp samt Putzeimer, ein paar dreckige Lappen und mehrere Behälter mit Bleichmittel. Als ich das Bleichmittel sah, dachte ich an Davis abgetrennte Arme.

Ich ging zurück zu der Leiche und schnupperte an ihrer kalten Hand – egal, ob mir davon schlecht wurde oder nicht.

Bleichmittel. Jemand hatte sie gründlich damit abgeschrubbt, genau wie Davi.

Auf einem Regal standen mehrere mit Flecken beschmutzte Bücher über das Einbalsamieren sowie ein Tablett mit scharfen Instrumenten. Eine Schublade enthielt einen großen Wattebausch, eine andere mehrere ungeöffnete Packungen mit großen, gebogenen Nadeln. Weiter hinten, in der letzten Schublade, befand sich ein Metallkästchen mit Drahtgriff. Eine Geldkassette. Sie war mit einem Zahlenschloss gesichert.

Ich nahm sie heraus und schüttelte sie. Etwas, das nicht nach Bargeld klang, stieß gegen die Wände.

Ich versuchte, die Kassette mit einem sauberen Skalpell aufzubrechen. Ohne Erfolg.

Ich verließ den Raum und nahm die Kassette mit. Im Büro fand ich Herb und Rushlo vor. Letzterer saß hinter seinem Schreibtisch und wirkte äußerst nervös. Herb durchsuchte das Bücherregal.

»Was ist in dem Kästchen, Derrick?«

Ich ließ es auf seinen Schreibtisch fallen. Der Aufprall ließ ihn zusammenzucken.

»Das ist privat.«

»Wir haben einen Blanko-Durchsuchungsbeschluss, der uns gestattet, alles zu durchsuchen, was uns interessiert. Öffnen Sie das Ding.«

»Ich will nicht.«

»Hat er mit seinem Anwalt gesprochen?«

Benedict nickte.

»Wenn Sie nicht mit uns kooperieren, machen Sie es sich nur unnötig schwer, Derrick. Öffnen Sie die Kassette.«

Er verschränkte die Arme wie ein bockiges Kind und senkte den Kopf, bis das Kinn die Brust berührte.

»Ich hab eine Brechstange draußen im Wagen. Soll ich sie holen?«

»Danke, Herb.«

Benedict watschelte davon. Ich setzte mich Rushlo gegenüber auf einen Stuhl und beugte mich vor.

»Jetzt will ich Ihnen mal sagen, was ich glaube, Derrick. Sie haben die Sterbeurkunde gefälscht. Die Frau im Balsamierungszimmer ist in Wirklichkeit Eileen Hutton. Und ich glaube, ich kann das beweisen. Der Kopf und die Fingerabdrücke fehlen zwar, aber wir haben mehr als genug DNA-Material, um sie eindeutig zu identifizieren.«

Rushlo wippte hin und her und summte irgendeine Melodie.

»Sie werden wegen Mordes in besonders schwerem Fall vor Gericht kommen, Derrick. Die Geschworenen brauchen nur einen Blick auf die Bilder von diesem armen Mädchen zu werfen, und schon verurteilt man Sie zum Tode.«

Er summte immer noch.

»Wir wissen über das TracFone Bescheid. Wir wissen auch, dass Sie einen Komplizen haben. Sie kommen aus dieser Sache nur dann einigermaßen glimpflich raus, wenn Sie uns einen Namen nennen.«

»Solang mein Anwalt nicht hier ist, sage ich gar nichts.«

»Glauben Sie im Ernst, dass Ihr Anwalt Ihnen aus der Patsche helfen kann? Sie haben da drinnen ein Mordopfer. Nennen Sie mir einen Namen.«

Schweigen.

Benedict kam mit der Brechstange zurück.

»Darf ich?«

Ich gab ihm die Kassette. Er schob das flache Ende des Werkzeugs in die Spalte und brach den Deckel auf.

Ich brauchte einen Augenblick, um zu begreifen, was ich da sah. Zunächst dachte ich, es wären weiße Pflaumen.

Aber es waren keine Pflaumen, sondern Ohren.

Und die silbernen Ohrringe, die an den Ohrläppchen hingen, waren meine.

KAPITEL 16

»Du solltest mit ihnen reden, Derrick.«

Derrick Rushlo saß mit verschränkten Armen im Vernehmungszimmer E. Mit dem einen Auge blickte er zur Decke empor, während das andere ins Leere starrte. Er summte immer noch vor sich hin.

Sein Anwalt, ein Cousin namens Gary Pludenza, versuchte schon seit einer geschlagenen Stunde, ihn zu überreden, auf unseren Deal einzugehen.

Ich beugte mich näher an Rushlo heran und redete so leise, dass er die Ohren spitzen musste, um mich zu verstehen.

»Im Knast ist es nicht schön, Derrick. Ich garantiere Ihnen, dass es Ihnen dort nicht gefallen wird. Wir wissen, dass Sie einen Komplizen haben. Geben Sie uns seinen Namen, und Sie bekommen ein vermindertes Strafmaß. Ansonsten gibt es lebenslänglich.«

Rushlo summte immer noch vor sich hin.

»Hier, Derrick.« Ich nahm meinen Führerschein aus der Brieftasche und zeigte ihm das Foto, verbarg jedoch mit dem Daumen meine Adresse. »Sehen Sie, was ich auf diesem Bild trage? Dieselben Silberohrringe, die wir in Ihrem Büro gefunden haben.«

Derrick sagte immer noch nichts, aber wenigstens hörte er mit dem Summen auf. Ich hätte ihm gern weisgemacht, dass die Ringe seine Fingerabdrücke trugen, aber jemand hatte sie sorgfältig abgewischt.

»Wir wissen, dass Sie diese Sterbeurkunde gefälscht haben. Die Frau ist nicht Felicia Wymann aus Wisconsin. Das haben wir nachgeprüft. Niemand mit diesem Namen ist kürzlich verunglückt. Es gab keine Obduktion.«

Ich hatte dies bereits dreimal erwähnt, damit es endlich zu ihm durchdrang.

»Und jetzt schauen Sie sich mal die hier an.«

Ich hielt ihm zwei Fotos hin. Das eine zeigte Eileen Hutton im Bikini, und das andere die rechte Schulter der Leiche.

»Sehen Sie das Muttermal, Derrick? Das birnenförmige hier? Es ist auf beiden Bildern identisch. Und in Kürze haben wir die DNA-Testergebnisse. Die werden einwandfrei beweisen, dass die Frau auf diesem Tisch nicht Felicia Wymann, sondern Eileen Hutton ist.«

Schweigen. Ich versuchte eine andere Taktik und schlug mit der Handfläche auf den Tisch. Sowohl Derrick als auch sein Anwalt schreckten auf.

»Begreifen Sie es immer noch nicht, Rushlo? Sie werden die nächsten fünfzig Jahre in einer zwölf Quadratmeter großen Zelle verbringen, zusammen mit einem Muskelprotz, der Ihren Arsch an andere Häftlinge für Zigaretten verkauft. Wir haben das TracFone gefunden und wir können Sie mit den beiden Morden in Verbindung bringen. Ist Ihr Komplize Ihnen das wert?«

Pludenza schenkte mir ein müdes Lächeln. »Könnte ich bitte einen Augenblick mit meinem Mandanten unter vier Augen sprechen?«

Ich stürmte aus dem Zimmer. Meine Wut war nur bis zu einem gewissen Grad gespielt. Ich brauchte dringend einen Kaffee, wusste aber nicht, wo sich der Getränkeautomat befand. Da Herb und ich davon ausgingen, dass es sich bei Rushlos Komplizen um einen Polizisten handelte, möglicherweise einen aus unserem Revier, hatten wir ihn zur Vernehmung ins Zwölfte anstatt ins Sechsundzwanzigste gebracht. Natürlich konnte der böse Bulle auch aus dem Zwölften sein, weshalb wir versuchten, die Sache möglichst unter Verschluss zu halten.

Ich warf in Gedanken eine Münze und entschied mich für rechts. Ich bog um zwei Ecken und fand einen Kaffeeautomaten.

Leider hatte ich in meiner Brieftasche nur zwei Fünf-Cent-Münzen und einen Zwanziger.

»Wie geht es mit der Vernehmung voran?«

Herb kam den Flur entlanggelaufen und hielt auf mich zu, einen Stapel Papier in der Hand.

»Hast du fünfundsiebzig Cent?«

»Du brauchst fünfundsiebzig Cent, um den Verdächtigen zu knacken?«

»Mensch, Herb. Für den Kaffee.«

Er wühlte in seinen Hosentaschen herum und fand einen rostigen Cent und einen Streifen Kaugummi voller Fusseln, den er sich sofort in den Mund schob.

»Die Leiche ließ sich eindeutig identifizieren«, sagte Herb kauend. »Eileen Hutton hat sich vor zwei Jahren bei einem Skiunfall ein Bein gebrochen. Wir haben die Röntgenaufnahmen von damals, und sie stimmen mit denen überein, die Blasky gerade im Leichenschauhaus gemacht hat.«

Herb gab mir die Papiere. Die Faxe waren zwar nicht einwandfrei, aber die Übereinstimmung war deutlich zu sehen.

»Wie lang braucht er noch für die Obduktion?«

»Er ist fast fertig. Da die Organe fehlen, geht es schnell. Er geht davon aus, dass sie seit etwa achtzehn Stunden tot ist. Die Verletzung am Hals passt zu einer Drahtschlinge oder Garotte. Blasky hat Fotos und Gipsabdrücke von den Bisswunden und ist sich sicher, dass er sie mit den Zähnen eines Verdächtigen abgleichen kann. Sperma hat er auch gefunden. Wenn es AB0-Antigene enthält, kann er es typisieren – er sagt, es sei erst ein paar Stunden alt.«

»Ich dachte, sie wurde vor achtzehn Stunden getötet.«

Herb verzog das Gesicht zu einem gequälten Grinsen, und ich wusste, was Sache war.

»Rushlo?«

»Ja. Auf meiner persönlichen Ekelliste steht er ganz oben.«

Ohne es zu wollen, sah ich vor meinem geistigen Auge, wie Derrick nackt auf Eileens Leiche lag und dabei lustvoll grunzte. Ich verdrängte das Bild sofort wieder. Obwohl es mir bei dieser Vorstellung grauste, überraschte es mich nicht sonderlich. Ich war schon so lang bei der Polizei, dass ich meinen Glauben an die Menschheit verloren hatte.

»Nekrophilie ist kein Verbrechen, oder?«, fragte ich.

»Wenn nicht, dann sollte man es zu einem machen. Hat er schon ausgepackt?«

»Bisher hat er kein Wort gesagt. Willst du es mal versuchen?«

Herb nickte. Wir gingen zusammen zum Vernehmungszimmer, und Herb steckte den Kopf zur Tür herein.

»Geht er auf den Deal ein?«

Der Anwalt stieß einen langen und lauten Seufzer aus.

»Tut mir leid, Detective. Er verweigert immer noch jegliche Aussage.«

Herb setzte sich Rushlo gegenüber auf einen Stuhl, und ich stellte mich hinter ihn. Dabei setzte ich meinen Ich-verstehe-keinen-Spaß-Blick auf.

»Wir haben soeben ein paar Röntgenaufnahmen erhalten, Derrick. Sie bestätigen, dass es sich bei der Frau um Eileen Hutton handelt. Sie werden wegen Mordes in besonders schwerem Fall vor Gericht kommen. Ich habe mit der stellvertretenden Staatsanwältin gesprochen. Wenn Sie uns den Namen Ihres Komplizen nennen, können Sie auf Milde hoffen.«

Rushlo fing wieder an zu summen. Ich musste mich zusammenreißen, um ihm nicht eins überzubraten.

»Wollen Sie nicht reden, weil Sie vor Ihrem Partner Angst haben? Oder schämen Sie sich dafür, was Sie mit der Leiche angestellt haben, nachdem Sie sie in Empfang genommen haben?«

Rushlos Anwalt zog die Augenbrauen zusammen.

»Was soll das heißen, Derrick? Was hast du mit der Leiche gemacht?«

Ich ließ die Papiere auf den Tisch fallen. »Wir haben Beweise, dass Ihr Mandant sich vor ungefähr zwei Stunden an der Leiche sexuell vergangen hat.«

Ich hatte noch bei keinem Anwalt einen derart angewiderten Gesichtsausdruck gesehen. Auf eine gewisse Art und Weise war dies erfrischend.

»Derrick ... Es ist wohl besser, du suchst dir einen anderen Anwalt.«

Rushlo wandte sich ihm zu und blickte entsetzt drein.

»Du bist mein Cousin! Du kannst mich doch nicht einfach im Stich lassen!«

»Ich bin mir nicht sicher, ob ich dich weiterhin repräsentieren kann, Derrick. Ich verteidige Leute, die wegen Trunkenheit am Steuer angeklagt sind, aber doch keine Leichenficker.«

»Ich hab aber sonst niemanden!«

Der Anwalt nahm seine Sachen und stand auf.

»Ich werde herumtelefonieren und schauen, ob ich jemanden finde. Sag nichts ohne einen Rechtsbeistand.«

Er machte erneut ein angewidertes Gesicht und verließ den Raum.

Ich wollte mit der Vernehmung fortfahren, aber ohne Anwalt ließ sich nichts machen. Stattdessen erfassten wir ihn erkennungsdienstlich und brachten ihn in eine Untersuchungszelle.

»Verdammt noch mal, Herb. Ich glaube nicht, dass er uns seinen Komplizen ans Messer liefert.«

»Wir können einen Hintergrundcheck machen und den Kreis der Verdächtigen einengen.«

»Das dauert zu lang. Und in der Zwischenzeit läuft da draußen ein verrückter Bulle herum und schlitzt Callgirls auf.«

»Was hältst du davon, wenn wir einen Maulwurf auf ihn ansetzen?«

Ich dachte über Herbs Vorschlag nach.

»Was, wenn einer von den Cops hier auf diesem Revier der Mörder ist? Vielleicht hat Rushlo deswegen so viel Angst.«

Herb rieb sich den Schnurrbart.

»Wie wär's, wenn wir jemanden von außerhalb nehmen? Wir verkabeln ihn und stecken ihn zu Rushlo in die Zelle. Vielleicht kann er einen Namen aus ihm rauskitzeln.«

»Kennst du da jemanden, außer anderen Polizisten? Jemanden, der weiß, wie man Leuten Informationen entlockt?«

»Ich kenne ein paar pensionierte Cops. Ich kann ja mal ein paar Anrufe tätigen. Und du?«

Ich schüttelte den Kopf. »Ich wüsste niemanden.«

»Was ist mit deinem Expartner? Diesem McGlade?«

»Um Gottes willen, bloß nicht. Der würde alles nur noch schlimmer machen.«

»Uns bleibt nur noch heute Nacht, Jack. Morgen bringen sie Rushlo ins Bezirksgefängnis. Da kriegen wir keinen Maulwurf rein.«

»McGlade ist ein Vollidiot.«

»Aber er war mal Polizist. Außerdem schuldet er dir einen Gefallen, allein schon wegen der Art und Weise, wie sie dich in diesem schrecklichen Fernsehfilm bloßgestellt haben. Weißt du noch, wie sie aus dir eine zwanghafte Esserin gemacht haben, die sich ständig den Mund vollstopft? Das war bestimmt erniedrigend.«

Ich musste an McGlades abgelaufene Privatermittlerlizenz denken. Damit konnte ich ihn unter Druck setzen. Aber verdammt noch mal, das wäre in etwa so, als ob man eine Mücke mit einem Maschinengewehr aballern würde.

»Wenn ich die Wahl hätte, entweder mit Harry zusammenzuarbeiten oder einen Irren frei herumlaufen zu lassen, dann weiß ich nicht, was ich schlimmer finde.«

»Ruf ihn an.«

»Vielleicht sollte ich mich als Mann verkleiden und es selbst machen. Ich könnte mir einen Schnurrbart mit Mascara malen.«

»Komm schon, ruf ihn endlich an.«

»Ach, was soll's.«

Ich musste die Auskunft anrufen, um McGlades Telefonnummer zu bekommen. Als es bei ihm klingelte, hoffte ich insgeheim, er würde nicht drangehen.

»Hier ist Harry McGlade, der beste Privatdetektiv der Welt. Jeder kennt mich aus der Fernsehsendung *Tödliche Begegnung*. Schießen Sie los.«

Ich würgte meinen Stolz hinunter. »Harry, ich bin's, Jack.«

»Jackie! Hast du eine gute Nachricht für mich wegen meiner Lizenz?«

»So was Ähnliches. Ich brauche einen Gefallen von dir.«

»Kein Problem, Süße. Ich hätte nie gedacht, dass du mit dem alten Harry eine Nummer schieben willst, aber ich bringe dich gern auf den Geschmack. Obwohl ich eigentlich mehr auf jüngere Mädels stehe.«

»Selbst wenn du mich festbindest, McGlade, würde ich mir lieber meine eigenen Arme abbeißen, nur um von dir wegzukommen. Ich brauche dich als Maulwurf.«

»Das musst du mir schon genauer verklickern.«

Ich erzählte Harry, worum es ging. Als ein paar Polizisten vorbeigingen, senkte ich die Stimme.

»Und wenn ich dir mit deinem Leichenficker helfe, sorgst du dafür, dass ich meine Lizenz wiederbekomme?«

»Ich gebe dir mein Wort darauf.«

»Bin in einer halben Stunde bei dir, dann kannst du mich verkabeln. Bis gleich.«

Harry legte auf. Herb klopfte mir auf die Schulter.

»Wir tun es zum Wohle der Menschheit, Jack.«

Ich atmete tief durch und rieb mir die Schläfen.

»Das hat Oppenheimer auch gesagt.«

KAPITEL 17

»Soll ich dir helfen, das Kabel festzukleben?«

McGlade zwinkerte mir zu. Er hatte sein Hemd aufgeknöpft und zeigte mir seine schwabbelige, dichtbehaarte Brust. Er sah wie ein Gorilla aus, der Haarwuchsmittel benutzt.

»Haben wir heute Vollmond?«, fragte Herb.

»Schon möglich«, antwortete McGlade. »Verwandeln Sie sich bei Vollmond in ein fettes Schwein?«

Herbs Augen verengten sich zu Schlitzen. Harry besaß ein ausgesprochenes Talent dafür, bei anderen Menschen sofort anzuecken.

»Regen Sie sich nicht auf, Schweinchen Dick.« Harry grinste. »War nur ein Witz.«

Herb verschränkte die Arme. »Nur damit Sie's wissen … Ich habe in letzter Zeit fünf Kilo abgenommen.«

»Die fünf Kilo sind nicht weg … Sie verstecken sich in Ihrem Arsch.«

Ich trat zwischen die beiden Streithähne und befestigte das Lavaliermikrofon mit Klebeband an Harrys Brust. Dabei nahm ich mehr Klebeband als notwendig.

»Du bist so zärtlich, Jackie. Du törnst mich an.«

Harry legte seine Hand auf meine Hüfte. Ich kniff seine Brustwarze so fest, als wollte ich ihn melken. Er jaulte und ließ die Hand sinken.

Herb schüttelte den Kopf, als könne er nicht glauben, was er da sah – eine Reaktion, die Harry oft bewirkte. »Du hattest recht, Jack. Er ist ein Idiot.«

»Herb«, warnte ich ihn.

»Ein hochkarätiger Vollidiot. Wie hast du es nur die vielen Jahre mit ihm als Partner ausgehalten?«

»Warum sind Sie so schlecht gelaunt?«, fragte Harry. »Sind in dem Supermarkt, wo Sie einkaufen, auf einmal die Regale leer?«

Benedict zeigte mit dem Finger auf McGlades Gesicht. »Wenn Sie noch einen einzigen Witz über Dicke machen…«

»Was dann? Fressen Sie mich dann etwa?«

Benedict wollte sich auf McGlade stürzen, und ich musste ihn zurückhalten.

»Könnt ihr euch bitte wie Erwachsene benehmen?«

»Pass bloß auf, Jackie. Wenn er mit mir fertig ist, hat er vielleicht immer noch Hunger.«

Benedict packte ein Büschel von Harrys Brustbehaarung und riss es heraus. McGlade schrie und fuhr mit der Hand an sein Schulterholster.

»Setz dich!«, befahl ich Harry. »Und du, Herb, gibst jetzt auch Ruhe.«

Harry sah Herb grimmig an und setzte sich wieder hin. Benedict verdrehte die Augen, ging ans andere Ende des Zimmers und drehte Harry den Rücken zu.

»Es geht um Folgendes, McGlade. Wir wissen, dass Rushlo einen Komplizen hat, von dem wir glauben, dass es sich um einen Polizisten handelt. Wir brauchen einen Namen.«

»Kein Problem.«

»Du musst Rushlos Vertrauen gewinnen und dafür sorgen, dass er sich dir öffnet. Du hast die Akte gelesen.«

»Ja. Der Typ ist Bestattungsunternehmer und sucht sich seine Sexpartner unter denjenigen, deren Körper auf Zimmertemperatur ist. Ich werde die Information aus ihm rauskriegen, Jackie. Darin bin ich gut.«

Benedict schnaubte verächtlich.

»Machen Sie sich nur über mich lustig, Schweinchen Dick. Ich hab schon viele Undercovereinsätze hinter mir. Tarnen und Täuschen ist meine Spezialität. Raten Sie mal, wen ich gerade spiele.«

Benedict tappte geradewegs in die Falle und schaute hin. Harry verdrehte die Augen und zog den Hals ein, sodass er ein Doppelkinn bekam.

»Ich hab mit der Donutdiät fünf Kilo abgenommen«, grunzte er.

Herb ballte seine Rechte zur Faust, sah mich an und verließ den Raum.

»Der Typ hat keinen Sinn für Humor, Jackie. Wahrscheinlich frisst er so viel, um sein mangelndes Sexualleben zu kompensieren.«

»Ich glaube, zurzeit ist das sein geringstes Problem. Komm, lass mich die richtige Lautstärke einstellen.«

Ich schaltete den Empfänger ein, einen schwarzen Kasten von der Größe eines Autoradios, und verstellte den Lautstärkeregler, worauf ein Rauschen im Raum erklang.

»Geh mal ein paar Schritte zurück und sag was.«

McGlade ging zur Tür und trällerte das Lied *I've Got a Lovely Bunch of Coconuts*. Abgesehen davon, dass er überhaupt nicht singen konnte, ließ sich seine Stimme klar und deutlich vernehmen.

»Der diensthabende Sergeant bringt dich jetzt in die Untersuchungszelle. Ich will, dass Rushlo dir einen Namen gibt, aber ich nehme auch alle anderen Informationen, die du ihm entlocken kannst, auf Band auf. Du weißt, wie er aussieht?«

»Ich hab seine Verbrecherfotos gesehen. Er sieht aus wie eine Kröte mit Abraham-Lincoln-Bart.«

»Wahrscheinlich wäre es nicht besonders klug, ihm das zu sagen. Wie willst du es anstellen?«

Harrys Grinsen war so breit wie ein Pferdehintern. »Überlass das ruhig mir.«

Ich verspürte plötzlich das Bedürfnis nach einem Magensäuremittel.

Ich legte Harry Handschellen an und brachte ihn in den Bereich für Untersuchungshäftlinge. Nachdem ich den Papierkram erledigt hatte, nahm ich ihm die Fesseln ab und übergab ihn dem diensthabenden Sergeant, der Harry in seine Zelle brachte.

Zurück in dem Büro, das man uns zugewiesen hatte, traf ich Herb an. Er unterschrieb gerade ein Formular, auf dem ganz oben McGlades Name stand. Es war eine Anweisung zur gründlichen Leibesvisitation mit besonderem Augenmerk auf sämtliche Körperöffnungen. Ich nahm ihm das Blatt ab und zerknüllte es.

»Herb, du bist kindisch.«

»Ich weiß. Aber wahrscheinlich würde es ihm sogar Spaß machen.«

Über Funk hörte ich, wie eine Zellentür zugeschlagen wurde. Ich drückte auf die Aufnahmetaste.

Schritte. Hintergrundrauschen. Gescharre.

»Hey Mann, haste 'ne Zigarette?« Harrys Stimme.

»Nein, tut mir leid.« Rushlo.

»*Ich kann's einfach nicht glauben. Was mach ich eigentlich hier? Sie hat gesagt, sie wär schon sechzehn, Mann. Aber der Stress hat sich gelohnt. Je jünger die Muschi, desto weicher das Fell, oder? Stimmt's?*«

»Ja, kann schon sein.«

Ein Grunzen. Wahrscheinlich setzte McGlade sich gerade hin.

»Was soll das heißen, kann schon sein? Du stehst doch auf Sex, das sieht man dir an. Du hast diese gewisse Ausstrahlung. Ich wette, du weißt, wie man die Weiber flachlegt.«

Herb seufzte und schüttelte den Kopf. »Ich kenne Leute, die im Zoo arbeiten. Wir hätten für diesen Job genauso gut einen dressierten Affen nehmen können.«

Ich bat ihn mit einer Handbewegung um Ruhe.

»*Na, ich weiß nicht ... Eigentlich bin ich nicht besonders gut mit Frauen.*«

»*Willst du mich jetzt verarschen? Mit deinem Gesicht kriegst du bestimmt dauernd was zum Vögeln. Wann hast du das letzte Mal einen weggesteckt? Komm, sag schon, sei nicht so schüchtern. Letzte Woche? Gestern?*«

Eine Weile herrschte Schweigen.

»Sag bloß nicht, du bist noch Jungfrau.«

»Nein.«

»*Hab ich mir auch nicht gedacht. Also, wann war dein letztes Mal?*«

»*Heute Morgen.*«

»*Hab ich's doch gewusst! Das war mir klar, sobald ich dich gesehen habe. Ich wette, du stehst auch auf richtig perversen Schweinkram. Fesseln, Hintern versohlen und so. Hab ich recht?*«

»*Ja, so in der Art.*«

»*Du solltest dein Grinsen sehen. Worauf stehst du genau?*«

»*Das ist ... Privatsache.*«

Händeklatschen und McGlades Gelächter.

»Ich wette, du bist ein ganz Schlimmer. Das kann man in deinen Augen sehen. Na ja, zumindest in einem. Dein anderes Auge ist total verkorkst. Tust dich bestimmt schwer dabei, 3-D-Filme anzuschauen.«

Herb seufzte erneut.

»Jetzt sag schon endlich, Mann, was ist dein Ding? Fickst du Kinder oder Tiere? Lässt du dich vollscheißen?«

»*Nein, nichts dergleichen.*«

»*Dann sag's mir halt.*«

»*Ich rede nur sehr ungern darüber.*«

»*Verstehe. Dein Geheimnis. Damit kann ich leben. Wie heißt du eigentlich?*«

»*Derrick.*«

»*Hi, Derrick. Ich heiße Barnum. Kannst aber P. T. zu mir sagen.*«

»Nicht zu fassen«, murmelte Herb.

»*Was machst du beruflich, Derrick?*«

»*Ich bin Bestattungsunternehmer.*«

»*Bestattungsunternehmer ... aha. Wie läuft das Geschäft?*«

»*Ziemlich tot zurzeit.*«

Beide lachten. Herb und ich mussten uns zusammenreißen.

»Hey, Moment mal! Bestattungsunternehmer! Ist das dein Ding, Mann? Fickst du Leichen? Das ist ja geil, Mann! *In 'nem Bestattungsinstitut kriegst du ständig was zum Vögeln, und das Beste ist, die Weiber sagen nicht nein. Hab ich recht?*«

»*Ich will nicht darüber reden.*«

»*Wieso nicht? Gegen ein bisschen Sex bei der Arbeit ist doch nichts einzuwenden. Ich wollte schon immer mal 'ne Leiche ficken.*«

»*Echt?*«

»*Klar. Du musst die Alte nicht zum Essen einladen, brauchst kein Vorspiel, und hinterher nervt sie dich nicht mit ihrem Gelaber. Die perfekte Frau. Jetzt sag mir endlich: Wie ist es?*«

Wieder eine lange Pause.

»Es ist schön.«

»Nicht kalt?«

»*Ich wärme sie vorher mit einem Heizkissen auf.*«

»*Das ist ja genial, Mann! Wenn wir hier rauskommen, kann ich dann mal bei dir vorbeischauen? Ich zahl dir sogar was. Sobald wir hier raus sind ... Hey, was ist los, Mann?*«

»Ich komm hier nie wieder raus.« Rushlos Stimme klang weinerlich.

»*Wieso nicht? Warum bist du überhaupt hier?*«

»*Wegen Mord.*«

»*Ohne Scheiß? Du hast jemanden umgelegt?*«

»*Nein, hab ich nicht. Aber die Bullen glauben, dass ich es war.*«

»*Na, wenn du's nicht warst, lassen sie dich laufen. Weißt du, wer's war?*«

Ein Schniefen. »Ja.«

»*Hast du's ihnen gesagt?*«

»*Nein. Wenn ich was sage, bringt er mich um.*«

»*Kriegst du keinen Polizeischutz?*«

»*Der Täter ist ein Bulle.*«

»*Echt? Mann, das ist Scheiße. Sagst du mir, wie er heißt?*«

»*Nein. Warum?*«

»*Ich geb dir zwanzig Dollar.*«

Herb schlug sich mit der flachen Hand an die Stirn.

»*Warum wollen Sie das wissen? Sind Sie Polizist?*«

»*Klar bin ich einer. Ich bin sogar verkabelt. Man hat mich hier reingeschickt, damit ich dich zum Sprechen bringe.*«

Herb stieß mich an. »Wenn das hier vorbei ist, sollten wir McGlade da drinnen lassen. Er ist viel zu blöd, um frei herumzulaufen.«

»Sie sind kein Polizist.« Rushlos Stimme.

»Natürlich bin ich keiner. Ich hasse die Scheißbullen. Hey, *soll ich dir was sagen?*«

»Gern.«

»Ich hab mal 'nen Bullen umgelegt.« Harry flüsterte. Ich drehte die Lautstärke höher.

»Ist das Ihr Ernst?«

»Ohne Scheiß, Mann. Ich hab an 'ner Straßenecke mit diesem hübschen Mädchen geredet, und da kommt dieser Bulle und macht Stress. Ich brauch so 'n Scheiß nicht, verstehst du? Der Typ will mich abtasten, und ich hab 'ne Knarre dabei.«

»Sie hatten eine Pistole?«

»Klar hatte ich eine. Aber bevor er mir das Ding wegnehmen konnte, hab ich ihn abgeknallt. Bumm! Bumm! Zwei in die Fresse. Vielleicht hast du's sogar in der Zeitung gelesen, ist erst ein paar Wochen her. Und weißt du, was das Beste daran war?«

»Nein.«

»Ich fand's geil.«

»Wow.«

»Ja, ich bin knallhart, Mann. Mit mir ist nicht zu spaßen. Hey, hast du Kohle? Ich hab gehört, mit Bestattungen verdient man gut.«

»Ich habe Geld.«

»Dann kann ich dir vielleicht helfen.«

»Wie denn?«

»Vielleicht kann ich dir diesen Bullen aus dem Weg räumen. Ich mach mich von hinten an ihn ran, und weg ist er.«

Nicht schlecht, Harry. Ich war sogar ein wenig beeindruckt.

»Ich will ihn aber nicht umbringen.«

»*Hey, Mann, er ist ein Bulle. Die sollte man alle umlegen.*«

»*Ich weiß nicht recht.*«

»*Würde er dich umbringen, wenn er die Gelegenheit dazu hätte?*«

»*Ja.*«

»*Dann musst du ihn aus dem Weg schaffen.*«

»*Aber er ist ein Freund von mir.*«

Harry lachte so schallend, dass die Lautsprecher zitterten.

»Wollen alle deine Freunde dich umbringen?«

»*Nein. Die meisten meiner Freunde sind tot.*«

Benedict schnaubte. »Was für eine Überraschung.«

»Na, vielleicht können wir beide dafür sorgen, dass der hier auch stirbt, Derrick.«

»*Ich weiß nicht.*«

»*Deine Entscheidung, Mann. Aber eins sag ich dir ... Wenn der Typ wirklich ein Bulle ist, und du glaubst, du bist hier drinnen vor ihm sicher, dann hast du dich gewaltig geschnitten.*«

»*Er ist nicht von diesem Revier.*«

»*Das macht nichts. Er kann dir trotzdem an den Kragen. Braucht sich bloß reinzuschleichen, wenn du schläfst. Ein paar Messerstiche genügen. Hinterher schiebt er es 'nem anderen Knacki in die Schuhe. Oder er tut dir was ins Essen. Oder bezahlt jemand anderen. Es gibt tausend Möglichkeiten.*«

»*Um Himmels willen.*«

»*Du könntest dich natürlich in Schutzhaft nehmen lassen, aber das macht das Ganze nur noch schlimmer. Dann kriegt er dich nämlich, wenn du allein bist. Du solltest mich den Kerl wirklich beseitigen lassen.*«

Wieder eine lange Pause.

»*Das kann ich nicht.*«

»*Ich könnte es für zwanzig Riesen machen. Hast du so viel?*«

»*Ja.*«

»*Super. Lass mich die Sache erledigen. Sag den Bullen, er hat dich gezwungen, ihm zu helfen, dann lassen sie dich laufen. Noch ein oder zwei Tage, und du bist wieder bei der Arbeit und kannst es mit der verstorbenen Tante Sally treiben.*«

»*Ich kann nicht.*«

»*Wie du meinst, Mann. Du bist ja schließlich derjenige, der abgemurkst wird.*«

Über eine Minute fiel kein Wort. Man hörte nur, wie Rushlo wieder seine Melodie summte.

»*Was wäre, wenn … wenn ich ja sage?*«

»*Die Hälfte im Voraus, den Rest, wenn ich den Job erledigt habe.*«

»*Wie?*«

»*In bar. Sag deinem Anwalt, er soll mir die Kohle bringen.*«

»*Und was, wenn es nicht klappt?*«

»*Es wird klappen, vertrau mir.*«

»*Er ist ziemlich kräftig.*«

»*Das spielt keine Rolle, solang man auf den Kopf zielt. Wie heißt der Bulle?*«

Ich spürte, wie mein Atem stockte.

»Hey Mann, wenn du willst, dass ich den Kerl umlege, brauch ich seinen Namen.«

»*Er heißt Barry.*«

Herb und ich wechselten einen Blick. Bei uns in der Arbeit kannten wir nur einen, der so hieß. Ich versuchte, die Puzzleteile zusammenzufügen und mir vorzustellen, dass der Kollege in meinem Team für diese schrecklichen Taten verantwortlich war.

»Barry, und wie noch? Barry Houdini? Barry Feuerstein? Barry Manilow? *Du musst mir schon den vollständigen Namen geben.*«

Fuller hatte Zugang zu meinem Büro und zu dem Handy von Colin Andrews. Und er war sauer auf mich, weil ich ihn bei Beförderungen übergangen hatte. Außerdem hatte er immer wieder seine Hilfe bei unseren Ermittlungen angeboten.

»Mehr sag ich nicht. Ich kann nicht mehr sagen. Tut mir leid.«

»*Du hast schon viel zu viel gesagt, du kleiner Scheißer.*« McGlade klang auf einmal einschüchternd und bedrohlich. »Barry wusste, dass du *irgendwas versuchen würdest. Er hat mich geschickt, damit ich dich aus dem Weg räume.*«

Rushlo gab ein Geräusch von sich, eine Kreuzung zwischen Keuchen und Jaulen.

»Lassen Sie mich in Ruhe!«

»*Barry kann es sich nicht leisten, dich am Leben zu lassen.*«

»Es tut mir leid! Sagen Sie ihm, dass es mir leidtut!«
»Wem soll ich das sagen?«
»Fuller! Sagen Sie ihm, dass ich ihn nie verraten würde.«

»Hol Harry da raus«, sagte ich zu Herb und zückte mein Handy. Wir mussten schleunigst Barry Fuller finden.

Bevor es noch mehr Tote gab.

KAPITEL 18

Barry Fuller fährt in seinem SUV die Irving Park Road entlang. Da er frei hat, trägt er Zivil.

Die Kopfschmerzen bringen ihn fast um.

Der Tag hat nicht besonders gut angefangen. Holly, diese Schlampe von Ehefrau, hat wegen der Vorhänge im Wohnzimmer herumgemeckert. Er hat ihr mehrmals gesagt, sie solle neue Vorhänge kaufen, wenn ihr die alten nicht gefielen, aber sie konnte ihren verdammten Mund nicht halten und nörgelte munter weiter. Irgendwann hat er es nicht mehr ausgehalten und das Haus verlassen. Es hat nicht mehr viel gefehlt und er hätte ihr den Bauch aufgeschlitzt.

Er braucht dringend ein Opfer. Normalerweise würde er ins Revier fahren und mithilfe des Polizeicomputers eine Prostituierte ausfindig machen. Aber die Schmerzen sind so furchtbar, dass er fast durchdreht. Er muss sich so schnell wie möglich Linderung verschaffen.

Zum Glück wimmelt es auf der Straße nur so von potenziellen Opfern.

Er folgt einer Joggerin einen Block weit. Eine Blondine mit knackigem Hintern. Sie verschwindet in der Menge, und er verliert sie aus den Augen.

Eine weitere Frau taucht in seinem Blickfeld auf. Sie trägt ein Businesskostüm und Schuhe mit hohen Absätzen. Er fährt langsam neben ihr her und malt sich in Gedanken aus, wie er sie sich am besten schnappt. Doch bevor sich eine Gelegenheit bietet, geht sie in ein Café.

Fuller rutscht unruhig auf dem Fahrersitz herum und schwitzt, obwohl die Klimaanlage auf Hochtouren läuft. Er biegt in eine Seitengasse und lässt seinen Blick umherschweifen.

Und findet, was er sucht.

Sie verlässt gerade das Mietshaus durch einen Hinterausgang. Um die zwanzig, mit Badeschlappen, einem langen T-Shirt über einem Bikinihöschen und einem Handtuch über der Schulter. Wahrscheinlich will sie an den Oak Street Beach, nur ein paar Blocks entfernt.

Er gibt Gas und fährt sie von hinten an.

Sie prallt von der Frontstoßstange ab und schlittert bäuchlings über den Asphalt. Fuller schiebt den Schalthebel seines Trucks auf Parken und springt heraus.

»Um Gottes willen! Sind Sie verletzt?« Nur für den Fall, dass ihn jemand beobachtet. Aber anscheinend tut das keiner.

Die Frau weint und blutet, hat Schrammen an den Händen und im Gesicht.

»Ich bringe Sie ins nächste Krankenhaus.«

Er schiebt und zerrt sie in den Truck und fädelt den Wagen wieder in die Hauptstraße ein.

»Was ist passiert?«, stöhnt sie.

Fuller schlägt zu. Mehrmals.

Sie sackt auf dem Beifahrersitz zusammen.

Er biegt nach links in die Clark Street und fährt in den Graceland Cemetery, Chicagos ältesten und größten Friedhof, der ein ganzes Karree umfasst. Wegen der Hitze halten sich nur wenige Besucher auf dem Gelände auf.

»Glück gehabt«, sagt Fuller. »Es ist völlig tot da drinnen.«

Der Friedhof ist eine ausgedehnte, gepflegte Grünanlage. Mit seinen kurvenreichen, von Büschen und hundertjährigen Eichen gesäumten befahrbaren Wegen wirkt er in manchen Abschnitten wie ein Naturpark.

Da findet sich bestimmt irgendwo ein abgelegenes Plätzchen.

Er fährt hinein und parkt neben einem großen Gedenkstein, der das Grab des Millionärs Marshall Field markiert. Zerrt die Frau aus dem Auto und schleift sie hinter den Grabstein. Die pochenden Kopfschmerzen steigern seine Wut, und er knirscht so heftig mit den Zähnen, dass der Zahnschmelz abbröckelt.

Fuller reagiert sich mit bloßen Händen an der Frau ab, verzichtet auf die Handschuhe, die er zu diesem Zweck dabeihat, und achtet nicht darauf, ob ihn jemand beobachtet. Er tobt wie ein Berserker, schlägt und tritt auf sein Opfer ein, grunzt und schwitzt vor Anstrengung.

Ein Feuerwerk explodiert vor seinen Augen. Danach sind die Kopfschmerzen wie weggeblasen.

Als der Anfall vorüber ist, stellt Fuller zu seiner Überraschung fest, dass er der Frau einen Arm ausgerissen hat.

Beeindruckend. So etwas erfordert ungeheure Körperkraft.

Er blinzelt und sieht sich nach allen Seiten um. Die Luft ist rein. Außer der grünlichen Statue mit dem feinen Gewand, die auf Fields Grabstein thront, gibt es keine Zeugen. In der heißen Waldluft hängt der Geruch von Kupfer.

Das Gras und seine Klamotten sind voller Blut, Hautfetzen und Knochensplitter. Fuller fragt sich, ob die Frau noch lebt, und kontrolliert ihren Puls. Doch dann stellt er fest, dass ihr Kopf komplett nach hinten gedreht ist.

Er geht zurück zu seinem Truck, öffnet die Heckklappe und holt eine große Plastikplane, eine Rolle Klebeband, einen Behälter mit blauer Scheibenwaschflüssigkeit und seine Sporttasche heraus.

Er wischt sich mit seinen Socken das Blut von der Haut. Dabei geht die gesamte Waschflüssigkeit drauf. Als er fertig ist, wickelt er die Socken zusammen mit der jungen Frau, ihrem Arm und seinen Klamotten in die Plane ein.

In der Sporttasche befindet sich seine Sportbekleidung. Die Sachen stinken nach Schweiß, aber er zieht sie trotzdem an.

Fuller lädt das Bündel auf die Ladefläche des Trucks, setzt sich hinters Steuer und verlässt den Friedhof ohne Probleme.

Auf der Halsted Street ruft er Rushlo an.

Der Bestattungsunternehmer geht nicht dran.

In Fullers Kopf läuten die Alarmglocken. Rushlo geht *immer* dran. So haben sie es ausgemacht. Er wendet und fährt Richtung Grand Avenue und Rushlos Geschäft.

Er probiert es noch einmal.

Wieder keine Antwort.

Fuller kaut nervös an seinem Daumennagel, der nach der bitteren Scheibenwaschflüssigkeit schmeckt. Sind seine Kollegen Rushlo bereits auf die Schliche gekommen? Wenn ja, was dann?

Rushlo wird dichthalten, da ist er sich sicher. Der Typ hat viel zu viel Schiss vor ihm.

Aber das Problem liegt womöglich ganz woanders. Falls Rushlo geschnappt wurde, bevor er die Leiche entsorgen konnte, gibt es verwertbares Beweismaterial. Zum Beispiel Haare und Speichel.

Oder Jacks Ohrringe.

Fuller hat Rushlo gesagt, er solle die Fingerabdrücke abwischen. Ob er das auch getan hat?

Die Sorgen lasten schwer auf Barrys Schultern.

Er versucht erneut, Rushlo zu erreichen.

Vergebens.

Er biegt rechts in die Grand Avenue ein. Überall Polizei.

Fuller legt mit quietschenden Reifen einen U-Turn hin und tritt aufs Gaspedal. Hinten auf der Ladefläche verrutscht die Leiche und knallt gegen die Heckklappe.

Es ist vorbei. Höchste Zeit, dass er außer Landes geht.

Bis zu seiner Bank sind es nur zehn Minuten. Fuller parkt am Straßenrand und eilt ins Foyer, wo ihn ein Wachmann aufhält.

»Ohne Schuhe dürfen Sie hier nicht rein, Sir.«

Fuller starrt auf seine nackten Füße und sieht verkrustetes Blut auf seinen Zehennägeln. Er holt die Brieftasche hervor und zückt seine Polizeimarke.

»Polizeieinsatz. Gehen Sie mir aus dem Weg, sonst gibt's eins in die Fresse.«

Der Wachmann schaut ihn grimmig an, sagt aber nichts weiter. Dank seiner Marke muss Fuller nicht Schlange stehen, sondern geht sofort an den Schalter.

»Ich muss meinen Safe öffnen. Sofort.«

Der Bankangestellte ruft einen Kollegen herbei, der Fuller in den Tresorraum führt. Sie drehen die Schlüssel zu dem Safe gleichzeitig.

»Ich brauche eine Tüte.«

Kurz darauf kommt der Angestellte mit einer Papiertüte zurück und lässt ihn allein. Fuller räumt den Inhalt des Tresors aus: eine 9-mm-Beretta mitsamt drei Extramagazinen, sechstausend Dollar in bar – von Drogendealern und Nutten, die er auf der Straße gefilzt hat – und ein gefälschter Reisepass auf den Namen Barry Eisler. Er steckt alles in die Tüte und verlässt die Bank.

Eine Politesse stellt ihm einen Strafzettel aus.

»Sorry, Kollegin. Ich bin im Dienst.«

Sie wirft einen skeptischen Blick auf seine Füße. Er zeigt ihr die Polizeimarke, steigt in den Truck und fährt los.

Mexiko hat strenge Auslieferungsbestimmungen, also wird er dorthin fliehen. Er telefoniert ein paar Minuten lang mit einer Fluggesellschaft und reserviert einen Platz für den nächsten Flug nach Cancún. Der Flieger geht in drei Stunden.

Da bleibt ihm gerade noch genügend Zeit, um seine Sachen zu packen und ein paar wichtige Dinge zu erledigen.

Fuller möchte auf gar keinen Fall erwischt werden. Er weiß, was mit Polizisten im Gefängnis passiert. Womöglich wird sein Haus bereits observiert.

Aber er kann erst außer Landes gehen, wenn er diese Schlampe von Ehefrau kaltgemacht hat. Das muss sein.

Während er seine Festnetznummer wählt, geht er in Gedanken durch, was er sagen wird.

»Hallo?«

»Hi, Holly. Ich bin's.«

»Was willst du?«

Sie hört sich weder ängstlich noch nervös oder zögernd an.

»Alles okay, Süße? Du klingst seltsam.«

»Überhaupt nichts ist okay. Diese verdammten Vorhänge machen mich noch wahnsinnig. Wie konnten wir es nur so lang damit aushalten, Barry? Sie sind scheußlich.«

Bis jetzt benimmt sie sich normal.

»Schatz, ich erwarte später noch ein paar Kollegen. Sind sie schon da?«

»Nein.«

»Vielleicht parken sie vor dem Haus?«

»Warum sollten sie das?«

»Kannst du eben mal nachsehen, Süße? Es ist wichtig.«

»Einen Moment.« Geraschel und Schritte. »Ich schaue gerade auf die Straße hinaus. Da ist niemand.«

Fuller überlegt. Vielleicht wissen sie noch nicht Bescheid. Vielleicht schafft er es noch, zuhause vorbeizuschauen, die Schlampe abzumurksen und seine Taschen zu packen.

Aber er verwirft die Idee sofort wieder. Zu gefährlich.

»Süße, weißt du noch, wo wir unsere Schlafzimmereinrichtung gekauft haben?«

»Klar. Wieso?«

»Treffen wir uns in einer Stunde dort.«

»Wozu?«

Fuller lächelt. »Wir kaufen neue Vorhänge.«

»Ist das dein Ernst?«

»Ja. Ach, und bring mir bitte was zum Umziehen und ein Paar Schuhe mit.«

»Wieso? Was soll das?«

»Ist 'ne lange Geschichte. So 'n Penner hat mich vollgekotzt, und jetzt trag ich meine Trainingsklamotten. Bring mir einfach 'ne kurze Hose, ein T-Shirt und meine Nikes. Wir treffen uns in der Einrichtungsabteilung.«

»Okay, Barry. Bis gleich.«

Fuller legt das Handy weg und biegt nach rechts Richtung State Street ab. Er wird sie im Kaufhaus töten. Sie ist eine Modetussi, und es wird ihm ein Leichtes sein, sie zu überreden, irgendeinen Fummel anzuprobieren. Dann wird er ihr in der Umkleidekabine das Genick brechen. Eigentlich hat er geplant, das Filetiermesser zu nehmen, aber es wird auch so Spaß machen.

Handarbeit ist immer eine feine Sache.

KAPITEL 19

»Sie verlässt ihre Wohnung.«

Holly Fuller trat auf die Straße hinaus und winkte ein Taxi der Firma Yellow Cab herbei.

Herb fädelte sich in den Verkehr ein und folgte ihr. Ich nahm den Hörer aus dem Ohr und steckte ihn in die Tasche meines Blazers. Nachdem McGlade Rushlo zum Reden gebracht hatte, hatten wir uns schleunigst eine richterliche Erlaubnis eingeholt, Fullers Festnetztelefon abzuhören. Mittels eines fingierten Telefonverkäuferanrufs fanden wir heraus, dass Barry nicht zuhause war. Da er an diesem Tag frei hatte, beschlossen wir, sein Telefon weiterhin abzuhören, bis er von sich hören ließ.

Der Anruf, mit dem er sich schließlich bei seiner Frau meldete, beunruhigte mich zutiefst. Fuller schien besonders darauf zu achten, nicht den Namen des Kaufhauses zu erwähnen, wo er sich mit seiner Frau treffen wollte. Und wieso benötigte er eine frische Garnitur Kleider? Wusste er, dass Rushlo sich in Polizeigewahrsam befand? Ich hoffte es nicht. Barry Fuller war nicht der Typ, der sich leicht überwältigen ließ, wenn er im Vorfeld gewarnt war.

Ich sprach in Herbs Polizeifunkgerät.

»Hier ist Zwei-Delta-Sieben. Wir verfolgen Yellow Cab Nummer sechs-vier-sieben-neun Tango X-Ray. Fahrgast ist Holly Fuller, zweiunddreißig Jahre alt, blond, 1,73 groß, fünfzig Kilo schwer. Sie trägt ein rotorangefarbenes Sommerkleid und hat eine rote Nike-Sporttasche bei sich. Sie biegen in südlicher Richtung in die Michigan Avenue ab. Kontaktaufnahme vermeiden. Ich wiederhole: Kontaktaufnahme vermeiden. Over.«

»Roger, *Zwei-Delta-Sieben. Zwölf-Hotel-Neunzehn* fährt parallel auf der Wabash Street nach Süden. Over.«

»Roger, beide. Sechzehn-Alfa-Neun fährt auf Grand Avenue nach Osten zum Abfangen. Over.«

Meine Leute waren in Zivilfahrzeugen unterwegs, aber da eine weiße Limousine förmlich nach Polizei roch, wies ich sie an, gebührenden Abstand zu halten. Selbst wenn wir das Taxi aus den Augen verloren, würde ein Anruf bei Yellow Cab genügen, um zu erfahren, wo der Fahrgast ausgestiegen war.

»Meinst du, sie fährt zum Water Tower Place?«, fragte Herb.

»Möglich. Oder zur State Street. Sie scheint eine Frau mit teurem Geschmack zu sein. Immerhin trägt sie Schuhe von Ferragamo.«

»Das konntest du durchs Fernglas erkennen?«

»Ich interessiere mich seit zwei Monaten für genau dieses Paar. Kostet fünfhundertfünfzig Dollar.«

»Ist da ein Trip nach Rio mit dabei?«

»Herb, tu bitte nicht so, als verstündest du etwas von Mode. Ich gebe ja auch keine Kommentare zu diesem roten Penisersatz ab, mit dem du in der Gegend herumgurkst.«

Herb schnaubte.

»Mein Camaro? Ich fahr den Schlitten einzig und allein wegen der Bequemlichkeit.«

»Aus demselben Grund trägt Holly Fuller diese Schuhe.«

Wie an einem Wochenende nicht anders zu erwarten, herrschte auf der Magnificent Mile dichter Verkehr. Es ist die bekannteste Straße von Chicago, mit berühmten Wolkenkratzern wie dem John Hancock Center und dem Aon Center. Ferner befanden sich dort edle Kaufhäuser wie Neiman Marcus und Saks Fifth Avenue sowie Touristenattraktionen wie der Navy Pier, das Art Institute of Chicago, die Orchestra Hall und weiter südlich die Buckingham Fountain, das Field Museum, das Shedd Aquarium und das Adler Planetarium.

Auf den Gehsteigen wimmelte es von Fußgängern. Die Sonne knallte auf das muntere Treiben herab. Die Autos reflektierten das gleißende Licht, sodass meine Augen schmerzten, wenn ich durch das Fernglas blickte.

»Sie fährt gerade am Water Tower Place vorbei und weiter auf der Michigan Avenue Richtung Süden. Langsam, Herb … Du bist viel zu dicht dran. Neben dem Gaspedal gibt es noch ein anderes, das du wohl noch nicht ausprobiert hast.«

Benedict verlangsamte das Tempo und ließ dem Taxi ein paar Wagenlängen Vorsprung.

»Jack … Was, wenn wir Gewalt anwenden müssen?«

Ich wusste, was in ihm vorging. Polizisten sind eine eingeschworene Gemeinschaft und halten zusammen. Einen Kollegen festzunehmen oder gar auf ihn zu schießen, fällt ihnen äußerst schwer. Kein Wunder bei diesem ausgeprägten Korpsgeist.

»Dann bleibt uns eben nichts anderes übrig.«

»Ich kann es immer noch nicht fassen, dass Barry so etwas tun konnte. Verdammt noch mal, für mich war er fast wie ein Freund.«

Ich tat mich mit dieser Vorstellung ebenfalls schwer. In Gedanken ging ich sämtliche Begegnungen mit Barry Fuller durch und versuchte, mich an Zeichen oder Hinweise zu erinnern, die auf einen Serienmörder hindeuteten.

Aber mir fiel nichts ein. Fuller hatte uns alle zum Narren gehalten.

»Du weißt es ja selbst, Herb. Die schrecklichsten Monster haben die besten Masken.«

Benedict presste die Lippen zu einem schmalen Strich zusammen.

»Und dabei müsste er einer von den Guten sein.«

»Die Guten schlitzen keine Nutten auf.«

Das Taxi fuhr nach rechts in die Randolph Street und dann wieder rechts in die State Street, bevor es schließlich vor dem Marshall-Fields-Kaufhaus hielt.

»Der Fahrgast ist gerade an der nordwestlichen Ecke der State Street und Randolph Street ausgestiegen. Alle Wagen dorthin. Aber unsichtbar bleiben, bis die Zielperson gesichtet wird. Over.«

Holly Fuller bezahlte den Taxifahrer und ging in das Kaufhaus, während Benedict in zweiter Reihe parkte. Ich steckte den Hörer ins Ohr, heftete das Reversmikrofon an meine Bluse und gab dem Unterstützungsteam Bescheid, dass Holly sich im Gebäude befand. Dann eilten Herb und ich ebenfalls hinein.

Das Kaufhaus war brechend voll. Die Kundschaft bestand zu gleichen Teilen aus Männern und Frauen, deren Bekleidung das gesamte Spektrum von Anzug und Krawatte bis T-Shirts und Sandalen ausfüllte. Hitzewellen sind gut fürs Geschäft, vor allem in Kaufhäusern mit gut funktionierender Klimaanlage.

Wir sahen, wie Holly die Rolltreppe betrat und gaben ihr dreißig Sekunden Vorsprung, ehe wir ihr folgten. Eine Leuchtanzeige wies uns darauf hin, dass die Einrichtungsabteilung im vierten Stock lag.

Vor der Rolltreppe standen die Leute Schlange. Wir drängelten uns in die Menge.

»Siehst du sie?«

»Da, drüben, auf elf Uhr.«

Mein Blick folgte seinem Zeigefinger, und ich sah Holly auf der Rolltreppe zwei Stockwerke höher. Man konnte sie leicht erkennen, eine Tatsache, die mir klarmachte, dass dasselbe auch für Herb und mich galt. Vor allem Benedict zeichnete sich nicht gerade durch Unauffälligkeit aus.

»Herb, du bleibst im zweiten Stock und hältst nach Fuller Ausschau. Vielleicht kommt er auch hier hoch. Aber pass auf, dass er dich nicht sieht.«

Benedict nickte. Ich sprach in mein Reversmikrofon und wies meine Leute an, sich an sämtlichen Ausgängen zu postieren.

Benedict verließ die Rolltreppe, während ich auf ihr weiter nach oben fuhr. Als ich meinen Blick durch den vierten Stock schweifen ließ, entdeckte ich Holly, die sich gerade orientalische Teppiche ansah. Fuller konnte ich nirgendwo ausmachen. Das Menschengewühl um mich herum machte mich nervös, da es mir den Überblick erschwerte.

Die Situation gefiel mir ganz und gar nicht.

Mein Herz schlug schneller, die Handflächen wurden feucht, der Mund trocken. Ein überfülltes Kaufhaus war nun wirklich nicht der passende Ort für eine Schießerei.

Ich mischte mich unter die Leute und tat so, als würde ich mir Sitzmöbel ansehen. Eine Verkäuferin kam herbei und fragte, ob sie mir helfen könne. Ich verneinte und hielt weiterhin einen Sicherheitsabstand zu Holly ein, die gerade von den Teppichen zu den Vorhängen ging.

Ich malte mir zwei Szenarien aus. Wenn ich Glück hatte, würde ich Fuller überraschen und widerstandslos festnehmen. Wenn ich jedoch Pech hatte – nun ja, dreimal dürfen Sie raten. Wir hatten es mit einem verrückten Mörder zu tun, der mit Schusswaffen umgehen konnte und unsere Vorgehensweise kannte. Der wusste, dass er umzingelt war und dass unsere Leute an sämtlichen Ausgängen standen. Ein Mann wie Fuller wusste, dass seine Chancen weitaus besser standen, wenn er die Menschenmenge als Deckung benutzte.

»Ist die Zielperson irgendwo in Sicht?«

In meinem Ohrstöpsel hörte ich eine Reihe von negativen Antworten.

»Hier sind zu viele Menschen. Wir warten, bis er das Kaufhaus verlässt und folgen ihm. Over.«

Das beruhigte mich ein wenig. Es war besser, wenn wir ihn auf der Straße überwältigten, wo sich weniger …

»Ich habe ihn«, meldete sich Benedict aus dem zweiten Stock. »Er fährt mit der Rolltreppe nach oben, trägt eine grüne kurze Sporthose und ein graues Sweatshirt mit abgeschnittenen Ärmeln. Außerdem ist er barfuß. Over.«

»Alle auf ihren Positionen bleiben. Wir warten mit dem Zugriff, bis er das Kaufhaus verlassen hat. Wiederhole, alle auf ihren Positionen bleiben. Over.«

Ich wandte mich der Rolltreppe zu. Eine Minute verging, und ich merkte, dass ich den Atem angehalten hatte. Ich blies langsam die Luft heraus.

Plötzlich tauchte Fuller aus der unteren Etage auf. Er sah größer aus als im Büro, und sein Benehmen wirkte gehetzt, als er nervös den Blick hin und her schweifen ließ. Ich duckte mich hinter einer Auslage mit Frotteebadetüchern und beobachtete ihn durch eine Lücke.

Fuller ging in etwa sechs Metern Entfernung an mir vorbei und steuerte direkt auf die Vorhänge zu.

»Die Zielperson ist im vierten Stock. Ich habe sie im Visier. Over.«

Holly sah sich gerade einen Querbehang an und wandte ihm den Rücken zu. Fuller erkannte sie und ging schneller, seine riesigen Hände auf Höhe ihres Halses ausgestreckt.

Ich richtete mich auf. Adrenalin pumpte durch meine Adern. Für einen sicheren Schuss war ich zu weit weg, also rannte ich los und griff gleichzeitig nach meiner Dienstwaffe. Als Fuller seiner Frau die Augen zuhielt und sie raten ließ, wer es war, legte ich eine schlitternde Vollbremsung ein.

Holly kicherte, drehte sich um und küsste ihren Mann auf Zehenspitzen. Fuller streckte die Hand aus, und sie gab ihm die Nike-Sporttasche, die sie bei sich trug. Die beiden wechselten ein paar Worte und küssten sich noch einmal, ehe er sie aus der Fensterdekorationsabteilung zurück zur Rolltreppe führte.

Ich drehte mich schnell um und tat so, als betrachtete ich das Preisschild an einer Stehlampe aus Bronze.

»Zielperson und Ehefrau gehen Richtung Rolltreppe nach oben. Alle auf ihren Positionen bleiben. Over.«

Ich ließ den beiden eine halbe Minute Vorsprung und folgte ihnen dann in die nächsthöhere Etage, in die Damenbekleidungsabteilung.

»Jetzt sind sie im fünften Stock und sehen sich Cocktailkleider an. Er nimmt gerade eins von der Stange und hält es ihr hin. Sie schüttelt den Kopf und er lacht. Jetzt gehen sie zu den Umkleidekabinen. Und jetzt sind sie gerade in einer verschwunden.«

Ich wäge meine Optionen ab. Weiter abseits warten, bis sie wieder herauskamen, oder näher herangehen, um sicherzustellen, dass Holly nicht das nächste Mordopfer wurde.

Noch schien alles in Ordnung. Keine Anzeichen von Feindseligkeit. Sie lächelten sich an und küssten sich.

Ich beschloss, mich abseits zu halten. Die beiden benahmen sich wie ein ganz normales Ehepaar beim Einkaufen. So verrückt Fuller auch war, er würde wohl kaum seine Frau mitten in einem vollen Kaufhaus umbringen.

Oder etwa doch?

KAPITEL 20

Er ist bereit, die Schlampe zu töten, und ihm ist schwindlig vor Aufregung. Sobald sie die Tür zu der Umkleidekabine öffnet und ihm dieses hübsche Kleid von Dolce & Gabbana vorführt, wird er seine Finger um ihren Hals schließen und so lang zudrücken, bis Daumen und Zeigefinger sich berühren.

Er klopft an die Tür. »Kommst du klar da drinnen, Süße?«

»Einen Augenblick. Das ist der falsche BH, ich muss ihn wieder ausziehen. Gefällt dir dieses Kleid wirklich?«

»Dazu muss ich dich erst mal darin sehen.«

»Ich wusste gar nicht, dass du dir was aus Mode machst, Barry.«

Fuller denkt an die Leiche im Laderaum seines SUV und grinst.

»Es gibt viel, das du nicht über mich weißt, Liebling.«

Fuller wischt sich den Schweiß von der Stirn. Seine Hände zittern. In diesem Kaufhaus wimmelt es von Kunden, und niemand achtet auf den Raum mit den Umkleidekabinen. Er braucht höchstens eine halbe Minute, um seine Frau zu töten, und ehe jemand etwas merkt, wird er verschwinden. Er erinnert sich daran, dass er ihr den Ring und den Armreif abnehmen will. Und es kann auch nicht schaden, auf dem Weg nach draußen in der Schmuckabteilung vorbeizuschauen und so viele Diamanten zu kaufen, wie es seine Kreditkarte zulässt.

»Bist du bereit, Schatz?«

»Ja.«

»Die Schuhe passen nicht zu dem Kleid.«

»Ist mir egal. Lass mich rein, damit ich dich anschauen kann.«

Die Tür geht auf und Fuller betritt die Kabine.

Holly lächelt ihn an. Dasselbe künstliche Lächeln, das sie für Fotografen bereithält.

»Na, was meinst du?«

Fuller schenkt ihr ein Hundertwattlächeln. Seine Augen sind weit offen, die Nackenmuskeln angespannt.

»Das wirst du gleich sehen.«

Er streckt seine Hände nach ihrem Hals aus.

KAPITEL 21

Vor vielen Jahren, als blutige Anfängerin, lernte ich, meinen Instinkten zu trauen. Wenn man das Gefühl hat, dass etwas nicht stimmt, liegt man meistens richtig damit.

Der Eifer, mit dem Fuller seiner Frau zu den Umkleidekabinen folgte, beunruhigte mich. Ich kannte keinen Mann, der gern Modenschau spielte, und die hastige Art und Weise, mit der er Holly überredet hatte, das Kleid anzuprobieren, kam mir verdächtig vor.

»Planänderung. Alle in den fünften Stock zu den Umkleidekabinen in der nordöstlichen Ecke. Wir führen den Zugriff durch. Wiederhole, wir führen den Zugriff durch. Over.«

Ich hängte mir die Polizeimarke um den Hals und zog meine .38er. Das Ding war froh, endlich der Enge des Holsters zu entkommen.

Einige Kunden starrten mich mit offenen Mündern an. Ich wies sie an, zu bleiben, wo sie waren.

Kaum war ich in den Raum mit den Umkleidekabinen getreten, hörte ich auch schon ein Gurgeln und Grunzen, gefolgt von einem gedämpften Schrei. Ich ging in die Richtung, aus der die Geräusche kamen, und fand die richtige Tür. Sie war verschlossen.

Ich schlüpfte aus meinen Schuhen, verlagerte mein Gewicht auf den linken Fuß und trat mit dem rechten mit voller Wucht gegen die Tür.

Der Türrahmen zersplitterte und die Tür schwang nach innen. Ich hob die Waffe und zielte.

Fuller hatte seine Hände um Hollys Hals geschlungen. Er wirbelte sie herum und benutzte sie als Schutzschild. Ich riss die .38er gerade noch rechtzeitig hoch und schoss in die Decke.

Danach richtete ich die Waffe sofort wieder mit beidhändigem Griff auf mein Ziel. Fuller hatte seinen massigen Unterarm um Hollys Hals gelegt. Ihr Gesicht war mit Tränen, Mascara und Spucke verschmiert, und sie kniff die Augen vor Schmerz zusammen.

Fuller lächelte.

»Hallo, Lieutenant.«

Ich zielte auf seinen Kopf.

»Lassen Sie sie los, Barry!«

»Den Teufel werde ich tun.«

Er schlang den Arm noch fester um Holly. Ihre Gesichtsfarbe verwandelte sich von Rot zu Lila.

Meine Hände fingen an zu zittern. Ich hielt den Finger fester am Abzug.

»Verdammt, Barry! Wir können einen Ausweg aus diesem Schlamassel finden. Zwingen Sie mich nicht, Sie zu erschießen!«

Ich hörte Fullers Schüsse den Bruchteil einer Sekunde, nachdem ich den Aufprall spürte. Die Kugeln drangen durch Hollys Bauch und trafen meinen. Es fühlte sich an wie ein Tritt in die Magengrube.

Ich drückte reflexartig ab und traf Fuller in die Stirn.

Wir brachen alle drei zusammen.

Die Umkleidekabine war mit einem dicken Teppichboden ausgelegt, sodass ich weich fiel. Ich blickte auf meinen Bauch herab und sah Blut und Fleischfetzen. Irgendwo im Hinterkopf registrierte ich, dass meine Klamotten ruiniert waren, was mich irgendwie amüsierte.

Holly Fuller lag etwa einen halben Meter links von mir und starrte mich an. Sie blinzelte und machte den Mund auf, um etwas zu sagen, aber es kam nur Blut heraus.

»Nicht sprechen«, sagte ich zu ihr.

Sie nickte kurz und schloss ein Auge. Mit dem anderen starrte sie mich weiterhin an, während das Leben aus ihrem Körper wich.

Hinter ihr lag Barry Fuller auf dem Rücken. Aus seiner Kopfwunde pulsierte Blut im Rhythmus seines Herzschlags, und er hatte Knochensplitter in den Haaren. Mit der Rechten umklammerte er eine blutverschmierte Pistole.

»Stirb«, flüsterte ich.

Aber den Gefallen tat er mir nicht.

Ich hörte Schreie und sah als Nächstes Herbs dickes und schmerzverzerrtes Gesicht, das auf mich herabblickte. Ich wollte ihm sagen, er solle nicht traurig sein, brachte aber kein Wort hervor.

Er nahm mir die .38er aus der Hand und berührte mich an der Wange.

»Alles wird gut, Jack. Alles wird wieder gut.«

Aber nicht für Holly Fuller, war mein letzter Gedanke, bevor ich in Ohnmacht fiel.

KAPITEL 22

Als ich aufwachte, hielt Latham meine Hand und lächelte mich an.

»Hallo, Liebling. Du wurdest vor einer Stunde operiert. Die Ärzte haben zwei Kugeln aus deiner Bauchdecke entfernt.«

Ich blickte mich um, ließ die typische Krankenhausatmosphäre auf mich einwirken und schlief wieder ein.

Als ich das zweite Mal aufwachte, stand Herb an meinem Bett.

»Morgen, Jack. Wie fühlst du dich?«

»Der Bauch tut weh«, sagte ich oder versuchte es zumindest. Was aus meinem Mund kam, klang wie unverständliches Gebrabbel.

»Ich sag dem Arzt, er soll deine Morphium-Dosis erhöhen.«

Ich schüttelte den Kopf.

»Durst?«

Ich nickte. Benedict goss mir etwas Wasser aus einer Karaffe in ein Glas und hielt es mir hin. Ich trank zwei

Schluck und verschüttete den Rest. Das Wasser lief mir übers Kinn.

»Tag?«, brachte ich mühsam hervor.

»Freitag. Du warst vierundzwanzig Stunden weg.«

»Holly?«

Herb schüttelte den Kopf.

»Fuller.«

»Er erholt sich von seinen Verletzungen. Ich erzähl dir mehr, wenn es dir wieder besser geht.«

»Sag's mir.«

»Wir haben den Hergang folgendermaßen rekonstruiert – korrigiere mich, wenn es nicht so war. Fuller hatte Holly am Hals gepackt. Wusstest du, dass er eine Pistole hatte?«

Ich schüttelte den Kopf.

»Er hat sie seiner Frau in den Rücken gedrückt und versucht, auf dich durch sie hindurchzuschießen. Die Kugeln haben sie durchdrungen und sind dann in deinen Bauchmuskeln stecken geblieben. Anscheinend lohnt es sich, Sit-ups zu machen.«

Ich brummte. Dass ich so glimpflich davongekommen war, lag nicht an den Sit-ups. Hollys Körper hatte die Kugeln verlangsamt, sodass sie bei mir nicht allzu tief eingedrungen waren.

»Dein Schuss hat einen Teil seines Schädels über dem rechten Auge weggerissen. Überwiegend Knochen. Die Ärzte haben fast zehn Stunden lang Knochensplitter aus seinem Hirn gepickt. Und dann haben sie noch etwas anderes gefunden.«

»Was?«

»Fuller hatte einen Hirntumor, ungefähr so groß wie eine Kirsche. Den haben sie auch entfernt. Fullers Zustand ist inzwischen stabil.«

Ich bat ihn um mehr Wasser und wiederholte die Nummer von vorhin – trinken und verschütten. Eine Stimme im Hinterkopf flüsterte mir zu, dass ich Fuller auf der Stelle hätte erschießen müssen, bevor sich ihm die Gelegenheit bot, seine Frau zu töten.

»Latham müsste jeden Moment zurückkommen. Er wollte schnell zum Mexikaner, einen Burrito holen. Diese Blumen sind übrigens von ihm.«

Herb machte eine ausladende Handbewegung. Jetzt sah ich zum ersten Mal all die Blumensträuße um mein Bett herum, komplett mit Stofftieren und Luftballons.

»Seit du hier drinnen bist, ist er nicht von deiner Seite gewichen, Jack. Treu wie Lassie.«

»Wie stehen die Chancen gegen Fuller?«, fragte ich. Ich hatte keine Lust, über Latham zu reden.

»Absolut hieb- und stichfest. Wir haben in seinem Truck eine Leiche gefunden. Sie war in Plastikfolie eingewickelt und hat jede Menge Fingerabdrücke von ihm. Die Staatsanwaltschaft erhebt außerdem Anklage wegen des Mordes an den beiden anderen Frauen, Eileen Hutton und Davi McCormick. Und dann kommen noch Colin Andrews und seine Mutter hinzu.«

»Hä?«

»Ach so, das konntest du nicht wissen. Du weißt schon, der Drogendealer. Zeugen haben gesehen, wie ein großer weißer Mann den Tatort verlassen hat. Fuller hat so viele

Fehler gemacht, dass man meinen müsste, er hätte es darauf angelegt, erwischt zu werden.«

Ich holte tief Luft und roch Jod und Reinigungsalkohol. Mein Arm juckte an der Einstichstelle der Infusionsnadel, und ich kratzte die Haut oberhalb davon. Mein Bauch tat weh, nicht von innen wie bei einem Geschwür, sondern von außen, als hätte mir jemand einen Fußtritt in die Magengrube verpasst. Ich schob die Bettdecke weg und zog das Krankenhaushemd zur Seite. Herb tat so, als überprüfte er sorgfältig seine Schuhe, während ich an dem Mullverband an meinem Unterleib herummachte.

Plötzlich merkte ich, dass ich dringend auf die Toilette musste. Ich richtete mich auf und stellte meine Füße auf den Boden. Die Fliesen waren kalt.

»Wo willst du hin?«

»Toilette.«

»Ich weiß nicht, ob das so eine gute Idee ist.«

»Willst du lieber mit deinen Händen eine Schale formen, damit ich reinpissen kann?«

Herb half mir ins Bad.

Als ich fertig war, wurde mir schwindlig. Ich hielt mich am Waschbecken fest, bis die Wände aufhörten, sich um mich zu drehen. Die Frau, die mich aus dem Spiegel anstarrte, sah ziemlich fertig aus. Die Haare waren eine einzige Katastrophe, und in dem vom Make-up befreiten Gesicht standen Alter und Erschöpfung geschrieben. Mit dieser bleichen Gesichtsfarbe sah ich nicht viel besser aus als eine von Derrick Rushlos Sexpartnerinnen.

Als ich aus dem Bad kam, musste ausgerechnet mein Freund im Zimmer stehen.

Um seine Lippen spielte ein Lächeln, dass man mit einer gewissen Boshaftigkeit als dämlich bezeichnen konnte, und in seiner Hand hielt er eine Kaffeetasse mit Regenbogenmotiv und einem Blumengesteck darin.

»Hi, Jack. Du siehst toll aus.«

Und ich spürte, dass er es wirklich so meinte.

Vielleicht lag es an den Medikamenten oder an den Schmerzen oder auch an meinen Schuldgefühlen. Auf jeden Fall brach ich in Tränen aus. Er hielt mich sanft in seinen Armen, darauf bedacht, mir nicht wehzutun. Ich aber drückte ihn fest an mich und hätte ihn am liebsten nie wieder losgelassen.

»Ich bin so froh, dass es dir gut geht, Jack. Tut mir leid, dass ich dich nicht zurückgerufen habe. Ich liebe dich.«

Ich schniefte und rotzte auf seine Sportjacke.

»Ich dich auch, Latham. Mein Gott, ich liebe dich so sehr.«

KAPITEL 23

Der heißeste Sommer seit Beginn der Wetteraufzeichnungen ging langsam zu Ende und wich dem ersten herbstlichen Frost. Von vierzig Grad auf null in der kurzen Zeitspanne von drei Monaten. Dieser Temperatursturz bestärkte mich in meiner Auffassung, dass sich das Leben im Mittleren Westen viel leichter ertragen ließe, wenn wir uns tausend Kilometer weiter südlich befänden.

Es war ein kalter Dienstagmorgen, und Mr Friskers attackierte gerade mit seinen Krallen die Schale eines Kürbisses, den Latham ein paar Tage zuvor für Halloween gekauft hatte. Der Kater war zwar immer noch nicht richtig warm mit mir geworden, aber wenigstens griff er mich nicht mehr ständig an. Unser Verhältnis zueinander ähnelte mehr einer prekären Beziehung als einer Freundschaft, aber andererseits war ich froh, dass ich ihn hatte.

Die vergangenen zwölf Wochen waren nicht gerade einfach gewesen.

Ich war immer noch krankgeschrieben, und obwohl ich in den geduldigsten, anständigsten und verständnisvollsten

Mann verliebt war, den man sich vorstellen kann, hatte ich das Gefühl, durchzudrehen.

»Möchtest du ein bisschen Milch, Mieze?«

Mr Friskers unterbrach seine Attacken auf den Kürbis und sah mich mit zusammengekniffenen Augen an. Ich holte Milch aus dem Kühlschrank und goss ein bisschen davon in seine Schüssel. Er wartete, bis ich mich entfernt hatte, bevor er sich über den Inhalt hermachte.

Ich gähnte und schüttelte den Kopf, um die Schläfrigkeit zu vertreiben. Seit einiger Zeit nahm ich jede Nacht eine Schlaftablette, und am nächsten Morgen dauerte es immer eine Weile, bis ich mich nicht mehr groggy fühlte.

Ich gähnte ein zweites Mal und überlegte, ob ich Hunger hatte und wie lang meine letzte Mahlzeit zurücklag – das Abendessen am Tag zuvor, bestehend aus einer Pizza, die ich zusammen mit Latham verspeist hatte. Im Kühlschrank war immer noch etwas davon übrig, aber kalte Pizza hörte sich nicht nach einem guten Frühstück an. Ich überlegte, ein paar Eier in die Pfanne zu hauen, verwarf dieses Vorhaben jedoch als zu aufwändig. Stattdessen schleppte ich mich ins Schlafzimmer und ließ mich auf mein Bett fallen.

Ich griff zur Fernbedienung und legte sie wieder weg. Griff wieder nach ihr.

Ein Fehler. Kanal fünf übertrug gerade die Vorverhandlungen zu dem bevorstehenden Mordprozess gegen Barry Fuller. Ich schaltete den Fernseher aus, starrte an die Decke und versuchte krampfhaft, die Erinnerungen zu verdrängen.

Es gelang mir nicht.

»Ich weiß«, sagte ich laut zu mir selbst. »Ich hätte früher abdrücken müssen.«

Ich wollte, ich könnte sagen, dass ich zu Holly Fuller sprach. Und ein noch größerer Teil von mir wünschte, ich *könnte* sie jedes Mal sehen, wenn ich die Augen schloss, oder während der kostbaren Momente von ihr träumen, in denen ich Schlaf fand.

Aber in Wirklichkeit konnte ich mich kaum an ihr Aussehen erinnern. Immer wenn ich diesen düsteren Gedanken nachhing, trat mein Gesicht an die Stelle von ihrem.

Ich brauchte kein Psychologie-Diplom, um zu wissen, was das bedeutete. Als Holly starb, enttäuschte ich nicht nur sie, sondern auch mich selbst.

Das Leben ist nicht leicht, wenn man sein schärfster eigener Kritiker ist.

Plötzlich klopfte es an der Tür.

»Kannst du nachschauen, wer das ist?«, rief ich Mr Friskers zu.

Der Kater reagierte nicht, also band ich mir den Bademantel zu, wälzte mich aus dem Bett und schleppte mich zur Tür.

Meine Mutter lächelte mich durch den Spion an.

»Mom!«

Ich konnte die Tür gar nicht schnell genug aufmachen. Als ich meine Arme um sie schlang, fühlte ich mich wieder wie ein kleines Mädchen, obwohl ich sie um zehn Zentimeter überragte. Ich vergrub mein Gesicht in ihrer Schulter und roch dasselbe Waschmittel, das sie schon seit vierzig Jahren benutzte. Sie trug einen flauschigen weißen

Rollkragenpullover und schlabberige Jeans. Mit der Rechten stützte sie sich auf einen Gehstock aus Aluminium.

»Jacqueline, Schätzchen, schön, dich zu sehen.«

»Warum hast du mir nicht Bescheid gesagt, dass du kommst?«

»Wir wollten dich überraschen.«

Ich blinzelte. »Wir?«

»Hallo, Jack.«

Bei der Stimme stockte mir der Atem. Ich ließ meine Mutter los und trat einen Schritt zurück. Neben ihr stand ein Mann und hielt eine einzelne Rose in der Hand.

»Hallo, Alan.«

Mein Exmann lächelte mich spitzbübisch an. In den zehn Jahren seit unserer Trennung war er kaum gealtert. Er hatte immer noch dichtes blondes Haar und eine schlanke Figur. Um Augen und Mund scharten sich mehr Falten, als ich es in Erinnerung hatte, aber ansonsten sah er genauso aus wie an dem Tag, an dem er mich verlassen hatte.

»Alan war so nett und hat mich vom Flughafen abgeholt. Wir haben diese Überraschung seit etwa zwei Wochen geplant.«

Ich zog den Bademantelgürtel enger und ließ Alan nicht aus den Augen, während ich zu meiner Mutter sagte: »Mom, du hättest mir ruhig vorher Bescheid sagen können.«

»Da wäre ich schön blöd gewesen. Du hättest nein gesagt.«

»Mom …«

»Jacqueline, ihr seid beide erwachsen, und da dachte ich mir, dass dies kein Problem sei. Dürfen wir jetzt reinkommen, oder lässt du uns hier draußen im Gang stehen?«

Alan hob die Augenbrauen und lächelte mich immer noch an. Ich drehte ihm den Rücken zu und ging in meine Wohnung.

»Hast du Kaffee, Jacqueline?«

»Ich mach uns welchen.«

Ich ging in die Küche und presste die Lippen zusammen. Kaffee war für mich stets ein wichtiger Bestandteil meines Lebens gewesen, aber da ich momentan nicht arbeitete und in den Tag hineinlebte, brauchte ich Koffein nicht mehr so dringend. Nach einigem Überlegen fiel mir wieder ein, wie die Kaffeemaschine funktionierte. Ich hatte sie gerade gestartet, als Alan hereinkam und sich an den Küchentresen lehnte.

»Komme ich ungelegen?«, fragte er. Er trug eine blaue Hose von Dockers, ein weißes Hemd und eine verwaschene braune Bomberjacke, die mir irgendwie bekannt vorkam.

»Ist das nicht offensichtlich?«

»Nein.«

Ich wollte etwas Bösartiges erwidern, aber dazu fehlte mir die Energie. Vielleicht, nachdem ich eine Tasse Kaffee getrunken hatte.

»Wie geht's dir?«

»Gut. Okay. Nicht schlecht.«

»Ich hab gehört, du warst wieder in eine Schießerei verwickelt.«

»Ich wusste gar nicht, dass du von der davor gehört hast.«

»Deine Mutter hält mich auf dem Laufenden.«

Ich verschränkte die Arme. »Seit wann?«

»Schon die ganze Zeit.«

»Und was genau heißt das?«

»Mary und ich stehen seit unserer Scheidung in Kontakt miteinander.«

Ich schnaubte verächtlich. »Blödsinn.«

»Was soll daran Blödsinn sein? Ich hab deine Mutter schon immer gerngehabt.«

Jetzt hatte ich ihn. »Seit wann hat dich Zuneigung davon abgehalten, andere Menschen zu verlassen?«

Alan nickte fast unmerklich.

»Jacqueline!«, rief meine Mutter aus dem Wohnzimmer. »Ich wusste gar nicht, dass du eine Katze hast!«

»Mom, pass bloß auf!«

Ich eilte an Alan vorbei und hoffte, meine Mutter vor dem Schlimmsten zu bewahren. Als ich sah, wie Mom Mr Friskers in ihren Armen hielt und ihn am Kopf streichelte, blieb mir glatt die Spucke weg.

»Der ist wirklich süß. Wie heißt er?«

»Mr Friskers.«

»Oh. Na ja, ich finde ihn trotzdem süß.«

»Du solltest ihn wieder loslassen, Mom. Er mag Menschen nicht besonders.«

»Blödsinn. Du siehst doch, dass er mich mag.«

»Und warum faucht er dich dann an?«

»Das ist kein Fauchen, Jacqueline. Er schnurrt.«

Na so was! Dieser Mistkater hatte bei mir noch nie geschnurrt. Kein einziges Mal.

Meine Mutter sah sich demonstrativ in meiner Wohnung um und klopfte an einen großen Karton. »Was packst du da zusammen, meine Liebe? Lässt du ein paar von deinen Sachen einlagern?«

»Ja.« Ich hatte meiner Mutter noch nicht erzählt, dass ich zu Latham ziehen wollte.

»Gut. Ich brauche Platz.«

Als sie mich anstrahlte, war sie das blühende Leben. Nichts erinnerte mehr an die Frau, die ich vor ein paar Monaten im Krankenhaus besucht hatte.

Ich bemühte mich, fröhlich zu klingen. »Du hast dich also entschieden, bei mir einzuziehen?«

»In der Tat. Ich weiß, ich hab dir damals gedroht, dass ich nichts mehr mit dir zu tun haben will, wenn du dieses Thema anschneidest. Aber inzwischen habe ich mich anders entschieden. Ich glaube zwar nicht, dass ich ein Pflegefall bin und du dich um mich kümmern musst, aber mir bleiben nur noch wenige Jahre, und die möchte ich gern mit meiner Tochter verbringen.«

Ich lächelte und fragte mich dabei, wie echt es wirkte. Den Versuch, meine Mutter dazu zu bewegen, zu mir zu ziehen, hatte ich längst aufgegeben. Dies war auch der Grund, warum ich in Lathams Vorschlag eingewilligt hatte.

Er würde bestimmt enttäuscht sein.

Und wenn ich ehrlich war, war ich das auch.

»Ich habe bereits einen Käufer für die Eigentumswohnung in Florida. Du musst nur noch ein paar Unterlagen unterschreiben.«

»Super.«

»Ich kann wahrscheinlich schon nächste Woche hier einziehen.«

»Toll.«

Mom setzte den Kater auf den Boden, hinkte zu mir und legte eine faltige Hand auf meine Wange.

»Wir können uns später noch ausführlicher unterhalten, meine Liebe. Wir hatten einen frühen Flug, und jetzt bin ich fix und fertig. Stört es dich, wenn ich mich ein bisschen auf deiner Couch hinlege?«

»Du kannst mein Bett nehmen, Mom.«

Wenigstens eine Person, die es für etwas Sinnvolles benutzen konnte.

»Geh zusammen mit Alan was essen. Ihr beide habt euch bestimmt viel zu erzählen.«

Sie tätschelte zärtlich meine Wange und hinkte ins Schlafzimmer.

Alan stand am Fenster, die Hände in den Hosentaschen.

»Hast du Lust auf ein Frühstück?«, fragte er.

»Nein.«

»Möchtest du, dass ich gehe?«

»Ja.«

»Nimmst du eigentlich Antidepressiva?«

»Wie kommst du darauf, dass ich depressiv bin?«

Er zuckte kaum merklich mit den Schultern. Alans emotionale Reaktionen waren meistens kaum merklich.

»Deine Mutter ist anscheinend der Meinung, dass du jemanden brauchst.«

»Und da willst du mir zu Hilfe eilen? Ist das nicht seltsam, vor allem wenn man bedenkt, dass du das letzte Mal, als ich jemanden brauchte, wie ein Dieb in der Nacht verschwunden bist.«

Er lächelte.

»Ich bin nicht wie ein Dieb in der Nacht verschwunden.«

»Doch, das bist du.«

»Ich bin am Nachmittag gegangen und habe keinen einzigen Gegenstand mitgenommen.«

»Doch, meine Jacke.«

»Welche Jacke?«

»Die, die du gerade anhast.«

»Die gehört mir.«

»Aber ich hab sie immer getragen.«

»Streiten wir lieber beim Frühstück darüber.«

»Ich will aber kein Frühstück.«

»Du brauchst was zu essen.«

»Woher willst du wissen, was ich brauche?«

Alan ging an mir vorbei in die Küche, und ich fragte mich schon, ob ich einen empfindlichen Nerv getroffen hatte. Ich folgte ihm.

»Ich hab dich was gefragt. Woher willst du wissen, was ich brauche?«

»Du brauchst dich nicht zu wiederholen, ich hab dich schon verstanden.«

Er nahm eine Tasse, füllte sie mit Kaffee und reichte sie mir.

»Ich will keinen Kaffee.«

»Doch, du willst einen. Vor deiner ersten Tasse bist du immer schlecht gelaunt.«

»Ich bin nicht schlecht gelaunt«, sagte ich in weinerlichem Tonfall.

Alan lachte, und ich musste mir auf die Unterlippe beißen, um nicht zu grinsen.

»Also gut, gib mir den Kaffee.«

Er gab ihn mir, und ich nippte daran. Zu meiner Überraschung schmeckte er ausgezeichnet.

»Wenn du nicht in ein Restaurant gehen willst, kann ich dir hier was machen.« Alan öffnete den Kühlschrank und entnahm ihm ein einsames Ei. »Das ist dein letztes. Teilen wir es uns.«

»Ich möchte meine Hälfte als Spiegelei.«

Ich setzte mich an den Küchentisch und sah Alan dabei zu, wie er eine Bratpfanne suchte. Der Anblick weckte alte Erinnerungen – gute noch dazu. Während unserer Ehe hatte Alan fast jeden Morgen das Frühstück zubereitet.

Als er die Pfanne gefunden hatte, durchsuchte er noch einmal den Kühlschrank.

»Keine Butter?«

»Ich war schon länger nicht mehr beim Einkaufen.«

»Das sieht man. Was ist das hier, eine Zitrone oder eine Kartoffel?« Er hielt mir einen grünlichen verschrumpelten Gegenstand hin.

»Ich glaube, das ist eine Tomate.«

»Da wächst Schimmel drauf.«

»Wirf sie nicht weg. Vielleicht brauche ich sie noch, falls ich mal eine Staphylokokkeninfektion bekomme.«

Er ignorierte meine Bitte und warf die Tomate in den Abfalleimer. Schließlich förderte er zwei Kartoffeln, eine halbe grüne Zwiebel und eine halbe Flasche Chardonnay zutage. Dann entnahm er dem Gefrierfach einen Beutel gemischtes Gemüse und ein Pfund Speck. Zuletzt durchsuchte er die Küchenschränke und fand dort etwas Olivenöl, ein paar Gewürze und ein Glas Chilisoße.

»Diese Kombination sieht ja nicht gerade appetitlich aus.«
Er zwinkerte mir zu. »Ich muss mit dem vorliebnehmen, was ich habe.«

Ich nippte an meinem Kaffee und sah Alan die nächsten zwanzig Minuten dabei zu, wie er die Kartoffeln schälte, zerschnitt und in der Mikrowelle kochte, den Speck briet und das Gemüse, die zerhackten Zwiebeln, die Chilisoße und die Gewürze in Olivenöl und Weißwein dünstete. Schließlich gab er die Kartoffeln und den Speck dazu und verteilte das Endergebnis auf zwei Teller.

»Restepfanne à la Daniels.« Er stellte mir einen Teller hin.

»Riecht gut.«

»Wenn es dir nicht schmeckt, gibt es immer noch Pizza. Warte.«

Das Spiegelei brutzelte immer noch auf dem Herd. Alan nahm die Pfanne, neigte sie und ließ das Ei auf meinen Teller gleiten.

»Bon appétit.«

Ich aß einen Bissen. Daraus wurden zwei und drei, bis ich schließlich das Frühstück in Fließbandmanier in mich hineinschaufelte.

Wir sprachen während des Essens kein Wort. Ich empfand das Schweigen jedoch nicht als unangenehm.

Als ich den letzten Bissen verschlungen hatte, räumte Alan meinen Teller weg und schenkte mir neuen Kaffee ein.

»Immer noch sauer?«, fragte er.

»Ein bisschen. Ich dachte, wir hätten die ganzen Jahre eine stillschweigende Übereinkunft gehabt.«

»Und die wäre?«

»Du rufst nicht bei mir an, und ich nicht bei dir.«

Er nickte und stellte seinen Teller in die Geschirrspülmaschine.

»Ich habe dich nie angerufen, Jack, weil ich wusste, dass es wehtun würde.«

»Als du mich damals verlassen hast, hat dich das anscheinend nicht gestört.«

»Ich habe nicht dich gemeint.«

»Willst du damit sagen, dass es dir wehgetan hätte, mich anzurufen?«

»Ja.«

Was sollte ich dazu sagen? Ich entschied mich für: »Ach so.«

Alan machte die Geschirrspülmaschine zu, setzte sich mir gegenüber und beugte sich vor.

»Also … wie geht's dir?«, fragte er.

»Gut.«

»Ich weiß, dass das nicht stimmt, Jack.«

»Und woher weißt du das?«

»Leidest du immer noch an Schlaflosigkeit?«

Ich wich seinem Blick aus. »Ja.«

»Du machst dir Vorwürfe wegen der toten Frau von diesem Polizisten.«

»Nicht wirklich. Die internen Ermittler kamen zu dem Schluss, dass ich mich bei der Angelegenheit völlig regelkonform verhalten habe.«

»Regelkonform reicht dir nicht. Du musst alles perfekt machen, sonst kommst du nicht mit dir klar.«

Ich spürte, wie der Panzer, den ich mir während der letzten zehn Jahre angelegt hatte, Risse bekam. Ich musste Alan hassen. Nur so war ich mit unserer Trennung fertig geworden.

»Du kennst mich längst nicht so gut, wie du denkst.«

Er lehnte sich zurück und verschaffte mir damit mehr Freiraum.

»Was macht deine Verletzung?«

»Fast verheilt, Gott sei Dank. Latham hat eine Engelsgeduld mit mir gehabt.«

»Latham?«

»Mein Freund.«

Ich starrte Alan grimmig an, aber er verzog keine Miene. Ich wusste nicht, warum, aber ich war enttäuscht.

»Wahrscheinlich glaubst du deshalb, dass es mir nicht gut geht. Du meinst, mir fehlt der regelmäßige Sex.«

»Das hat dich in der Tat unausstehlich gemacht. Weißt du noch, als ich mir damals den Rücken verrenkt hatte?«

Ich grinste. »Das waren die drei schlimmsten Wochen unserer Ehe. Aber auch die produktivsten. In der Zeit hatte ich doppelt so viele Festnahmen.«

»Und weißt du auch noch, wie es war, als der Rücken wieder verheilte?«

»Ja. Wir haben das Versäumte nachgeholt, stimmt's?«

»Das kann man wohl sagen. Und dabei hab ich mir erneut den Rücken verrenkt.«

Wir mussten beide lachen, und ich fragte mich, wie er es fertiggebracht hatte, das Gespräch von Latham wegzulenken.

»Ich liebe ihn. Latham, meine ich.«

Alan stand auf und kam zu mir.

»Das freut mich. Du hast es verdient.«

»Er ist ein toller Mann. Du würdest ihn bestimmt sympathisch finden.«

Er legte mir eine Hand auf die Schulter.

»Ich hoffe, es ergibt sich eine Gelegenheit, ihn kennenzulernen.«

Er beugte sich wieder vor. Ich fühlte mich eingeengt.

»Was machst du da?«

»Glaubst du, dass wir beide jemals wieder zusammen sein könnten?«

»Nein.«

»Beweise es mir.«

»Wie?«

»Küss mich.«

»Nein. Dazu hast du kein Recht.«

»Es war ein Fehler, dass ich dich verlassen habe, und ich will ihn wiedergutmachen. Aber zuerst muss ich wissen, ob du noch Gefühle für mich hast.«

»Alan …«

»Ich liebe dich immer noch, Jack. Ich habe nie aufgehört, dich zu lieben. Der Grund, warum ich damals weggegangen bin, war ein ganz anderer. Ich bin weg, weil ich neben deinem Job keinen Platz hatte. Er hatte dich völlig vereinnahmt, und für mich blieb nichts mehr übrig. Und dazu kam noch die ständige Angst, dass du eines Tages nicht heimkommen würdest.«

»Daran hat sich nichts geändert, Alan.«

»Aber ich habe mich verändert. Ich kann jetzt damit umgehen. Und jetzt, wo ich dich wiedersehe …«

Ich sagte: »Lass das«, aber als seine Lippen die meinen berührten, wehrte ich mich nicht und ließ es geschehen. Unsere gesamte gemeinsame Vergangenheit lief vor meinem geistigen Auge ab. Ich dachte an die guten Zeiten, die wir gehabt hatten, und schloss die Augen. Als sich unsere Zungen fanden, dachte ich darüber nach, was hätte sein können.

Doch dann fing ich mich wieder und schob ihn sanft von mir weg.

»Ich liebe einen anderen Mann.«

»Ich weiß.«

Ich ließ meine Finger zärtlich über seine Wange gleiten.

»Du hast mir wehgetan, Alan.«

»Ich weiß.«

»Ich will das nicht.«

Aber als er mich erneut küsste, brach mein Widerstand vollends zusammen.

KAPITEL 24

Alan und ich schliefen zwar nicht miteinander, aber ich bekam solche Schuldgefühle, dass es fast schon egal gewesen wäre, wenn wir es getan hätten.

Nachdem die anfänglichen Küsse in leichtes Petting übergingen, entschuldigte ich mich unter dem Vorwand, nach meiner Mutter sehen zu müssen.

Mom schnarchte friedlich vor sich hin, ein Lächeln auf den Lippen. Ich bin nicht auf den Kopf gefallen, und mir war klar, dass sie Alans Auftauchen arrangiert hatte. Offenbar verfolgte sie große Pläne und schien überzeugt zu sein, dass sie aufgingen.

So wie es im Augenblick aussah, lag sie damit richtig.

Ich schleppte meine müden Knochen ins Bad, nahm eine kalte Dusche und zog mir die denkbar unattraktivsten Klamotten an: ein abgerissenes Footballtrikot von Latham und ein altes Paar Jeans, Größe vierzig (nachdem Alan mich verlassen hatte, hatte ich den Verlust meines Partners durch den erhöhten Verzehr von Kuchen kompensiert, weshalb ich kurzzeitig von Größe achtunddreißig auf vierzig zugelegt hatte).

Ich suchte gerade im Wandschrank nach meinem hässlichsten Paar Schuhe, als ich plötzlich einen Schrei hörte.

Alan.

Ich schnappte meine Dienstwaffe aus dem Nachtschränkchen und eilte ins Wohnzimmer. Alan wälzte sich auf dem Sofa hin und her und versuchte, Mr Friskers abzuschütteln, der ihm gerade das Ohr abbeißen wollte.

Als ich merkte, dass ich mit der Waffe auf Alan zielte, legte ich sie auf den Tisch und versuchte anschließend, den Kater von meinem Exmann zu entfernen.

»Böse Mieze. Lass sein Ohr in Ruhe.«

Ich zog an Mr Friskers, worauf Alan aufschrie.

»Vorsicht, Jack! Er hat sich festgebissen!«

»Warte, ich bin gleich wieder da.«

»Beeil dich! Er beißt es mir ab!«

Unter dem Sofa fand ich die Spielzeugmaus mit der Katzenminze und hielt sie Mr Friskers vor die Nase.

»Komm schon, Mieze, lass los. Lass ihn los.«

Endlich ließ der Kater locker. Ich nahm ihn von Alan weg und setzte ihn auf den Boden.

»Ich hab einfach nur hier gesessen, und da hat er mich aus heiterem Himmel angegriffen. Wie stark blutet mein Ohr?«

»Ziemlich stark.«

»Muss es genäht werden?«

»Dir fehlt das halbe Ohr.«

Alan starrte mich entsetzt an.

»Echt?«

»Wir könnten ja dem Viech den Magen auspumpen«, sagte ich in neutralem Tonfall. »Vielleicht lässt sich das fehlende Stück wieder annähen.«

Als ihm dämmerte, dass ich mich nur über ihn lustig machte, warf er ein Sofakissen nach mir.

Ich ging in die Küche und riss ein paar Papiertücher von der Küchenrolle. Seit Mr Friskers bei mir lebte, stellte ich sicher, dass ich stets einen großen Vorrat hatte.

»Das tut weh.« Alan hielt eine Hand ans Ohr gedrückt und blickte verdrießlich drein.

»Benimm dich nicht wie ein kleines Kind. Ist doch nicht so schlimm.«

»Du hast leicht reden. Meine Sonnenbrille sitzt jetzt für den Rest meines Lebens schief.«

»Du wirst es überstehen. Wenn du willst, kann ich dir ein paar von meinen Ohrringen leihen.« Ich tupfte Blut ab. »Du hast genug Löcher für sechs oder sieben davon.«

»Sehr witzig. Was ist eigentlich los mit diesem Kater?«

»Ich bin noch nicht dahintergekommen. Halt das mal einen Augenblick, ich hol mal eben was zum Desinfizieren.«

Alan stöhnte, und ich suchte nach einem Antiseptikum. Nachdem ich die Wunde mit einer großzügigen Menge Jod versorgt hatte, war Alan so angeschlagen, dass er keine weiteren Annäherungsversuche unternahm, während ich sein Ohr verband. Im Stillen dankte ich Mr Friskers dafür.

Ich schlug vor, gemeinsam einen Film anzusehen, solang meine Mutter schlief, und ließ Alan die Wahl zwischen *Frühstück bei Tiffany* und *Königliche Hochzeit* – die einzigen Videos in meinem Besitz. Während wir darüber debattierten, welcher Titel die bessere Wahl war, klingelte das Telefon.

»Jack? Ich bin's, Herb. Wie geht's dir?«

»Besser«, sagte ich, was auch stimmte. »Rufst du nur an, um dich nach meinem Wohlbefinden zu erkundigen?«

»Nein. Wir, äh, brauchen dich auf dem Revier.«

»Ich dachte, ich bin immer noch krankgeschrieben.«

»Ab sofort nicht mehr. Strikte Anweisung von Captain Bains. Wir brauchen dich hier … und zwar gestern.«

»Worum geht es, Herb?«

»Um Fuller.«

»Gib mir zwanzig Minuten.«

Alan starrte mich an, und ich begriff, dass sich ein zentrales Thema unserer Ehe erneut abspielte – ich bekam einen Anruf und rannte sofort zur Arbeit.

Aber wir waren nicht mehr verheiratet, also brauchte ich keine Schuldgefühle zu haben.

»In dem kleinen Keramikfrosch auf dem Kühlschrank liegt ein extra Schlüsselbund«, sagte ich zu Alan. »Sag Mom, sie kann mich auf meinem Handy erreichen.«

Ich schlich auf Zehenspitzen ins Schlafzimmer und wechselte in einen Hosenanzug, ohne meine Mutter aufzuwecken. Anstatt lang an meinen Haaren herumzumachen, band ich sie einfach zu einem Pferdeschwanz zusammen. Für mein Make-up verwendete ich ganze zwei

Minuten und verzichtete dabei auf Grundierung und Eyeliner.

Alan saß auf dem Sofa und starrte auf den ausgeschalteten Fernseher. Ich nahm meine Dienstwaffe vom Tisch und schob sie in das Holster.

»Pass auf dich auf«, sagte Alan, ohne mich dabei anzusehen.

»Bist du noch hier, wenn ich heimkomme?«

Er neigte den Kopf leicht nach links und sah mir prüfend in die Augen.

»Ich habe ein Zimmer im Raphael für eine Woche. Ich habe mir gedacht, ich schaue bei ein paar Freunden vorbei und besuche ein paar Orte, die ich noch von früher kenne.«

Ich verspürte etwas, das sich wie Erleichterung anfühlte.

»Dann bis später.«

»Sehen wir uns heute zum Abendessen?«

»Es kann spät werden.«

»Ich bin es gewöhnt, auf dich zu warten.«

Ich nickte stumm, zog mir meinen Trenchcoat von London Fog über und verließ die Wohnung.

Chicago roch nach Herbst, was nichts anderes bedeutete, als dass sich der Geruch von gefallenem Laub mit dem Müll- und Abgasgestank vermischte. Ein kräftiger Wind wehte durch die Straßen und machte dem Namen *Windy City* alle Ehre. Die Temperatur betrug etwa zehn Grad, und die Gehsteige waren feucht vom Regen, der vor Kurzem gefallen war.

Im Büro erwartete mich eine ganze Versammlung: Benedict in seinem neuen Anzug von Brooks Brothers, den er sich als Belohnung dafür gekauft hatte, dass er zehn Kilo abgenommen hatte, Captain Bains, unser Chef, und Staatsanwältin Libby Fischer.

So lang sich die meisten von uns zurückerinnern konnten, war Stephen Bains Captain des sechsundzwanzigsten Reviers. Er war klein, korpulent und hatte nur noch spärlichen Haarwuchs, was er mit einem Toupet auszugleichen versuchte – dieses sah zwar echt aus, setzte sich jedoch mangels natürlicher Grautöne unvorteilhaft von seinem schlohweißen Schnurrbart ab.

Libby Fischer war in meinem Alter und legte großen Wert auf ihre Kleidung. Sie trug ein Oberteil von Gaultier zu einem passenden knielangen Rock, der wahrscheinlich mehr gekostet hatte, als ich in einem Monat verdiente. Ein weißes Perlenhalsband, rote Pumps von Kenneth Cole und eine kleine rote Tasche von Louis Vuitton rundeten ihre Erscheinung ab.

Libby lächelte oft. Wenn ich ihre Garderobe hätte, würde ich das auch tun.

»Was macht Ihr Bauch?«

Mit dieser Frage erschöpfte sich Bains' Vorrat an höflichen Bemerkungen auch schon.

»Schon besser«, erwiderte ich. »Ich glaube, ich werde …«

»Wir werden den Prozess gegen Fuller verlieren«, unterbrach Libby mich und lächelte dabei.

Ich bemühte mich gar nicht erst, meine Überraschung zu verbergen.

»Wieso das denn? Gibt es Beweismaterial, das vor Gericht nicht verwendet werden kann?«

»Nein, die Beweise sind solide. Das Problem ist Beweisstück A, dieser Hirntumor, der momentan in einem Marmeladenglas aufbewahrt wird.«

Bains runzelte die Stirn. »Wie Sie wissen, behauptet Fuller, er leide seit der Operation unter Gedächtnisverlust. Angeblich kann er sich an keinen der Morde erinnern.«

Libby stand auf und trat ans Fenster. »Und bis jetzt haben es unsere Psychiater nicht geschafft, ihn zu knacken.«

Ich verschränkte die Arme. »Fuller schiebt die Morde auf seinen Hirntumor?«

Libby starrte immer noch zum Fenster hinaus. »Genau das tut er. Der Tumor befand sich am Frontallappen. Dieser Teil des Gehirns steuert Emotionen, Persönlichkeit und das Verständnis von Recht und Unrecht. Psychiatrische Gutachter tun nichts lieber als einer Jury zu erklären, wie ein Tumor die Persönlichkeit eines Menschen drastisch verändern kann. Fullers Anwälte werden auf Schuldunfähigkeit plädieren und die ersten sein, die dafür einen Sachbeweis anführen.«

Mein Ärger schwoll weiter an. »Wenn das Gericht ihn für schuldunfähig erklärt, kommt er trotzdem ins Gefängnis, nicht wahr?«

»Falsch. Wenn Fullers Anwälte den Nachweis liefern, dass ihr Mandant zur Tatzeit geisteskrank war und dass der Tumor diesen Zustand verursacht hat, kommt er frei. Jetzt, nachdem der Tumor entfernt wurde, ist er ja nicht mehr geisteskrank. Also lässt man den Dreckskerl laufen.«

»Das darf doch wohl nicht wahr sein!«

Bains sah mich grimmig an.

»Fühlen Sie sich hundertprozentig fit, Jack?«

Das fühlte ich mich zwar nicht, aber ich ahnte, worauf er hinauswollte, und nickte.

»Gut«, fuhr Bains fort. »Ich will nämlich, dass Sie mit ihm reden.«

»Mit Fuller? Warum?«

»Ein Geständnis wäre schön, aber mir genügt auch Ihre persönliche Einschätzung, ob er die Wahrheit sagt oder uns nur verarscht.«

»Wenn er uns nur etwas vorspielt, können wir eine bessere Angriffsstrategie ausarbeiten«, sagte Libby.

»Besteht der Verdacht, dass er das tut?«

»Es wäre schön, wenn es so wäre«, sagte Libby und setzte sich wieder, »aber wir wissen es leider nicht. Fuller wurde bereits von über einem Dutzend Leute befragt – Psychiater, Anwälte, Polizisten, Ärzte. Bis jetzt konnte ihm niemand etwas anhaben.«

»Hat er sich einem Lügendetektortest unterzogen?«

»Ja, einem, der von seinen Anwälten arrangiert wurde. Er hat ihn mit Bravour bestanden. Morgen hat er noch einen, diesmal bei einem von unseren Leuten.«

Ich ließ einen Augenblick verstreichen und fragte: »Warum ausgerechnet ich?« Mein Job bestand darin, Verbrecher festzunehmen. Für das, was danach kam, gab es wesentlich qualifiziertere Leute als mich.

Bains kratzte sich am Toupet. »Sie haben mehrere Jahre mit ihm zusammengearbeitet und kennen ihn. Und da Sie zu unserer Sicht der Dinge neigen, werden Sie sich nicht so leicht von ihm einlullen lassen. Ich brauche Ihnen wohl nicht zu sagen, was für einen Wirbel die Medien um diesen Fall machen.«

»Ich bin kein Verhörspezialist, Captain. Ich will ihn zwar keineswegs frei herumlaufen sehen, aber ich glaube nicht …«

»Da wäre noch etwas, Jack.«

»Was?«

Bains fixierte mich mit stahlhartem Blick. »Fuller hat ausdrücklich verlangt, mit Ihnen zu sprechen.«

»Mit mir? Wieso das denn?«

Libby beugte sich zu mir, als wäre sie meine beste Freundin, die mir ein Geheimnis mitteilt.

»Das wissen wir nicht. Er hat keinen Grund genannt. Aber seit seiner Festnahme hat er oft nach Ihnen gefragt. Seine Anwälte haben ihm geraten, uns gegenüber die Aussage zu verweigern, und in letzter Zeit hat er total dichtgemacht. Doch dann hat er sein Einverständnis zu einem Gespräch gegeben, sogar ohne Anwälte, allerdings nur mit Ihnen. Natürlich sind seine Aussagen vor Gericht nicht als Beweis zulässig. Sollte er also etwas sagen, können wir das nur indirekt über Ihre Zeugenaussage verwenden.«

Ich ließ die Szene noch einmal vor meinem geistigen Auge ablaufen. Wie ich die Tür zum Umkleideraum eintrat. Wie ich zu Fuller sagte, er solle seine Frau loslassen. Wie plötzlich die Kugeln Hollys Bauch durchschlugen und meinen trafen.

»Ich würde es gern versuchen.«

»Er sitzt im Bezirksgefängnis von Cook County. Sie werden sich dort mit ihm in einem privaten Besucherraum treffen. Nur Sie beide. Sie sind durch eine Plexiglasscheibe voneinander getrennt. Aber Sie wissen ja, wie das läuft.«

»Wird man mich verkabeln?«

Libby strich mit beiden Händen ihren Rock glatt. »Wie wir alle wissen, ist es verboten, ein Gespräch ohne die Zustimmung der Betroffenen mitzuschneiden. So eine Aufnahme wäre als Beweismittel unzulässig. Als Staatsanwältin will ich von solchen illegalen Aktivitäten nichts wissen, und hätte ich Kenntnis davon, würde ich es sofort melden. Nur so ganz nebenbei möchte ich erwähnen, dass ich neulich beim Studium von einigen länger zurückliegenden Fällen auf ein paar interessante juristische Fachausdrücke gestoßen bin. Einer davon lautet *recollection refreshed*, ein anderer *transcript for impeachment*.«

Libby verbrachte die nächsten fünf Minuten damit, uns zu erklären, wie man eine illegale Aufnahme auf Band bei einem Gerichtsverfahren verwenden konnte.

Als sie fertig war, sagte Bains: »Ich möchte an dieser Stelle offiziell betonen, dass es in meinem Zuständigkeitsbereich keine solchen illegalen Gesprächsmitschnitte geben wird. Vor allem nicht mit diesem sprachaktivierten Aufnahmegerät.«

Der Captain legte ein flaches elektronisches Gerät auf seinen Schreibtisch. Ich steckte das Ding in meine Tasche.

»Wann kann ich ihn sehen?«

»Sie haben in einer Stunde einen Termin. Viel Glück, Jack. Ich erwarte morgen früh einen ausführlichen Bericht auf meinem Schreibtisch.«

Libby stand auf und gab mir die Hand.

»Sie wissen schon, dass Sie uns all diesen Ärger erspart hätten, wenn sie nur zwei Zentimeter tiefer gezielt hätten.«

Dasselbe dachte ich inzwischen auch.

KAPITEL 25

Wir saßen in einem Subway-Restaurant nicht weit vom Polizeirevier. Herb aß und ich starrte zum Fenster hinaus. Draußen regnete es, und graue Wolken vermischten sich mit den gedämpften Braun- und Schwarztönen der Großstadt mit ihren vereinzelten kahlen Bäumen.

In den Vororten gab es vielleicht Haufen von buntem Herbstlaub, die zum Hineinspringen einluden, aber hier lagen nur braune tote Blätter herum, die sich bei Nässe in Schlamm verwandelten.

»Als ich noch klein war, ist meine Mutter jeden Herbst mit mir nach Wisconsin gefahren, um die Herbstfärbung der Blätter zu sehen. Damals hat mich das völlig kaltgelassen. Womöglich haben junge Leute keinen Sinn für Schönheit.«

»Kann sein«, murmelte Herb und starrte dabei auf sein Sandwich mit Hackfleischbällchen, dessen Zutaten ausgebreitet vor ihm lagen. Die kohlenhydratarme Diät, die er zurzeit machte, schloss Brot aus, weswegen er es beiseitegelegt hatte und sich ausschließlich auf das Protein konzentrierte.

»Woran denkst du, wenn du das Wort Herbst hörst?«
»An einen Thanksgiving-Truthahn.«
»Was ist mit Winter?«
»An eine Weihnachtsgans.«
»Und Frühling?«
»Ostereier.«
»Ich erkenne hier einen roten Faden.«
»Isst du dein Roastbeef noch auf?«

Ich schob Herb mein nur zur Hälfte gegessenes Sandwich hin. Er pickte das Fleisch mit einer Gabel heraus.

»Ich verstehe nicht, wieso das viele Fett gesund sein soll.«

»Ich auch nicht.« Herb riss ein Tütchen Mayonnaise auf, bestrich das Roastbeef damit und stopfte es sich in den Mund. »Funktioniert aber.«

»Stimmt. Du siehst toll aus.«

Er grunzte, als glaubte er mir nicht.

»Herb? Ist irgendwas nicht in Ordnung?«

Er grunzte erneut.

»Ist dir das viele Cholesterin im Hals steckengeblieben?«
»Es ist Bernice.«
»Geht's ihr nicht gut?«

Er zuckte mit den Schultern.

Normalerweise hielt Herb mich jeden Tag auf dem Laufenden, was seine Frau anging, aber seit ich krankgeschrieben war, hatte ich ihn nur dreimal gesehen und dabei stets meine eigenen Probleme gewälzt. Der Gedanke, dass er vielleicht auch welche haben könnte, war mir nicht gekommen.

Ich war wirklich ein schöner Partner.

»Herb, was ist los?«

»Wir liegen im Clinch. Mein neuer Lebensstil passt ihr nicht.«

»Meinst du deine Diät?«

»Auch, aber das ist längst nicht alles. Sie mag mein Auto nicht, und außerdem hat sie die Schnauze voll davon, dass ich ständig Sex will. Ich hab bald Urlaub, und da fahren wir immer in die Weinregion von Kalifornien und besuchen ihre Freunde. Das machen wir schon seit zwanzig Jahren. Aber diesmal will ich nach Las Vegas.«

»Du kannst ja einen Kompromiss machen. Verbringe ein paar Tage in Vegas und ein paar bei ihren Freunden.«

»Scheiß auf ihre Freunde.«

So eine gehässige Bemerkung hatte ich aus Herbs Mund noch nie gehört.

Ich wollte die Diskussion fortsetzen, aber Benedict sah auf die Uhr, schob sich das letzte Stück Fleisch in den Mund und stand auf.

»Wir kommen zu spät«, sagte er, soweit ich ihn mit vollem Mund verstehen konnte.

Er verließ mit mir im Schlepptau das Restaurant. Als ich im Auto das Thema wieder aufgreifen wollte, wehrte Herb ab. Offenbar wollte er nicht darüber reden.

Das Bezirksgefängnis von Cook County erstreckte sich von der 26th Street und California Avenue bis zur 31th

Street und Sacramento Avenue. Es ist das größte Untersuchungsgefängnis in den USA und hat Platz für fast neuntausend Insassen beiderlei Geschlechts, die sich auf elf Abteilungen in separaten Gebäuden verteilen. Die meisten sind Untersuchungshäftlinge, die auf ihren Prozess warten und danach entweder entlassen werden oder – was wahrscheinlicher ist – in eine andere Justizvollzugsanstalt kommen. Und dann sind da noch diejenigen, die kurze Haftstrafen von bis zu neunzig Tagen absitzen.

Ich testete schnell das Aufnahmegerät und stellte fest, dass es einwandfrei funktionierte.

Nachdem wir den Einfassungszaun passiert hatten, fanden wir Abteilung elf, wo Fuller einsaß. Von außen sah das saubere weiße Gebäude eher wie eine Behörde als wie ein Hochsicherheitsgefängnis aus.

Dieser Eindruck änderte sich jedoch, sobald man erst einmal drinnen war. Wir wurden vom stellvertretenden Leiter der Abteilung, einem korpulenten Mann namens Jake Carver empfangen, der uns mit feuchtem Händedruck begrüßte. Nachdem wir uns am Empfang eingetragen und unsere Dienstwaffen abgegeben hatten, folgten wir Carver ins Innere der Haftanstalt.

»Bis jetzt war er ein Vorzeigehäftling.« Carvers Stimme klang wie eine Kreissäge. Wahrscheinlich rauchte und trank er viel. »Er hat uns keinerlei Probleme gemacht.«

»Wie sind die Sicherheitsvorkehrungen?«, fragte Herb.

»Er sitzt in Einzelhaft. Einen Polizisten kann man nun mal nicht zusammen mit den anderen Insassen unterbringen.«

»Sind Sie ihm schon persönlich begegnet?«, fragte ich.

»Klar. Wir haben uns eine Weile lang unterhalten.«

»Was für einen Eindruck hat er auf Sie gemacht?«

»Scheint ein ganz netter Kerl zu sein.«

»Ist das mit dem Gedächtnisverlust gelogen?«

»Wenn ja, dann ist er der beste Lügner, den ich je gesehen habe, und ich bin schon seit fast dreißig Jahren im Strafvollzug. Wir sind da.« Wir blieben vor einer weißen Stahltür mit einem kleinen quadratischen Fenster auf Augenhöhe stehen. »Besucherraum H. Sie haben eine halbe Stunde. Schlagen Sie einfach gegen die Tür, wenn Sie wieder rauswollen, oder wenn er anfängt zu randalieren. Ich bleibe so lang hier.«

Carver entriegelte die Tür und ließ mich hinein. Bevor ich den Raum betrat, drückte ich auf die Aufnahmetaste des Geräts in meiner Tasche.

Der Besucherraum war klein, etwa zwölf Quadratmeter. Als Lichtquelle dienten Neonröhren an der Decke, von denen eine flackerte. Es roch nach Schweiß und Verzweiflung. In der Mitte stand ein Klappstuhl vor einer zweieinhalb Zentimeter dicken, mit Stahlgittern bewehrten und zerkratzten Plexiglastrennwand, die den Raum in zwei Hälften teilte.

Barry Fuller saß auf der anderen Seite und blickte freundlich drein. Er trug Gefängniskleidung, einen orangefarbenen Overall mit einer auf der Brust aufgestickten Häftlingsnummer, dazu Handschellen und Fußeisen, zwischen denen eine Kette verlief. Sein kurzer Haarschnitt gab den Blick auf eine dicke Narbe frei, die sich von der Augenbraue zum Oberkopf zog.

»Danke, dass Sie gekommen sind, Lieutenant. Nehmen Sie bitte Platz.«

Ich nickte und setzte mich ihm gegenüber, die Beine zusammengepresst, beide Füße fest auf dem Boden, den Rücken kerzengerade.

»Hallo, Barry. Sie sehen gut aus.«

Er lächelte, senkte den Kopf und fuhr mit dem Finger die Narbe entlang.

»Ist schon fast verheilt. Und wie geht's Ihnen? Man hat mir gesagt, Sie hätten zwei Bauchschüsse abbekommen?«

»Es geht so.« Ich bemühte mich um einen ruhigen Tonfall. »Auf jeden Fall besser als Ihrer Frau.«

Ich sah Fullers Gesicht an, dass ihm diese Bemerkung einen Dämpfer versetzte. Er bekam rote und feuchte Augen.

»Holly. Meine große Liebe. Ich kann es einfach nicht fassen, dass ich das getan habe.«

»Sie haben es aber getan. Ich war dabei und habe zugesehen, wie sie verblutet ist.«

Fuller schniefte und rieb seine Augen. Sie wurden davon noch röter.

»Ich weiß, wie sich das anhört, Lieutenant. Stellen Sie sich vor, Sie wachen eines Tages auf, und jeder erzählt Ihnen, was für schreckliche Dinge Sie angestellt haben. Dinge, an die Sie sich nicht erinnern können.«

»Der Hirntumor war schuld daran, nicht wahr?«

»Ich habe meine Frau geliebt!« Fullers Stimme überschlug sich. »Wenn ich voll bei Sinnen gewesen wäre, hätte ich sie nie umgebracht. Herrgott noch mal, Holly.«

Er ließ die Schultern hängen. War er ein guter Schauspieler? Oder empfand er tatsächlich Reue?

»Warum haben Sie mich hierhergebeten, Fuller? Noch dazu ohne Anwälte? Was wollen Sie mir sagen?«

»Ich möchte mich bei Ihnen bedanken.«

Die Antwort brachte mich völlig aus der Fassung.

»Wie bitte?«

»Ich möchte mich bei Ihnen bedanken. Dafür, dass Sie mir Einhalt geboten haben, bevor ich weiteren Menschen etwas antun konnte. Außerdem möchte ich mich dafür entschuldigen, dass ich Sie angeschossen habe.«

Ich musterte ihn von Kopf bis Fuß.

»Wie rührend von Ihnen, Fuller. Ich bin wirklich zutiefst bewegt. Ihre Tränen machen die Frauen, die Sie abgeschlachtet haben, ganz bestimmt wieder lebendig.«

»Ich kann mich nicht daran erinnern, jemals eine Frau abgeschlachtet zu haben. Und irgendwie bin ich sogar froh darüber. Ich weiß nämlich nicht, ob ich mit diesem Wissen leben könnte.«

»Sie erinnern sich nicht an Davi McCormick? Daran, dass Sie ihr die Arme abgetrennt und meine Handschellen daran befestigt haben, damit Ihr kranker Kumpel Rushlo sie im Leichenschauhaus ablegen konnte?«

Fuller schüttelte den Kopf.

»Und was ist mit Eileen Hutton? Sie haben sie so fest gebissen, dass an ihrer Leiche Fleischstücke fehlten.«

»Hören Sie bitte auf.«

»Wie hat sie geschmeckt, Barry? Können Sie sich daran erinnern?«

»Ich weiß überhaupt nichts mehr.«

Es war Zeit, schwerere Geschütze aufzufahren.

»Ich wette, dass Sie sich erinnern. Daran, wie geil es war, ihr den Kopf abzutrennen. Ich wette, das gab Ihnen ein unheimliches Machtgefühl. Und gefickt haben Sie sie auch noch, oder? Wissen Sie noch, wann es war? Bevor oder nachdem Sie ihr das Herz herausgerissen hatten?«

Barry zog jetzt wirklich eine Show ab und weinte hemmungslos. Aber ich nahm es ihm nicht ab.

»Lassen Sie die Schauspielerei, Barry. Ich weiß ganz genau, dass Sie mich anlügen. Sie erinnern sich an jedes kleine perverse Detail. Ich wette, Sie denken jede Nacht in Ihrer einsamen kleinen Zelle daran und holen sich dabei einen runter. Sie widern mich an. Tumor hin oder her, ich hoffe, man grillt Sie auf dem elektrischen Stuhl, Sie widerwärtiges Stück Scheiße.«

Fuller nahm seine Hände vom Gesicht und grinste. Ich hatte eigentlich damit gerechnet, dass er in Wut ausbrach. Aber das Ganze schien ihn köstlich zu amüsieren.

»Sie sind verkabelt, stimmt's, Lieutenant?«

Ich antwortete nicht.

»Sie erwarten von mir, dass ich zu Ihnen ehrlich bin, aber Sie selbst sind nicht ehrlich zu mir? Lassen Sie mich das Kabel sehen.«

Ich ging meine Optionen durch. Zu wissen, dass Barry mir etwas vorspielte, erschien mir wichtiger, als dies beweisen zu können. Ich holte das Aufnahmegerät heraus und schaltete es aus.

»Also gut, Barry. Ganz unter uns. Wollen Sie jetzt endlich mit dieser dämlichen Gedächtnisverlustnummer aufhören und mit offenen Karten spielen?«

Fuller schloss die Augen und faltete die Hände wie zum Gebet. Dann hob er einen Arm und rieb sein Gesicht am Ärmel hin und her.

»Zwiebeln unter den Fingernägeln.« Er schnäuzte sich. »Dank der tollen Hühnersuppe, die wir hier vorgesetzt bekommen. Das verursacht mit sofortiger Wirkung Tränen. Nicht schlecht, oder? Muss ich an dieser Nummer noch etwas verbessern, bevor ich sie vor Gericht durchziehe?«

Mir lief es eiskalt den Rücken hinunter.

»Woran erinnern Sie sich, Barry?«

»An alles, Jack.«

»An die Morde?«

»An jedes noch so winzige Detail. Und Sie haben recht. Beim Gedanken daran hole ich mir nachts in meiner Zelle einen runter. In die hohle Hand spucken ist zwar nur ein jämmerlicher Ersatz für eine blutende und schreiende Nutte, aber bis man mich rauslässt, muss ich wohl oder übel damit vorliebnehmen.«

Er formte einen Kussmund und zwinkerte mir zu. Mein Magen revoltierte, und ich empfand Abscheu wie nie zuvor.

»Es gab also für das alles keinen Grund? Nur Mordlust?«

»Nur Mordlust? Das hört sich ja fast so an, als wären Sie enttäuscht. Gibt es einen besseren Grund für Mord? Geld? Rache? Mordlust ist ein viel reineres Motiv.«

»Dann sind Sie also ein Soziopath.«

»Nicht wirklich. Hier drinnen hatte ich viel Zeit zum Lesen und Nachdenken. Laut DSM-IV leide ich an desorganisierter episodischer Aggressivität. Ich habe ein Einfühlungsvermögen, kann es aber abschalten, wenn ich high bin.«

»High vom Töten?«

»Am Töten sind meine Kopfschmerzen schuld, Jack. Ich leide unter furchtbaren Kopfschmerzen. Möglicherweise trug der Tumor dazu bei. Aber andererseits habe ich sie schon mein ganzes Leben lang, und der Tumor ist angeblich höchstens ein Jahr alt. Wenn ich töte, verschwinden die Schmerzen. Ich glaube, das hat etwas mit dem Endorphin zu tun. Der Körper produziert endogenes Morphin, um die Schmerzen zu unterdrücken. Das Zeug wirkt hundertmal so stark wie eine vergleichbare Dosis Heroin. Töten versetzt mich in einen Endorphinrausch. Zumindest glaube ich das. Am liebsten würde ich diese Psychiater fragen, die mich rund um die Uhr beobachten, aber ich muss ja schließlich den Schein wahren.«

»Und jetzt, wo der Tumor weg ist?«

»Das spielt keine Rolle, Jack. Ich bin süchtig nach Töten.«

Er grinste, und seine Augen waren dabei so schwarz und leblos wie Kohlestücke.

Ich hatte genug und stand auf. Wenigstens hatte ich bestätigt bekommen, was ich vermutet hatte.

»Sie wollen doch nicht etwa schon gehen, Jack? Ich hab Ihnen doch noch gar nicht von meinen Plänen erzählt.«

»Was für Pläne?«

»Für die Zeit nach meiner Entlassung. Ich werde Ihnen einen Besuch abstatten, Jack.« Er streckte die Zunge heraus und wedelte damit. Gleichzeitig fasste er sich an den Schritt und rieb daran. »Wir werden viel Spaß miteinander haben, Lieutenant. Ich habe etwas ganz Besonderes mit Ihnen und Ihrem fetten Partner vor. Ich hasse Sie schon seit geraumer Zeit, weil Sie meiner Beförderung zum Detective im Wege standen. Aber seitdem ich wegen Ihnen in diesem Drecksloch sitze, hasse ich Sie noch viel mehr. Bald werde ich es Ihnen zeigen.«

Ich wandte ihm den Rücken zu, ging zur Tür und gab mir dabei Mühe, nicht allzu heftig zu zittern.

»Keine Angst, Jack, ich komme nicht sofort zu Ihnen. Erst werde ich sämtliche Leute in Ihrem Umfeld töten, die Ihnen etwas bedeuten.«

Ich hämmerte fester, als ich eigentlich beabsichtigte, gegen die Stahltür.

»Grüßen Sie Ihre Mutter und Ihren Freund von mir, Jack. Wir sehen uns bald.«

Ich schlug noch einmal gegen die Tür. Endlich machte Carver auf.

»Alles in Ordnung, Lieutenant?«

Ich nickte, obwohl überhaupt nichts in Ordnung war. Meine Hände zitterten und ich hätte am liebsten gekotzt.

»Jack?« Herb blickte besorgt drein.

»Er verarscht uns, Herb, und zwar total. Er darf auf gar keinen Fall freikommen.«

»Wie ist es da drinnen gelaufen? Hast du ihn auf Band aufgenommen?«

Ich erwiderte Benedicts Blick, ergriff seinen Unterarm und drückte ihn.

»Er darf auf keinen Fall freikommen, Herb. Koste es, was es wolle.«

KAPITEL 26

»Zelle elf öffnen.«

»Zelle elf wird geöffnet.«

Das elektronische Schloss wird entriegelt und macht dabei ein schepperndes Geräusch. Die Zellentür geht auf. Fuller wirft einen Blick auf den Wärter, der ihn begleitet. Der Mann ist zwanzig Zentimeter kleiner als er und hat einen dünnen Hals. Fuller könnte ihn locker mit einer Hand erwürgen.

Der schmächtige Wärter schließt Fullers Fußeisen auf, während sein Kollege, ein Fettwanst mit dem Gesicht einer Bulldogge, mit einer Dose Pfefferspray in der Hand bereitsteht.

Kehr nur den harten Burschen heraus, du Wichser. Wenn ich wollte, könnte ich dir das Tränengas wegnehmen und dir so tief in den Arsch schieben, dass dein Atem nach Jalapeños riecht.

Stattdessen bleibt Fuller seiner Rolle treu, lächelt und sagt: »Danke.« Der Schmächtige nimmt ihm die Handschellen ab, und Fuller betritt seine Zelle. Sein vorübergehendes Zuhause ist winzig und eng, mit einer Toilette ohne Deckel und einem Waschbecken in der einen und einem Bett in der anderen Ecke. Bis auf die fünf Zentimeter dicke Baumwollmatratze sind alle diese Gegenstände aus Stahl.

Es gibt nicht einmal genug Platz, um vernünftige Liegestütze zu machen. Fuller arrangiert sich, indem er die Füße aufs Waschbecken legt und sich mit den Händen auf dem kalten Betonboden abstützt.

»Eins, zwei, drei, vier …«

Er berührt bei jeder Abwärtsbewegung den Boden mit seinem Kinn und spürt ein Brennen in Schultern und Brust. Sein Gesicht wird rot, und er lächelt.

Jacks Gesichtsausdruck war einfach nur köstlich. Sie hat vor Angst fast in die Hose gemacht.

»Achtzehn, neunzehn, zwanzig …«

Fuller betrachtet das Bett. In der Matratze befindet sich entlang einer Naht ein kleiner Schlitz, in dem er Zwiebelstücke und ein paar andere nützliche Dinge versteckt hat. Dinge, die ihm bei seinem theatralischen Auftritt vor Gericht helfen werden.

»Siebenunddreißig, achtunddreißig …«

Der Lügendetektortest morgen wird auch lustig. Er hat noch die Heftklammer, die er aus den Unterlagen seines Anwalts entwendet hat. Mehr braucht er nicht, um den Test mit Bravour zu bestehen.

»Fünfundsechzig, sechsundsechzig …«

Alles läuft wie geschmiert. Diese Schlampe von Ehefrau ist endlich tot. Über seinen Anwalt hat er Rushlo die Anweisung zukommen lassen, kein Wort zu sagen – und er zweifelt nicht daran, dass der kleine Scheißer sich daran hält. Wenn weiterhin alles nach Plan läuft, ist Fuller bald auf freiem Fuß – wahrscheinlich in ein paar Wochen. Dann wird er sein Versprechen einlösen und Jack einen Besuch abstatten.

»Neunundachtzig, neunzig, einundneunzig …«

Nur eine Sache macht ihm Sorgen. Die Ärzte haben ihm zwar versichert, dass der Tumor vollständig entfernt wurde, aber er hat immer noch Kopfschmerzen. Zwar nicht so schlimm wie zuvor, aber in den letzten paar Wochen haben sie an Intensität zugenommen.

»Hundertzwanzig, hunderteinundzwanzig …«

Bis jetzt haben die Aspirintabletten geholfen. Aber das kann sich schon bald ändern. Er wird wieder töten müssen, und zwar bald.

»Hundertfünfzig.«

Fullers Füße berühren den Boden. Er steht auf, streckt sich und stößt dabei mit den Fäusten an der niedrigen Decke an. Sein Atem geht schnell, und er spürt einen metallischen Geschmack im Mund – er hat sich in die Zunge gebissen.

Der Geschmack erregt ihn.

Nach einer kurzen Pause, nicht länger als eine Minute, legt er die Füße wieder aufs Waschbecken und beginnt eine neue Runde Liegestütze. Dabei beißt er immer wieder in den Schnitt in seiner Zunge und vergrößert ihn.

»Zwanzig, einundzwanzig …«

Er schließt die Augen und stellt sich vor, dass das Blut in seinem Mund von Jack ist.

KAPITEL 27

Ich rief Libby von Benedicts Auto aus an und gab ihr einen Kurzbericht. Die Aufregung in ihrer Stimme war nicht zu überhören.

»Wusste ich es doch! Er hat uns die ganze Zeit zum Narren gehalten.«

»Wir haben keine Beweise.«

»Aber jetzt, wo wir uns sicher sind, werden wir uns welche besorgen. Unser Mann, der den Lügendetektortest durchführt, ist der Beste seines Fachs. Er hat Ted Bundy geknackt und er wird auch Fuller kleinkriegen. Gute Arbeit, Jack.«

»Danke.«

Mir kam es allerdings nicht so vor, als hätte ich gute Arbeit geleistet – eher, als hätte ich einen Tritt in den Arsch bekommen.

»Möchten Sie morgen dabei sein?«

»Beim Lügendetektortest?«

»Klar. Das wird ihn aus der Fassung bringen.«

Ich wollte nein sagen. Ich wollte nicht hingehen. Fuller weckte in mir Gefühle, von denen ich glaubte, ich hätte sie längst begraben.

Angstgefühle.

In Krisensituationen brauchen Polizisten ein gewisses Maß an Angst. Sie löst einen Adrenalinschub aus, was wiederum dazu führt, dass man schneller reagiert. Während des Schusswechsels mit Fuller vor ein paar Monaten hatte ich ebenfalls Angst gehabt. Damals hatte die Angst für mich gearbeitet, indem sie meine Sinne schärfte und mich zwang, automatisch zu handeln, wie ich es in meiner Ausbildung gelernt hatte.

Aber jetzt brachten meine Angstsymptome – das flaue Gefühl im Magen, die schweißnassen Handflächen, der trockene Mund, die überbordende Fantasie – rein gar nichts. Sie machten meine ohnehin schon vorhandenen Neurosen nur noch schlimmer.

»Jack? Sind Sie noch dran?«

»Ich habe gerade erst wieder mit der Arbeit angefangen, Libby. Im Augenblick weiß ich nicht genau, was morgen los ist.«

»Der Lügendetektortest findet um neun Uhr vormittags in Abteilung elf statt. Ich werde mit Bains reden, damit er Ihnen diese Zeit freihält.«

»Danke«, brachte ich mühsam hervor. »Dann bis morgen.«

Herb blieb an einer Ampel stehen und sah mich mit zusammengekniffenen Augen an.

»Jack? Du siehst aus, als ob dir schlecht ist.«

»Mir geht's gut.«

»Fuller setzt dir anscheinend ganz schön zu.«

Ich rang mir ein Lächeln ab. »Nicht im Geringsten. Ich bin einfach nur müde, Herb, das ist alles.«

Die Ampel schaltete auf Grün, aber Herb fuhr nicht los. »Ich kenne dich doch, Jack. Du bist nicht dein altes Selbst.«

Anstatt darauf einzugehen, drehte ich einfach den Spieß um.

»Ich? Du bist derjenige, der tief in einer Midlife-Crisis steckt und keinen Ton sagt.«

Hinter uns hupte jemand.

»Ich hab keine Midlife-Crisis.«

»Dann eben männliche Wechseljahre.«

»Da liegst du falsch. Bernice und ich gehen momentan einfach nur verschiedene Wege.«

»Verschiedene Wege? Herb, du bist jetzt schon zwanzig Jahre lang verheiratet.«

Herb blickte geradeaus.

»Vielleicht sind zwanzig Jahre zu lang.«

Wieder ertönte ein Hupen. Herb gab Gas und raste mit quietschenden Reifen los.

Ich schloss die Augen und dachte an gestern, als meine einzige Sorge darin bestanden hatte, welche Pizza ich bestellen sollte, wann ich wieder Lust auf Sex bekommen würde und ob ich eine Abhängigkeit von Schlaftabletten entwickelte. Jetzt schien es, als hätten sich meine Probleme über Nacht vervierfacht. Und was dem Ganzen das Sahnehäubchen aufsetzte, war die durchaus realistische Möglichkeit, dass ein Psychopath bald wieder frei herumlaufen und sämtliche Leute in meinem persönlichen Umfeld umbringen würde.

Herb und ich schwiegen während der restlichen Fahrt zurück ins Revier. Als ich mein Büro betrat, starrte ich auf den riesigen Stapel Papierkram, der sich während meiner Abwesenheit auf meinem Schreibtisch angehäuft hatte. Ich schob ihn beiseite und schrieb meinen Bericht.

Ich hackte eine Stunde auf der Schreibmaschine herum und lieferte schließlich den Bericht samt der Aufnahme meines Gesprächs mit Fuller bei Captain Bains ab. Anschließend dachte ich daran, mich meiner liegengebliebenen Arbeit zu widmen, konnte mich jedoch nicht dazu überwinden. Also machte ich Feierabend.

Als ich mein Mietshaus betrat, ging mir die Klaviermusik auf die Nerven, die aus dem Flur auf meinem Stockwerk drang. Es war Jazz, und noch dazu viel zu laut. Ich war so schlecht gelaunt, dass ich gute Lust bekam, bei meinen Nachbarn an der Tür zu klopfen und meine Polizeimarke zu zücken. Als ich jedoch herausfand, woher der Lärm kam, wusste ich, dass dies nichts helfen würde.

»Mom?«

Kaum öffnete ich die Tür, schlug mir die Musik wie ein Windstoß entgegen. Jazz hatte ich noch nie gemocht – ich bevorzugte Musik mit Struktur und Gleichgewicht. Klavier konnte ich überhaupt nicht ausstehen, was daher kam, dass meine Mutter mich als Kind gezwungen hatte, zwei Jahre lang Klavierstunden zu nehmen. Sie war der Meinung, dass es den Charakter fördert.

Im Wohnzimmer erwartete mich die nächste unangenehme Überraschung. Meine Couch stand nicht an ihrem gewöhnlichen Platz. Außerdem lagen auf ihr drei rosa

Kissen, die zu den neuen rosa Vorhängen an den Fenstern passten.

Diese Farbe gefiel mir genauso wenig wie Jazz und Klavier.

Ich schaltete die Stereoanlage aus.

»Mom?«

»Im Schlafzimmer, meine Liebe.«

Ich atmete tief durch und betrat das Zimmer. Meine Mutter hängte gerade ein Bild an die Wand – einen dieser eingerahmten Drucke, die man in Kaufhäusern für weniger als zwanzig Dollar bekommt. Darauf war eine getigerte Katze mit rosa Schleife um den Hals zu sehen, die mit einem Wollknäuel spielte.

»Hallo, Jacqueline. Was ist mit Midori?«

»Midori?«

»Midori Kawamura. Die CD, die gerade gespielt hat.«

»Die war zu laut. Die Nachbarn haben sich beschwert.«

»Banausen. Sie ist eine der besten Jazzpianistinnen der Welt.«

»Ich mag keine Jazzpianisten.«

»Du bist ja bloß neidisch, weil du nicht selbst Klavier spielen kannst.«

Ich verkniff mir einen Kommentar.

»Mom, warum hast du mein Sofa umgestellt?«

»Weil es zur Wand stand. Jetzt steht es zum Fenster. Gefallen dir die Kissen?«

»Ich mag kein Rosa.«

»Du mochtest nie typische Mädchensachen. Als du sechs Jahre alt warst, haben alle deine Freundinnen mit

Puppen gespielt, und ich musste dir Spielzeugsoldaten kaufen. Was hältst du übrigens von dem neuen Bild?«

Sie deutete mit beiden Händen auf die Katze mit dem Wollknäuel.

»Wirklich reizend«, sagte ich gelangweilt.

»Hat mich dermaßen an deinen Kater erinnert, dass ich es einfach kaufen musste. Frisky? Wo bist du?«

Mr Friskers sprang in die Küche, auf das Bett, und schließlich in die Arme meiner Mutter.

»Frisky?«, fragte ich.

»Schau ihn dir an, sieht er nicht genauso aus wie die Katze auf dem Bild?«

Sie hielt Mr Friskers hoch. Er sah in der Tat wie sein eingerahmtes Pendant aus – einschließlich der rosa Schleife, die ihm meine Mutter um den Hals gebunden hatte.

»Ein Doppelgänger, Mom. Könntest du ihm bitte die Schleife abmachen? Du entmannst ihn ja damit.«

»Unsinn. Im Gegensatz zu manchen Leuten mag Frisky Rosa. Stimmt's, Frisky?«

Als sie sein Kinn streichelte, schnurrte der verdammte Kater sie an. Ich setzte mich aufs Bett, das meine Mutter frisch bezogen hatte – viel besser, als ich das je zustande gebracht hatte. Nirgendwo war auch nur die kleinste Unregelmäßigkeit zu sehen.

»Wie hast du das alles nur gemacht?«

»Alan, der gute Mann, ist mit mir zum Einkaufen gefahren. Er wird bald mit der Pflanze hier sein.«

»Mit der Pflanze?«

»Ich hab ihn gebeten, eine Zimmerpflanze zu besorgen. Diese Wohnung ist so steril und leblos. Du brauchst etwas Grünes.«

Da ich wusste, dass bei meiner Mutter Widerstand zwecklos war, schlüpfte ich stumm aus den Schuhen und legte meine Jacke ab.

»Jacqueline? Du bist doch nicht etwa sauer auf mich?«

»Nein, Mom. Ich hatte einfach nur einen harten Tag.«

Sie setzte den Kater auf den Boden und fuhr mir liebevoll mit der Hand durchs Haar.

»Möchtest du darüber reden?«

»Später vielleicht. Jetzt brauche ich erst einmal eine heiße Dusche.«

Meine Mutter nickte lächelnd und hinkte aus dem Schlafzimmer.

Eine Minute später ging die Jazzmusik wieder los.

Ich schlug die Badezimmertür zu, stieg unter die Dusche und stellte das Thermostat auf die gewünschte Temperatur. Zehn Minuten unter dem warmen Wasserstrahl halfen mir einigermaßen, die Begegnung mit Fuller zu vergessen. Ich rasierte meine Beine, massierte mir Conditioner ins Haar und zupfte meine Augenbrauen.

Ich hatte mich in ein Handtuch gewickelt und ließ gerade Feuchtigkeitscreme einwirken, als die Badezimmertür aufging.

»Jacqueline? Da steht ein fremder Mann vor der Tür.«

Panik stieg in mir auf, verebbte jedoch wieder, als mir bewusst wurde, dass es nicht Fuller sein konnte.

»Hat er rote Haare?«

»Ja.«

»Das ist Latham, Mom. Mein Freund. Hat er nicht seinen Schlüssel benutzt?«

»Er hat es versucht, aber ich hatte die Kette vorgelegt.«

»Dann lass ihn bitte rein und sag ihm, ich komme gleich.«

Mom runzelte die Stirn, nickte aber. Ich schlüpfte in meinen Bademantel und wickelte das Handtuch wie einen Turban um meine nassen Haare.

Latham stand mit Mom in der Küche. Er trug seine Bürokleidung – grauer Anzug und rote Krawatte. Mom starrte ihn an, als sei er ein Haufen Hundescheiße, in den sie gerade getreten war.

»Hi, Jack. Ich wollte einfach nur mal vorbeischauen und fragen, ob du mit mir essen gehen möchtest.«

Meine Mutter setzte ein höfliches Lächeln auf. »Wir haben schon etwas vor.«

Ich durchbohrte meine Mutter mit meinem Blick wie mit Laserstrahlen, aber sie tat so, als hätte sie nichts bemerkt.

»Wir haben keine besonderen Pläne, Latham.« Ich lächelte zuckersüß. »Wir würden uns freuen, wenn du uns Gesellschaft leistest. Nicht wahr, Mom?«

Mom täuschte ein enthusiastisches Lächeln vor. »Aber klar. Das wäre toll, Nathan.«

»Latham«, korrigierten er und ich gleichzeitig.

»Alan hat bestimmt auch nichts dagegen.«

Scheiße! Wie konnte ich nur Alan vergessen?

»Ihr Freund?«, fragte Latham vorsichtig und sah dabei Mom an.

»Jacquelines Ehemann«, antwortete sie geziert.

»*Ex*ehemann«, verbesserte ich. »Er war so nett und ist für Mom in die Stadt gegangen.«

»Er hilft mir dabei, mich hier einzugewöhnen und erledigt Dinge für mich. Ein reizender Mann.«

»Eingewöhnen?« Latham sah mich an und zog eine Augenbraue hoch. Am liebsten hätte ich mich unter der Bettdecke verkrochen.

»Mom hat beschlossen, nun doch bei mir zu wohnen.«

Ich rechnete es Latham hoch an, dass er die Nachricht aufnahm, ohne mit der Wimper zu zucken. Ich nahm seine Hand und drückte sie, in der Hoffnung, ihm damit meine Gefühle zu zeigen.

Er erwiderte die Geste nicht.

»Na, das ist doch toll. Jack wollte schon länger, dass Sie das tun. Sie hält große Stücke auf Sie.«

»Wie lieb von ihr. Schade nur, dass sie mir nie von Ihnen erzählt hat.«

Ich drückte Lathams Hand noch einmal, diesmal fester, und wandte mich meiner Mutter zu, um Schlimmeres zu verhindern.

»Entschuldige uns bitte für einen Moment, Latham. Ich muss mit meiner Mutter ein Gespräch von Frau zu Frau führen.«

Ich schob Mom ins Schlafzimmer und schloss die Tür.

»Was ist los, Jacqueline?«

»Tu nicht so, Mom. Du benimmst dich wie ein Elefant im Porzellanladen.«

»Wie meinst du das?«

Ich hob einen mahnenden Zeigefinger.

»Ich meine es so, wie ich es sage. Ich liebe diesen Mann. Wenn du so weitermachst …«

»Du liebst ihn? Das hast du mir nie gesagt.«

»Ich hatte ja auch nie die Gelegenheit dazu. Du redest erst seit Kurzem wieder mit mir, und wenn, dann geht es fast immer nur um dich.«

Kaum waren mir die Worte über die Lippen gegangen, bereute ich sie auch schon. Meine Mutter reagierte wie erwartet – sie schien vor meinen Augen kleiner zu werden.

»Du willst mich nicht bei dir haben, stimmt's?«

»Mom …«

»Wenn ich gewusst hätte, dass du in diesen Mann verliebt bist, wäre ich nie hergekommen. Hat er dich schon gefragt, ob du mit ihm zusammenziehen willst?«

»Mom, darüber können wir später reden.«

»Wenn du ihn liebst, warum hast du dann heute Morgen Alan geküsst?«

Es wurde immer besser.

»Ich dachte, du hättest geschlafen.«

»Ich hab nur so getan.«

»Es war ein Fehler. Hör zu, Mom, ich hatte einen furchtbaren Tag. Ich will mir einfach nur was Ordentliches anziehen und essen gehen. Sei jetzt bitte so nett und benimm dich Latham gegenüber.«

»Ich werde mir Mühe geben, meine Liebe. Aber im Augenblick habe ich keine große Lust auf Gesellschaft.«

Ich biss mir auf die Unterlippe und fragte mich, wie alles nur noch schlimmer werden könnte.

Plötzlich hörte ich, wie die Eingangstür aufging.

»Mary? Ich hab die Zimmerpflanze.«

Alan. Ich eilte hinaus, um den Schaden zu begrenzen. Latham sah mich an, als ich auf ihn zuging.

»Ich hätte vorher anrufen sollen.«

»Und ich hätte dir Bescheid sagen sollen. Aber das kriegen wir schon wieder hin. Halt die Ohren steif.« Ich gab ihm einen Kuss auf die Wange, erhielt aber keinerlei nonverbalen Zuspruch von ihm.

Alan hielt eine große Zimmerpflanze in den Händen – etwas mit langen, grünen Farnwedeln. Er stellte sie ab und lächelte mich an. Doch als er Latham sah, verschwand sein Lächeln.

»Ich wollte nicht mitten hereinplatzen.«

»Darf ich vorstellen? Alan, das ist Latham Conger, mein Freund. Latham, das ist Alan Daniels, mein Exmann.«

Keiner machte Anstalten, dem anderen die Hand zu geben. Ich sah zu, wie sie sich gegenseitig von Kopf bis Fuß musterten. Wären sie Hunde, so hätten sie wohl ein Bein gehoben und ihr Revier markiert.

»Hallo, Alan! Da hast du ja einen schönen Farn mitgebracht!« Mom hinkte auf ihn zu und gab ihm einen Kuss. Das Ganze wirkte aufgesetzt und übertrieben.

Ich warf Latham einen verstohlenen Blick zu. Er starrte auf seine Armbanduhr.

»Na dann.« Ich klatschte in die Hände und setzte ein falsches Lächeln auf. »Wer von euch hat Lust auf Pizza?«

KAPITEL 28

Die zwei Pizzastücke, die ich mühsam heruntergewürgt hatte, lagen mir schwer im Magen. Weder Latham noch Alan hatten beim Abendessen bisher mehr als zehn Worte gesagt. Stattdessen hatten sich beide alle Mühe gegeben, den anderen zu ignorieren.

So kam es, dass meine Mutter die Unterhaltung dominierte. Sie war gerade bei ihrem dritten Drink und verlor mit jedem Schluck mehr ihre Hemmungen. Dass ich Alan geküsst hatte, hatte sie noch nicht erwähnt, aber das war nur eine Frage der Zeit.

»Pikant.« Mom schnalzte mit den Lippen. »Im Alter lassen die Geschmacksnerven spürbar nach. Aber ein guter Bloody Mary mit ordentlich viel Tabascosauce bringt selbst meine müde alte Zunge zum Tanzen. Außerdem macht es mir Spaß, einen Drink zu bestellen, der meinen Namen trägt.«

»Ja«, sagte ich. »Das ist wirklich ein Brüller.«

»Bleiben Sie lang hier in der Stadt, Alan?«, fragte Latham.

»So lang, bis Mary sich hier eingelebt hat.«

»Und wie lang ist das? Eine Woche? Zwei?«

»Solang es halt dauert.«

Latham stocherte mit dem Strohhalm in den Eiswürfeln herum.

»Haben Sie keinen festen Job, der auf Sie wartet?«

Alan verschränkte die Arme – seine typische Abwehrhaltung.

»Ich bin Schriftsteller. Daher bin ich nicht an einen Bürojob gebunden, in dem ich von neun bis fünf schuften muss, nur um meinen Arbeitgeber reich zu machen. Wie zum Beispiel in einer Steuerberaterkanzlei.«

»Ich habe nichts gegen einen festen Bürojob. Davon bezahle ich meine Rechnungen.«

»Aber das ist doch langweilig, oder? Jack steht eigentlich mehr auf kreative Typen.«

»Vielleicht hat sie aus den Fehlern der Vergangenheit gelernt und entschieden, dass ihr ein Wechsel guttut.«

Ich hob die Hand. »Wollt ihr wissen, was mir heute passiert ist? Der Irre, den ich hinter Schloss und Riegel gebracht habe, hat gedroht, mich umzubringen.«

Eigentlich wollte ich damit Mitleid heischen, aber Latham nahm es zum Anlass, sich als mein Beschützer aufzuspielen und die Oberhand zu gewinnen. Er legte seinen Arm um mich, als seien wir Saufkumpane.

»Übernachte heute bei mir, Jack.«

»Sie wirkt nicht gerade begeistert, Latham. Vielleicht langweilen Sie sie bereits.«

»Warum gehen Sie dann nicht nachhause und schreiben darüber?«

»Okay, Jungs, jetzt reicht's.« Ich löste mich von Latham und stand auf. »Ihr benehmt euch alle wie kleine Kinder.« Dabei sah ich meine Mutter an, um ihr klarzumachen, dass ich auch sie meinte.

»Ich fahr dich heim.« Latham stand auf. Alan tat dasselbe.

»Ich fahr mich selbst heim.« Ich kramte in meiner Tasche und warf ein paar Dollarscheine auf den Tisch. Alan und Latham rissen sich darum, mir das Geld zurückzugeben. Ich ließ sie stehen, ging zum Ausgang und trat hinaus in die kalte Nachtluft von Chicago.

Nachhause zu gehen kam nicht in Frage. Ich brauchte Zeit zum Nachdenken. Vor der Ampel stand gerade ein Taxi. Ich winkte es herbei und stieg ein.

»Wo soll's hingehen?«

Gute Frage. Nach diesem Abend hatte ich nicht schlecht Lust, für immer auf Männer zu verzichten. Und auf Eltern. Und auf meinen Job bei der Polizei. Wo sollte es hingehen? In Richtung Arbeitslosigkeit und Singledasein?

Ich entschied mich für Joe's Pool Hall.

Das Taxi setzte mich vor dem Eingang ab. Ich ging schnurstracks zum Tresen, bestellte einen Whiskey Sour und sah mich in der Kneipe um, ob etwas los war.

Wie immer, hing auch an diesem Abend genug Zigarettenqualm in der Luft, um bei Versuchstieren Krebs zu verursachen. Alle zwölf Billardtische waren besetzt, aber seit meinem vierzigsten Geburtstag hatte ich meine Schüchternheit abgelegt. Also fragte ich einfach bei einem der Tische, ob ich mitspielen durfte.

Vier Biere und zwei Stunden später hatte ich sowohl meiner Leber als auch meinen Gegnern ausreichend Schaden zugefügt. Billard war für mich eine Flucht vor meinen Problemen. Wenn ich eine Kugel nach der anderen versenkte, geriet ich in einen fast zenartigen Geisteszustand. Alan, Latham, meine Mutter, Fuller, Herb, mein Job, meine Wohnung, meine Schlaflosigkeit, mein beschissenes Leben – all diese Probleme waren so gut wie vergessen.

Dieser Höhenflug dauerte jedoch nicht lang. Hatte der Alkohol anfangs meine Nerven beruhigt, so machte er mich irgendwann nachlässig und unachtsam. Ich verlor drei Spiele hintereinander und hörte schließlich auf.

Draußen war es inzwischen merklich kälter geworden, sodass meine Jacke mich nicht ausreichend wärmte.

Als ich nachhause kam, schnarchte meine Mutter auf der Couch. Auf meinem Anrufbeantworter warteten acht Nachrichten auf mich, aber ich hatte keine Lust, sie abzuhören. Ich zog mich aus, rollte mich in Embryostellung in meinem Bett zusammen, nahm meine übliche Schlaftablette und weinte leise vor mich hin, bis ich endlich in einen traumlosen Schlaf fiel.

KAPITEL 29

Jemand folterte mich mit einem entsetzlichen Piepton, der kein Ende nehmen wollte und mich an den Rand des Wahnsinns trieb. Ich konnte mich der Qual weder entziehen noch ihr ein Ende setzen. Schließlich dämmerte es mir, dass ich nur träumte. Ich öffnete die Augen und blickte schlaftrunken auf meinen Wecker.

Ein nervendes Geräusch. Andererseits würden angenehmere Klänge wie der Gesang von Walen oder das Quaken von Fröschen einen nicht aufwecken.

Ich schaltete den Wecker aus und setzte mich im Bett auf. Mir war schwindlig und ich hatte Kopfschmerzen. Als ich gähnte, knacksten meine verkalkten Kieferknochen. Ich brauchte eine volle Minute, um mich zu orientieren.

Ein typischer Schlaftablettenkater. Ich schwang die Beine aus dem Bett und überlegte, ob ich ein paar Sit-ups machen sollte. Aber die Narben auf meinem Bauch erinnerten mich daran, dass es dazu noch zu früh war. Stattdessen stellte ich mich unter die kalte Dusche.

Aber selbst das half nicht, um wach zu werden. Ich war genauso schläfrig wie zuvor und zitterte noch dazu.

»Schluss damit«, sagte ich zu meinem Gesicht im Spiegel. Abgesehen davon, dass sie das morgendliche Aufwachen zu einer gigantischen Herausforderung machten, bewirkten die Schlaftabletten wahre Wunder bei meiner Haut. Seit meiner Highschool-Zeit hatte ich keine Pickel mehr gehabt, aber jetzt prangte einer auf meiner Stirn wie ein drittes Auge.

Ich kaschierte den Makel mit ausreichend Make-up und ging dann in die Küche, um mir einen Kaffee zu machen.

Meine Mutter, eigentlich eine Frühaufsteherin, war noch nicht auf. Ich beschloss, nach ihr zu sehen.

Sie lag mit geschlossenen Augen und leicht geöffnetem Mund vollkommen reglos auf dem Rücken.

Ich trat näher an sie heran und achtete darauf, ob ihre Brust sich hob und senkte – ein sicheres Zeichen, dass sie noch lebte –, konnte aber unter der Decke nichts sehen. Ich beugte mich zu ihr herab und lauschte nach ihrem Atem.

Ich hörte rein gar nichts.

Für einen Augenblick brach ich beinahe in Panik aus, sah dann aber ein, dass dies dumm war. Ich langte ihr an den Hals.

Ihre Haut fühlte sich warm an, und die Halsschlagader pulsierte im Rhythmus ihres Herzschlags.

»Fühlst du meinen Puls?«

Ich machte einen Satz zurück. Beinahe hätte ich vor Schreck geschrien.

»Mom! Um Gottes willen, du hast mich vielleicht erschreckt.«

Meine Mutter fixierte mich mit ihren Augen.

»Du dachtest, ich wäre tot, und hast meinen Puls gefühlt.«

Ich blickte verlegen auf meine Armbanduhr.

»Ich muss los, Mom. Ich melde mich später.«

»Wann bist du gestern Nacht nachhause gekommen?«

»Mom, was soll das? Ich bin sechsundvierzig, da muss ich nicht zu einer festen Zeit daheim sein.«

»Nein, aber es gibt Leute, die sich Sorgen um dich machen, und du verhältst dich egoistisch, wenn du sie im Dunkeln tappen lässt.«

Anstatt mich auf einen sinnlosen Streit einzulassen, ging ich in die Küche, um mir einen Kaffee zu machen. Ein schneller Blick auf die Anruferkennung meines Telefons zeigte mir, dass Latham viermal angerufen hatte. Weitere vier Anrufe waren vom Hotel Raphael – Alan. Ich hatte keine Lust, die Nachrichten abzuhören.

Ich gab absichtlich weniger Wasser in die Maschine, damit der Kaffee stärker war und mir einen größeren Kick verpasste. Um ihn schneller trinken zu können, tat ich einen Eiswürfel in die Tasse.

»Alles klar bei dir, Jacqueline?«

Mom hatte sich die Decke um die Schultern gelegt und sah aus wie Yoda aus Star Wars.

»Nein, Mom. Dein Verhalten gestern war nicht gerade hilfreich.«

»Das tut mir leid. Du weißt ja, ich mag Alan, er ist wie ein Sohn für mich. Du kannst mich ruhig für eine bescheuerte alte Frau halten, aber ich dachte mir, du weißt schon, wenn ich mich von ihm hierherbringen lasse …«

»Dass wir beide erkennen, dass wir uns noch lieben? Mom, er hat mich sitzen lassen. Weißt du nicht mehr, wie sehr er mich damit verletzt hat?«

»Du hast ihn auch verletzt, Liebes.«

»Aber er war derjenige, der einfach auf und davon ist.«

»Was blieb ihm denn anderes übrig? Du hattest ja nie Zeit für ihn, bei deinen Achtzigstundenwochen. Und Urlaub hast du auch nie genommen.«

Ich schenkte mir noch einen Kaffee ein.

»Mom, du warst selbst Polizistin. Du weißt doch, wie das ist.«

»Und im Nachhinein tut es mir leid. All diese langen Arbeitstage und kein freies Weihnachten. Ich hätte mir mehr Zeit für dich nehmen sollen. Du hast dich praktisch selbst großgezogen.«

Mein Panzer bekam Risse.

»Mom, du warst damals mein großes Vorbild. Ich hab dir wegen deines Jobs nie Vorwürfe gemacht. Du hast darin viel Gutes erreicht.«

»Das hätte ich lieber zuhause tun sollen. Stattdessen habe ich dich verkorkst, indem ich dir vorgelebt habe, dass nichts wichtiger ist als Karriere.«

»Ich bin nicht verkorkst. Ich bin eine der ranghöchsten Frauen beim Chicago Police Department.«

»Und ich bin die einzige Frau in meiner Bingorunde, die keine Enkelkinder hat.«

Mom sah den Schock in meinem Gesicht und ruderte augenblicklich zurück.

»Jacqueline, das hab ich nicht so gemeint. Es ist mir einfach rausgerutscht.«

»Ich komme heute spät nachhause«, sagte ich und ging an ihr vorbei.

»Tut mir leid, Liebes.«

Ich beachtete sie nicht, sondern zog meine Jacke an und schlug die Tür fester als notwendig hinter mir zu.

Die Wut machte mich nicht wacher, aber dafür das Wetter – ein eiskalter Nieselregen attackierte mich wie ein Schwarm Stechmücken.

Auf der Fahrt zum Bezirksgefängnis von Cook County ließ ich das Fenster einen Spalt offen. Der kalte Wind machte mein Gesicht taub. Das Handy klingelte, aber ich ging nicht ran.

In zwanzig Minuten ging Fullers Lügendetektortest los, und ich musste mich geistig auf das Wiedersehen vorbereiten.

KAPITEL 30

Fuller bohrt die Heftklammer unter den großen Zehennagel und drückt sie tief ins Fleisch.

Es blutet kaum, aber der Schmerz durchzuckt ihn wie ein Stromschlag.

Als nur noch ein halber Zentimeter Metall hervorsteht, zieht er Socken und Schuhe an.

Lügenzeit.

Die Wärter holen ihn ab und legen ihm Handschellen und Fußeisen an – ein vertrautes Ritual. Fuller hat Kopfschmerzen, verlangt aber kein Aspirin. Bei dem, was gleich kommt, wären Schmerztabletten nicht in seinem Interesse.

Die Wärter führen ihn an einer Reihe von Zellen vorbei, deren Insassen Fuller Beleidigungen und Obszönitäten zurufen. Er beachtet sie nicht, sondern konzentriert sich voll auf die vor ihm liegende Aufgabe.

Es ist dasselbe Zimmer wie zuvor, mit Stahltüren, zwei Stühlen und einem Tisch, auf dem der Lügendetektor steht. Die Wärter setzen Fuller auf einen Stuhl, mit dem Rücken zum Gerät.

Mehrere Personen betreten den Raum: zwei Psychiater in Anzügen, sein Strafverteidiger, Eric Garcia, ein Prominentenanwalt, der am liebsten Fälle mit hohem öffentlichem Interesse übernimmt, damit er im Fernsehen mit seinen Fünftausenddollaranzügen protzen kann, die Staatsanwältin, Libby Soundso, die heute eine hellrosa Jacke samt passender Bluse trägt und darin besonders lecker aussieht, und schließlich der Mann, der den Test durchführt – dieses Mal ein anderer als zuvor, ein kleiner Dicker, der in seinem weißen Kittel einfach nur lächerlich wirkt.

Und dann gibt es noch eine angenehme Überraschung: Jack Daniels und ihr fetter Partner, Herb Benedict, sind ebenfalls gekommen. Herb ist allerdings nicht mehr so dick wie noch vor ein paar Monaten.

»Sie sehen gut aus, Detective Benedict. Die Diät wirkt anscheinend.«

»Barry, bitte sprechen Sie nicht mit diesen Leuten.« Garcia klopft Fuller auf die Schulter.

Der Prüfer krempelt Fullers Ärmel hoch und legt ihm die Blutdruckmanschette an. Dann befestigt er Messsonden an Fullers Fingern, um durch Schwitzen verursachte Änderungen der elektrischen Leitfähigkeit der Haut zu erfassen, sowie drei elastische Bänder um die Brust, die die Atemfrequenz messen.

»Wir können anfangen, sobald Sie bereit sind, Barry«, sagt der Prüfer, der vor ihm steht.

Barry lächelt. »Na, dann mal los.«

»Zunächst einmal werden wir das Gerät kalibrieren. Nehmen Sie bitte eine Karte von diesem Stapel und sehen Sie sie an. Sagen Sie mir aber nicht, was es ist. Dann werde ich Ihnen zu der Karte Fragen stellen. Beantworten Sie sämtliche Fragen mit Nein, selbst wenn es gelogen ist.«

Der Mann hält ihm einen Stapel Spielkarten entgegen. Barry nimmt eine und sieht sie sich an. Es ist eine Karo-Dame. Er lächelt, wohl wissend, dass die Karten gezinkt sind – alle sind Karo-Damen. Dies soll ihn in dem Glauben lassen, dass das Gerät unfehlbar ist, und ihn noch nervöser machen.

»Ist die Karte schwarz?«

»Nein.«

»Rot?«

»Nein.«

»Ist sie eine Bildkarte?«

»Nein.«

»Eine Zehn?«

»Nein.«

Und so weiter. Fuller verhält sich völlig normal und versucht nicht im Geringsten, seine Körperreaktionen zu kontrollieren. Als der Prüfer schließlich sagt: »Es ist eine Karo-Dame«, kann Fuller sich ein Lachen nicht verkneifen.

»Hervorragend! Besser als eine Zaubervorstellung.«

»Wie Sie sehen, Barry, kann das Gerät Lügen ziemlich leicht erkennen. Wenn Sie lügen, merken wir es sofort.«

»Deshalb bin ich ja hier. Um zu beweisen, dass ich die Wahrheit sage.«

»Dann können wir ja weitermachen. Beantworten Sie die folgenden Fragen bitte mit Ja oder Nein. Heißen Sie Barry Fuller?«

»Ja.«

»Ist die Erde eine Scheibe?«

»Nein.«

»Haben Sie jemals einen Diebstahl begangen?«

Fuller weiß, dass dies eine Kontrollfrage ist, die den Maßstab setzt. Der Lügendetektor zeichnet auf, wie der Körper auf die Fragen reagiert. Der Prüfer geht davon aus, dass eine Person, die einer kriminellen Handlung beschuldigt wird, schneller atmet, an den Handflächen schwitzt und einen erhöhten Blutdruck hat. Dabei ist es irrelevant, ob sie mit Ja oder Nein antwortet. Der Prüfer achtet lediglich darauf, ob die vier Linien auf dem Papier nach oben ausschlagen, wenn das Testobjekt unter Stress steht.

Also sorgt Fuller dafür, dass dies geschieht. Er krümmt den großen Zeh und drückt die Heftklammer tiefer unter den Zehennagel. Der Schmerzpegel schießt nach oben, die Vitalparameter reagieren, und die Linien fangen zu tanzen an.

»Nein«, lautet seine Antwort.

»Liegt das Weiße Haus in Washington, D. C.?«

Fuller lockert seinen Zeh.

»Ja.«

»Erinnern Sie sich daran, Eileen Hutton getötet zu haben?«

»Nein.«

Fuller weiß, dass diese Lüge die Linien nach oben ausschlagen lässt, aber nicht so schlimm wie bei der Frage nach dem Diebstahl, als er sich absichtlich Schmerz zufügte. Der Prüfer wird also zu dem Schluss gelangen, dass er die Wahrheit sagt.

Ein Kinderspiel. Der Trick beim Überlisten eines Lügendetektors besteht nicht darin, ruhig zu bleiben. Vielmehr muss man wissen, wann man so tun sollte, als stünde man unter Stress.

»Haben Sie jemals in einer Stellenbewerbung falsche Angaben gemacht?«

Eine Kontrollfrage. Fuller drückt auf den Zehennagel.

»Nein.«

»Ist ein Basketball rechteckig?«

Locker lassen.

»Nein.«

»Erinnern Sie sich daran, Davi McCormicks Arme abgetrennt zu haben?«

Kein Druck auf den Zehennagel.

»Nein.«

»Haben Sie jemals bei Ihrer Steuererklärung geschummelt?«

Druck auf die Heftklammer.

»Nein.«

»Halten Sie sich für einen ehrlichen Menschen?«

Wieder eine Kontrollfrage. Erneuter Druck auf die Heftklammer. Es tut weh wie ein Stromschlag.

»Ja.«

»Haben Sie Colin Andrews getötet?«

Druck nachlassen.

»Ich kann mich nicht daran erinnern. Aber man hat mir gesagt, ich hätte es getan.«

Es geht noch eine halbe Stunde so weiter. Fuller hat keine Eile, lässt seinen Körper sprechen. Er macht seine Sache gut.

»Täuschen Sie Ihren Gedächtnisverlust nur vor?«

Fuller lächelt Jack an und zwinkert ihr zu.

»Nein.«

»Danke, Barry. Wir sind fertig.«

Garcia tritt näher heran. »Was sind die Ergebnisse?«

»Bevor ich dazu etwas sagen kann, muss ich sie erst gründlich auswerten.«

»Was ist Ihre vorläufige Meinung?«

»Die sage ich Ihnen nur ungern. Ich warte lieber bis zur Verhandlung.«

»Tun Sie sich keinen Zwang an, Adam.« Libby tritt ebenfalls heran. »Sagen Sie uns, was Ihr erster Eindruck war. Sie werden sowieso vorgeladen, egal, welche Seite Ihre Antwort begünstigt.«

Der Dicke nimmt seine Brille ab und putzt sie mit einem Zipfel seines Pullovers.

»In den zwanzig Jahren, in denen ich nun schon diese Tests mache, habe ich noch nie einen so eindeutigen Fall von Ehrlichkeit erlebt.«

Fuller beißt sich auf die Unterlippe, um nicht lachen zu müssen.

»Dieser Mann sagt die Wahrheit. Dafür verbürge ich mich.«

Fullers Anwalt lacht und klopft seinem Mandanten auf die Schulter.

Jacks Blick ist Gold wert. Fuller formt mit seinen Lippen die Worte »bis bald« und wirft ihr eine Kusshand zu.

Der Prüfer entfernt sämtliche Messsonden und Sensoren. Die Anwesenden brechen auf. Nur Fullers Anwalt bleibt. Er möchte mit seinem Mandanten unter vier Augen sprechen und bittet die Wärter, draußen zu warten.

»Eigentlich dürfte es keine Verhandlung geben, Barry. Der Richter sollte das Verfahren einstellen.«

»Es steht gut um uns, oder?«

»Gut? Es könnte gar nicht besser sein. Wenn erst einmal die Experten ausgesagt haben, wird es keine Zweifel mehr geben. Sie werden schon bald ein freier Mann sein.«

»Ich möchte aussagen.«

Garcia lächelt nicht mehr.

»Sie brauchen kein Wort zu sagen, Barry. Die Beweise sprechen für sich.«

»Ich will aber.«

»Ich glaube nicht, dass das klug …«

»Das ist mir egal. Ich muss meine Botschaft rüberbringen. Das ist wichtig für mich.«

Der Anwalt klopft ihm erneut auf die Schulter. »Kann ich verstehen. Man wird Sie in die Mangel nehmen, aber darauf kann ich Sie vorbereiten.«

»Ich werde es überstehen.«

»Das werden Sie, Barry. Da bin ich mir ganz sicher.«

KAPITEL 31

Ich zitterte, als ich das Gefängnis verließ. Ob von der Kälte oder vor Wut und Angst, wusste ich nicht genau.

Benedict und ich waren mit verschiedenen Autos gekommen und hatten daher nach dem Lügendetektortest keine Möglichkeit, uns auszutauschen. Herb schien geistesabwesender und einsilbiger als am Tag zuvor. Zu mehr als einem gestammelten »Guten Morgen« reichte es nicht. Ich schob meine eigenen Probleme beiseite und konfrontierte Herb, als wir beide wieder auf dem Revier waren.

»Ich habe Bernice verlassen.«

»Sag bloß.«

»Ja, gestern Abend. Eine große Veränderung war es nicht. Hab sowieso den ganzen letzten Monat auf der Couch schlafen müssen. Wenigstens hat das Motel 6 ein großes Bett, in dem ich mich ausstrecken kann. Und an die Tür hab ich ein Schild mit der Aufschrift *Nicht nörgeln* gehängt. Es tut wirklich gut, morgens aufzuwachen, ohne dass mir ständig jemand sagt, was ich falsch mache.«

»Herb, das tut mir leid.«

»Es braucht dir nicht leid zu tun. Glaub mir, dieser Schritt war längst überfällig.«

»Alles okay mit dir?«

Dumme Frage. Natürlich ging es ihm nicht gut.

»Geht schon. Allerdings musste ich heute Morgen auf mein Frühstück verzichten.« Er lächelte gequält. »Das erste Mal seit zweiundzwanzig Jahren. Gehen wir was essen?«

Ich nickte. Herb fuhr wie eine gesengte Sau zu einem Diner in der Clark Street. Es war eines von diesen Restaurants, wo man rund um die Uhr Pfannkuchen und Omeletts bekommt. Kein Gericht auf der Speisekarte kostete mehr als sechs Dollar, und unsere Kellnerin bewegte sich so langsam, dass ich schon ihren Puls fühlen wollte. Ich bestellte zwei Spiegeleier.

»Da ist Toastbrot dabei«, sagte die Kellnerin und gähnte.

Ich zuckte mit den Schultern.

Herb entschied sich für ein Omelett mit Schinken und Käse und dazu eine Extraportion Speck und Würstchen, ohne Toastbrot.

»Diese Diät bringt mich noch ins Grab.«

»Das glaub ich dir gern. Ich kann buchstäblich hören, wie deine Arterien verkalken.«

Herb beugte sich mit verschwörerischer Miene vor.

»Es ist der Verzicht auf Kohlenhydrate. Zunächst dachte ich, dass es toll sein muss, sämtliche fetthaltigen Speisen zu essen, die mir schmecken. Aber jetzt würde ich für ein Sandwich, Pommes oder Makkaroni jemanden umbringen.«

»Laut Speisekarte haben die hier so was. Dazu gibt es eine kostenlose Angiografie.«

Herb schüttete bereits das neunte Tütchen Süßstoff in seinen Kaffee und rührte mit der Gabel um.

»Und wie geht's dir, Jack?«

»Das willst du nicht wissen.«

»Doch, will ich schon. Vielleicht hilft es mir, meine eigenen Probleme zu vergessen.«

Ich erzählte ihm alles. Herb unterbrach für einen kurzen Augenblick seine Fressorgie, um mir seine Meinung zu sagen: »Jack, um Himmels willen, dein Leben ist ein einziges Chaos.«

Ich hatte keinen Appetit, würgte aber das Toastbrot hinunter, weil es mich nervös machte, wie Herb es pausenlos anstarrte.

»Danke, Kollege. Wie heißt es doch so schön? Geteiltes Leid ist halbes Leid.«

»Liebst du Alan immer noch?«

»Ich glaube, ich habe nie aufgehört, ihn zu lieben.«

»Möchte er dich wiederhaben?«

»Ich glaube schon.«

»Liebst du Latham?«

»Ja.«

»Du wirst dich für einen von beiden entscheiden müssen.«

»Ich weiß.«

»Und wer ist der Glückliche?«

»Das weiß ich nicht.«

»Wen liebst du mehr?«

»Das weiß ich nicht.«

»Isst du deine Eier?«

»Das weiß ich nicht.«

»Bei diesem Problem kann ich dir wenigstens helfen.«

Herb schaufelte die Eier mit der Gabel auf seinen Teller. Die Trennung von seiner Frau tat seinem Appetit offenbar keinen Abbruch.

»Was machen wir jetzt mit Fuller?« Sein Schnurrbart war mit Eigelb verschmiert.

Ich war froh, dass er das Thema wechselte.

»Ich habe eine Idee.«

»Schieß los.«

»Fuller hat mir erzählt, dass er tötet, um die Kopfschmerzen zu vertreiben.«

»Ich habe das ärztliche Gutachten gelesen. Darin steht, dass der Tumor nicht älter ist als ein oder zwei Jahre.«

»Richtig. Aber Fuller sagt, er leidet schon sein ganzes Leben lang unter Kopfschmerzen.«

Herb nickte. »Also hat er womöglich schon früher getötet.«

»Wir wühlen in seiner Vergangenheit herum und schauen, ob wir ihn mit einem alten Verbrechen in Verbindung bringen können.«

»Wie wollen wir das anstellen?«

»Hast du vergessen, dass wir Polizisten sind? Erfahrene Profis, die von Berufs wegen Verbrechen aufklären?«

»Und was, wenn es kein Verbrechen aufzuklären gibt?«

»Dann müssen wir eben eins finden.«

Ich zahlte die Rechnung und wir fuhren zurück ins Revier, wo wir uns sofort an die Arbeit machten. Als Erstes nahmen wir uns Fullers Personalakte vor. Zumindest auf dem Papier war er ein guter Polizist, mit einer überdurchschnittlich hohen Anzahl von Festnahmen. Außerdem war er stets pünktlich gewesen und zuverlässig zur Arbeit erschienen und hatte sich bereits während seiner Ausbildung auf der Polizeischule mit guten Leistungen hervorgetan.

Vor seiner Polizeilaufbahn war Fuller Profifootballspieler gewesen. Herb nahm sich diesen Aspekt vor, während ich sein Leben noch weiter zurückverfolgte. Fuller hatte an der Southern Illinois University im Rahmen eines Footballstipendiums Kriminologie studiert mit Psychologie als Nebenfach. Für einen Sportler waren das schwergewichtige Fächer.

Ein weiteres interessantes Faktum fiel mir ins Auge: Während seiner vierjährigen Studienzeit war Fuller Mitglied des Theaterclubs gewesen und hatte bei einer Campusvorstellung von Arthur Millers Drama *Tod eines Handlungsreisenden* mitgespielt.

In der Akte, die Libby über Fuller angelegt hatte, fanden sich in dessen Studentenzeit keine nennenswerten Vorkommnisse. Er fiel nie negativ auf und hatte einen Zweier-Notendurchschnitt. Holly, seine spätere Ehefrau, lernte er an der Uni kennen. Die beiden heirateten ein Jahr nach ihrem Abschluss.

Ich verschwendete fünfzig Cent an Steuergeldern für einen Anruf bei der Telefonauskunft und sprach kurz darauf mit Shelby Duncan, dem Polizeichef von Carbondale im südlichen Illinois. Er hatte eine tiefe Stimme und sprach langsam und bedächtig.

»In diesen Jahren hatten wir zwei ungelöste Mordfälle. Bei dem einen handelte es sich um einen Einwohner unserer Stadt, einen zweiundsechzigjährigen Mann. Er wurde vor einem 7-Eleven ausgeraubt und zu Tode geprügelt. Der andere war ein neunzehnjähriger Student, der aus dem Haus seiner Studentenverbindung fiel. Sein Blutalkoholgehalt war dreimal so hoch wie das gesetzliche Limit. Der Fall wurde jedoch nie geschlossen.«

»Wie sieht es mit Vermisstenfällen aus?«

Ich hörte, wie Finger auf einer Tastatur klapperten.

»Hundertachtunddreißig.«

Die hohe Anzahl überraschte mich.

»Ist das normal?«

»Wir sind eine Universitätsstadt mit zwanzigtausend Studenten, Lieutenant. Da kommt es immer wieder vor, dass einige ihr Studium hinschmeißen und verschwinden, ohne jemandem zu sagen, wohin.«

Ich bat ihn, mir die dazugehörigen Polizeiberichte zu faxen, worauf er mir sogar das Passwort zu seiner Datenbank gab, damit ich sie mir dort in Ruhe durchsehen konnte.

Herb beugte sich zu mir. »Was hast du herausgefunden?«

»Er hat Kriminologie und Psychologie studiert. Außerdem hat er ein bisschen Schauspielerfahrung. Das hilft, wenn man einen Lügendetektor austricksen will. Und dann habe ich noch über hundert Akten zu Vermisstenfällen gefunden. Die werde ich mit Fullers Stundenplänen an der Uni abgleichen. Und du?«

»Fuller hat den Großteil seiner Footballkarriere auf der Reservebank verbracht, wegen ständiger Knieverletzungen.

Am linken Bein hat er sogar ein künstliches Kniegelenk. Ich wundere mich, dass er überhaupt den Gesundheitscheck des Chicago Police Departments bestanden hat.«

»Keine vermissten Cheerleader?«

»Ich hab mit einem früheren Trainer gesprochen. Der Mann kann sich nicht erinnern, dass es jemals Probleme gab. Fuller war ein Teamplayer und hat nie Ärger gemacht. Er war enttäuscht darüber, dass er nicht mehr beitragen konnte. Der Trainer sagt, Fuller war ein guter Typ.«

»Er hat alle hinters Licht geführt, genauso, wie er es mit uns gemacht hat.«

Benedict wühlte in seiner Tasche herum und zog eine kleine Tüte frittierte Schweinekrusten hervor. Das Logo verkündete stolz: Ohne Kohlenhydrate. Ich fragte mich nicht zum ersten Mal, was nur aus unserer Welt geworden war, wenn nun schon in Fett gebratene Schweinehaut als gesunde Ernährung durchging.

»Und wie geht's jetzt weiter?«, fragte Herb mit vollem Mund, sodass ich sehen konnte, wie zerkaute Schweinekruste aussah. Es war kein appetitlicher Anblick.

»Wir fangen mit dieser Liste hier an. Nimmst du die Anfangsbuchstaben A bis L?«

»Okay.«

Ich gab Benedict das Passwort. Er nickte mir zum Abschied zu und watschelte in sein Büro.

Ich setzte mich an den Computer.

Die Zeit verging quälend langsam, wie immer, wenn man Routinearbeit macht. Die Mittagszeit kam, und ich lehnte das Roastbeef- und Käsesandwich ohne Brot ab, das Herb mir anbot. Im Laufe des Spätnachmittags fand ich schließlich eine schwache Verbindung zwischen Fuller und einem als vermisst gemeldeten Mädchen namens Lucy Weintraub – während seiner aktiven Footballzeit war sie Cheerleader gewesen. Meine Anfrage beim Kraftfahrzeugamt ergab jedoch, dass Lucy in Chicago lebte. Ich rief sie an und erfuhr, dass sie damals das Studium abgebrochen hatte und nach Florida gegangen war. Ihre Eltern fanden dies schließlich heraus, versäumten jedoch, die Polizei von Carbondale davon in Kenntnis zu setzen.

An Fuller konnte Lucy sich überhaupt nicht erinnern.

Ich rief Benedict an. Er konnte auch nichts Neues beitragen. Falls Fuller bei einem dieser Vermisstenfälle seine Hand im Spiel gehabt hatte, so gab es keine klaren Hinweise darauf.

Inzwischen war es fast fünf Uhr nachmittags, aber der Gedanke, nachhause zu gehen, war im Augenblick nicht gerade verlockend. Mir war klar, dass ich mich mit meiner Mutter arrangieren musste, aber erst musste ich mit meinen Gefühlen ins Reine kommen.

Ich versuchte dies, wenn auch nicht gerade erfolgreich, als plötzlich das Telefon klingelte. Der diensthabende Sergeant am Empfang teilte mir mit, dass ein Mann bei ihm sei, der mich sprechen wollte.

»Er sagt, er sei Ihr Mann.«

Mein Puls schnellte hoch. Ob aus Wut oder freudiger Aufregung, dessen war ich mir nicht sicher.

»Kann ihn jemand zu mir nach oben bringen?«

Der Spiegel schrie förmlich nach mir, ich solle meine Haare und mein Make-up prüfen.

Stattdessen blieb ich sitzen und las zum fünfzehnten Mal dieselbe Zeile eines Festnahmeberichts, als es an der Tür klopfte.

»Hi, Jack.«

Anstatt zu ihm aufzublicken, las ich die Zeile noch zweimal. Dann sah ich ihn leicht genervt an.

»Was willst du, Alan? Ich hab zu tun.«

»Ich möchte mich wegen gestern Abend entschuldigen. Ich habe mich danebenbenommen.«

»Akzeptiert. Und jetzt würde ich gern weiterarbeiten, wenn du nichts dagegen hast.«

»Ich fahre morgen.«

Die Worte taten weh. Ich verharrte schweigend.

»Ich hätte nicht nach Chicago kommen sollen. Ich wollte mich dir nicht aufdrängen. Ich meine … ich weiß nicht … Ich habe ständig mit meiner Entscheidung gehadert … dass ich dich verlassen habe. Ich wollte dich noch einmal sehen, um herauszufinden, ob es ein Fehler war.«

»Und? War es einer?«

Sein Blick wurde weich. »Ja.«

Was sollte ich nur zu einem Mann sagen, den ich zehntausendmal verflucht hatte, mit dem innigen Wunsch, er würde begreifen, was für ein Arschloch er war … Und dann tauchte er plötzlich auf und sagte mir, dass ich recht hatte?

»Komm gut heim, Alan.«

Seine Augen wurden feucht. Meine vielleicht auch.

»Können wir wenigstens Freunde bleiben und weiterhin miteinander Kontakt halten?«

Spiel bloß nicht mit dem Feuer, Jack. Beim letzten Mal hast du dich verbrannt.

»Ich glaube, das ist keine gute Idee.«

Er kaute auf seiner Unterlippe.

»Ich muss gerade daran denken, dass ich dich die ganze Zeit, als wir verheiratet waren, nie bei der Arbeit besucht habe. Kein einziges Mal.«

»Ich weiß.«

»Wenigstens kann ich das jetzt auf meiner Liste der Dinge abhaken, die ich hätte tun sollen.« Er rang sich ein Lächeln ab. »Mach's gut, Jack.«

»Du auch, Alan.«

Er drehte sich um und ging.

Als er mich das erste Mal verließ, hatte ich nicht versucht, ihn aufzuhalten. Später hatte mich immer wieder die Frage gequält, was wohl passiert wäre, wenn ich es versucht hätte. Hätte unsere Beziehung eine zweite Chance gehabt? Hätten wir es geschafft, unsere Probleme aufzuarbeiten? Hätte die Liebe am Ende gesiegt?

Hatte das Schicksal mich dazu auserkoren, immer wieder die gleichen Fehler zu machen?

»Alan … warte!«

Er drehte sich um und sah mich hoffnungsvoll an.

»Ja?«

Ein Blick in seine Augen, und ich wusste die Antwort.

»Du trägst meine Jacke.«

Alan zog die Bomberjacke aus und hielt sie mir entgegen.

Ich ging zu ihm.

Unsere Hände berührten sich.

»Jack, diese Jacke gefällt mir viel zu gut, als dass ich sie aufgeben könnte.«

»Mir geht es genauso.«

»Vielleicht können wir sie uns teilen.«

»Vielleicht.«

»Können wir beim Abendessen darüber reden?«

»Gute Idee.«

Ich berührte sein Gesicht und wischte mit dem Daumen eine Träne weg.

»Kann ich dich nach der Arbeit anrufen?«

»Nein. Die Arbeit kann warten.«

»Wie bitte?«

»Die Arbeit kann warten, Alan. Gehen wir.«

Wir gingen nicht zum Abendessen. Wir gingen auf sein Zimmer im Raphael-Hotel, wo ich mit dem Feuer spielte.

Und das gleich zweimal.

KAPITEL 32

Ich lag nackt und in ein Bettlaken verheddert in einem Hotelbett und starrte an die Decke. Schlaf konnte ich mir abschminken.

Alan lag zusammengerollt neben mir und schlief. Sein Anblick löste in mir eine seltsame Mischung aus Liebe und Schuldgefühlen aus. Der Sex war gut gewesen, vergleichbar mit dem Gefühl, das man empfindet, wenn man sich eine alte Jeans anzieht, die man seit Jahren nicht mehr getragen hat. Wir beide wussten eben, was uns im Bett antörnte.

Mom hatte ich bereits angerufen und ihr Bescheid gesagt, dass ich nicht nachhause kommen würde – ohne Details zu nennen.

Sie konnte sich ohnehin denken, was geschehen war.

»Wenn Nathan anruft, werde ich ihm sagen, wo du bist.«

»Er heißt Latham, Mom. Und das wirst du auf gar keinen Fall tun. Wenn er anruft oder persönlich vorbeikommt, sag ihm, er soll mich auf meinem Handy anrufen.«

Lathams Anruf blieb aus, und ich verspürte erneut eine seltsame Mischung aus widersprüchlichen Gefühlen – Schuld und Erleichterung. Für einen Augenblick wünschte ich mir, ich könnte mich auf ein Gefühl beschränken, aber dieser Gedanke machte mein emotionales Chaos nur noch schlimmer.

An die Zimmerdecke zu starren, lieferte mir jedoch keine Antworten.

Ich hatte keine Schlaftabletten dabei, und meine Schlaflosigkeit wusste das. Also wälzte ich mich ruhelos hin und her, unfähig, eine bequeme Körperhaltung zu finden.

Gegen zwei Uhr morgens gesellten sich Herzrasen und flaches Atmen zu meinen Symptomen. Ich wusste genug über moderne Psychologie, um zu erkennen, dass mich eine Panikattacke befallen hatte.

Es war furchtbar.

Vier Monate zuvor hatte ich mich ärztlich untersuchen lassen. Da der Arzt mir eine gute Gesundheit bescheinigt hatte, wusste ich, dass ich keinen Herzinfarkt erlitt. Trotzdem hatte ich das überwältigende Gefühl, sterben zu müssen.

Ich stand auf, ging im Zimmer auf und ab, machte ein paar Liegestütze, versuchte es mit Yogaübungen, trank zwei Glas Wasser und zappte durch fünfzehn Kanäle, den Fernseher auf lautlos gestellt. Als all dies nichts nützte, setzte ich mich in eine Ecke, zog die Knie an die Brust, umschlang sie mit meinen Armen und schaukelte hin und her.

Um fünf Uhr morgens beschloss ich in einem Anfall von Hysterie, reinen Tisch zu machen. Ich ging ins Bad und rief Latham an.

»Jack? Bist du das?«

»Ich brauche eine Pause von unserer Beziehung, Latham. Mir geht das alles zu schnell.«

»Du hörst dich schrecklich an. Alles okay bei dir?«

»Nein. Ich glaube, ich erleide gerade einen Nervenzusammenbruch. Aber wahrscheinlich ist es nur eine Panikattacke. Ich habe meine verfluchten Schlaftabletten nicht dabei und drehe durch.«

»Warum hast du deine Pillen nicht?«

Der Augenblick der Wahrheit.

»Ich bin in Alans Hotelzimmer.«

Ich erwartete, dass Latham mich anschrie und beschimpfte – ja, ich wollte es sogar.

»Du liebst ihn immer noch.«

»Ja.«

»Liebst du mich?«

»Ja.«

Ich hörte, wie er schnell Atem holte. Oder war es ein Schluchzen?

»Du brauchst also ein bisschen Abstand, bis du weißt, was du willst?«

»Ja.« Inzwischen weinte ich.

»Eine Woche? Einen Monat?«

»Das weiß ich nicht, Latham.«

»Das kann ich verstehen.«

Scheiße, warum war er bloß so verdammt nett?

»Ich komme womöglich nicht zu dir zurück, Latham.«

»Du musst selbst entscheiden, was das Richtige für dich ist, Jack.«

»Bist du denn überhaupt nicht sauer auf mich?«

»Ich liebe dich und möchte, dass du glücklich bist.«

Ich packte den Telefonhörer so fest, dass sämtliche Farbe aus meinen Knöcheln wich.

»Das gibt's doch nicht, dass du das so gelassen hinnimmst! Sag mir, dass ich eine treulose Schlampe bin! Sag mir, dass ich dein Leben zerstört habe!«

»Ruf mich an, wenn du dich entschieden hast, Jack.«

Er legte auf.

Ich hob das Handy und hätte es am liebsten auf den Kachelboden gepfeffert.

Stattdessen legte ich es ins Waschbecken und heulte wie ein kleines Kind.

Alan klopfte an die Tür.

»Jack? Alles okay bei dir?«

Er kam herein und setzte sich neben mich.

»Scheiße«, fluchte ich und rieb mir die Augen. »Scheiße, Scheiße, Scheiße … Das gibt's doch nicht, dass ich so schwach bin.«

Alan lachte.

»Was gibt's da zu lachen?«

Er schloss mich in seine Arme.

»Du bist nicht schwach, Jack. Du bist ganz einfach nur ein Mensch.«

»Und das findest du witzig?«

»Ich hatte es schon immer vermutet, aber nie damit gerechnet, dass du es zeigst.«

Er hielt mich in seinen Armen, bis ich aufhörte zu weinen. Plötzlich schämte ich mich, schob ihn weg und sprang unter die Dusche.

Wenn ich mein Leben in den Griff kriegen wollte, musste ich meine Probleme einzeln und der Reihe nach angehen. Dann wäre ich nicht ständig überfordert.

Fuller stand auf meiner Prioritätenliste ganz oben. Er durfte auf gar keinen Fall freikommen.

Nach der Dusche zog ich mich an, küsste meinen inzwischen wieder schlafenden Exmann auf die Stirn und fuhr dann zur Arbeit.

Eins nach dem anderen.

KAPITEL 33

»Wer ist da?«

Keine Antwort.

Ich kniff die Augen zusammen und spähte in die Dunkelheit meines Schlafzimmers. Die Digitaluhr zeigte leuchtend rot 3:35 Uhr an. Es war die einzige Lichtquelle im Raum.

Ich setzte mich auf, tastete nach der Lampe neben meinem Bett und knipste sie an.

Nichts geschah.

Ich tastete höher und stellte fest, dass die Glühbirne fehlte.

Langsam und vorsichtig öffnete ich die Nachttischschublade und suchte die .38er, die ich dort jeden Abend deponierte.

Die Waffe war weg.

In der Dunkelheit bewegte sich etwas.

»Mom? Alan?«

Keine Antwort.

Ich holte tief Atem, hielt die Luft an und lauschte angestrengt.

Nicht weit von mir erklang ein leises Kichern.

Plötzlich erlosch die Digitaluhr.

Meine Nackenhaare sträubten sich. Es war jetzt stockfinster, wie in einem Tintenfass. Schweiß lief mir den Rücken hinunter.

Der Wandschrank!

»Ich bin bewaffnet!«, schrie ich in die Dunkelheit.

Wieder ein leises Kichern.

Fuller!

Wieder eine Bewegung, diesmal näher.

Mir gefror das Blut in den Adern. Wo waren Mom und Alan? Was hatte er mit ihnen gemacht?

Wie kam ich hier lebend raus?

Meine einzige Chance bestand darin, zur Tür zu gelangen und aus der Wohnung zu fliehen. Und dann zu rennen, was das Zeug hielt, ohne mich umzudrehen.

Langsam schlug ich die Decke zurück und wollte gerade einen Fuß auf den Boden setzen, als ich stattdessen die warme Brust des Mannes mit dem Messer berührte. Er lag neben mir auf dem Fußboden.

Ich schrie und wachte auf.

Im Bruchteil einer Sekunde schaltete ich reflexartig das Licht an und griff zu meiner Waffe. Ich atmete stoßweise, und mein Herz raste, als hätte ich gerade die letzte Etappe eines Triathlons hinter mir.

»Jack?«

Alan öffnete die Augen. Als er die Waffe in meiner Hand sah, riss er sie noch weiter auf.

»Was ist los?«

»Ach, nur ein Alptraum.«

»Willst du den Alptraum erschießen?«

Ich blickte auf die Waffe in meiner zitternden Hand und wollte sie in die Schublade legen, aber meine Finger hielten sie verkrampft fest. Ich musste sie mit meiner freien Hand losreißen.

Ich blieb noch eine Weile sitzen und dachte über meine Angst nach, bis mein Wecker klingelte und ich ins Gericht musste.

Ich zog meinen besten Anzug an, einen blauen Blazer von Armani und dazu eine hellgraue Hose. Die nächsten zehn Minuten verbrachte ich damit, die Ringe unter meinen Augen mit Abdeckcreme zu kaschieren. Dann gesellte ich mich zu meiner Mutter in die Küche. Sie hatte bereits Kaffee aufgesetzt.

»Morgen, Mom.«

Sie trug ein rosa Nachthemd, auf dessen Vorderseite eine Katze abgebildet war, und saß am Frühstückstresen. Auf ihrer Kaffeetasse prangte – dreimal dürfen Sie raten – ebenfalls eine Katze.

»Guten Morgen, Jacqueline. Du siehst sehr gut aus.«

»Ich muss vor Gericht.« Ich goss Kaffee in eine der wenigen Tassen ohne Katzenbild. »Alles okay bei dir?«

»Bei dem kalten Wetter spüre ich meine Hüfte.«

»Hier drinnen hat es gefühlte fünfundzwanzig Grad, Mom. Du hast das Thermostat auf Backofentemperatur gestellt.«

»Meine Hüfte reagiert auf die Außentemperatur. Draußen ist es eisig. Ich habe vergessen, wie kalt es in Chicago wird.«

Ich fragte mich, ob meine Mutter wirklich fror oder ob sie nur Heimweh nach Florida hatte.

»Hast du noch Kontakt zu deinen Freunden in Dade City?«

»Nur zu Mr Griffin. Er liegt mir ständig in den Ohren, ich soll ihn besuchen kommen. Aber ich hasse es, bei diesem Wetter zu reisen. Du weißt schon, die Kälte.«

»Dann sag ihm, er soll hierherkommen.«

»Er lebt von einer nicht gerade üppigen Rente. Da kann ich schlecht von ihm verlangen, dass er hierherfliegt und sich ein teures Hotelzimmer nimmt.«

»Er kann bei uns wohnen.«

Mom strahlte so sehr, dass sie gleich zwanzig Jahre jünger aussah.

»Wirklich?«

»Klar. Wenn es ihm nichts ausmacht, mit dir die Schlafcouch zu teilen.« Ich zwinkerte ihr zu.

»Na, dann werde ich ihn mal anrufen. Ich kann wirklich ein bisschen Gesellschaft gebrauchen. Du arbeitest ja den ganzen Tag, und Alan schließt sich ständig in seinem Zimmer ein und schreibt.«

Ich suchte im Kühlschrank nach etwas Essbarem, fand aber nur Alans Health Food. Tofu und Sprossen gaben kein gutes Frühstück ab. Schließlich entschied ich mich für eine Scheibe Vollweizentoast mit laktose- und fettfreiem Aufstrich. Letzterer bestand laut Aufschrift auf der Packung aus so vielen chemischen Zusätzen, dass es an ein Wunder grenzte, wenn man davon keinen Krebs bekam.

»Nächste Woche ist Thanksgiving, da kannst du ihn einladen.« Ich schmierte mir den Aufstrich aufs Brot.

»Gute Idee. Ich ruf ihn gleich an.«

Ich biss in das Brot und spuckte es gleich wieder aus. »Was zum Teufel ist das denn?«

»Alans Sojabrot. Er hat doch diese Glutenallergie.«

Ich warf das Brot in den Abfalleimer. »Das schmeckt wie ein vergammelter Küchenschwamm.«

»Du solltest sein Müsli meiden. Tofutos nennt sich das. Sojabohnen und Milch passen nicht zusammen. Und lass dir von ihm bloß nichts in diesem Saftmixer machen. Mir hat er neulich einen Sellerie-Smoothie aufgedrängt.«

Während Mom ans Telefon ging, trank ich meinen Kaffee zu Ende und machte mich dann auf den Weg zum Gericht an der Ecke 26th Street und California Avenue.

Anscheinend hatte niemand Chicago gesagt, dass immer noch Herbst war, denn auf der Straße lag eine dünne Schneedecke. Beinahe wäre ich auf dem vereisten Bürgersteig ausgerutscht und hätte mir womöglich das Genick gebrochen.

Mein Auto sprang beim zweiten Versuch an und unterwegs spielte ich mit den anderen Autofahrern Wie-langsam-kann-ich-fahren-und-trotzdem-nicht-stehen-bleiben. Es ist jedes Jahr dasselbe in Chicago: Wenn der erste Schnee fällt, können alle plötzlich nicht mehr Auto fahren.

Ich kam zu spät zur Gerichtsverhandlung. Im Justizgebäude, einem massiven Bauwerk, gab es eine beheizte Tiefgarage mit kostenlosen Parkplätzen für Angestellte der Stadt. Ich fuhr mit der Rolltreppe ins Erdgeschoss, zückte meine Polizeimarke und wurde an der Schlange vor der Sicherheitsschleuse vorbeigelassen. Dann nahm ich den Fahrstuhl in den sechsundzwanzigsten Stock.

Die Verhandlung hatte bereits begonnen, und der winzige Raum war zum Bersten voll. Ich drängelte mich durch die Menge und setzte mich neben Libby. Die Staatsanwältin trug diesmal eine lavendelfarbene Jacke von Vanderbilt mit dazu passendem Rock – ein Ensemble, das wie auf sie zugeschnitten aussah.

Ihr Kollege, ein junger Mann namens Noel Penaflor, Anfang zwanzig und mit braunen Haaren, vernahm gerade Phil Blasky im Zeugenstand. Phil trug einen schlechtsitzenden Anzug und gab sich größte Mühe, in einer auch Laien verständlichen Sprache die Ergebnisse von Eileen Huttons Obduktion zu erklären.

»… die Thoraxhöhle ausgeweidet und …«

Ich blendete ihn aus und versuchte krampfhaft, meine Gedanken zu ordnen.

Dabei vermied ich bewusst, Fuller anzusehen.

Während Phil mit der Litanei der Gräueltaten fortfuhr, zeigte Noel dem Gericht Fotos von Eileen als Beweismaterial – zunächst Bilder, die die junge Frau im Kreis von Freunden und Familie zeigten, dann die Obduktionsfotos.

Wie erwartet, brach daraufhin im Gerichtssaal ein allgemeiner Tumult aus. Aber niemand reagierte so heftig wie Fuller.

Der Angeklagte kotzte den Tisch voll, an dem seine Anwälte saßen.

KAPITEL 34

Das Gericht legte eine zwanzigminütige Pause ein, und der Saal leerte sich.

Libby kochte vor Wut.

»Dieser Dreckskerl! Das war Absicht, nicht wahr? Wie zum Teufel hat er das nur gemacht?«

Ich zuckte mit den Schultern. »Wahrscheinlich hat er zuvor ein Brechmittel geschluckt. Oder er kann sich auf Kommando übergeben.«

»Haben Sie so etwas schon mal gesehen?«

Ich wusste, worauf Libby hinauswollte: Konnte ich Fullers Glaubwürdigkeit mit meiner Zeugenaussage diskreditieren?

»Tut mir leid, aber so etwas hab ich noch nie erlebt.«

Libby wandte sich Noel zu und wechselte ein paar Worte mit ihm. Ich ging wieder in den Gerichtssaal und sah einem Hausmeister dabei zu, wie er den Tisch mit einem nach Orangen duftenden Desinfektionsmittel säuberte.

Das Verfahren ging weiter. Noel brachte Blaskys Zeugenvernehmung zu Ende, worauf dieser kurz von Garcia befragt wurde. Da die Staatsanwaltschaft keine weiteren Fragen hatte, durfte Blasky gehen. Jetzt war ich an der Reihe.

Ich betrat den Zeugenstand und bemühte mich, das Zittern unter Kontrolle zu halten.

Noel führte mich Schritt für Schritt durch meine Zeugenaussage. Ich schilderte den Fall und gab mir dabei Mühe, professionell und beherrscht zu wirken. Die Staatsanwaltschaft hob mich nicht nur als vorbildliche Polizistin, sondern auch als Heldin hervor.

Ich beschränkte mich bei den trockenen und langweiligen Passagen auf ein Minimum und kassierte sogar ein paar Lacher aus den Reihen der Jury. Zum Schluss schilderte ich noch einmal meine Begegnung mit Fuller im Gefängnis.

»Der Angeklagte gab also zu, dass er in Bezug auf seinen Gedächtnisverlust gelogen hat?«

»In der Tat. Und er hat gesagt, dass er erneut töten wird, wenn er freikommt.«

»Hat er konkrete Personen genannt?«

»Mich.« Meine Stimme klang brüchig. »Er sagte, er würde mich und meinen Partner Herb Benedict umbringen.«

Noel nickte, und Libby warf mir einen aufmunternden Blick zu.

»Der Herr Rechtsanwalt kann nun die Zeugin befragen.« Noel setzte sich.

Garcia trat mit siegessicherem Lächeln auf mich zu.

»Lieutenant Daniels, Sie haben erwähnt, dass Sie seit zwanzig Jahren bei der Polizei sind. Ist das richtig?«

»Ja.«

»Und wie lang waren Sie während dieser Zeit in psychiatrischer Behandlung?«

»Einspruch. Das ist irrelevant.«

Garcia lächelte die Richterin an. »Mir geht es nur darum, die Verlässlichkeit von Lieutenant Daniels als Zeugin zu etablieren.«

Libby erhob sich. »Euer Ehren, allein die Tatsache, dass Lieutenant Daniels seit zwanzig Jahren beim Chicago Police Department angestellt ist, spricht für ihre Verlässlichkeit. Dass ein Polizist nach einer Schießerei psychologisch betreut wird, ist außerdem vorgeschriebenes Prozedere beim CPD.«

»Ich ziehe meine Frage zurück.« Garcia lächelte. »Und ich möchte an dieser Stelle der Frau Staatsanwältin für ihre Klarstellung danken, dass das Chicago Police Department nur psychisch gesunde Menschen in seinen Reihen duldet. Lieutenant Daniels, wie lang haben Sie mit Barry Fuller zusammengearbeitet?«

»Zwei Jahre.«

»Und welchen Eindruck haben Sie in dieser Zeit von ihm gewonnen?«

»Ich kannte ihn nicht persönlich.«

»Ich meine, rein beruflich.«

»Soweit ich das beurteilen konnte, hat er seine Arbeit gemacht. Ich hatte nie irgendwelche Probleme mit ihm … bis zu dem Zeitpunkt, als ich auf ihn schießen musste.«

Meine letzte Bemerkung sorgte für Gelächter auf den Zuschauerbänken.

»Erklären Sie mir bitte, Lieutenant, wie es passieren konnte, dass eine langgediente und heroische Polizistin, die erst letztes Jahr einen gefährlichen Serienmörder zur Strecke gebracht hat, nicht merkt, dass der Tatverdächtige, hinter dem sie her ist, die ganze Zeit Seite an Seite mit ihr gearbeitet hat?«

»Officer Fuller weiß eben, wie die Polizei arbeitet. Deshalb war es ihm ein Leichtes, nicht aufzufliegen.«

»Hat Sie das gestört?«

»Natürlich. Schließlich ist es meine Aufgabe, Mörder zu fassen. Und er lief frei herum und hat Menschen umgebracht.«

»Ich meine, abgesehen von Ihrem rein beruflichen Interesse, hat es Sie auch auf einer persönlichen Ebene gestört?«

»Meine persönliche Meinung tut nichts zur Sache. Ich trenne Berufliches und Privates.«

»Selbst angesichts der Tatsache, dass es sich bei Barry Fuller um einen Kollegen handelt? Ist Ihre Verachtung für ihn deshalb nicht besonders ausgeprägt? Auch auf persönlicher Ebene?«

»Nein. Meine Verachtung ist strikt professionell.«

Dafür kassierte ich wieder ein paar Lacher im Publikum.

»Lieutenant, vorhin haben Sie ausgesagt, dass Mr Fuller Sie bei Ihrem Besuch im Gefängnis bedroht hat.«

»Das ist richtig.«

»Würden Sie sagen, dass Sie sich während Ihres Gesprächs mit Mr Fuller zu dem besagten Zeitpunkt ruhig und professionell verhalten haben?«

»Ja.«

»Sie wurden ihm gegenüber also nicht ausfallend?«

»Nein.«

»Sagen Sie, Lieutenant, ist das Ihre Stimme?«

Garcia zog ein Aufnahmegerät aus der Tasche und drückte auf Play. Die Frauenstimme, die daraufhin ertönte, klang hysterisch und bösartig.

»Lassen Sie die Schauspielerei, Barry. Ich weiß ganz genau, dass Sie mich anlügen. *Sie erinnern sich an jedes kleine perverse Detail. Ich wette, Sie denken jede Nacht in Ihrer einsamen kleinen Zelle daran und holen sich dabei einen runter. Sie widern mich an. Tumor hin oder her, ich hoffe, man grillt Sie auf dem elektrischen Stuhl, Sie widerwärtiges Stück Scheiße.*«

Noel und Libby erhoben lautstark Einspruch, aber meine Stimme aus dem Aufnahmegerät übertönte sowohl sie als auch das Murmeln der Jury und Richterin Taylor, die mehrmals mit dem Hammer auf ihr Pult schlug.

»Einspruch, Euer Ehren! Für die Verwendung dieser Aufnahme als Beweismittel gibt es keine Grundlage. Wir wurden davon während der Voruntersuchungen nicht in Kenntnis gesetzt.«

»Euer Ehren, die Staatsanwaltschaft wusste, dass diese Aufnahme existiert, hat der Verteidigung davon aber nichts gesagt. Die Verpflichtung zur vollständigen Offenlegung von Beweismaterial gilt für beide Seiten.«

Libby verzog das Gesicht. »Es gibt keine Grundlage, Euer Ehren.«

Garcia lächelte. »Die Glaubwürdigkeit der Zeugin, Euer Ehren. Lieutenant Daniels hat versichert, dass ihre persönliche Meinung keinen Einfluss auf ihr professionelles Urteilsvermögen hat. Diese Aufnahme liefert uns einen Hinweis darauf, was sie wirklich denkt.«

»Schutz der Privatsphäre, Euer Ehren. Lieutenant Daniels hatte keine Kenntnis davon, dass diese Aufnahme als Beweismaterial verwendet würde.«

»Aber sie hatte Kenntnis von der Existenz dieser Aufnahme, Euer Ehren. Sie hat sie ja selbst gemacht.«

Taylor sah mich an. »Stimmt das, Lieutenant?«

»Ja.«

»Ich lasse sie als Beweis zu.«

Garcia hielt das Aufnahmegerät hoch.

»Band A, von Lieutenant Jacqueline Daniels vom Chicago Police Department als echt erklärt. Lieutenant Daniels, war das, was wir gerade auf dieser Aufzeichnung von Ihrer Vernehmung des Angeklagten Barry Fuller vom zwanzigsten Oktober dieses Jahres im Bezirksgefängnis von Cook County gehört haben, Ihre Stimme?«

Mir wurde so schlecht, dass ich beinahe ebenfalls gekotzt hätte.

»Ja. Aber sie wurde aus dem Zusammenhang gerissen. Da ist noch mehr.«

»Ich kann dieses Band gern vollständig abspielen. Für das Protokoll: Band A wurde identifiziert und als Beweismittel zugelassen. Fahren Sie fort.«

Die Aufnahme wurde zurückgespult, und meine Stimme klang erneut durch den Gerichtssaal.

Dieses Mal kam ich sogar noch schlimmer rüber. Fullers von Schluchzen begleitetes Dementi und meine wachsende Wut in Verbindung mit meinen Anschuldigungen zerstörten nun völlig meine Glaubwürdigkeit.

Die Aufnahme endete mit Fullers Frage, ob ich verkabelt war.

»Was geschah, nachdem das Aufnahmegerät ausgeschaltet wurde, Lieutenant?«

»Da hat Fuller gesagt, er könne sich in Wirklichkeit an alles erinnern und würde mich töten, sobald er freikäme.«

»Warum bin ich angesichts Ihres grenzenlosen und sehr persönlichen Hasses auf meinen Mandanten über diese Antwort nicht überrascht? Ich bin mir sicher, dass Mr Fullers Version der Ereignisse nach Abschalten des Aufnahmegeräts anders lautet. Keine weiteren Fragen.«

»Gibt es von Seiten der Staatsanwaltschaft weitere Fragen?«, fragte die Richterin.

Libby erhob sich.

»Lieutenant Daniels, warum haben Sie sich auf diesem Band dem Angeklagten gegenüber so aggressiv verhalten?«

»Gängige Vernehmungstaktik bei der Polizei. Ich wollte ihn provozieren, damit er redet.«

»Und hat er das, nachdem das Gerät ausgeschaltet war?«

»Natürlich. Wieso hätte er sonst von mir verlangt, das Gerät auszuschalten?«

Libby wandte sich der Jury zu. »In der Tat. Welchen Grund hätte er dafür gehabt, außer dass er etwas sagen wollte, das nicht für die Öffentlichkeit bestimmt war? Keine weiteren Fragen.«

»Sie dürfen sich wieder setzen, Lieutenant.«

Nicht schlecht, Libby. Aber als ich den Zeugenstand verließ, bedachten mich mehrere Jury-Mitglieder mit angewiderten Blicken. Mein Heldenstatus war verblasst.

Ich setzte mich und sah zum ersten Mal an diesem Tag zu Fuller hinüber.

Er starrte mich an, und unsere Blicke blieben aneinander haften. Sein Gesichtsausdruck war ein Musterbeispiel an Traurigkeit. Um bei der Jury Eindruck zu schinden, stieß er einen dramatischen Seufzer aus. Er zog wirklich sämtliche Register.

Die Richterin legte eine Mittagspause ein. Ich konnte nach außen hin meine Fassung gerade so lang bewahren, bis ich in der Damentoilette verschwand und mir Wasser ins Gesicht spritzte.

Libby kam herein und trat neben mir ans Waschbecken. Da der Raum voll war, redete ich leise.

»Wie sind sie an das Band rangekommen? Sie hatten doch die einzige Kopie.«

»Und die ist obendrein in meinem Safe. Meine Kopie haben sie nicht bekommen.«

Sie starrte mich vorwurfsvoll an.

Ich war zu müde, um meinem Ärger Luft zu machen, also seufzte ich nur. »Jetzt machen Sie mal halblang. Garcia hat mich voll auflaufen lassen. Keiner hat ein größeres Interesse als ich, Fuller hinter Schloss und Riegel zu sehen.«

»Ich kann dazu nur sagen, dass niemand das Band angerührt hat, nachdem Sie es mir gegeben hatten. Das bedeutet, dass jemand vorher eine Kopie angefertigt hat.«

Ich überlegte.

»Oder wir waren nicht die Einzigen, die die Unterhaltung mitgeschnitten haben. Was, wenn jemand Fuller verkabelt hat?«

Libby bekam große Augen.

»Falls noch ein weiteres Band existiert, gibt Fuller darauf womöglich zu, dass er gelogen hat.«

»Richtig. Aber wer hat die Unterhaltung aufgezeichnet? Sein Anwalt? Die Gefängnisleitung? Und selbst wenn wir es herausfinden, wie kommen wir an eine unzensierte Kopie heran?«

»Ich kenne einen Tontechniker. Ich besorge mir eine Kopie von Garcias Band und vergleiche sie mit Ihrer Kopie. Der Mann müsste erkennen, ob sie von verschiedenen Quellen stammen. Damit habe ich genug in der Hand, um Garcia zu zwingen, mir zu sagen, woher er sein Beweismaterial hat.«

Eine Frau trat ans Waschbecken. Libby verstummte, und wir verließen die Damentoilette.

»Was ist mit Fullers Vergangenheit?«, fragte die Staatsanwältin. »Haben Sie was Brauchbares gefunden?«

»Nein, nichts. Vielleicht sollten wir uns noch einmal Rushlo vornehmen.«

»Das hab ich bereits viermal probiert. Der Typ schweigt eisern. Und sein Anwalt beantragt Aufschub des Verhandlungstermins.«

»Warum?«

»Rushlo will im Knast bleiben. Er hat Angst, dass Fuller freikommt und ihn sich dann vorknöpft. Im Augenblick fühlt er sich nur hinter Gittern sicher. Er hat nicht einmal beantragt, gegen Kaution freigelassen zu werden.«

»Wie lautet die Anklage?«

»Beihilfe zum Mord in zwei Fällen. Wir haben ihn auf frischer Tat ertappt. Ihn erwartet eine lange Haftstrafe. Aber ich würde ihm jederzeit einen Deal anbieten, wenn er uns Fuller ans Messer liefert. Das Problem ist nur, dass wir keine Verbindung zwischen den beiden finden konnten. Wir wissen nicht einmal, woher sie sich kannten.«

Ich gähnte und rieb mir die Augen.

»Wie lang hat er schon das Bestattungsinstitut?«

»Seit sechs Jahren. Zuvor war er acht Jahre lang dort angestellt und hat den Laden dann dem ursprünglichen Besitzer abgekauft.«

»Und davor?«

»Da hat er in Champaign-Urbana ein Praktikum gemacht.«

Die Stadt lag südlich von Chicago, aber immer noch dreihundert Kilometer nördlich von Carbondale, wo Fuller studiert hatte.

»Und davor?«

»Ging er aufs Worsham College für Bestattungsfachkräfte in Wheeling.«

Das lag noch weiter nördlich.

»Ich werde der Sache weiter nachgehen. Vielleicht finde ich doch noch etwas.«

»Das hoffe ich, Jack. Sie waren meine wichtigste Zeugin, und jetzt hasst die Jury Sie. Ich habe nur noch zwei Zeugen, und dann geht der Ball an die Verteidigung. Die wird schwere Geschütze auffahren.«

»Wie schlimm ist es?«

Libby runzelte die Stirn. »Wenn nicht bald ein Wunder geschieht, verlieren wir.«

KAPITEL 35

Als ich in mein Büro kam, wartete dort Herb Benedict auf mich. »Wie ist es gelaufen?«

»Man hat mich nur deshalb nicht gelyncht, weil niemand im Gerichtssaal ein Seil dabeihatte.«

Er lachte, aber es klang aufgesetzt.

»Warum bist du so gut gelaunt?«

»Ich bin frei, Jack. Endlich.«

»Frei wovon?«

»Ich war heute Morgen beim Scheidungsanwalt.«

Herb lächelte. Ich wusste nicht, wie ich darauf reagieren sollte.

»Willst du das wirklich?«

»Ich lebe jetzt schon fast einen Monat allein, Jack, und es gefällt mir. Aber ich bin noch nicht in der Szene unterwegs.«

»Welche Szene?«

»Die Datingszene. Nenn mich altmodisch, aber solang ich noch offiziell verheiratet bin, will ich mich nicht mit anderen Frauen treffen. Aber das wird sich schon bald ändern.«

»Was sagt Bernice dazu?«

»Sie hat geweint, aber sie kapiert bestimmt, dass es so am besten ist. Bald ist es so weit, Jack. Bald habe ich meine Freiheit.«

Freiheit wovon, dachte ich. Freiheit von einer Frau, die dich liebt und die dir ihr halbes Leben gewidmet hat? Freiheit von einem Zuhause und einer Familie? War das wirklich Freiheit?

»Gratuliere. Ich wünsche dir dabei alles Gute.«

»Sollen wir es mit einem Mittagessen feiern? Ich lade dich ein. Es gibt da diesen neuen Griechen, wo man Pita auch ohne Brot bekommt.«

»Nein, danke. Ich muss ein paar Anrufe machen.«

Ich hatte zwar Hunger, aber im Augenblick keine Lust, Herb Gesellschaft zu leisten. Vielleicht, weil ich der Meinung war, dass er einen kolossalen Fehler beging.

Oder vielleicht auch, weil mir bewusst war, dass wir beide uns ähnlicher waren, als ich mir eingestehen wollte. Ich musste an Latham denken.

»Wer nicht will, der hat schon«, sagte Benedict. »Dann bis später.«

Herb verließ mein Büro. Die gelangweilt klingende Dame von der Auskunft gab mir die Nummer vom Worsham College für Bestattungsfachkräfte und stellte mich für zusätzliche zehn Cent durch.

»Ich möchte bitte mit jemandem sprechen, der sich vielleicht an einen Studenten erinnern kann, der vor fünfzehn Jahren bei Ihnen war.«

»Dann verbinde ich Sie mit Professor Keevers. Er war schon hier, bevor es elektrischen Strom gab. Einen Moment bitte.«

Ich ließ mich eine Minute lang von Warteschleifenmusik berieseln. Plötzlich meldete sich eine sanfte Baritonstimme.

»Hier ist Tom Keevers. Mit wem habe ich das Vergnügen?«

»Ich bin Lieutenant Daniels vom Chicago Police Department. Erinnern Sie sich noch an einen Studenten namens Derrick Rushlo? Er war vor fünfzehn Jahren bei Ihnen.«

Pause.

»Ich nehme mal an, dass Derrick etwas angestellt hat?«

»Sie erinnern sich also an ihn?«

»Das kann man wohl sagen. Hin und wieder landen Leute wie Derrick bei uns.«

»Was meinen Sie damit, Leute wie Derrick?«

»Sie wissen sicher, was ich meine. Sonst hätten Sie nicht angerufen.«

»Nekrophile?«

»Eine widerwärtige Minderheit in diesem Beruf. Wurde Derrick im wahrsten Sinn des Wortes mit heruntergelassenen Hosen erwischt? Es gibt dagegen natürlich strenge Regeln, aber ich wusste nicht, dass es illegal ist.«

»Es geht hier um Ermittlungen in einem Mordfall, Herr Professor. Ich nehme an, Sie wussten über Derricks, äh, Neigungen Bescheid?«

»Ich hatte da so einen Verdacht, aber keine Beweise. Die meisten meiner Schüler bleiben beim Einbalsamieren vollkommen unbeteiligt, aber Derrick ging dabei mit den Leichen zu sehr auf Tuchfühlung. Und dann war da noch dieser Vorfall an der SIU …«

»Was sagen Sie da? Meinen Sie etwa die Southern Illinois University?«

»Ja. Man kann dort eine sehr gute Ausbildung als Bestattungsfachkraft machen. Derrick war dort, bevor er zu uns kam.«

Volltreffer!

»Haben die ihn rausgeschmissen?«

»Nicht dass ich wüsste. Ich glaube vielmehr, man hat ihm den Abgang nahegelegt. Wenn ich mich richtig erinnere, verschwand dort eine Leiche, und der Verdacht fiel auf Derrick. Man konnte ihm jedoch nichts nachweisen. Die Angelegenheit hat an der Uni ziemlich für Wirbel gesorgt.«

»Gab es mit Derrick irgendwelche Probleme während seiner Zeit am Worsham College?«

»Nein. Er war ein ausgezeichneter Student und hat gute Arbeit geleistet. Aber er war mir nie ganz geheuer. Sie sagen, er hat jemanden umgebracht?«

»Es war Beihilfe zum Mord.«

»Klingt plausibel. Ich wollte schon immer einen Krimi mit einem Leichenbestatter als Schurken schreiben. In unserem Beruf wäre es ein Leichtes, ein Mordopfer verschwinden zu lassen.«

»Zum Beispiel, indem man die Leiche einäschert.«

»Das wäre eine Möglichkeit. Aber wussten Sie, dass es auch eine große Menge Beerdigungen mit geschlossenen Särgen gibt? Manche Leichen sind so entstellt, dass man sie nicht wiederherstellen kann. In solchen Fällen wollen die Angehörigen bei der Beerdigung keinen Blick darauf werfen.«

»Wollen Sie damit sagen …?«

»Ein Bestatter könnte ohne Weiteres mehr als eine Leiche in einen Sarg legen, ohne dass es auffällt.«

»Danke für Ihre Hilfe, Herr Professor.«

Ich war aufgeregt, als ich das Gespräch beendete. Jetzt hatte ich nicht nur eine Verbindung zwischen Fuller und Rushlo, sondern auch eine Idee, wie ich diese Information verwenden konnte, um Rushlo zu einem Geständnis zu bewegen.

Ich hinterließ eine Nachricht auf Libbys Handy und kümmerte mich dann die nächsten Stunden um Fälle, die sich während meiner Abwesenheit auf meinem Schreibtisch angesammelt hatten. Chicago machte wirklich seinem Ruf als Stadt mit der landesweit höchsten Mordrate alle Ehre. Der Jahresdurchschnitt liegt bei ungefähr sechshundert, und wir waren bereits bei über fünfhundertachtzig angelangt. Dabei hatten wir die Vorweihnachtszeit, in der besonders viel passierte, noch vor uns.

Dieser routinemäßige Schreibkram erwies sich als ausgezeichnete Therapie. Während des restlichen Nachmittags musste ich nicht ständig, sondern nur hin und wieder an Fuller denken.

Ich rief zuhause an. Da sich niemand meldete, versuchte ich Alans Handy zu erreichen, doch auch dort sprang nur die Mailbox an. Ich hinterließ eine Nachricht, dass ich früher nachhause kommen würde, und verließ das Büro.

Der Schneefall hatte sich in eisigen Nieselregen verwandelt, und da bei solchem Wetter sämtliche Autofahrer anscheinend erst recht das Fahren verlernten, dauerte die Heimfahrt zwanzig Minuten länger als sonst.

Daheim angekommen, holte ich die Post aus dem Briefkasten und stieg zu meiner Wohnung empor. Kaum hatte ich das Wohnzimmer betreten, sah ich, wie ein splitternackter Greis es auf der Schlafcouch mit meiner Mutter trieb.

Ich machte augenblicklich auf dem Absatz kehrt und ging in die Küche. Die beiden waren so beschäftigt gewesen, dass sie mich nicht gesehen hatten. Oder vielleicht hatte ihr lautes Stöhnen meine Schritte übertönt.

Ich überlegte, was ich tun sollte. Lärm machen, damit sie bemerkten, dass ich zuhause war? Mich aus der Wohnung schleichen? Sie bitten, aufzuhören, weil der Anblick mich für den Rest meines Lebens traumatisiert hatte?

Ich entschied mich für einen stillen Rückzug und suchte ein Diner in der Nähe auf, das rund um die Uhr geöffnet hatte. Aber selbst dem eisigen Regen, der mir auf dem Weg dorthin entgegenschlug, gelang es nicht, das Bild zu vertreiben, das sich in meiner Netzhaut eingebrannt hatte – Mr Griffins nackter Hintern, der sich auf und ab bewegte. Zu meiner Verwunderung ertappte ich mich bei dem Gedanken, dass der Mann für sein Alter einen ziemlichen Knackarsch hatte.

Ich trank einen Kaffee und aß ein Montecristo-Sandwich, bestehend aus heißem Truthahnfleisch, Schinken,

Schweizer Käse, Speck und zwei Scheiben French Toast, mit Puderzucker bestreut, dazu gab es ein Schälchen mit Himbeermarmelade. Dass Letzteres so gut zu Truthahn und Schinken passte, ergab keinen Sinn, aber aus irgendeinem Grund schmeckte diese Kombination. Wahrscheinlich traf dies auch auf andere Dinge im Leben zu – sie passten zusammen, ohne dass man genau sagen konnte, warum.

Nachdem ich eine Stunde lang im Diner die Zeit totgeschlagen hatte, rief ich zuhause an, in der Hoffnung, dass meine Mutter und Mr Griffin ihr Liebesspiel inzwischen beendet hatten.

Niemand ging dran. Vielleicht hatten sie sich so verausgabt, dass sie jetzt schliefen.

Da ich dringend duschen und mich umziehen wollte, beschloss ich, dem Sauwetter zu trotzen und mich auf den Heimweg zu machen.

Als ich meine Wohnung betrat, trieben die beiden es immer noch wild miteinander.

Dieses Mal sah ich sie jedoch nicht – das Stöhnen war so unmissverständlich, dass ich auf der Stelle kehrtmachte und wieder hinausging.

Gleichzeitig empfand ich eine gewisse Bewunderung für Mr Griffin. Meine Sexpartner waren bisher stets jüngere Männer gewesen. Womöglich hatte ich etwas versäumt.

In einem Kino in der Nähe lief ein neuer Film mit Brad Pitt, und ich machte zehn Dollar locker, um eineinhalb Stunden mit diesem Sexsymbol zu verbringen.

Danach rief ich zuhause an. Zum Glück ging meine Mutter ans Telefon.

»Hi, Mom. Ich wollte dir nur sagen, dass ich in ungefähr zwanzig Minuten zuhause bin.«

»Hallo, meine Liebe. Äh, könntest du mir bitte einen Gefallen tun?«

»Aber natürlich, Mom.«

»Mr Griffin, mein Freund aus Florida, ist gerade zu Besuch hier. Könntest du uns bitte eine oder zwei Stunden allein lassen?«

»Eine oder zwei Stunden?«

»Ja. Wir haben uns lang nicht gesehen. Da gibt es viel zu erzählen.«

Meine Mutter klang atemlos. Ich rieb mir die Augen.

»Okay, Mom. Ich geh so lang ins Kino. Ist es okay, wenn ich so um zehn heimkomme?«

»Zehn ist in Ordnung«, sagte Mom. Ihre Stimme klang dabei eine Oktave höher als sonst.

Ich beendete das Gespräch.

Nicht zu fassen.

Ich schlug zwei weitere Stunden mit Julia Roberts tot und war danach so müde, dass ich auf der Stelle nachhause fuhr – die sexuellen Bedürfnisse meiner Mutter hin oder her. Immerhin lag es noch nicht lang zurück, dass sie sich die Hüfte gebrochen hatte. Sollte sie sich da nicht ein wenig schonen?

Zum Glück waren Mom und Mr Griffin vollständig bekleidet, als ich nachhause kam. Sie saßen in der Küche und tranken Kaffee. Mom hatte rote Wangen und zerzauste Haare.

»Schön, Sie wiederzusehen, Jacqueline.« Mr Griffin stand auf und gab mir die Hand. Ein Kavalier der alten Schule.

Als ich sie drückte, zuckte er zusammen.
»Alles in Ordnung bei Ihnen?«
»Ja. Mein Rücken tut nur ein bisschen weh.«
Warum wohl?
»Falls du Hunger hast … Wir haben eine Pizza bestellt«, sagte Mom.
»Danke, ich hab schon gegessen. Hat Alan angerufen?«
»Er hat mir gesagt, dass er mit ein paar alten Freunden unterwegs ist und erst spät nachhause kommt.«

Ich wünschte den beiden eine gute Nacht, nahm eine heiße Dusche und ging ins Bett, entschlossen, diesmal auf eine Schlaftablette zu verzichten.

Nachdem ich vierzig Minuten an die Decke gestarrt hatte, hörte ich ein lautes Stöhnen aus dem Wohnzimmer.

Ich nahm zwei Schlaftabletten, zog mir das Kissen über den Kopf und schlief ein.

KAPITEL 36

Fuller liegt wach in seiner Zelle. Es ist nach Mitternacht, und er müsste dringend schlafen. Schließlich muss er vor Gericht einen guten Eindruck machen. Davon hängt für ihn alles ab.

Er weiß, dass die Jury ihn ständig beobachtet und nach Anzeichen Ausschau hält, dass er schuldig ist, dass er das Gericht hinters Licht führen will. Aber er lässt sie nur sehen, was sie sehen sollen.

Das Erbrechen war ein Meisterstück. Er hatte das Stück Rindfleisch tagelang unter der Matratze schlecht werden lassen. Obwohl es kleiner war als eine Weintraube, konnte allein schon der Geruch einen Brechreiz auslösen. Als er es sich in den Mund steckte, wurde ihm auf der Stelle speiübel. Eklig, aber wirksam.

Aber die Show wird erst richtig losgehen, wenn er in den Zeugenstand tritt. Er hat zermahlene rote Pfefferkörner in seiner Matratze versteckt – die lassen die Augen noch besser tränen als Zwiebeln.

Er ist sich sicher, dass die Gerichtsverhandlung bald zu Ende sein wird. Garcia möchte vor Thanksgiving fertig sein, davon ausgehend, dass die Jurymitglieder rechtzeitig zum Feiertag nachhause wollen. Es bleiben also noch zwei Tage für weitere Zeugenaussagen und einer für das Schlussplädoyer.

Bis jetzt ist alles gut gegangen.

Nur einmal wurde es kritisch, als Garcia ihm von dem Band erzählte. Irgendein Wärter aus dem Bezirksgefängnis von Cook County hatte Fullers Anwälte kontaktiert und ihnen eine Aufzeichnung des Gesprächs mit Jack zum Kauf angeboten. Das Ganze war nichts anderes als Erpressung. Gebt mir Geld, oder die Staatsanwaltschaft bekommt das Band.

Fuller zahlte, nachdem er Garcia die Vollmacht erteilt hatte, ein paar Wertgegenstände aus seinem Haus zu verhökern – Hollys Schmuck, eine signierte Lithografie von Salvador Dali, die sie sich von ihrem Honorar als Model gekauft hatte, und den Lexus.

Anfangs hatte Fuller Angst gehabt, Garcia würde ihn ans Messer liefern, sobald er hinter seine Täuschung gekommen war. Aber der schmierige Dreckskerl zuckte mit keiner Wimper und brachte es sogar fertig, Daniels mithilfe des Bandes zu blamieren.

Wer sagt, man könne sich kein Urteil kaufen?

Im Augenblick hat er nur ein Problem – diese verdammten Kopfschmerzen, die von Tag zu Tag schlimmer werden. Er hat seinen Ärzten nichts davon erzählt, weil er sie in dem Glauben lassen muss, dass er geheilt ist. Denn wenn die Kopfschmerzen der Grund dafür sind, dass er mordet, wird man ihn nicht freilassen, solang er nach wie vor darunter leidet.

Also begnügt er sich mit Schmerztabletten und schierer Willenskraft.

Aber lang wird er es nicht mehr aushalten.

Gegen diese höllischen Schmerzen hilft nur eins.

»Nur noch ein paar Tage«, flüstert er zu sich selbst. »Dann bin ich frei.«

Fuller hat Pläne für Thanksgiving. Er wird Jack Daniels bei ihr daheim einen Besuch abstatten, als Schmerztherapie sozusagen. Er hat gehört, dass Jack momentan mit ihrer Mutter und ihrem Exmann zusammenlebt. Das wird ein Heidenspaß werden, wenn er sie vor Jacks Augen tötet, bevor er ihr die Arme abreißt.

»Mord – das einzige Mittel, das gegen Kopfschmerzen hilft.«

Als er endlich einschläft, spielt ein Lächeln um seine Lippen.

KAPITEL 37

»Herr Dr. Jurczyk, wie viele Operationen haben Sie in Ihren achtzehn Jahren als Hirnchirurg durchgeführt?«

Dr. Jurczyk antwortete in einer tiefen, klangvollen Stimme, die Autorität ausstrahlte. »Mehrere hundert.«

»Eine davon an dem Angeklagten, Barry Fuller?«

»Ja. Ich hatte gerade im Northwestern Memorial Hospital Dienst, als er dort eingeliefert wurde.«

»Fachlich ausgedrückt, in welchem Zustand befand sich der Angeklagte?«

»Er wurde mit einer extraduralen Blutung eingeliefert, verursacht durch eine Schusswunde am oberen rechten Stirnbein. Bei der Computertomographie stellte sich heraus, dass der Patient außerdem ein Neoplasma am Frontallappen hatte.«

»Und jetzt bitte so, dass es der Laie versteht.«

»Die Schusswunde hat Risse in den äußeren Hirnhäuten verursacht. Das sind die Bindegewebsschichten, die das Gehirn umgeben. Aufgrund der Risse fingen sie an zu bluten, und das Blut lief in den Zwischenraum zwischen Gehirn und Schädel. Da der Schädel ein geschlossener Bereich ist, drückte das Blut auf das Gehirn und hätte ohne eine Operation zum Tode geführt.«

»Sie haben also den Schädel des Patienten geöffnet, um das Gehirn von diesem Druck zu entlasten?«

»Ja.«

»Und dann haben Sie den Tumor an Barry Fullers Frontallappen entfernt?«

»Ja.«

»Wie groß war dieser Tumor, Herr Doktor?«

»Er wog etwa vierzig Gramm und war ungefähr zwei Zentimeter breit.«

»Euer Ehren und Mitglieder der Jury, ich möchte Ihnen gern Beweisstück F zeigen, den Tumor, der aus Barry Fullers Gehirn entfernt wurde.«

Er nahm ein Marmeladenglas vom Tisch, in dem ein kleiner grauer Gegenstand in Formaldehyd eingelegt war. Als der Gerichtsdiener das Glas an die Jury weiterreichte, ging ein Raunen durch die Menge.

»Ist das derselbe Tumor, den Sie dem Angeklagten wegoperiert haben, Herr Doktor?«

»Es sieht so aus. Ja.«

»Und wie viele Operationen dieser Art haben Sie durchgeführt? Kraniotomie nennt man diesen Eingriff, wenn ich Sie richtig verstanden habe.«

»Hunderte.«

»Gab es Fälle, wo an einem Patienten eine Kraniotomie vorgenommen wurde, um das Gehirn von dem durch eine extradurale Blutung verursachen Druck zu entlasten, und der Patient später einen Gedächtnisverlust erlitt?«

»Ja. Fast achtzig Prozent aller Patienten mit extraduraler Blutung erleiden einen mehr oder minder starken Gedächtnisverlust. Nach solchen Operationen ist es sogar nötig, die Patienten während ihrer Genesung ständig zu beobachten, weil sie nach dem Aufwachen oft nicht wissen, wer sie sind oder was mit ihnen geschehen ist.«

»Gab es Fälle, wo der Gedächtnisverlust sich auf ein paar Tage oder sogar eine Woche erstreckte?«

»Ja, und sogar noch weiter zurück. Ich hatte mal einen Patienten, der bei einem Autounfall eine ernsthafte extradurale Blutung erlitt. Nach der Operation vergaß er komplett die letzten fünf Jahre seines Lebens. Er wusste nicht mehr, dass er verheiratet war und Kinder hatte.«

»Kehrten diese Erinnerungen jemals wieder zurück?«

»Nur bruchstückhaft. Der Großteil blieb verschüttet.«

Es sah nicht gut für uns aus.

»Was ist mit Persönlichkeitsveränderungen, Herr Dr. Jurczyk? Kann ein Frontallappentumor Ihrer Meinung nach die Persönlichkeit derart massiv verändern, dass der Betreffende sogar einen Mord begehen würde?«

»Ja, das könnte passieren.«

Ein Raunen ging durch die Menge. Garcia wandte sich der Jury zu und lächelte selbstgefällig. Libby warf mir einen kurzen Seitenblick zu.

»Erklären Sie das bitte ausführlicher, Herr Doktor.«

»Der Frontallappen ist das Persönlichkeitszentrum des Gehirns. Ich habe Dutzende von Fällen studiert, wo Schäden in diesem Bereich, hervorgerufen durch Unfälle oder Tumore, die Persönlichkeit von Patienten derart verändert haben, dass selbst deren Angehörige sie nicht mehr erkannten.«

»Gab es im Zusammenhang mit aus einem Schädeltrauma resultierenden Persönlichkeitsveränderungen auch Fälle, bei denen der Betreffende zum Mörder wurde?«

»Viele sogar. Der berüchtigte Serienmörder Henry Lee Lucas, der über hundert Morde gestand, erlitt in seiner Jugend mehrere schwere Kopfverletzungen. Dasselbe gilt für John Wayne Gacy, Richard Speck und Charles Manson.«

»Es wäre also denkbar, dass ein normales und völlig unbescholtenes Mitglied der Gesellschaft, also jemand wie Sie oder ich, im Falle einer Beeinträchtigung des Frontallappens eine derart drastische Veränderung der Persönlichkeit durchmachen könnte, dass er einen Mord begehen würde?«

»Ja, durchaus … vorausgesetzt, dass der Bereich des Gehirns, der mit Moral und Wertvorstellungen zu tun hat, betroffen ist. Der ist ebenfalls ein Teil des Frontallappens.«

»Nehmen wir mal an, diese Person war vor dem Tumor gewaltlos und mitfühlend. Kann der Tumor allein für eine solch drastische Persönlichkeitsveränderung und die damit verbundenen Gewalttaten verantwortlich sein?«

»Ja.«

»Und wenn man diesen Tumor, also die alleinige Ursache für dieses gewalttätige Verhalten, entfernt, würde sich die Persönlichkeit wieder normalisieren?«

»Meiner Ansicht nach ja.«

»Danke, Herr Doktor. Frau Staatsanwältin, Sie dürfen nun Ihre Fragen stellen.«

Libby stand auf, machte sich jedoch nicht die Mühe, hinter ihrem Tisch hervorzutreten.

»Herr Doktor, haben Sie jemals einen Patienten mit einem intrakraniellen Tumor behandelt, der einen Mord begangen hat?«

»Nein.«

»Und ist Ihnen in Ihrer Forschungstätigkeit als einer der weltweit führenden Gehirnspezialisten jemals ein Fall untergekommen, bei dem ein Mensch mit einem intrakraniellen Tumor jemanden umgebracht hat?«

»Nein.«

»Herr Doktor, wie viele Fälle haben Sie im Laufe Ihres Berufslebens studiert?«

»Mehrere tausend.«

»Könnten Sie bitte etwas lauter sprechen, Sir?«

»Mehrere tausend Fälle.«

»Mehrere tausend Fälle, und darunter kein einziger Mord. Ich habe keine weiteren Fragen.«

Garcia verzichtete seinerseits auf weitere Fragen.

Ich musterte die Mitglieder der Jury. Das Kreuzverhör schien sie nicht überzeugt zu haben. Wüsste ich nicht zufällig, dass Fuller simulierte, wäre es mir genauso gegangen. Wenn eine Koryphäe von Weltrang auf dem Gebiet der Hirnforschung behauptet, dass ein Tumor einen Menschen zum Mörder machen kann, dann glaubt man das eben.

»Sie dürfen sich wieder setzen, Herr Doktor.« Taylor schlug mit dem Hammer auf ihr Richterpult. »Mittagspause. Die Verhandlung wird für eine Stunde unterbrochen.«

Libby war nicht besonders glücklich.

»Wenn ich diese Verhandlung verliere, ist das nicht gut für meine Karriere.« Sie nahm mich am Arm, als wir den Gerichtssaal verließen. »Garcia hat mir gestern eine Kopie des Bandes ausgehändigt. Er behauptet, jemand hätte es ihm per Post in einem Umschlag ohne Absender geschickt. Den hat er mir sogar gezeigt, und ich hab ihn überprüfen lassen. Er ist sauber.«

»Ich gehe mal davon aus, dass Fullers Geständnis nicht auf dem Band war?«

»Richtig. Garcia hat gesagt, dass das, was er während der Verhandlung abgespielt hat, alles war. Aber er ist ein hinterhältiges Arschloch und nicht gerade dafür bekannt, nach fairen Regeln zu spielen.«

»Haben Sie das Band untersuchen lassen?«

»Das geschieht gerade. Aber es ist schon jetzt klar, dass die beiden Bänder von verschiedenen Quellen stammen. Ich habe es mit Ihrem verglichen, und die Klangqualität ist vollkommen anders, und zwar besser. Außerdem ist Fuller lauter als Sie. Das Mikrofon muss sich also auf seiner Seite des Raumes befunden haben.«

»Vielleicht war es jemand vom Gefängnispersonal. Sie kennen den Direktor besser als ich. Fragen Sie ihn, ob in letzter Zeit irgendein Wärter nicht zum Dienst erschienen ist, wegen Krankheit oder so.«

»Ich kümmere mich noch heute darum.«

Ich wechselte das Thema. »Ich glaube, ich habe eine Idee, wie wir Rushlo zum Reden bringen.«

Ich schilderte meinen Plan in knappen Worten. Libby runzelte die Stirn.

»Nicht gerade meine bevorzugte Methode, aber Sie haben grünes Licht. Alles, was uns jetzt noch retten kann, ist mir recht. Bis morgen bin ich mit dem nötigen Papierkram fertig. Das Bezirksgefängnis ist gleich um die Ecke, also können wir es in der Mittagspause erledigen.«

Ich lächelte, aber das flaue Gefühl in meinem Magen wurde ich trotzdem nicht los.

KAPITEL 38

Herb und ich gingen eine Liste sämtlicher Studenten durch, die gemeinsam mit Fuller an der Southern Illinois University in Carbondale Lehrveranstaltungen besucht hatten, und versuchten, Verbindungen zwischen ihnen und den hundertsiebenunddreißig während dieser Zeit als vermisst gemeldeten Personen zu finden. Wir hatten die Unterlagen auf dem Fußboden ausgebreitet und in mehr oder weniger alphabetischer Reihenfolge sortiert. Benedict kniete gerade davor und strich Namen durch, als Libby anrief.

»Ich habe einen Verdächtigen. Marvin Rohmer. Er ist Wärter in Abteilung elf und fehlt bereits seit einer Woche. Bei der Überprüfung seiner Finanzen stellte sich heraus, dass er erst kürzlich acht neue Bankkonten eröffnet hat, mit eingezahlten Beträgen zwischen zwei- und sechstausend Dollar. Wahrscheinlich hat Garcia, diese miese Ratte, ihm eine größere Summe Bestechungsgeld zukommen lassen.«

»Und da Banken größere Bareinzahlungen melden müssen, hat Rohmer die Kohle auf mehrere Konten verteilt. Gar nicht dumm.«

»Ja, aber dann hat er sich verraten, indem er nicht mehr zur Arbeit erschienen ist.«

»Wir sind unterwegs.«

»Zu spät. Rohmer wohnt im Westen der Stadt, und ich habe bereits ein Team dorthin geschickt, ehe die Tinte auf dem Haftbefehl trocken war. Er ist untergetaucht. Das Band haben wir zwar nicht gefunden, dafür jedoch ein sprachaktiviertes Aufnahmegerät, an dem sich noch Klebeband befand. Wahrscheinlich hat er es an der Decke oder unter einem Stuhl befestigt.«

»Haben Sie nachgeprüft, ob …«

»Wir sind ihm dicht auf den Fersen, Jack. Wir haben seine Konten gesperrt und lassen seine Kreditkarte überwachen. Als Nächstes schreiben wir ihn in den gesamten USA und in Kanada zur Fahndung aus. Wenn wir ihn haben, brauchen wir nicht einmal das Band. Ich werde ihm einen Deal anbieten und ihn damit zu einer Aussage zwingen.«

»Faxen Sie mir seine Akte.«

»Ist schon unterwegs.«

Ich berichtete Herb, was ich erfahren hatte. Wir verbrachten noch ein paar Stunden mit den Unterlagen von der Uni und ließen uns eine Pizza mit extra Fleisch- und Wurstbelag liefern. Benedict aß das meiste davon und ließ nur die Kruste übrig.

Nach dem Essen vertiefte ich mich wieder in die Arbeit. Wir stellten eine Liste mit sämtlichen Studenten zusammen, die Fuller aus gemeinsamen Lehrveranstaltungen, sportlichen Aktivitäten und Studentenverbindungen gekannt haben könnte, und glichen die Namen mit denen auf der Vermisstenliste ab, auf die das Gleiche zutraf. Es war langweilige Routinearbeit – genau das, was ich brauchte, um mich von meinen Problemen abzulenken.

»Ich habe hier eine mögliche Kandidatin.« Benedict hielt ein Blatt Papier hoch. Das war nicht ungewöhnlich, denn wir hatten bereits ein paar Namen gefunden.

»Name?«

»Bei der Vermissten handelt es sich um eine Melody Stephanopoulos. Sie war Studentin und hatte drei gemeinsame Lehrveranstaltungen mit einem gewissen Michael Horton, der wiederum in derselben Footballmannschaft wie Fuller gespielt hat.«

»Hortons Freundin?«

»Möglich. Sie hat im Hauptfach Naturwissenschaften studiert, und Horton Geisteswissenschaften. Die beiden haben gemeinsam zwei Seminare in kreativem Schreiben und eins in klassischer Literatur besucht. Im Frühjahrssemester des vierten Studienjahres ist sie dann verschwunden.«

Ich gab Hortons Namen in die Datenbank der Polizei von Carbondale ein, fand aber nichts. Dann rief ich bei der Vereinigung ehemaliger Studenten der SIU an, wo sich eine überschwängliche junge Dame namens Missy meldete. Sie zögerte zunächst, bis ich ihr die Nummer meiner Polizeimarke durchgab.

»Ich hab ihn gefunden. Michael Horton lebt jetzt in Seattle. Er ist Börsenmakler, verheiratet, zwei Kinder.«

Ich notierte mir die Telefonnummer und rief ihn an.

»Horton.«

»Mr Horton, hier ist Lieutenant Daniels vom Chicago Police Department. Wir würden Ihnen gern ein paar Fragen stellen …«

»Es geht um Barry, stimmt's? Ich hab es in den Nachrichten gesehen.«

»Ja, mehr oder weniger. Aber zunächst würden wir Sie gern zu Melody Stephanopoulos befragen.«

»Haben Sie sie gefunden?« Die Worte sprudelten so schnell aus ihm heraus, dass sie wie ein einziges klangen.

»Nein, tut mir leid. Sie war Ihre Freundin?«

»Meine Verlobte. Sie ist verschwunden.«

»Kannte Barry sie?«

»Ja. Sie konnte ihn nicht ausstehen. Um Himmels willen, Sie glauben doch nicht etwa …«

»Noch wissen wir nichts Genaues, Mr Horton. Im Augenblick versuchen wir lediglich, eine Verbindung herzustellen. Waren Sie mit Barry befreundet?«

»Klar. Wir waren oft zusammen auf Partys. Der Trainer wollte, dass die Leute aus der Mannschaft ihre Freizeit miteinander verbringen.«

»War Barry jemals mit Melody zusammen, wenn Sie nicht dabei waren?«

»Nicht dass ich wüsste. Melody hing die ganze Zeit wie eine Klette an mir.«

»Wann ist sie verschwunden?«

Er zögerte.

»Wir hatten auf einer Party Streit. Es hat ihr nicht gepasst, dass ich so viel getrunken habe. Ich hab ihr gesagt, sie soll es nicht so eng sehen und mit dem Nörgeln aufhören.

Daraufhin ist sie gegangen. Das war das letzte Mal, dass ich sie gesehen habe.«

»War Barry auch auf dieser Party?«

»Ja. Das war nach unserem Spiel gegen Florida. Da gab es eine große Feier.«

»Können Sie sich erinnern, ob Barry nach Melody gegangen ist?«

»Ich wollte, ich könnte es. Aber ich war an dem Abend ziemlich besoffen. Am nächsten Tag hab ich in Melodys Studentenheim vorbeigeschaut und wollte mich entschuldigen, aber da hat mir ihre Mitbewohnerin erzählt, sie wäre nicht heimgekommen.«

Horton verbrachte die nächsten zehn Minuten damit, mir seine Beziehung zu Melody zu schildern. Er hatte sie sehr geliebt und ihr Verlust hatte ihn schwer getroffen. Dann redete er noch fünf Minuten lang über Fuller und bezeichnete ihn als Teamplayer und ganz normalen Typen.

Genauso hätte ich Fuller auch beschrieben, bevor ich seinem heimlichen Hobby auf die Schliche kam.

Zum Schluss versprach Horton, mich anzurufen, falls ihm noch etwas einfallen sollte.

Herb, der das Gespräch auf einem anderen Apparat mitverfolgt hatte, legte ebenfalls auf.

»Das könnte eine heiße Spur sein. Vielleicht solltest du Rushlo damit konfrontieren.«

Ich sah auf die Uhr. Es war fast sieben Uhr abends. Ich gähnte. Herb warf mir einen missbilligenden Blick zu.

»Jack, du brauchst dringend Schlaf.«

»Ich fühle mich fit.«

»Du siehst aus wie aufgewärmte Scheiße.«

»Danke für die Blumen. Wo hast du denn den Spruch her?«

»Geh heim.«

»Da trau ich mich nicht hin. Jetzt, wo Mr Griffin bei uns zu Besuch ist, geht es dort zu wie in einer Altenheimversion von *Der letzte Tango in Paris*.«

Herb runzelte die Stirn.

»Was ist bloß los mit dir, Jack?«

Sein Ton klang barsch, was höchstens alle Schaltjahre einmal vorkam.

»Was meinst du damit, Herb?«

»Du bist nicht du selbst. Du bist gereizt, schlecht gelaunt und unzufrieden.«

»Wenn du damit sagen willst, dass ich meine Arbeit nicht ordentlich mache, dann such dir halt einen anderen Partner.«

Herb stand auf.

»Vielleicht sollte ich das.«

»Überraschen würde mich das nicht. Mit deiner Frau hast du's ja genauso gemacht.«

Benedict warf mir einen äußerst wütenden Blick zu – ein untypisches Benehmen. Dann verließ er das Büro.

Ich blieb ein paar Minuten sitzen und versuchte, ruhig und gleichmäßig zu atmen.

Es gelang mir nicht.

KAPITEL 39

»Wissen Sie, warum Sie hier sind, Barry?«

Fuller nickte und tat sein Bestes, um wie ein gescholtener Hundewelpe dreinzublicken. Er trug einen dunkelblauen Anzug und darunter ein hellblaues Hemd, das wegen seiner hängenden Schultern zerknittert war.

»Weil ich mehrere Menschen umgebracht habe.« Seine Stimme klang sanft und demütig.

»Und wissen Sie auch, warum Sie das getan haben, Barry?«

»Nein. Ich kann mich nicht erinnern, jemanden getötet zu haben.«

»Aber Sie haben diese Verhandlung mitverfolgt und wissen, dass Sie zweifellos diese Morde begangen haben.«

»Ja, ich weiß.«

»Sie können uns aber nicht sagen, warum?«

»Nein. Ich kann mich an rein gar nichts erinnern, was in dem Monat vor dem ersten Mord passiert ist. Mir kommt es so vor, als hätte es diesen Zeitabschnitt nie gegeben. Um

Gottes willen, ich würde doch nie … Ich würde nie einen Menschen töten. Ich kann es immer noch nicht fassen …«

Fullers Stimme überschlug sich, und Tränen liefen ihm in Strömen über das Gesicht. Er schluchzte und heulte, bis ihm Garcia schließlich eine Packung Papiertaschentücher hinhielt. Während der nächsten zwei Minuten verbrauchte Fuller eins nach dem anderen.

»Ich war das nicht, das weiß ich. Ich hätte so etwas nie tun können.«

»Warum nicht, Barry?«

»Weil ich kein Mörder bin. Ich bin nicht einmal gewalttätig.«

»Aber waren Sie früher nicht einmal ein Profifootballspieler? Und dann Polizist? Die meisten Menschen würden diese Berufe als gewalttätig betrachten.«

»Als Spieler saß ich meistens auf der Reservebank. Der Trainer meinte, mir fehlte der nötige ›Killerinstinkt‹, wie er es nannte. Und später wurde ich Polizist, weil ich für Recht und Ordnung eintreten und Menschen helfen wollte. Ich war sehr gut in meinem Beruf, bis … oh Gott …«

Er weinte wieder und ließ sich neue Taschentücher geben. Bei dem Anblick drehte sich mir der Magen um.

»Immer mit der Ruhe, Barry. Sie sagten, Sie könnten sich an keinen dieser Morde erinnern. Was war das letzte Ereignis vor Ihrer Gehirnoperation, das in Ihrem Gedächtnis haften geblieben ist?«

»Das Letzte, an das ich mich deutlich erinnern kann, ist, dass ich nach der Arbeit auf meiner Couch saß und mich volllaufen ließ, damit es vorüberging.«

»Damit was vorüberging?«

»Meine Kopfschmerzen.«

»Das Letzte, woran Sie sich erinnern, sind Kopfschmerzen?«

»Ganz furchtbare Kopfschmerzen. Ich dachte, mein Kopf würde explodieren. Aspirin half nicht, also hab ich 'ne Flasche Rum getrunken, damit es besser wird.«

»Wann war das?«

»Irgendwann im späten Frühjahr. Mai, glaube ich.«

»Warum sind Sie nicht zum Arzt gegangen?«

»Das weiß ich nicht mehr. Ich kann mich an nichts erinnern, was danach geschah. Vielleicht bin ich ja zu einem Arzt gegangen.«

»Was war Ihr erster Gedanke, als Sie nach Ihrer Operation im Krankenhaus aufwachten?«

»Ich dachte, ich wäre im Krankenhaus gelandet, weil ich zu viel getrunken hatte und die Treppe hinuntergefallen war, oder so ähnlich.«

»Und wie haben Sie reagiert, als Sie erfuhren, dass Sie angeschossen wurden, nachdem Sie Ihre Frau umgebracht hatten?«

Fuller weinte erneut, und Garcia reichte ihm mit übertriebener Geste eine neue Packung Papiertaschentücher.

»Ich dachte, da wollte mir jemand einen bösen Streich spielen. Ich kann es immer noch nicht fassen. Alle behaupten, ich hätte schreckliche Verbrechen begangen und Dinge getan, die mir nie im Traum einfallen würden. Und sämtliche Beweise deuten darauf hin, dass das alles stimmt. Aber ich kann mich an nichts erinnern. Wie würden Sie sich fühlen, wenn Ihnen jemand sagt, Sie hätten Ihre Frau ermordet? Oh Gott …«

Fuller weinte bitterlich.

»Beruhigen Sie sich, Barry. Alles ist gut.«

»Nein, es ist nicht alles gut. Das wird es auch nie wieder sein. Wissen Sie, dass ich keine Nacht länger als zwei Stunden geschlafen habe, seitdem das alles anfing? Ich hätte zum Arzt gehen sollen, zu einem Psychiater, oder …«

»Oder was, Barry?«

»Oder ich hätte Selbstmord begehen sollen. Dann würden alle diese Menschen noch leben.«

Das kannst du laut sagen, dachte ich. Aber ein Blick auf die Jury zeigte mir, dass nicht jeder meine Ansichten teilte.

»Möchten Sie den Familien der Opfer noch irgendetwas sagen?«, fragte Garcia.

»Ja, das möchte ich.«

Fuller erhob sich und holte ein zerknittertes Blatt Papier aus seiner Jackentasche. Er hielt es behutsam in den Händen, wie ein süßes Kätzchen, aber beim Sprechen warf er keinen einzigen Blick darauf.

»Ich möchte unter keinen Umständen rechtfertigen, dass ich sechs Menschenleben ausgelöscht habe. Ich möchte Sie auch nicht um Vergebung bitten. Ich kann an dieser Stelle nur sagen, dass es mir … dass es mir …« Er fing wieder an zu weinen. »Es tut mir so furchtbar leid. Ich wünschte, ich könnte mich an meine Untaten erinnern, denn das würde mir einen Grund geben, mich selbst umso mehr zu hassen. Ich kann mir nicht erklären, wie all das passieren konnte. Meine Ärzte und meine Anwälte sagen, der Tumor wäre daran schuld. Vielleicht ist das der Fall, denn ich habe wirklich keinen blassen Schimmer, warum ich das getan habe, warum ich so vielen Menschen Leid zugefügt habe. Wenn ich nur einen dieser Morde mit meinem eigenen Tod ungeschehen machen könnte, würde ich das tun, ohne eine Sekunde zu zögern … so wahr mir Gott helfe.«

Fuller stand da und weinte mehrere Minuten lang wie ein kleines Kind. Jedes Mal, wenn er ansetzte, etwas zu sagen, überwältigten ihn die Tränen. Als ich meinen Blick durch den Gerichtssaal schweifen ließ, bot sich mir ein Bild, das ich nie vergessen werde: Mindestens acht Leute betupften sich die Augen mit Taschentüchern.

Zwei davon waren Mitglieder der Jury.

»Wie werden Sie jetzt weiter vorgehen?«, fragte ich Libby leise. Sie trug einen zweireihigen grauen Hosenanzug mit champagnerfarbenen Streifen – von Emanuel Ungaro, wie sie zuvor beiläufig erwähnt hatte. Ich trug ebenfalls einen grauen Hosenanzug. Er hatte bei J. C. Penney 89,99 Dollar gekostet. Gegenüber Libby kam ich mir darin vor wie ein Landstreicher, der am Lagerfeuer einen Hotdog grillte.

»Weiß ich noch nicht genau.«

»Sie wollen improvisieren?«

»Ich werde mich nicht auf ein Kreuzverhör einlassen.«

»Wieso nicht?«

»Damit Fuller noch mehr Lügen verbreitet und die Jury auf seine Seite zieht? Noel und ich können ihm auf keinen Fall auf die harte Tour kommen – das haben Sie bereits zur

Genüge getan. Das würde Fullers Aussage nur noch mehr Glaubwürdigkeit verleihen.«

Die Show, die Garcia und Fuller abzogen, dauerte noch eine Stunde. Garcia stellte in sanftem Ton seine Fragen und Fuller lieferte oscarverdächtige Antworten, die bei den Zuschauern mehr Tränen hervorriefen als sämtliche Episoden der Serie *All My Children*.

Als die Richterin die Verhandlung für die Mittagspause unterbrach, machten Libby und ich uns auf den Weg ins Bezirksgefängnis von Cook County, das gleich gegenüberlag.

Rushlo befand sich in Abteilung zwei, einem Bereich der mittleren Sicherheitsstufe, wo die Insassen nicht in vergitterten Einzelzellen, sondern in Schlafsälen mit fünfzig Betten untergebracht waren. Für einen Einzelgänger wie Rushlo war das nicht gerade das Gelbe vom Ei.

Gary Pludenza, sein Anwalt, wartete an der ersten Sicherheitsschleuse auf uns. Anscheinend hatte er es nicht geschafft, seinen Mandanten loszuwerden und einem Kollegen unterzuschieben.

Libby gab ihm die Hand. »Guten Tag, Mr Pludenza. Wir sind bereit, Ihrem Cousin einen neuen Deal anzubieten.«

»Und wie sieht dieser Deal aus?«

»Wir vermuten, dass er länger mit Fuller zusammengearbeitet hat, als wir dachten. Wir wollen, dass er uns Namen nennt.«

»Er wird Fuller nicht anschwärzen, das hat er mir bereits wiederholt klargemacht. Er hat eine Heidenangst vor ihm.«

»Das wissen wir. Trotzdem glauben wir, dass er darauf eingeht.«

»Ich wüsste nicht, wie Sie das fertigbringen wollen. Ich rede schon eine ganze Weile auf ihn ein, kann aber nicht zu ihm durchdringen. Er beachtet mich nicht einmal.«

»Vielleicht sollten Sie Ihre Augen schließen und sich tot stellen«, schlug Libby vor.

Pludenza runzelte die Stirn. »Für solche Scherze habe ich keine Zeit. Ich muss in zwei Stunden zu einer Insolvenzverhandlung ins Daley Center.«

»Das klingt ja aufregend.«

»Na ja, der Alltag eines Anwalts ist eben nicht immer so, wie John Grisham es in seinen Romanen beschreibt.«

Wir gelangten durch die Sicherheitsschleuse in Abteilung zwei, wo uns zwei Wärter vorschriftsmäßig begleiteten. Obwohl sich in diesem Bereich keine Gewaltverbrecher oder wirklich schwere Jungs befanden, erhielten Libby und ich ein paar obszöne Zurufe.

Na ja, vielleicht galten diese in erster Linie Libby. Das lag bestimmt an ihrem Outfit. Auch Kriminelle wissen modisch gekleidete Frauen zu schätzen.

Wir fanden Rushlo im Aufenthaltsraum, wo er an einem Metalltisch saß und eine abgegriffene Ausgabe der Zeitschrift *People* las. Als er uns erblickte, geriet er in Panik.

»Ich sage nichts.« Er sprang auf und sah sich hektisch nach einem Fluchtweg um. Sein Cousin legte ihm die Hand auf die Schulter und drückte sie.

»Beruhige dich wieder, Derrick. Sie sind gekommen, um dir ein Angebot zu machen. Hör es dir wenigstens an.«

»Ich hab kein Interesse. Die haben mich schon einmal reingelegt.«

Ich setzte mich an den Tisch und lächelte ihn an. »Ihnen bleibt nichts anderes übrig, Derrick.«

Rushlo starrte mich an – oder vielmehr sein normales Auge.

»Ich sage kein Wort.«

»Das müssen Sie auch nicht.« Libby schob ihm ein paar Blatt Papier hin.

»Was ist das?«

Pludenza überflog den Text und grinste breit.

»Sie lassen die Anklage fallen, Derrick. Du bist ein freier Mann.«

Rushlo wurde leichenblass.

»Nein …«

»Spätestens bis heute Abend krieg ich dich hier raus.«

»Nein, das geht nicht.«

Libby zwinkerte ihm zu. »Das geht schon. Das Timing ist auch perfekt. Der Prozess gegen Ihren Kumpel geht bald zu Ende, dann können Sie beide zusammen feiern.«

Rushlo fing an zu wimmern. Ich überwand meine Abscheu und legte ihm eine Hand auf den Unterarm.

»An Ihrer Stelle würde ich aufpassen, Derrick. Fuller ist gelinde gesagt sauer, weil Sie Eileen Huttons Leiche nicht eingeäschert haben. Ich glaube, er würde sich gern mit Ihnen darüber unterhalten.«

Rushlos Gesichtsfarbe wechselte von Weiß zu Rot. Ich rechnete damit, dass er jeden Moment einen Herzinfarkt erleiden würde.

»Sie müssen mich vor ihm schützen!«

»Wir würden Ihnen ja gern helfen, Derrick, aber dann müssen Sie auch etwas für uns tun. Bisher haben Sie sich nicht gerade kooperativ verhalten.«

Ich nickte Libby zu, und wir erhoben uns.

»Bitte helfen Sie mir!«

»Wir könnten Sie in das Zeugenschutzprogramm stecken. Da bringt man Sie an einem sicheren Ort unter und Sie erhalten einen neuen Namen. Oder Fuller bleibt hinter Gittern, dann brauchen Sie keine Angst mehr vor ihm zu haben. So oder so, Sie müssen uns helfen, bevor wir etwas für Sie tun können.«

Jetzt zitterte er am ganzen Körper.

»Das … das kann ich nicht!«

»Dann genießen Sie Ihr Leben … solang es noch dauert.«

Wir gingen.

»Bitte! *Bitte!*«

Wir schafften es noch rechtzeitig zurück ins Justizgebäude, um uns aus dem Automaten einen Snack zu genehmigen.

»Meinen Sie, dass er einknickt?«, fragte Libby und biss in ein Käsesandwich.

»Dasselbe wollte ich Sie auch gerade fragen. Ich glaube schon. Die Frage ist nur: Wird er es rechtzeitig tun?«

»Die Schlussplädoyers dürften nicht länger als einen Tag dauern. Aber selbst wenn sich die Jury bereits zur Beratung zurückgezogen hat, kann ich bei Taylor beantragen, einen Überraschungszeugen vorzuladen, und dann wird die Verhandlung verlängert. Rushlo muss auspacken, bevor die Jury ihr endgültiges Urteil gefällt hat. Hat das Gericht Fuller erst einmal freigesprochen, können wir ihn nicht ein zweites Mal anklagen, da niemand wegen einer Sache zweimal bestraft werden darf.«

Ich kaute lustlos auf einem Thunfischsandwich herum. Das Brot war total durchweicht.

»Können Sie das Gericht mit einer Verzögerungstaktik hinhalten?«

»Wir sind hier nicht im Senat oder Repräsentantenhaus, Jack. Wenn ich Taylor mit so etwas komme, wird sie mir gehörig die Leviten lesen.«

»Und wenn Sie eine Verlängerung beantragen?«

»Das habe ich schon mehrmals versucht. Taylor hat mich daran erinnert, dass wir drei Monate Zeit hatten, um uns vorzubereiten. Sie wird mir erlauben, in letzter Minute neue Beweise vorzubringen, aber eine Verlängerung wird es nicht geben.«

Libby aß ihr Sandwich fertig und sah auf ihre Armbanduhr, eine diamantenbesetzte Ebel.

»Ich muss zurück in den Gerichtssaal. Hat das Sandwich Ihnen nicht geschmeckt?«

»Wie nasse Papiertücher.«

Libby zog eine Augenbraue hoch.

»Alles klar bei Ihnen? Sie wirken den ganzen Tag schon etwas abwesend.«

»Ich hab momentan viel um die Ohren.«

»Verstehe. Hey, noch ist nicht aller Tage Abend. Vielleicht packt Rushlo noch rechtzeitig aus.«

Inzwischen war die Mittagspause zu Ende, und die Menschen strömten in den Gerichtssaal. Der Rest der Verhandlung nahm nicht viel Zeit in Anspruch. Libbys Kreuzverhör war ein Musterbeispiel an Kürze.

»Mr Fuller, wenn ich richtig informiert bin, gehörten Sie während Ihrer Studentenzeit einer Theatergruppe an. Bei welchen Stücken haben Sie mitgewirkt?«

»Bei *Tod eines Handlungsreisenden*, *Der Kaufmann von Venedig* und *Warten auf Godot*.«

»Sie waren sicher ein hervorragender Schauspieler.« Libby setzte sich. »Keine weiteren Fragen.«

Richterin Taylor beendete die Verhandlung. Die Schlussplädoyers sollten am nächsten Tag stattfinden.

Als ich in meinem Büro eintraf, war Benedict nirgends zu sehen. Wir hatten seit gestern nicht miteinander gesprochen. Da ich kein böses Blut zwischen uns beiden wollte, rief ich auf seinem Handy an.

»Wo bist du?«

»Ich habe gleich eine Besprechung mit meinem Anwalt.«

»Kann das noch ein bisschen warten? Die Verhandlung ist bald zu Ende, und wir müssen noch die Vermisstenliste fertig durcharbeiten.«

»Nein, es kann nicht warten. Manche von uns haben in den letzten drei Monaten keinen einzigen freien Tag gehabt.«

Ich verkniff mir eine böse Bemerkung und legte auf. Als ich ihm vorgeschlagen hatte, er solle sich einen neuen Partner suchen, war das aus Wut geschehen. Aber jetzt hielt ich es für keine schlechte Idee. Mir gefiel es nicht, wie Herb sich in letzter Zeit benahm.

Ich machte mich allein an die Arbeit, eliminierte einige Namen und verfolgte ein paar Spuren ins Leere. Immerhin schaffte ich es, den Stapel Papierkram auf dem Fußboden kleiner zu machen.

Als die Essenszeit heranrückte, hatte ich Kopfschmerzen. Ich rief zuhause an und sprach mit Alan. Er wollte sich mit ein paar alten Freunden im Mirabell treffen, einem deutschen Restaurant, und fragte, ob ich Lust hätte, mitzukommen.

Ich war zwar in keiner besonders geselligen Stimmung, sagte aber zu, da ich Alan bereits mehrere Abende hintereinander vertröstet hatte. Vielleicht würde mir ein bisschen Gesellschaft guttun und mich aus meiner depressiven Stimmung reißen.

Ich sollte mich gewaltig täuschen.

KAPITEL 40

»Hi, Jack.« Alan hatte an der Bar auf mich gewartet und umarmte mich, als ich das deutsche Restaurant betrat. In seiner schwarzen Hose und seinem grauen Cardigan sah er gut aus. Als ich ihm einen Kuss auf die Wange gab, stellte ich fest, dass er frisch rasiert war.

»Ich bin nicht besonders gut gelaunt«, warnte ich ihn.

»Es wird ein schöner Abend werden.« Er half mir aus der Jacke und führte mich durch das Restaurant. »Ich habe einen alten Freund von dir mitgebracht.«

»Was für einen alten Freund?« Und dann sah ich ihn.

Harry McGlade zwinkerte mir von seinem Stuhl aus zu. Er trug sein typisches Outfit – einen zerknitterten braunen Anzug und eine schmutzige Krawatte.

»Hi, Jackie. Das hier ist Nora, meine neue Freundin.«

»Ich heiße Dora.« Die Frau war etwa halb so alt wie McGlade, hatte blonde Haare mit rosa Strähnen und trug eine Bluse, die selbst einer Barbiepuppe zu eng gewesen wäre.

»Ach ja, Dora. Tut mir leid, Süße.«

»Harry hat vorhin angerufen.« Alan strahlte wie ein Schuljunge nach seinem ersten Kuss. »Er wollte sich bei dir für irgendetwas bedanken. Und da es dir momentan nicht so gut geht, dachte ich, es wäre schön, wenn er das persönlich tut. Er ist doch der Typ, der zusammen mit dir in diesem Film im Fernsehen war, oder? Ich meine den, der auf euren Erlebnissen basiert.«

»Ja.« Ich gab mir Mühe, begeistert zu klingen, schaffte es aber nicht.

Harry dagegen musste sich nicht verstellen, sondern war ganz der Alte. »Ich hab heute Morgen meine Privatermittlerlizenz mit der Post erhalten. Die zuständige Behörde hat lang gebraucht, aber du hast dein Wort gehalten, Jackie. Dafür lade ich euch heute zum Essen ein.«

»Toll.« Ich klang noch schlimmer als vorhin.

Die Kellnerin kam an unseren Tisch, eine Frau über sechzig in einem Dirndl. Sie sprach Englisch mit starkem deutschem Akzent und machte den Fehler, bei Harry anzufangen.

»Was darf ich Ihnen zu trinken bringen, Sir?«

»Haben Sie deutsches Bier?«

»Wir haben die größte Auswahl importierter Biere in ganz Chicago.«

»Wie wär's mit einem Schlitzkrieg?«, fragte Harry.

»Das haben wir nicht.«

»Krautweiser?«

»Sie schüttelte den Kopf.

»Bringen Sie ihm ein Beck's«, sagte ich zu der Kellnerin. »Für mich ebenfalls.«

»Ich nehme auch eins.« Alan hielt drei Finger hoch.

»Für mich eine Cola Light mit einer Scheibe Orange, einer Scheibe Zitrone und einer Kirsche«, sagte Dora.

»Warum bestellst du nicht gleich einen Obstsalat?«, fragte Harry.

Dora kicherte. Ich warf Alan einen gequälten Blick zu, aber er war in die Speisekarte vertieft. Ich konnte ihm keinen Vorwurf machen. Schließlich kannte er Harry nicht, da ich ihn in seiner Gegenwart nie erwähnt hatte.

Die Kellnerin verschwand, um unsere Getränke zu holen, und Alan legte die Speisekarte weg. »Ich nehme die Ochsenschwanzsuppe.«

»Was ist das?«, fragte Dora in einem affektierten Tonfall.

»Ein Ochse? Das ist ein kastriertes männliches Rind.« Harry kniff sie in die Wange. »Du bist so süß.«

Dora schnitt eine Grimasse. »Sie wollen den Schwanz von einem kastrierten Rind essen?«

Alan wollte etwas sagen, aber Harry kam ihm zuvor.

»Möchtest du meinen Ochsenschwanz sehen, Süße?« Er zwinkerte seiner Freundin zu.

Wo blieb nur das Bier?

Schließlich kam es, und ich bestellte gleich ein zweites, bevor ich den ersten Schluck trank. Wenn man schon im Höllenfeuer schmoren muss, kann man auch gleich ein paar Marshmallows rösten.

Die Unterhaltung, wenn man sie denn als solche bezeichnen konnte, drehte sich ausschließlich um McGlade und die Fälle, in denen er ermittelt hatte. Dora lauschte andächtig jedem seiner Worte. Alan lachte aus Höflichkeit, wenn es angebracht war. Ich trank ein Bier nach dem anderen, da ich es anders nicht ausgehalten hätte.

Das Essen schmeckte vorzüglich. Eins musste ich Alan lassen: Er hatte es fertiggebracht, für diesen Augenblick Fuller aus meinen Gedanken zu verbannen.

»Wie läuft eigentlich der Mordprozess gegen Fuller, Jackie?«

So viel dazu.

»Es sieht ganz so aus, als ob er freigesprochen wird. Es sei denn, sein Komplize legt ein Geständnis ab oder wir finden einen untergetauchten Gefängniswärter, der in den Fall verwickelt ist.«

»Ihr wollt jemanden finden? Warum hast du mir nichts gesagt?«

»Sämtliche Polizisten in Illinois suchen schon nach ihm. Das FBI auch. Was kannst du da machen, McGlade?«

»Ich bin rein zufällig ein weltberühmter PS, Jackie. PS steht für Privatschnüffler. Und wofür noch, Dora?«

Sie kicherte. »Potenter Stecher.«

»Stimmt. Und außerdem bin ich verdammt gut darin, Leute aufzuspüren. Worum geht es genau?«

Das Bier hatte meine Zunge ein wenig gelöst, und ich gab Harry eine Zusammenfassung.

»Hast du die Akte dabei?«

»Die ist im Auto.«

»Ich helfe dir gern bei dieser Sache. Als Gegenleistung möchte ich dich lediglich um einen kleinen Gefallen bitten.«

»Ich glaube, ich habe in dieser Hinsicht mein Limit erreicht, McGlade.«

»Diesmal ist es nur ein klitzekleiner Gefallen.«

»Was genau willst du von mir?«

»Das sag ich dir, wenn ich den Gefängniswärter gefunden habe.« Er zwinkerte mir zu.

Als Nachtisch hatte ich eine Schwarzwälder Kirschtorte und einen unheimlich starken Kaffee. Harry hielt sein Versprechen und übernahm die Rechnung. Alan wollte schon die Hand danach ausstrecken, aber ich gab ihm unter dem Tisch einen kräftigen Fußtritt, um ihm diese Idee auszutreiben.

Als McGlade uns zu sich nachhause auf einen Absacker einlud, verpasste ich Alan einen zweiten Tritt, worauf er sich damit entschuldigte, dass er morgen früh aufstehen musste.

McGlade ließ sich von mir die Akte geben, und Dora umarmte mich zum Abschied. Danach trennten sich unsere Wege.

»Ich habe den Eindruck, dass Harry nicht gerade dein Lieblingskumpel ist«, meinte Alan grinsend, als wir im Auto saßen.

»Du hast also meine nonverbalen Signale aufgeschnappt?«

»Erstens das, und zweitens hast du den ganzen Abend ›Idiot‹ gemurmelt.«

»Hab ich damit etwa nicht recht?«

Alan lachte. »Doch, das hast du. Aber eins muss man Harry lassen – er ist ein Original. Glaubst du, dass er den Wärter aufspüren kann?«

»Harry kann nicht einmal Schnee am Nordpol finden.«

Alan legte mir eine Hand auf den Nacken und fing an, ihn zu massieren.

»Du warst in letzter Zeit etwas neben der Spur. Ist alles in Ordnung?«

»Alle fragen mich das. Ich bin einfach nur ein bisschen angespannt, sonst nichts.«

»Möchtest du darüber reden?«

»Ich habe Streit mit Herb. Wir sind dabei, den Prozess gegen Fuller zu verlieren. Und um dem Ganzen die Krone aufzusetzen, habe ich neulich meine Mutter und Mr Griffin beim Sex überrascht.«

Alan lachte. »Du auch? Für einen Mann in seinem Alter geht er ganz schön ran.«

»Das ist milde ausgedrückt. Der Mann ist wie ein Karnickel. Wenn hier einer die Bezeichnung ›potenter Stecher‹ verdient, dann er, nicht Harry. Mom wird sich noch die andere Hüfte brechen.«

»Bedrückt dich sonst noch irgendetwas?«

Ich konnte zwischen den Zeilen lesen, dass er auf uns beide anspielte.

Ich antwortete mit Nein, aber das war natürlich gelogen. Zwischen uns gab es tatsächlich ein Problem. Jedes Mal, wenn ich von der Arbeit nachhause fuhr, fragte ich mich, ob Alan noch da sein würde. Er hatte mich schon einmal verlassen und konnte es wieder tun. Deshalb verhielt ich mich zurückhaltend, um mich zu schützen.

Ich musste das tun, bis ich mir sicher sein konnte.

»Da bin ich froh.« Alan nahm die Hand von meinem Nacken und legte sie auf meinen Oberschenkel.

»Fang jetzt bloß nichts an, das du nicht zu Ende bringen kannst.«

»Mag sein, dass ich nicht so ein potenter Stecher wie Mr Griffin bin, aber ich glaube, ich kann das sehr wohl zu Ende bringen.«

Als wir bei mir zuhause waren, bewies er es mir.

KAPITEL 41

Um vier Uhr morgens klingelte das Telefon.

»Ich hab ihn.«

Ich versuchte, die Augen zu öffnen, aber die Schlaftablette ließ das nicht zu.

»Wer spricht da?«

»Harry. Wer denn sonst?«

»Was willst du, McGlade?«

»Der Wärter. Der aus dem Bezirksgefängnis. Ich hab ihn.«

Mit einem Mal wurde ich hellwach.

»Willst du mich verarschen?«

»Warum sollte ich das?«

»Wo bist du?«

»In der Lobby des Hotels Vier Jahreszeiten. Er ist auf Zimmer 3604, verwendet den Namen John Smith. Wirklich äußerst kreativ, oder?«

Ich schüttelte den Kopf, um meine Gedanken zu ordnen.

»Wie hast du ihn aufgespürt?«

»Das verrate ich dir, wenn du hier bist. Bring einen Haftbefehl mit.«

Richterin Taylor war nicht gerade erfreut darüber, dass ich sie mitten in der Nacht aufweckte, aber da sie die Dringlichkeit der Situation kannte, hatte sie Verständnis. Ich fuhr bei ihrer Adresse in der Cumberland Street vorbei und dann gleich weiter zum Hotel.

McGlade wartete am Eingang mit einem breiten Grinsen auf mich.

»Wie zum Teufel hast du das nur geschafft?«

»Ich hab dir doch gesagt, ich bin ein weltberühmter Privatschnüffler.«

»Jetzt rück schon raus damit!«

»Nun ja, ich wusste, dass ihr die Flughäfen, Busbahnhöfe und Bahnhöfe überprüft habt, und da der Kerl kein Auto hat, dachte ich mir, er ist noch in der Stadt. Ihr habt seine Konten eingefroren, also konnte er seine Kreditkarten nicht benutzen. Das heißt, er musste bar bezahlen. Ich hab dann ein paar gute Bekannte in verschiedenen Hotels kontaktiert und gefragt, ob jemand in letzter Zeit ein Zimmer in bar bezahlt hat. Und bingo, schon hatte ich einen Treffer. Der Portier hat ihn auf dem Foto erkannt.«

»Ich muss gestehen, Harry, ich bin beeindruckt.«

»Ja, hin und wieder bin ich sogar selbst von mir beeindruckt. Bist du bereit, ein paar Köpfe einzuschlagen?«

Ich nickte, und wir gingen hinein. Die Lobby bestach durch Kristallkronleuchter und polierten Marmor. Ich ging zu den Fahrstühlen und drückte auf den Knopf.

»Dir ist doch wohl klar, dass du mir einen Gefallen schuldest, oder?«

»Sag mir einfach, was du willst, solang es nichts mit Sex zwischen uns beiden zu tun hat.«

»Das hättest du wohl gern. Du erinnerst dich an meinen Film? *Tödliche Begegnung*?«

»Ja, leider.«

»Nun, ich hab neulich mit dem Produzenten gesprochen. Er möchte eine Serie daraus machen.«

»Das haut mich echt von den Socken.«

»Mich auch. Dieses Mal spielt mich einer von den Baldwin-Brüdern. Und diese fette Schauspielerin, die dich gespielt hat, möchte es wieder tun. Jetzt bräuchte ich nur noch deine Einwilligung.«

Meine Stimmung sank in den Keller.

»Jetzt sei doch bitte nicht so, Jack. Immerhin hab ich den Kerl für dich aufgespürt, oder nicht? Du schuldest mir was. Der Produzent mag die Figur, die auf deiner Person aufgebaut ist, und er will die Serie ohne sie nicht machen.«

Ich seufzte. »Also gut.«

McGlade wollte mich umarmen, aber ich wehrte entschieden ab. Der Fahrstuhl brachte uns in den sechsten Stock. Wir gingen an einem Tisch vorbei, auf dem sich geschnittene Blumen häuften, und stiegen in einen anderen Lift. McGlade drückte auf die Sechsunddreißig.

»Schönes Hotel.« Er tippte mit dem Schuh auf den Boden mit Marmoreinlage. »Erinnert mich an ein Howard-Johnson-Hotel in New Jersey, in dem ich mal abgestiegen bin.«

Nachdem wir den Fahrstuhl verlassen hatten, fanden wir das Zimmer ohne Probleme.

»Mr Rohmer! Chicago Police Department. Aufmachen. Wir haben einen Haftbefehl.«

Keine Antwort.

»Mr Rohmer! Machen Sie sofort auf!«

Wieder nichts.

»Ich hole den Geschäftsführer.« Harry machte sich davon. Ich pochte noch fünf Minuten lang an die Tür, bis ein Hotelangestellter hinzukam und nervös lächelte.

»Wir würden das Ganze gern still und leise abwickeln, damit die anderen Gäste nicht gestört werden.«

»In Ordnung. Dann öffnen Sie bitte die Tür.«

Er kam meiner Aufforderung nach. Ich betrat das Zimmer zuerst, die Waffe in der Hand. Es war dunkel, aber mir fielen sofort zwei Dinge auf.

Erstens: Der Fernseher war eingeschaltet. Es lief die Sorte Film, die sich Männer ansehen, wenn sie allein sind.

Zweitens: Mr Rohmer lag nackt auf dem Bett und hielt seinen Penis in der Hand. Außerdem war er mausetot.

»Versuch es doch mal mit Mund-zu-Mund-Beatmung«, schlug Harry vor. »Das würde ihm bestimmt gefallen.«

Vielleicht hätte ich es sogar getan. Aber ich hatte bereits genug Erfahrung mit Leichen, um zu wissen, dass er schon mindestens eine Stunde tot war.

Harry schüttelte den Kopf. »Da soll mir einer sagen, Pornografie sei harmlos.«

Ich schaltete den Fernseher aus und verfluchte im gleichen Atemzug mein Pech, mein Schicksal und mein schlechtes Timing.

»Um Gottes willen.« Der Geschäftsführer klang besorgt. »Das darf auf gar keinen Fall an die Öffentlichkeit dringen.«

»Das gibt eine gute Schlagzeile.« Harry legte dem Mann eine Hand auf die Schulter. »Korrupter Justizvollzugsangestellter wichst sich im Vier Jahreszeiten zu Tode.«

»Um Gottes willen.«

»Wenigstens war es ein schöner Tod.«

Ich meldete den Vorfall und forderte uniformierte Kollegen an. Dann machte ich das Licht an und verbrachte die nächsten zehn Minuten damit, das Zimmer auf den Kopf zu stellen, fand aber nichts außer ein paar tausend Dollar Bargeld.

»Hast du was gefunden?«, fragte ich McGlade.

»Bloß eine fast unverbrauchte Flasche Babyöl.«

»Kein Band?«

»Nein. Es ist auch nicht hier, es sei denn, er hat es in einer Körperöffnung versteckt. Ich dreh ihn auf den Bauch, falls du nachsehen möchtest.«

Ich rieb mir die Augen. Uniformierte und Sanitäter trafen ein.

»Wahrscheinlich ein Herzinfarkt oder Schlaganfall«, meinte einer der Uniformierten.

Mein Handy klingelte. Ich trat hinaus auf den Flur.

»Daniels.«

»Lieutenant? Hier ist Gary Pludenza, Derrick Rushlos Anwalt. Derrick möchte mit Ihnen reden.«

»Ich sage nicht vor Gericht aus!«, schrie Rushlo im Hintergrund.

»Wir brauchen aber seine Aussage, Mr Pludenza.«

»Das wird er nicht tun, aber ich glaube, er kann Ihnen trotzdem helfen. Können Sie vorbeikommen?«

»Wo sind Sie?«

Er gab mir seine Privatadresse in Naperville, einem Vorort von Chicago.

»Wie lang brauchen Sie hierher?«

»Etwa eine Stunde.«

Ich drückte das Gespräch weg und ging in Richtung Fahrstuhl. McGlade folgte mir dicht auf den Fersen.

»Du unterschreibst hoffentlich die Einwilligung, oder? Jackie? Ich schau in ein paar Tagen bei dir vorbei, okay? Tut mir leid, dass du das Band nicht …«

Die Aufzugtüren gingen zu. Endlich war ich diese Nervensäge los.

Ich folgte der Delaware Street bis zur Congress Street und nahm dann die I-290 nach Westen. Im dichten Berufsverkehr kam ich nur schrittweise voran und stand kurz vor einer Panikattacke. Mein Herz schlug doppelt so schnell wie normal, meine Handflächen schwitzten, und ich biss immer wieder auf die Innenseite meiner Wangen, während vor meinem geistigen Auge sämtliche Fehler, die ich in meinem Leben begangen hatte, wie die Bilder einer Diavorführung abliefen.

Als ich endlich in Naperville ankam, war ich ein einziges Nervenbündel.

Pludenzas Haus roch nach Geld. Es hatte zwei Etagen und befand sich in einer Sackgasse in einer exklusiven

Wohngegend. Vier dorische Säulen aus Alabaster stützten das Vordach. Die Klingel war mit einer richtigen Glocke verbunden.

»Danke, dass Sie gekommen sind, Lieutenant.« Pludenza sah genauso aufgeregt aus, wie ich mich fühlte. Er führte mich durch ein geräumiges Foyer. Das Klappern meiner Absätze hallte auf dem Terrazzofußboden.

»Insolvenzen müssen ja ein einträgliches Geschäft sein.«

»Hm? Ach so. Meine Frau kommt aus einer reichen Familie. Hier wohnt es sich wie im Taj Mahal. Derrick ist im Arbeitszimmer.«

Das Arbeitszimmer war sehr geräumig und hatte eine gewölbte Decke, schwarze Ledermöbel und einen schönen Billardtisch aus Ahornholz.

Derrick saß zusammengekauert in einem Sessel, die Arme um seine Knie geschlungen.

»Ist er schon draußen?«, fragte er.

»Bald. Das Schlussplädoyer findet heute statt. Wenn Sie wollen, dass er hinter Gittern bleibt, müssen Sie vor Gericht aussagen.«

Hektisches Kopfschütteln.

»Nein, das mache ich auf gar keinen Fall.«

»Dann kommt er raus, Derrick. Und er wird Sie suchen. Er war Polizist und weiß, wie man Leute aufspürt.«

Derrick summte eine schräge Melodie.

»Kann ich Ihnen etwas zu trinken anbieten, Lieutenant?«, fragte Pludenza.

Ich bat ihn um einen Kaffee und setzte mich Rushlo gegenüber.

»Derrick, Ihnen ist doch wohl klar, dass wir ihn hinter Schloss und Riegel bringen müssen.«

Er nickte.

»Ich weiß, Sie haben Angst. Wir können für Ihre Sicherheit sorgen, das verspreche ich Ihnen. Aber Sie müssen uns helfen, damit er nicht rauskommt.«

Er nickte erneut.

»Erzählen Sie mir von der Southern Illinois University.«

Er fixierte mich mit seinem normalen Auge.

»Sie wissen darüber Bescheid?«

»Ich weiß, dass man Sie rausgeschmissen hat und dass Sie dort Fuller kennengelernt haben. Und ich weiß über die Leiche Bescheid, die Sie gestohlen haben.«

»Ich bin mit ihr in den Wald, wo mich niemand sehen konnte. Er ist mir nachgeschlichen und hat mir zugesehen.«

Ich schoss ins Blaue. »Fuller hat Sie verpfiffen.«

Rushlo starrte mich entgeistert an, als wären mir soeben Eselsohren gewachsen.

»Barry hat mich nicht verpfiffen! Schließlich hat er mich dazu angestiftet. Er wusste, wie ich ticke.«

»Woher kannten Sie ihn?«

»Er hat mich nach einer Vorlesung angesprochen und gefragt, ob ich ihn und ein paar Kumpels aus seiner Studentenverbindung ins Leichenschauhaus lassen könnte. Für die Initiationsriten, die in dieser Woche stattfanden.«

»Haben Sie sie reingelassen?«

»Nein, denn dann wäre ich von der Uni geflogen. Aber ich hab ihnen nur so zum Spaß mein Buch über Einbalsamierungstechniken gezeigt. Die Typen haben herumgeblödelt und auf harte Burschen gemacht, weil sie nicht zugeben wollten, wie gruselig sie das Zeug fanden. Aber Barry war anders. Ihn schien das Ganze …«

»Zu interessieren?«

»Vielmehr hat es ihn erregt. Nicht die Abschnitte in dem Buch, wo es ums Einbalsamieren ging, sondern die Fotos, auf denen schwer entstellte und verstümmelte Leichen zu sehen waren. In der Woche darauf kam er wieder, diesmal allein. Wir unterhielten uns und fanden heraus, dass wir einiges gemeinsam hatten … na, Sie wissen schon.«

Ja, dachte ich. Ihr seid beide perverse Psychopathen.

»Haben Sie Barry während Ihrer gemeinsamen Studienzeit geholfen, die Leichen seiner Mordopfer verschwinden zu lassen?«

»Nein, das ging erst los, nachdem ich vom College geflogen war und mein Praktikum in dem Bestattungsinstitut in Champaign-Urbana begonnen hatte. Wir waren in Verbindung geblieben, und eines Tages rief er mich an und fragte: ›Willst du eine frische?‹«

»Eine frische Leiche?«

»Ja. Er war immer noch an der Southern Illinois University. Er hat gesagt, sie wäre nicht identifizierbar, und er bräuchte meine Hilfe beim Beseitigen.«

»Das war eins von seinen Mordopfern?«

»Ja. Ich bin also runter nach Carbondale gefahren, um die Leiche zu holen. Er hatte sie übel zugerichtet, aber sie war noch warm.«

Derrick blickte mit seinem normalen Auge verträumt drein. Mit dem anderen tat er das immer.

»Sie haben sie zusammen mit einer anderen Leiche in einen Sarg gesteckt und begraben.«

Jetzt sah er mich mit beiden Augen an – das erste Mal, dass er so etwas tat. »Woher wissen Sie das?«

»Erinnern Sie sich an die Namen, Derrick?«

»Das Mädchen hieß Melody. War verdammt hübsch, die Kleine.«

»Melody Stephanopoulos?«

Er nickte.

»Und wie hieß die Person, mit der Sie sie zusammen begraben haben?«

»Der Nachname lautete Hernandez, das weiß ich noch. Schlanker Typ. Er hatte Zungenkrebs, und der Großteil seines Kiefers war weg. Ich hab beide in den gleichen Sarg gelegt und sie auf dem Greenview-Friedhof begraben. Es war eine schöne Beerdigung, mit vielen Blumen.«

Ich notierte mir das alles auf einem Notizblock.

»Wie viele haben Sie noch verschwinden lassen?«

»Das Bestattungsinstitut Kantner in Urbana hatte kein Krematorium. Als ich dann den Job in Chicago bekam, war es viel sicherer. Hin und wieder machte ich immer noch die Zwei-zum-Preis-von-einer-Nummer, wenn es sich einrichten ließ, ohne aufzufallen. Einäscherung ist eine ungeheure Verschwendung. Sie glauben mir das vielleicht nicht, aber für mich ist der Tod heilig, und eine Beerdigung ist ein heiliges Ritual. Ich finde, jeder hat eine Andacht verdient, selbst wenn es nicht die eigene Familie ist, die vor dem Sarg kniet.«

»Wie viele noch, Derrick?«

»Insgesamt ungefähr achtzehn Frauen in den letzten fünfzehn Jahren. Neun davon habe ich begraben.«

»Wissen Sie die Namen noch?«

Er grinste verlegen.

»Aber natürlich. Ich erinnere mich an jede einzelne von ihnen.«

»Was, wenn Sie nicht vor Gericht aussagen, sondern lediglich eine Beweisaussage machen?«

Das riss Rushlo aus seinen Träumen. »Ich werde nicht aussagen! Sie können mich nicht dazu zwingen!«

»Schon gut, Derrick. Immer mit der Ruhe.«

»Ich sag kein Wort!«

»Aber Sie brauchen ja gar nicht vor Gericht zu erscheinen. Sie können einfach …«

»Ich liebe ihn.«

In diesem Augenblick kam Pludenza mit dem Kaffee zurück. Er stellte mir eine Tasse samt Untertasse hin und verzog das Gesicht.

»Derrick«, sagte ich und versuchte, beruhigend zu klingen, »Barry will Sie umbringen.«

»Aber ich kann ihn einfach nicht verraten. Er ist der Einzige, der mich versteht. Sie brauchen übrigens auch gar keine Aussage von mir. Sie können auch anders beweisen, dass Barry diese Frauen auf dem Gewissen hat.«

»Wie denn?«

»Er beißt gern. Sämtliche Frauen, die ich begraben habe, hatten Bisswunden.«

»Sind Sie sich da sicher?«

»Hundert Prozent.«

Das würde genügen. Wenn wir Hernandez exhumierten und Stephanopoulos mit Fullers Bissspuren in dem Sarg fanden, würde man ihn in Carbondale vor Gericht bringen. Und da das Ganze vor vielen Jahren geschehen war, konnte er sich nicht mit seinem Tumor herausreden.

Ich stellte die Kaffeetasse ab, ohne einen einzigen Schluck zu trinken, und holte mein Handy hervor. Derrick packte mich am Hosenbein.

»Sie müssen mir helfen.«

»Ich schicke ein paar Uniformierte, die das Haus bewachen.«

»Was ist mit dem Zeugenschutzprogramm? Wo man eine neue Identität bekommt?«

Ich tippte Libbys Nummer ein. »Falls Fuller freikommt, wäre das eine Möglichkeit.«

»Können die mich in einem Bestattungsinstitut unterbringen?«

»Wir haben zwar sämtliche Anklagen gegen Sie fallen lassen, Derrick, aber ich glaube nicht, dass die zuständigen Behörden Ihnen gestatten, weiterhin Ihren Beruf auszuüben.«

Er fing an zu weinen. Ich bedankte mich bei Pludenza und hinterließ auf dem Weg zum Auto eine Nachricht auf Libbys Mailbox. Dann rief ich Herb an.

»Was willst du?«

»Hör zu, Herb, wir können später immer noch streiten. Ich fahre jetzt nach Carbondale. Du musst für mich ein paar Rädchen in Bewegung setzen.«

»Sag mir, was du brauchst.«

Ich setzte ihn ins Bild, und er versprach mir, sich darum zu kümmern.

Die Southern Illinois University lag fünf Autostunden entfernt.

Ich nahm die Interstate nach Süden.

KAPITEL 42

Ich befand mich hundert Kilometer nördlich von Carbondale, als Libby anrief.

»Die Jury berät gerade.«

»Wie war Ihr Schlussplädoyer?«

»Nicht so gut wie das von Garcia.« Ich stellte mir vor, wie Libby die Stirn runzelte. »Wäre ich ein Mitglied der Jury, würde mein Urteil ›nicht schuldig‹ lauten.«

»Falls es dazu kommt, müssen wir Fullers Entlassung so lang hinauszögern, bis der zuständige Richter in Carbondale einen Haftbefehl ausstellt.«

»Wie stehen die Chancen dafür?«

»Gut, vorausgesetzt, Rushlo hat nicht gelogen.«

»Halten Sie mich auf dem Laufenden.«

»Sie mich auch.«

Vierzig Minuten später stand ich auf dem Greenville-Friedhof Shelby Duncan gegenüber, dem Polizeichef von Carbondale. In seiner Begleitung befanden sich eine Frau von der Gesundheitsbehörde, der Rechtsmediziner, der stellvertretende Friedhofsdirektor und einige Arbeiter.

Herb hatte ganze Arbeit geleistet. Der behördliche Papierkram war erledigt und die erforderlichen Leute waren alle anwesend.

Das kalte und ungemütliche Wetter passte zu unserem Vorhaben. Wir standen dicht zusammengedrängt mit hochgezogenen Schultern und den Händen in den Jackentaschen, während der Baggerfahrer die große gelbe Schaufel in das Grab von Hernandez senkte.

Nach einer Stunde stieß er auf Beton – die Gruft. Im Bundesstaat Illinois muss jeder Sarg in einer Gruft platziert werden, damit das Erdreich nicht einstürzt und überall auf dem Friedhofsgelände hunderte von Löchern hinterlässt.

Zwei Arbeiter in Overalls stiegen in das Loch, legten die Gruft frei und trieben große Nägel mit Ösen in die Abdeckplatte. Dann befestigten sie Seile an den Ösen, und der Bagger hob die Betonplatte aus dem Grab. Als Nächstes zogen sie den Sarg mit Tragegurten an die Oberfläche und setzten ihn neben der Platte ab.

Der Rechtsmediziner, ein dünner, hochgewachsener Mann namens Russell Thompkins, fegte etwas Erde vom Fußende des Sargs und steckte einen Inbusschlüssel in ein kleines Loch. Er drehte ihn gegen den Uhrzeigersinn, worauf die Gummiversiegelung aufbrach und übelriechende Luft mit einem Zischen entwich. Ich konnte den Gestank aus drei Metern Entfernung riechen.

Thompkins öffnete den Deckel und blickte mit zusammengekniffenen Augen in den Sarg.

»Zwei Leichen«, stellte er fest und hielt sich dabei mit seinen langen, dürren Fingern die spitze Nase zu. »Ein Mann und eine Frau.«

»Genügt das?«, fragte ich Duncan. Der Polizeichef sah aus wie eine korpulente Version von John Wayne. Anscheinend war er sich dessen bewusst, denn er trug Cowboystiefel und ein kariertes Flanellhemd.

»Es ist schon mal ein guter Anfang. Jetzt müssen wir uns nur noch vergewissern, dass dies die Überreste von Melody Stephanopoulos sind, und dass Ihr Barry Fuller sie getötet hat.«

»Haben Sie das Odontogramm der Frau dabei?«

»Ja.«

»Und die Faxe mit den Bissspuren?«

»Ich habe alles im Auto«, sagte Duncan.

Ich begleite ihn zu seinem Wagen und holte mir die benötigten Dokumente.

»Wir suchen Bissspuren, die mit diesen hier übereinstimmen.« Ich gab Thompkins die Unterlagen. Er nickte, streifte sich ein Paar Latexhandschuhe über und machte sich an die Arbeit.

Ich zog ebenfalls welche aus der tiefen Tasche meines Blazers und blickte zum ersten Mal ins Innere des Sargs.

Julio Hernandez beanspruchte die linke Hälfte für sich. Er war klapperdürr und steckte in einem viel zu großen braunen Anzug. Das Gesicht war eingefallen und der Unterkiefer fehlte – Rushlo hatte ja bereits erwähnt, dass er an Krebs gestorben war. Sein Mund und seine Kehle waren mit verrotteten Wattebäuschen ausgestopft.

Der Gestank war so furchtbar, dass ich mich beim Atmen umdrehen musste. Selbst die beste Einbalsamierung konnte den Verwesungsprozess nicht aufhalten. Die Bakterien hatten jahrelang gut gelebt, bis ihnen die Nahrung ausging und sie ebenfalls verfaulten.

Melodys Leiche war in einem viel schlimmeren Zustand als die von Hernandez. Sie trug keine Kleider, und ihr Fleisch war hellgrau. Die Verletzungen, die der Mörder ihr zugefügt hatte, hoben sich schwarz ab: eine gezackte Narbe am Hals, x-förmige Schlitze an jeder Brust, ein tiefer, klaffender Schnitt vom Schambereich bis zum Bauchnabel. Dazu kamen Dutzende von dunklen, runden Wunden, die ihren Körper von Kopf bis Fuß bedeckten.

Bisse.

Jemand hatte die schlimmsten Verletzungen professionell genäht, auch wenn es keine Schönheitsoperation gewesen war – das konnte nur Rushlo gewesen sein, als er die Leiche präparierte.

Der Rechtsmediziner machte ein paar Fotos. Ich lieh mir sein Skalpell aus, schob es zwischen Melodys kalte, trockene Lippen und durchschnitt den Klebstoff, der sie zusammenhielt. Die Klinge schabte an den Zähnen. Ich zog die Lippen auseinander und fand die Naht, die vom unteren Gaumen zur Nasenscheidewand verlief. Ich schnitt den Faden durch und versuchte, den Mund zu öffnen.

Ich schaffte es nicht.

Schließlich benutzte ich den Griff des Skalpells als Hebel und drückte so lang, bis ich zwei Finger hineinstecken konnte. Mit erheblichem Kraftaufwand gelang es mir, die

Kiefer weit genug auseinanderzuzwingen, dass ich mit einer kleinen Taschenlampe hineinleuchten konnte.

Der obere linke Backenzahn hatte eine Goldkrone. Das stimmte mit Melodys Odontogramm überein.

Die Aufnahme zeigte auch eine Füllung am oberen rechten Eckzahn, die ich mühelos mit der Taschenlampe fand.

»Das ist Melody.«

»Was meinen Sie zu den Bisswunden, Russell?«, fragte der Polizeichef den Rechtsmediziner.

»Schwer zu sagen. Der Verwesungsprozess ist weit fortgeschritten.«

»Ich verlasse mich auf Ihre Einschätzung.«

»Möglich, dass sie von demselben Mann stammen. Um ganz sicher zu sein, brauche ich mehr Zeit und die nötige Ausrüstung.«

Mein Handy klingelte. Es war Libby. Ich nahm das Gespräch an.

»Die Jury hat soeben ihr Urteil gefällt. Lang hat es nicht gedauert, um den Dreckskerl freizusprechen.«

»Augenblick, Libby.« Ich wandte mich dem Rechtsmediziner zu. »Können Sie irgendeinen Anhaltspunkt erkennen, der beweist, dass unser Mann das getan hat?«

Russell holte ein Taschentuch hervor und schnäuzte sich.

»Ein äußerst belastendes Indiz gibt es in der Tat. Sehen Sie diese beiden Bisswunden an den Innenseiten der Oberschenkel? Auf den Fotos, die Sie mir gegeben haben, befinden sich Bisse an genau denselben Stellen.«

Polizeichef Shelby griff zum Funkgerät an seinem Gürtel. »Das genügt mir. Ich sage Richter Dorchester Bescheid.«

»Sie lassen einen Haftbefehl ausstellen?«

»Ja, Ma'am.«

»Libby«, sprach ich in mein Handy, »sorgen Sie dafür, dass Fuller auf gar keinen Fall das Justizgebäude verlässt. Schnappen Sie sich den nächstbesten Polizisten und lassen Sie ihn festnehmen.«

»Sie haben einen Haftbefehl?«

»Ja. Er wird des Mordes an Melody Stephanopoulos beschuldigt.«

»Mache ich. Gut gemacht, Jack.«

Shelby war beiseitegetreten und rief Anweisungen in sein Funkgerät. Ich streifte die Handschuhe ab und ging zurück zu meinem Wagen.

Eigentlich hätte ich erleichtert sein müssen, aber in mir war nur gähnende Leere, und ich fühlte mich müde und ausgelaugt. Die Polizistin in mir hätte gern Fullers Gesicht gesehen, wenn die Handschellen zuschnappten. Aber ich wollte vor allem diese scheußlichen Morde hinter mir lassen.

»Gute Arbeit, Lieutenant.« Shelby kam auf mich zu und drückte mir die Hand. »Wir kümmern uns um die anderen Namen auf der Liste. Sieht so aus, als hätten Sie heute eine Menge alter Fälle für uns gelöst.«

»Ich beneide Sie nicht um den Medienrummel, der bald über Sie hereinbrechen wird.«

»Das werden wir schon überstehen. Wir sind ein zähes Städtchen. Danke noch mal für Ihre Hilfe. Hätten Sie Lust, zum Abendessen zu bleiben? Meine Frau ist eine hervorragende Köchin.«

»Danke, Chief, aber ich muss zurück nach Chicago.«

Die Heimfahrt zählte zu den einsamsten fünf Stunden meines Lebens.

KAPITEL 43

Melody Stephanopoulos. Es ist verdammt lang her, dass Barry diesen Namen das letzte Mal gehört hat. Aber er kann sich noch gut an sie erinnern.

Das erste Mordopfer vergisst man nie.

Er fragt sich, wie sie dahintergekommen sind. Wahrscheinlich hat Rushlo geplaudert. Egal. Vorbei ist vorbei.

Barry versucht, sich am Kinn zu kratzen, aber die Kette, die zwischen seinen Handschellen und Fußfesseln verläuft, ist nicht lang genug.

»Mich juckt's am Kinn. Kannst du mir mal helfen?«

Der Uniformierte zu seiner Rechten, ein früherer Kollege namens Stephen Robertson, den er vom sechsundzwanzigsten Revier kennt, kratzt ihn am Kinn. Fuller seufzt erleichtert.

»Danke, Mann.«

Der Streifenwagen kommt auf dem Highway 57 gut voran. Ohne Blaulicht und Sirenen, aber über der zugelassenen Höchstgeschwindigkeit. Fuller weiß nur zu gut, dass sie ihn möglichst schnell loswerden wollen. Bullen mögen es nicht, wenn einer von ihnen kriminell wird. So etwas geht ihnen sehr nahe.

»Ich muss auf die Toilette«, sagt Fuller zu dem Fahrer, einem Angehörigen der Illinois State Police namens Corlis. Er trägt einen breitkrempigen Hut und eine verspiegelte Sonnenbrille, obwohl es bereits dunkel ist.

»Halten Sie es drinnen.«

»Kommen Sie schon. Ich war den ganzen Vormittag im Gericht. Kaum hat man mich freigesprochen, schnappen schon wieder die Handschellen zu. Ich war gerade mal zwei Minuten ein freier Mann. Ich hatte einen verdammt harten Tag und muss jetzt wirklich dringend scheißen.«

»In Carbondale gibt es Toiletten. Sie können dort gehen.«

»So lang schaffe ich es nicht mehr. In ein paar Kilometern kommt ein Parkplatz. Bitte.«

Corlis antwortet nicht. Fuller drückt und lässt einen lauten Furz.

»Mensch, Barry.« Robertson wedelt mit der Hand vor seiner Nase herum. »Das ist echt das Letzte.«

Fuller zuckt mit den Schultern und blickt unschuldig drein. »Das kommt vom Gefängnisfraß. Da kann ich nichts dafür.«

»Halten Sie an dem Parkplatz«, sagt Robertson zu Corlis.

»Keine Stopps auf dem Weg.«

»Entweder Sie halten an, oder Sie tauschen mit mir Plätze.«

»Ich muss wirklich ganz dringend.« Fuller grinst breit. »Ich beeil mich auch.«

Corlis wirft seinem Beifahrer, einem Kollegen von der Illinois State Police namens Hearns, einen Blick zu. Der zuckt nur mit den Schultern.

Corlis betätigt den Blinker und fährt auf den Parkplatz.

Highway 57 hat einen dreißig Meter breiten Mittelstreifen, der die beiden Fahrtrichtungen voneinander trennt. Der Parkplatz mit Toilette liegt zwischen den nach Norden und nach Süden verlaufenden Spuren und ist aus beiden Fahrtrichtungen zugänglich.

Perfekt, denkt Fuller.

»Hat jemand Kleingeld für den Automaten? Ich hab seit drei Monaten kein Junkfood mehr gehabt.«

Niemand antwortet. Fuller stößt Robertson an.

»Haste 'nen Dollar für mich? Kriegst ihn auch wieder.«

Robertson verdreht die Augen und holt zwei Fünfzigcentmünzen aus der Tasche.

»Danke, Mann.«

Der Wagen hält an und die Tür auf Fullers Seite geht auf. Er steigt aus und will sich strecken, aber die Ketten hindern ihn daran.

Hearns nimmt ihm die Fußeisen ab. Als Fuller ihm die Hände hinhält, schüttelt er den Kopf.

»Wie soll ich mir mit Handschellen den Hintern abwischen?«

»Du kennst die Vorschriften. Normalerweise müsste ich deine Hände auf dem Rücken fesseln. Dann wäre es noch schwerer.«

»Robertson kann Ihnen ja helfen«, sagt Hearns.

Er und Corlis kichern. Fuller lacht ebenfalls und sieht sich schnell um. Sie haben weiter weg von den anderen Fahrzeugen geparkt – vier Autos und zwei Trucks. Auf der anderen Seite des Parkplatzes, der für die nördliche Richtung zuständig ist, stehen drei weitere Autos und ein Lastwagen.

Fuller schätzt, dass sich im Augenblick zwischen zehn und zwanzig Menschen hier aufhalten.

Corlis bleibt beim Wagen. Robertson und Hearns führen Fuller den Fußweg entlang zum ausladenden Toilettenhaus, das etwas wie eine Raststätte aussieht: ein Gebäude im Ranch-Stil, wie es für die meisten Parkplätze in Illinois typisch ist – braune Ziegel, große, blendfreie Fenster, darum herum ein paar Tannen. Mit seinem großen Dach sieht es aus wie ein Pilz.

Im Eingangsbereich befinden sich eine große beleuchtete Landkarte von Illinois, eine Ablage mit Fremdenverkehrsbroschüren, sowie Snack- und Getränkeautomaten. Fuller bleibt vor Letzterem stehen, wirft die Münzen ein und wählt eine Orange-Crush-Limonade.

Robertson und Hearns begleiten ihn auf die Herrentoilette. Fuller sieht zwei kleine Jungs an den Pissoirs, einen Afroamerikaner, der sich gerade die Hände wäscht, und einen Mann, der sich vor dem schmutzigen Spiegel die Resthaare über die Glatze kämmt. Es riecht nach Pisse und Desinfektionsmittel. Weil die Leute wegen des Regens mit nassen Schuhen hereinkommen, haben sich auf dem Kachelboden Pfützen gebildet.

Fuller geht in die nächstgelegene Kabine und schließt hinter sich die Tür. Er setzt sich auf den Toilettensitz, ohne die Hosen herunterzulassen, und zieht einen Lederhalbschuh und die weiße Tennissocke aus. Dann streift er sich den Schuh wieder über den nackten Fuß. Die Getränkedose steckt er in die Socke. Dann steht er auf und atmet tief durch.

Die Zeit verstreicht langsam. Fuller spürt, wie seine Sehkraft schärfer wird und er die verschiedenen Sinneseindrücke verstärkt wahrnimmt – das Geräusch einer Toilettenspülung, Hearns und Robertson, die sich über Football unterhalten, das Kichern der beiden Jungs, seine nackten Zehen, die sich an der Schuhspitze reiben, das Gewicht der Socke in seiner Hand, das Pochen in seinen Schläfen …

Das Pochen und die damit verbundenen Kopfschmerzen werden gleich aufhören.

Er öffnet die Tür und tritt aus der Kabine. Als er Hearns erblickt, holt er mit der Socke aus und schwingt sie dem Polizisten mit voller Wucht gegen die rechte Schläfe.

Die Getränkedose zerplatzt beim Aufprall, und Hearns bricht zusammen. Ein Sprühnebel aus Orangenlimo und Blut hängt für den Bruchteil einer Sekunde in der Luft.

Robertson greift nach seiner Dienstwaffe, aber Fuller verpasst ihm mit beiden Fäusten einen Kinnhaken. Er fällt rückwärts gegen das Waschbecken.

Fuller kniet neben Hearns, öffnet den Sicherheitsverschluss des Holsters und zieht die Pistole, Modell Colt 70, heraus, eine .45er mit sieben Patronen im Magazin und einer in der Kammer.

Die erste trifft Hearns in den Hinterkopf.

Ein Schrei. Die beiden Jungs. Fuller zwinkert ihnen zu. Der Typ mit der Glatze stürzt auf die Tür zu und bekommt eine Kugel in den Rücken. Der Afroamerikaner weicht in die Ecke zurück, die Hände über dem Kopf.

»Ich hab nichts gesehen, Mann. Ich sag keinem was.«

»Gleich siehst du gar nichts mehr.« Fuller schießt ihm zweimal ins Gesicht.

Robertson liegt stöhnend am Boden und schlägt mit der Hand tollpatschig gegen sein Holster. Es ist zum Schreien komisch.

»Danke für das Kleingeld«, sagt Fuller und richtet die Waffe auf ihn. »Jetzt muss ich es dir wohl nicht mehr zurückzahlen.«

Er erledigt Robertson mit einem Kopfschuss. Blut und Hirnmasse spritzen umher – eine Riesensauerei. Er nimmt die Pistole seines Exkollegen an sich, eine Sig Sauer mit 9 mm, sowie seine Brieftasche und seine Polizeimarke. Dann geht er zurück zu Hearns und findet den Handschellenschlüssel in dessen Brusttasche. Er entfernt die Handschellen und nimmt dem Mann ebenfalls Brieftasche und Polizeimarke ab. Auf diese Weise dauert es länger, die Toten zu identifizieren und den Hergang der Ereignisse zu rekonstruieren.

Plötzlich hört er Weinen zu seiner Linken und schwenkt die Waffe herum.

Die beiden kleinen Jungs klammern sich aneinander fest und zittern vor Angst.

Fuller lächelt sie an. »Bleibt immer schön brav, Kinder, hört ihr?«

Sie nicken so eifrig, dass er lachen muss. Die Kopfschmerzen sind vorbei. Das Adrenalin pumpt durch seine Adern, er fühlt sich frisch wie nach einem langen, erholsamen Schlaf.

Er betritt den Eingangsbereich. Ein Mann und eine Frau starren ihn entgeistert an. Die meisten Menschen können es eben nicht fassen, wenn um sie herum Gewalt verübt wird. Bestimmt hatte einer von ihnen gefragt: »Waren das Schüsse?«, worauf der andere zurückgab: »Nein, das kann nicht sein.«

Irrtum.

Fuller feuert drei Schüsse ab. Einer trifft den Mann in die Brust, ein anderer die Frau in den Hals. Die dritte Kugel pfeift zwischen ihnen hindurch, durchschlägt die getönte Fensterscheibe und hinterlässt spinnennetzförmige Risse im Glas.

Fuller wirft den Colt weg und überprüft die Sig Sauer. Dreizehn Schuss im Magazin, einer in der Kammer. Er entsichert die Waffe und marschiert in die Damentoilette.

Nur eine einzige Kabine ist besetzt. Eine alte Frau öffnet die Tür und schaut heraus.

»Sie sind auf der falschen Toilette.«

»Nein, Sie«, erwidert Fuller grinsend.

Die Sig hat einen schwächeren Rückstoß als der Colt und richtet nicht so eine Sauerei an.

Fuller geht zurück zur Tür und öffnet sie einen Spalt. Corlis stürmt in den Eingangsbereich, die .45er mit beiden Händen umklammernd.

Zu seinem Pech blickt er in Richtung Herrentoilette, anstatt hinter sich.

Fuller schießt ihm vier Kugeln in den Rücken. Corlis fällt der Länge nach hin, Arme und Beine von sich gestreckt wie ein Hund auf Glatteis. Er hält die Pistole immer noch in der Rechten, aber Fuller ist mit vier Schritten bei ihm und tritt ihm fest aufs Handgelenk. Corlis lässt den Colt los, Fuller nimmt ihn und steckt ihn sich in den Hosenbund.

Er kniet sich neben Corlis hin und sagt zu dem stöhnenden Mann: »Danke, dass Sie angehalten haben. Ich weiß das zu schätzen.«

Ein Kopfschuss aus nächster Nähe bringt die Frisur ganz schön durcheinander.

Fuller achtet darauf, kein Blut an die Kleidung zu bekommen, nimmt Brieftasche und Polizeimarke an sich und verlässt das Toilettenhäuschen durch den anderen Ausgang, der zur Gegenfahrbahn führt. Der Lastwagen steht immer noch dort. Fuller steigt auf das Trittbrett und guckt ins Führerhaus.

Der Fahrer sitzt über das Lenkrad gebeugt und schnarcht mit geschlossenen Augen vor sich hin. Ein Weißer, Mitte vierzig, Vokuhilafrisur.

So 'nen Haarschnitt hab ich schon länger nicht mehr gesehen, denkt Fuller.

Er hält Robertsons Polizeimarke hoch und klopft ans Fenster. Der Fahrer schreckt aus dem Schlaf.

»Was ist los, Officer?«

»Steigen Sie bitte aus, Sir.«

»Wieso? Was ist los?«

»Steigen Sie bitte aus«, wiederholt Fuller.

Der Mann tut, wie ihm geheißen. Er ist inzwischen hellwach und reagiert pampig. »Jetzt sagen Sie mir endlich, was los ist!«

»Gar nichts. Ich will bloß nicht, dass Sie Ihr Blut überall in meinem neuen Lastwagen verspritzen.«

Zwei Schüsse in die Brust. Fuller nimmt die Schlüssel des Mannes und seine Brieftasche an sich, klettert auf den Fahrersitz und startet den Motor.

Er schätzt, dass er einen Vorsprung von zwanzig Minuten hat. Das reicht, um es bis zur Interstate 80 zu schaffen. Von dort aus kann er weniger befahrene Landstraßen benutzen.

Fuller schaltet das CB-Funkgerät ein, sucht die Polizeifrequenz und hört die üblichen Funksprüche, aber kein Wort von seinem kleinen Zwischenfall.

Er zieht den Colt aus dem Hosenbund und legt ihn auf den Beifahrersitz. Die Sig liegt griffbereit auf dem Armaturenbrett. Dann verlässt er den Parkplatz und fährt auf den Highway.

Er hat noch drei Kilometer bis zur I-80, als der Polizeifunk zum Leben erwacht und den Vorfall am Rastplatz meldet. Fuller greift zum Mikrofon.

»Wagen 6620. Der Täter ist ein männlicher Afroamerikaner, 1,78 groß, Mitte dreißig, fährt eine braune Limousine. Er wurde zuletzt auf dem Highway 57 in südlicher Richtung gesehen. Over.«

»Wagen 6620, Ihr Standort?«

Fuller lächelt und antwortet nicht. Das wird sie ein paar Minuten lang verwirren. Als er auf die I-80 fährt, rasen Streifenwagen mit Blaulicht und Sirenen an ihm vorbei. Auf einem großen grünen Straßenschild steht: CHICAGO 60 KM.

»Ob du bereit bist oder nicht, Jack, ich komme.«

KAPITEL 44

»Du warst schon als kleines Mädchen so.«

Mom saß auf dem Sofa, daneben Mr Griffin, der im Sitzen eingeschlafen war, den Kopf in den Nacken gelegt und den Mund sperrangelweit offen. Sie nahm das noch halbvolle Glas aus seiner Hand – der roten Farbe und dem Selleriestängel nach zu urteilen, ein Bloody Mary – und setzte es sich an die Lippen.

»Wie war ich schon als Mädchen?«

»Schlecht gelaunt, wenn es keinen Grund dazu gab und du dich hättest freuen müssen. Weißt du noch, wie du deine erste Medaille in Taekwondo gewonnen hast?«

»Nein.«

»Du warst die Beste beim Sparring. Du musst elf oder zwölf gewesen sein. Ich glaube, elf, weil du noch Zöpfe getragen hast. An deinem zwölften Geburtstag hast du nämlich gesagt, du wärst jetzt erwachsen und würdest nie wieder Zöpfe tragen.«

»Labern alle alten Leute ständig belangloses Zeug?«

Mom lächelte mich an. »Ja, das tun wir. Mit sechzig bekommt man eine staatliche Laberlizenz.«

»Dann kommt meine vielleicht mit der Post, bis du mit deinem Gelaber fertig bist.«

Mom nippte an dem Drink und schüttelte sich angewidert. »Kein Wunder, dass er eingepennt ist … Er hat eine halbe Flasche Wodka getrunken. Wo war ich doch gleich stehen geblieben?«

»Du hast was von meinem Taekwondo-Turnier gefaselt.«

»Eines Tages wirst du mein Gelaber noch vermissen. Na ja, jedenfalls warst du damals bei der Siegerehrung, und der Trainer hat dir die Goldmedaille um den Hals gehängt, genau wie allen anderen in der Reihe. Alle haben sie vor Freude gestrahlt, nur du nicht.«

»Jetzt erinnere ich mich wieder.«

»Du warst immer total auf den Sieg fixiert, aber jedes Mal, wenn du gewonnen hast, warst du unzufrieden.«

»Das lag daran, weil ich bereits an das nächste Turnier dachte und mich gefragt habe, ob ich das auch gewinnen würde.«

In diesem Augenblick sprang Mr Friskers aufs Sofa und stupste meiner Mutter mit seinem Kopf an den Oberschenkel – ein Signal, dass er gestreichelt werden wollte. Sie kam seiner Aufforderung nach und entlockte ihm wohliges Schnurren.

»Du kannst dir doch nicht deine Lebensfreude vermiesen lassen, nur weil du nicht weißt, was der morgige Tag bringt, Jacqueline. Soll ich dir mal was sagen?«

»Das tust du doch schon die ganze Zeit.«

»Du solltest mitschreiben. Immerhin rede ich über den Sinn des Lebens.«

»Ich bin ganz Ohr, Mom.«

Meine Mutter atmete tief durch und setzte sich aufrecht. »Das Leben ist kein Wettlauf, den man gewinnen kann. Am Ende geht das Rennen für uns alle gleich aus. Wir sterben.«

Sie lächelte mich an.

»Es kommt nicht darauf an, dass du als Erste am Ziel ankommst, Jacqueline. Das Einzige, was wirklich zählt, ist, wie gut du rennst.«

Dieser Spruch kam mir irgendwie bekannt vor.

»Mit anderen Worten, es geht nicht darum, ob man gewinnt oder verliert, sondern darum, wie man spielt?«, fragte ich.

»Ich mag meine Analogie lieber.«

»Wie wäre es noch einfacher? Zum Beispiel: ›Versuche, Spaß zu haben‹?«

»Das geht auch.«

Ich erhob mich aus dem Schaukelstuhl und ging in die Küche, wo Alan gerade seinen Kopf in den Kühlschrank steckte.

»Meine Mutter meint, ich sollte mehr Spaß im Leben haben.«

Alan sah mich an. »Da hat sie recht.«

»Dann sollten wir beide vielleicht etwas tun, das Spaß macht.«

»Ins Kino gehen?«

»Da war ich erst kürzlich. Hab mir zwei Filme hintereinander angeguckt.«

»Vielleicht ein paar Drinks.«

»Das ist eine Möglichkeit. Was noch?«

»Wie wär's mit Tanzen?«

»Tanzen? Das letzte Mal, als ich getanzt habe, war, als ich als kleines Mädchen Gummitwist gespielt habe.«

Alan nahm mich an den Armen und zog mich an sich.

»Ich dachte an etwas, das mehr zu Erwachsenen passt. Zum Beispiel sich langsam zu klassischem Motown-Sound bewegen.«

»Ich hole meine Schuhe.«

Ich gab Alan einen Kuss auf die Wange und ging zurück ins Wohnzimmer. Mom versuchte gerade vergebens, den Mund von Mr Griffin geschlossen zu halten. Sobald sie ihn sanft zugemacht hatte, klaffte er erneut zu einem gähnenden Abgrund auf.

»Ich geh mit Alan zum Tanzen.« Ich ließ mich aufs Sofa fallen und schlüpfte in meine Schuhe.

»Schön. Lasst euch ruhig Zeit. Vielleicht wecke ich Sal auf und veranstalte mit ihm eine andere Art von Tanz.«

Ich beugte mich über den Tisch und streckte die Hand nach meinem Handy aus.

»Lass es liegen, Jacqueline.«

»Mein Handy?«

»Ein Handy ist das? Tut mir leid … Ich dachte, es wäre eine Hundeleine.«

Ich ließ das Telefon, wo es war.

»Okay. Ich bin in etwa zwei Stunden wieder daheim.«

»Aber nicht eher, sonst verpasst du meinem Liebesleben einen Dämpfer.«

Ich gab ihr einen Kuss auf die Stirn. »Ich hab dich lieb, Mom.«

»Ich dich auch, Jacqueline. Und ich bin stolz auf dich. Ich habe eine tolle Tochter großgezogen.«

»Der Apfel fällt eben nie weit vom Stamm. Bis später.«

Mom winkte mir und Alan vom Sofa aus hinterher.

KAPITEL 45

Fuller lässt den Lastwagen irgendwo in Chicagos West Side stehen und lässt sich von einem Taxi zu Jacks Adresse fahren. Er bezahlt den Fahrer mit Bargeld aus Robertsons Brieftasche und sieht sich schnell nach allen Seiten um, ob die Luft rein ist.

Das Haus, in dem sich Jacks Wohnung befindet, hat keinen Portier am Eingang, und die Sicherheitstür ist für einen Mann von Fullers Größe kein ernstzunehmendes Hindernis – ein kräftiger Fußtritt, und sie springt krachend auf.

Er kennt die Nummer von Jacks Appartement. Im Knast hat er die Adresse ständig wie ein Mantra aufgesagt.

Gleich wird sich seine Geduld bezahlt machen.

Noch ein Tritt, und die Wohnungstür fällt aus den Angeln.

Fuller tritt mit gezogener Pistole ins Wohnzimmer und findet zwei alte Leute in inniger Umarmung auf der Couch vor. Er lacht.

»Störe ich euch beim Vorspiel?«

Der Greis – er sieht aus wie ein Achtzigjähriger – erhebt sich und ballt die Fäuste. Fuller beachtet ihn nicht und durchsucht Bad und Schlafzimmer. Beide sind leer.

»Verpissen Sie sich, aber sofort!«

Der Alte zeigt mit dem Finger auf ihn.

Fuller fragt: »Wo ist Jack?«

Der Mann greift zum Telefonhörer.

Fuller verpasst ihm mit dem Pistolengriff einen schweren Schlag. Der Kopf des Alten platzt wie eine reife Frucht. Er fällt zu Boden und zuckt noch eine Weile, während er verblutet.

Die Oma sitzt immer noch auf dem Sofa und tippt mit knotigen Fingern auf einem Handy. Fuller schlägt es ihr aus der Hand.

»Sie sind wohl Jacks Mutter. Sie hat mir viel von Ihnen erzählt.«

Die Frau starrt ihn an. Fuller sieht Angst in ihrem Blick, aber auch Wut. Und eine Härte und Entschlossenheit, die er bisher bei keinem seiner Opfer gesehen hat.

»Und Sie sind wohl Barry. Jack hat mir auch von Ihnen erzählt. Ficken Sie immer noch tote Nutten?«

Fuller kann nicht umhin, laut darüber zu lachen. Die Alte hat Schneid. Als er sich neben sie setzt, knarrt das Sofa unter seinem Gewicht.

»Wo ist Jack?«

»Sie sind nicht nur eine Schande für die Polizei, sondern für die gesamte Menschheit.«

»Jaja, schon gut. Ich bin eine Riesenenttäuschung für alle. Und jetzt raus mit der Sprache … Wo ist Jack?«

Jacks Mutter setzt sich aufrecht hin.

»Ich habe mein halbes Leben damit verbracht, Abschaum wie Sie hinter Schloss und Riegel zu bringen. Von mir erfahren Sie nichts.«

»Harte Sprüche, aber nichts dahinter. Früher oder später werden Sie reden. Ich kann ein echter Überredungskünstler sein.«

»Das glaube ich nicht, Barry. Ich habe gesehen, wie Sie Football gespielt haben. Sie sind ein totales Weichei.«

Er benutzt seine Waffe nicht – es ist auch nicht nötig. Ihre Knochen sind alt und spröde.

Knack! Und schon zerbricht ein Arm.

Knack! Und ein Bein.

Fuller lacht. »Hat Ihnen noch niemand empfohlen, Kalziumtabletten zu nehmen?«

Er schlägt ihr mit voller Wucht ins Gesicht und zerschmettert ihr einen Wangenknochen.

Tränen und Blut strömen der Oma übers Gesicht, aber sie gibt keinen Laut von sich. Selbst dann nicht, als er ihr den gebrochenen Arm umdreht.

»Wo ist Jack?«

Der Angriff kommt völlig unerwartet. Etwas springt ihm ins Gesicht. Etwas mit weichem Fell, aber scharfen Krallen.

Fuller stößt vor Schreck einen Schrei aus. Er hört ein Fauchen, und das Ding in seinem Gesicht macht sich daran, ihm ein Auge auszukratzen.

Eine Katze. Sie hat sich festgebissen.

Fuller packt das Tier und zieht daran.

Ein Fehler. Die Katze krallt sich noch fester, und Fuller reißt sich fast das Auge aus.

Er schlägt auf das Biest ein, bis es von ihm ablässt und sich davonmacht.

Fuller hat höllische Schmerzen. Das Augenlid schwillt massiv an, und das Auge brennt wie eine glühende Kohle.

Mit beiden Händen vor dem Gesicht taumelt er durch die Wohnung, bis er das Bad findet.

Als er in den Spiegel schaut, starrt ihn der Elefantenmensch an. Das linke Auge ist zur Größe eines Baseballs angeschwollen.

Fuller rastet aus und zertrümmert den Spiegel mit seiner Faust. Im Arzneischrank findet er schließlich ein paar Mullbinden, drückt sich eine davon ins Gesicht und brüllt vor Schmerz.

Wenn er das Auge nicht verlieren will, muss er dringend einen Arzt aufsuchen. Die Schmerzen machen ihn wahnsinnig. Er sucht weiter im Bad herum, findet eine Schachtel Ibuprofen und schluckt zehn Tabletten.

Was nun? Was soll er jetzt machen? Ein Krankenhaus aufsuchen? Nein, das ist zu riskant. Er braucht einen sicheren Ort, wo er die Wunde verheilen lassen und seine weiteren Schritte planen kann.

Fuller eilt durch die Küche zurück ins Wohnzimmer. Er weicht der Blutlache aus, die der tote Opa hinterlassen hat, und hält kurz inne. Jacks Mutter liegt mit dem Gesicht nach unten auf dem Teppich. Ist sie tot? Schon möglich. Er hat keine Zeit, nachzusehen, stürzt zur Tür hinaus, die Treppe hinunter und hinaus auf die nasskalten Straßen von

Chicago. Er überlegt panisch, was er machen soll, als zufällig ein Taxi vorbeikommt. Fuller winkt es herbei und klopft an die Scheibe. Der Fahrer lässt das Fenster herunter.

»Brauchen Sie ein Taxi?«

Der Typ spricht mit Akzent. Vermutlich ein Inder, oder irgendwo aus dem Nahen Osten.

Fuller sagt kein Wort.

»Alles in Ordnung? Sie bluten ja.«

»Sie auch.«

Fuller hält dem Mann die Sig Sauer an die Stirn und drückt ab. Der Schuss hinterlässt eine ziemliche Sauerei auf der Fahrerseite. Fuller reißt die Tür auf, schiebt den Toten beiseite, springt auf den Fahrersitz und gibt Gas.

Später parkt er den Wagen unter einer Brücke und durchsucht die Taschen des Taxifahrers. Ein Handy. Eine Geldbörse mit ein paar hundert Dollar. Ein Schlüsselbund.

Fuller wirft einen Blick auf den Führerschein. Chaten Patel, wohnhaft 2160 North Clybourn.

»Danke, dass Sie mich zu sich nachhause einladen, Mr Patel. Leben Sie allein?«

Fuller fährt weiter.

»Na, das werden wir gleich herausfinden.«

KAPITEL 46

Ich wusste, dass etwas Schlimmes passiert war, als ich in meine Straße einbog und vor meinem Appartement die rotierenden Blaulichter sah. Ich rammte den Schalthebel auf Parken, sprang aus dem Wagen und rannte in das Gebäude.

»Jack!«, hörte ich Alan hinter mir rufen.

Herb stand im Foyer. Als er mich sah, ging er auf mich zu und umarmte mich.

»Jack, wir dachten schon, er hätte dich erwischt.«

»Fuller?«, stieß ich mühsam hervor.

»Er ist entkommen und hat dabei drei Polizisten und noch ein paar andere Leute getötet.«

Mir kamen die Tränen.

»M-Mom?«

»Sie bringen sie gerade runter.«

»Tot?«

»Nein, aber sie wurde übel zugerichtet.«

Ich riss mich von Herb los und rannte die Treppen hinauf.

Polizisten, Rettungssanitäter, Kriminaltechniker. Schmerzvolle Blicke in Gesichtern von Leuten, die ich kannte. Ein schwarzer Leichensack auf dem Fußboden in meiner Küche.

Mit stockendem Atem zog ich den Reißverschluss des Leichensacks auf.

Mr Griffin. Von seinem Kopf nur die Hälfte übrig.

Ich eilte ins Wohnzimmer und sah dort einen fürchterlich zugerichteten Menschen auf einer Bahre liegen. Mom! Ein Rettungssanitäter führte eine Beatmungshohlsonde in ihren Mund ein.

»Oh nein …«

Ich stürzte auf sie zu und konnte es einfach nicht fassen, dass dieser zerschundene, blutende Körper meiner Mutter gehörte.

Ihre Hand fühlte sich kühl und schlaff an. Die Rettungssanitäter schoben mich beiseite. Ich wollte mit ihnen mitkommen, wollte bei meiner Mutter bleiben, aber meine Beine sackten unter mir weg und ich brach zusammen.

Etwas Weiches berührte mich am Bein.

Mr Friskers.

Ich nahm den Kater in meine Arme, drückte ihn fest an mich und heulte, bis ich keinen Ton mehr herausbrachte.

KAPITEL 47

Ärzte kamen und gingen und warfen mit medizinischen Fachausdrücken um sich. Ich war viel zu benommen, um ihnen zuzuhören. Ich wusste nur, dass Mom nicht mehr aufwachen würde.

Zwei Tage vergingen, vielleicht auch drei. Besucher kamen vorbei, blieben eine Weile und gingen wieder. Alan. Herb. Libby. Captain Bains. Harry. Fachärzte, Krankenschwestern, Polizisten.

Wachposten standen vor der Tür, eine Vorkehrung, die mich amüsierte. Als ob Fuller mir noch größeren Schaden zufügen konnte, als er es ohnehin schon getan hatte.

Benedict hielt mich über die Suche nach Fuller auf dem Laufenden. Die Nachricht war stets die gleiche: Von dem Gesuchten keine Spur.

»Wahrscheinlich stirbt sie«, sagte ich zu Herb.

»Wir kriegen den Kerl.«

»Davon wird ihr Zustand auch nicht besser.«

»Ich weiß. Aber was sollen wir sonst tun?«

»Ich hätte bei ihr sein sollen.«

»Fang bloß nicht damit an, Jack.«

»Ich hätte Fuller töten sollen, als ich die Chance dazu hatte.«

»Das macht die jetzige Situation nicht besser.«

Ich geriet in Rage. »Nichts macht die jetzige Situation besser! Die Frau, die hier liegt, ist meine Mutter. Und sie liegt wegen mir hier. Wegen meinem Job.«

»Jack …«

»Scheiß drauf, Herb. Scheiß auf alles.«

Ich holte meine Polizeimarke aus der Tasche und drückte sie Benedict in die Hand.

»Gib sie Bains. Ich will sie nicht mehr.«

»Er wird nicht akzeptieren, dass du einfach deinen Job hinschmeißt.«

»Das muss er aber.«

Benedict hielt meine Marke umklammert. Er hatte Tränen in den Augen.

»Verdammt, Jack. Du bist eine gute Polizistin.«

»Ich war nicht gut genug.«

»Jack …«

»Geh jetzt bitte, Herb.« Ich sah ihm an, wie ihn meine Worte schockten. »Und komm nicht wieder.«

KAPITEL 48

Er beobachtet Detective Herb Benedict, wie dieser das Krankenhaus verlässt. Im Gegensatz zu Jack hat er keinen bewaffneten Leibwächter an seiner Seite.

Ein Riesenfehler.

Herb steigt in seinen Camaro Z28 und startet den Motor. Fuller folgt ihm mit dem Taxi, als er den Parkplatz verlässt und nach links in die Damen Street einbiegt.

Es ist Nacht und kalt genug, dass er das Gebläse einschalten muss, um die Scheiben frei von Frost zu halten. Im Taxi riecht es nach Blut – Fuller hat sich nicht die Mühe gemacht, es zu säubern, nachdem er den Fahrer kaltgemacht hat. Normalerweise mag er diesen Geruch, aber im Augenblick liefern sich sein verletztes Auge und seine nicht nachlassenden Kopfschmerzen einen Wettstreit darüber, was am meisten wehtut.

Der Zustand des Auges hat sich verschlimmert. Eindeutig eine Infektion. Fuller kann das Lid nicht öffnen, und eine milchige, übelriechende Flüssigkeit läuft heraus.

Diese verfluchte Katze.

Das Pochen in seinem Schädel ist mit voller Kraft zurückgekehrt, schlimmer als vor der Operation. Fuller fragt sich, ob die Ärzte wirklich den gesamten Tumor entfernt haben. Vielleicht haben sie ein winziges Stück übersehen und in seinem Hirn gelassen, wo es jeden Tag weiterwächst, wie ein Saatkorn.

Benedict parkt vor einem Laden für Fitnessprodukte und Nahrungsergänzungsmittel. Fuller wartet, bis er aussteigt und das Geschäft betritt. Dann fährt er in eine Seitengasse.

Fuller rechnet nicht damit, dass Herb ihm Schwierigkeiten macht, aber ein altersschwacher Greis ist er auch nicht. Doch er hat einen Plan, wie er seinen Exkollegen in seine Gewalt bringt.

Zwei Tage zuvor hat Fuller auf der Straße einen Drogendealer erschossen und ihm seine Vorräte abgenommen. Seine Ausbeute bestand aus einer größeren Menge Marihuana – Fuller dachte zunächst, es würde seinem Auge helfen, aber da hatte er sich geirrt –, ein paar Gramm Kokain und drei mit Heroin gefüllten Kondomen samt Injektionsbesteck.

Das Heroin ließ sich problemlos spritzen. Fuller kochte die Nadel in heißem Wasser und hatte keine Mühe, eine Vene zu finden – wie in seinen alten Tagen als Footballspieler, als er sich mit Anabolika vollpumpte.

Ein wohliges Gefühl, als die Schmerzen nachlassen.

Doch jetzt, ein paar Stunden später, verebbt die Wirkung der letzten Spritze. Er hat noch eine einzige übrig, in der inneren Brusttasche seiner Jacke. Ein Flaschenkorken schützt die Nadelspitze.

Eigentlich möchte er sich den Schuss selbst setzen, aber falls Benedict Ärger macht …

Kaum denkt er an den dicken Detective, kommt dieser aus dem Laden, in der Hand einen Eiweißriegel. Er richtet seine volle Aufmerksamkeit darauf, die Verpackung des Snacks zu öffnen, und hört deshalb nicht, wie Fuller sich von hinten anschleicht.

Benedict wirbelt herum und greift nach der Pistole im Holster, aber Fuller hat mit dieser Reaktion gerechnet. Er packt Herb am Handgelenk, dreht es ihm auf den Rücken und legt ihm den anderen Arm um den Hals.

»Hallo, Detective. Freut mich, dass Sie sich gesund ernähren.«

Benedict versucht, mit der freien Hand sein Schulterholster zu erreichen, worauf Fuller ihm fester den Hals zudrückt. Herb ist kräftig, aber nicht kräftig genug. Mit einer schnellen, ruckartigen Bewegung reißt Fuller das Handgelenk des älteren Mannes nach oben und kugelt ihm das Ellenbogengelenk aus.

Herb brüllt vor Schmerzen und wehrt sich wie verrückt, aber Fuller hält den verletzten Arm fest und schiebt seinen Gegner vor sich her in die Seitengasse. Dann zwingt er ihn auf die Knie, entfernt mit den Lippen den Korken von der Nadel und verpasst dem Fettwanst eine Spritze ins Genick.

Benedict wehrt sich noch immer, aber allmählich verlassen ihn seine Kräfte.

Fuller steckt den Korken wieder auf die Nadel, packt die Spritze weg, nimmt Herbs Pistole an sich und wuchtet den Dicken auf den Rücksitz des Taxis.

Dann dreht er eine Runde um den Block, auf der Suche nach Heroin.

Mit dem Taxi fällt er nicht weiter auf – die perfekte Großstadttarnung. Also kann er es sich leisten, durch Viertel zu fahren, wo ein Weißer eigentlich nichts verloren hat. Er steuert die Kreuzung 26th Street und Kedzie Avenue an, eine Gegend, die im Volksmund Kleinmexiko heißt. Es dauert nicht lang, und er sieht einen jungen Latino an einer Ecke stehen. Das kann nur ein Dealer sein. Die Nacht ist zu kalt, um einfach so herumzuhängen, noch dazu allein.

Er fährt zweimal um den Block und bleibt dann stehen. Der Junge schlendert lässig auf ihn zu. Er trägt eine schlabberige Hose.

»Tienes cocofan?«

Der Latino hat einen flaumigen Ziegenbart. An einem Ohr baumelt ein goldenes Kruzifix. »Que?«

»Cocofan, puto. Zoquete. Calbo. Perlas?«

»Calbo?«

»Ja, du Blödmann. Heroin.«

»No tengo calbo. Tengo Hydro, vato.«

Fuller seufzt und schießt dem Jungen in die Baseballkappe, die ihm seitlich auf dem Kopf sitzt.

Rico Suave beißt ins Gras ... oder vielmehr in die Bordsteinkante. Fuller steigt aus dem Taxi und durchsucht ihn. Die Ausbeute: drei lose gedrehte Joints und sechs Ampullen mit braunen Körnchen.

»Von wegen, kein Calbo.«

Fuller rast mit quietschenden Reifen davon und kehrt zu seinem Versteck in der Clybourn Street zurück.

Unterwegs versuchen Fußgänger zweimal, das Taxi herbeizuwinken. Fuller hält an, lässt sie nahe herankommen und braust davon, als sie gerade einsteigen wollen.

Ein harmloser, lustiger Witz.

Benedict stöhnt auf dem Rücksitz.

»Wir sind gleich da, Detective.«

Chaten Patel hatte mit seiner Freundin zusammengewohnt – Fuller erfuhr nie ihren Namen. Eine bescheidene Erdgeschosswohnung, alt aber sauber, mit einem großen Keller, der als Lagerraum dient.

Im Augenblick lagern dort unten Chatens Leiche und das, was von seiner Freundin übriggeblieben ist.

Fuller parkt das Taxi in der Seitengasse hinter dem Haus und schleift Benedict durch den Garten zur Treppe, die in den Keller führt. Als Polizist hat Herb immer ein Paar Handschellen bei sich, und Fuller fesselt damit den verletzten Arm seines früheren Kollegen an ein Leitungsrohr.

Die Leichen haben angefangen zu stinken, aber Fuller wird nicht lang hierbleiben. Sobald Daniels tot ist, wird er seinen ursprünglichen Plan in die Tat umsetzen und nach Mexiko fliehen.

Aber alles der Reihe nach.

Fuller geht in die Wohnung, füllt einen Topf mit Wasser, stellt ihn auf den Herd und wirft die Nadel hinein.

Während das Wasser kocht, nimmt Fuller eine Heroinampulle aus der Tasche und schüttelt vier größere Stücke heraus. Es sieht nicht aus wie das typische Black-Tar-Heroin aus Lateinamerika, das er sonst immer konsumiert – es ist heller und zerbröselt leichter. Er riecht daran und stellt fest, dass der typische Essiggeruch fehlt.

Wie hat der Junge das Zeug gleich wieder genannt? Hydro? Vielleicht ist es eine Mischung – Heroin und Kokain, oder Heroin und Ecstasy.

Fuller ist das egal – er würde das Zeug auch spritzen, wenn es Heroin und Rattengift wäre. Er braucht den schmerzlindernden Fix.

Auf dem Küchentresen steht eine dicke Kerze, die ein Vanillearoma verströmt. Fuller zündet sie an, schüttet das kochende Wasser ins Spülbecken und steckt die Nadel wieder auf die Spritze.

Dann legt er die Körnchen auf einen Löffel, gibt einen Spritzer Wasser hinzu und hält den Löffel über die Kerzenflamme.

Mit der freien Hand nimmt er einen Wattebausch aus dem offenen Beutel auf dem Tisch und rollt ihn zwischen den Fingern, bis er nur noch so groß ist wie eine Erbse. Als die Körnchen sich vollständig aufgelöst haben, legt er die Watte auf den Löffel und sieht zu, wie sie die Flüssigkeit aufsaugt und sich ausdehnt.

Er sticht die Nadel in die Mitte des Wattebauschs und zieht langsam den Kolben der Spritze zurück. Jetzt muss er nur noch eine Vene finden, und schon wird alles gut.

Aber erst muss er noch einen Telefonanruf tätigen.

Fuller holt das Handy aus der Tasche und tippt Jacks Nummer. Dann geht er hinunter in den Keller, um Herb zu wecken.

KAPITEL 49

Mein Handy klingelte. Ich ging nicht ran.

Obwohl meine Mutter weder auf Geräusche noch auf Berührungen reagierte, funktionierte ihre Gehirntätigkeit immer noch. Also redete ich mit ihr.

Ich redete über viele Dinge.

Manchmal über bangloses Zeug wie das Wetter oder alte Bekannte. Andere Male schüttete ich ihr mein Herz aus, entschuldigte mich für das, was passiert war, und bat sie um Vergebung. Aber sie konnte mir nicht antworten.

An diesem Abend bat ich sie vor allem um Vergebung.

Mein Handy fing wieder an zu klingeln, aber ich hatte keine Lust auf noch mehr Beileidsbekundungen, nicht einmal von Freunden. Oder besser, vor allem nicht von Freunden. Irgendwann hatte ich Alan gebeten, mich in Ruhe zu lassen. Ich brauchte Luft zum Atmen, sonst drehte ich noch durch.

Auf der Habenseite konnte ich verbuchen, dass ich seit Tagen keine einzige Schlaftablette genommen hatte. Ich begrüßte sogar meine Schlaflosigkeit.

Der Anrufer ließ nicht locker. Ich nahm das Handy und schaltete es aus. Ich hatte wieder angefangen zu weinen und wollte mit niemandem reden.

Bevor ich meine Mutter zum x-ten Mal um Vergebung bitten konnte, klingelte das Zimmertelefon.

Ich ließ es einfach klingeln, bis es irgendwann aufhörte. Aber dann ging es wieder von Neuem los. Kapierte der Anrufer nicht, dass ich meine Ruhe haben wollte?

»Was?«, rief ich genervt in den Hörer.

»Hi, Jack.«

Ich ließ beinahe vor Überraschung den Hörer fallen. Fuller.

»Ich dachte schon, Sie wollen nicht rangehen. Das wäre gar nicht gut für Ihren Freund gewesen. Sagen Sie hallo, Herb.«

Ich hörte eine Männerstimme schreien.

»Herb geht es im Augenblick nicht besonders. Und wenn Sie meine Anweisungen nicht befolgen, wird es ihm noch schlimmer gehen. Ich sage Ihnen jetzt, was Sie tun sollen.«

Im Hintergrund schrie Herb: »Das ist eine Falle, Jack! Tu's nicht!«

Ein neuer Schrei, diesmal lauter als zuvor.

Ich wollte schlucken, aber mein Mund war trocken.

»Was wollen Sie, Fuller?«

»Schalten Sie Ihr Handy wieder ein und rufen Sie mich auf meinem Handy an. Ich gebe Ihnen die Nummer, wenn Sie bereit sind.«

Ich tat, wie mir geheißen. Er nahm das Gespräch nach dem ersten Klingeln an.

»Gut so. Und jetzt legen Sie das Krankenhaustelefon auf. Ich mache Ihnen einen Vorschlag: Sie kommen zu meiner Party. Wir amüsieren uns doch gut, stimmt's, Herb?«

Wieder ein Schrei.

»Ich komme«, rief ich und umklammerte das Handy so fest, dass es zitterte. »Soll ich unterwegs Bier und was zum Knabbern besorgen?«

»Sehr witzig. Ich will, dass Sie Ihre Leibwächter abschütteln.«

»Wie?«

»Sagen Sie ihnen, dass ich Sie vom Parkplatz aus angerufen habe. Klingen Sie dabei überzeugend. Und keine versteckten Hinweise, sonst …«

Benedict schrie erneut.

»Hören Sie auf, ihm wehzutun.«

»Wehtun? Sie meinen, so wie vorhin gerade?«

Der arme Herb brüllte wie am Spieß. Ich schloss die Augen.

»Ich mache, was Sie sagen, Barry.«

»Braves Mädchen. Vergessen Sie nicht, dass ich mithöre. Und jetzt los!«

Ich trat hinaus in den Flur und rief den beiden wachhabenden Polizisten zu: »Fuller hat mich gerade angerufen! Er ist in der Tiefgarage!«

Sie rannten mit gezogenen Waffen los.

»Sind sie weg?«

»Ja.«

»Wer ist jetzt noch da?«

»Niemand. Nur eine Krankenschwester.«

»Geben Sie ihr das Handy.«

»Wieso?«

Ein Fehler. Ein Teil von mir starb, als ich Herb schreien hörte.

»Schwester!« Ich eilte zu ihr. »Jemand möchte Sie sprechen.«

Sie sah mich fragend an. »Wer?«

»Sagen Sie ihm einfach, was er wissen will.«

Die Schwester nahm das Handy an sich. »Nein … nein … niemand.« Dann gab sie es mir zurück. »Er wollte wissen, ob vor Zimmer 514 irgendwelche Männer stehen.«

Ich knurrte in mein Handy: »Zufrieden?«

»Noch nicht, aber bald. Setzen Sie sich in Ihr Auto und fahren Sie die Lasalle Street nach Norden. Ich will während der gesamten Fahrt Ihre Stimme hören.«

»Was ist, wenn ich zwischendurch keinen Empfang habe?«

Herb schrie erneut.

»Sorgen Sie dafür, dass das nicht passiert, Jack. Und jetzt reden Sie weiter. Fangen Sie mit dem ABC an.«

Ich sagte das ABC auf, während ich den Korridor entlangeilte. Aufzug oder Treppe? Wo hatte ich besseren Mobilfunkempfang? Ich entschied mich für die Treppe und rannte, so schnell ich konnte. Als ich unten in der Tiefgarage ankam, sah ich einen der Polizisten, die mich beschützt hatten, mit gezogener Waffe um die Ecke schleichen. Ich drückte mich an die Wand, damit er mich nicht sehen konnte.

»Jack? Sind Sie noch dran?«

»… Q … R … S … T … U …«

Ich wartete einen Augenblick und hielt dann direkt auf mein Auto zu. Dabei trat ich leicht auf, damit meine Schritte auf dem Asphalt nicht in der Garage widerhallten.

Mein Handyempfang wurde plötzlich schwach.

»Ich kann Sie nur noch ganz schlecht hören, Jack. Ich hoffe für Herb, dass die Verbindung nicht abreißt. Ehrlich gesagt, ich weiß nicht, ob er noch mehr aushält.«

Ich gelangte unbemerkt zu meinem Wagen und fummelte mit dem Schlüssel herum. Zum dritten Mal fing ich an, das Alphabet aufzusagen. Als ich die Tür öffnete, sah mich einer der Cops.

»Lieutenant! Wir können ihn nirgends finden!«

»Oh-oh, Jack«, säuselte Fuller ins Handy. »Sie sollten sich beeilen.«

Ich sprang auf den Fahrersitz. Der Handyempfang wurde noch schlechter. Ich schrie die Buchstaben des Alphabets in der Hoffnung, dass Fuller mich hören konnte. Die beiden Polizisten kamen auf mein Auto zu. Ich rammte den Schalthebel auf Drive und gab Gas.

Eine Betonrampe führte zum Ausgang.

»Jack?« Barry schrie nun ebenfalls. »Ich kann Sie nicht hören. Jack!«

Plötzlich war die Verbindung weg.

KAPITEL 50

Fuller blickt grimmig drein, als er das Freizeichen hört. Er drückt die Wahlwiederholungstaste. Daniels geht sofort ran.

»Ich hab auf der Ausfahrtsrampe den Empfang verloren. Ich hab keine Dummheiten gemacht.« Sie klingt ängstlich, außer Atem.

»Wieso soll ich Ihnen das glauben, Jack?«

»Tun Sie ihm nichts!«

Fuller hebt den Fuß, bereit, auf Benedicts ausgekugelten Ellenbogen zu treten. Herb starrt mit hasserfülltem Blick zu ihm empor.

»Wir hatten eine Abmachung, Jack.«

»Wenn ich ihn nur ein einziges Mal schreien höre, beende ich das Gespräch und werfe das Handy zum Fenster hinaus, das schwör ich Ihnen.«

»Woher weiß ich, dass Sie keine Bullen dabeihaben?«

»Ich bin allein. Hab sie im Parkhaus abgehängt.«

»Vielleicht haben Sie über Funk Verstärkung angefordert.«

»Dafür hatte ich keine Zeit. Wenn mein Funkgerät an wäre, würden Sie es hören.«

Fuller geht von Herb weg, zieht die Sig aus dem Gürtel und feuert einen Schuss die Treppe hoch.

»Was haben Sie da gerade gemacht, Barry? Lassen Sie mich mit Herb reden.«

»Das war eine Warnung. Wenn ich nur den leisesten Verdacht habe, dass Sie mich anlügen und mit Verstärkung anrücken, ist Herb Benedict ein toter Mann. Verstanden?«

»Geben Sie mir Herb.«

Fuller verdreht die Augen und hält Herb das Handy hin. »Sagen Sie was.«

Benedict dreht den Kopf weg und presst die Lippen zusammen.

»Augenblick, Jack. Er macht einen auf stoisches Schweigen.«

Fuller dreht Herbs geschwollenen Arm um, bis dieser wie ein Chorknabe singt.

»Sagen Sie ihr, dass alles in Ordnung ist.«

»Jack!«, schreit Benedict. »Komm nicht hierher!«

»Na, was ist, Jack? Sind Sie zufrieden? Immerhin wissen Sie jetzt, dass Ihr Partner noch lebt.«

»Eins sag ich Ihnen, Barry … Wenn ich erst mal da bin …«

»Hören Sie auf, mir zu drohen, Jack. Da bekommt man ja richtig Angst. Wo sind Sie jetzt überhaupt?«

»Ich fahre die Lasalle Street nach Norden.«

»Wenn Sie zur Division Street kommen, biegen Sie links ab. Und jetzt würde ich von Ihnen gern wieder das Alphabet hören.«

Jack leiert wieder die Buchstaben herunter, und Fuller geht nach oben. Sein Schädel pocht, als hätte ihm jemand mit einem Baseballschläger eins übergezogen, und das verletzte Auge liefert sich mit dem Kopf einen Wettlauf um die Goldmedaille in der Schmerz-Olympiade.

Die Nadel ruft verlockend vom Küchentisch.

Nur ein kleiner Schuss, und die Schmerzen sind weg.

Andererseits wird Daniels bald eintreffen. Dann sind die Schmerzen auch weg.

Ja, die Kopfschmerzen, aber nicht die im Auge. Setz dir den Schuss.

Sie ist bewaffnet. Konzentration und Alarmbereitschaft sind wichtig.

Du wirst locker mit ihr fertig. Los, setz dir den Schuss.

Fuller greift zur Spritze. Er hat Bodybuilder-Arme, mit gewaltigen Muskeln, die die Venen hervorstehen lassen. Da hat er es nicht nötig, den Arm abzubinden.

Gut.

Fuller setzt sich den Schuss und wartet auf das warme Gefühl, das entsteht, wenn das Heroin durch die Adern fließt.

Aber dieses Gefühl bleibt aus.

»Was zum Teufel?«

»Barry? Haben Sie was gesagt?«

Fuller beißt die Zähne zusammen, starrt auf die leere Spritze. *Diese miese mexikanische Ratte. Was zum Teufel hat er sich gerade gespritzt? Backpulver?*

»Barry, ich fahre jetzt die Division Street nach Westen. Barry?«

»Biegen Sie bei der Clybourn Street rechts ab«, knurrt Barry und holt mit dem Arm aus, um die Spritze durchs Zimmer zu werfen. Doch dann …

Etwas Merkwürdiges passiert.

Zunächst ist es eine subtile Veränderung. Die Küche erscheint in schärferem Fokus. Barry starrt auf seine Hand. Seine Faust wird vor seinen Augen immer größer, bis sie so groß ist wie ein Thanksgiving-Truthahn.

Als Nächstes starrt Barry auf seine Füße. Die scheinen ebenfalls zu wachsen, genau wie sein ganzer Körper. Auf einmal ist er drei Meter, fünf Meter, sieben Meter groß. Wie passt er nur in diese winzige Küche? Aha! Die Küche wächst mit ihm, die Wände werden höher und breiter, dehnen sich ins Unermessliche.

Und je größer er wird, desto mehr lassen die Schmerzen nach. Bis nur noch ein winziger Unruheherd übrigbleibt – mitten in seinem geschwollenen Auge, etwa so lästig wie ein Mückenstich.

Fuller kichert, und das Kichern hallt wie ein Echo durch seinen Kopf, tief und langsam. Er hört jemanden sprechen und merkt, dass er ein Mobiltelefon in der Hand hält.

»Barry? Sind Sie noch dran? Wie lautet die Adresse?«

Welche Adresse? Ach so, es ist Jack. Sie kommt zur Party.

»Einundzwanzig sechzig«, hört er eine Stimme sagen – seine eigene. Die Worte fühlen sich an wie Knetmasse. Er hat das Gefühl, als spucke er sie aus.

Ein tolles Gefühl.

Er dreht sich langsam im Kreis. Das Zimmer dreht sich mit ihm und verändert ständig seine Form. Wenn er innehält, dreht sich das Zimmer weiter, weil er es so will. Er kann es kontrollieren. Er kann alles kontrollieren.

»Ich bin ein Gott.«

Fuller fasst sich ans Gesicht, berührt die Mullbinde am Auge. Ein Gott braucht keinen Verband. Er reißt ihn weg und spürt im selben Moment einen stechenden Schmerz in seinem verletzten Auge.

»Nie wieder Schmerzen.« Seine Stimme klingt wie Donner.

Er schwebt zur Schublade, zieht sie heraus und schüttet den Inhalt auf den Tisch.

Ein Korkenzieher.

Er rammt ihn sich ins Auge.

Es tut nur für einen kurzen Moment weh, und ihm kommen die Tränen.

Nein, das sind keine Tränen.

Es ist Blut.

Er hört draußen ein Auto. Besuch.

Die Schmerzen sind wie weggeblasen, und etwas anderes ist an ihre Stelle getreten.

Wut.

Jack Daniels ist hier. Sie ist schuld daran, dass er im Knast gelandet ist. Sie ist schuld an seinen Kopfschmerzen.

Sie gönnt ihm nicht, dass er ein Gott ist.

Er wischt sich das Blut von der Wange und ballt die Hände zu Fäusten.

»Ich warte auf dich, Jack.«

KAPITEL 51

»Fuller? Verdammt noch mal, Fuller, sind Sie da?«

Keine Antwort. Wo steckte er nur? Lebte Benedict noch? Was war passiert?

Ich drückte auf die rote Taste, wählte den Notruf und gab die Adresse in der Clybourn Street durch. Dann checkte ich die Trommel meines .38er-Revolvers, zählte sechs Patronen und biss die Zähne zusammen.

Scheiß auf meine Angst, Nervosität und sämtliche Neurosen – ich würde meinen besten Freund nicht im Stich lassen.

Ich hatte gerade drei Treppenstufen erklommen, als die Tür aufflog.

Fuller stand im Türrahmen und streckte beide Arme aus, als wolle er mich umarmen. Sein Gesicht war blutverschmiert, und dort, wo sich sein linkes Auge befunden hatte, klaffte ein Loch.

Ich reagierte, wie ich es in meiner Ausbildung gelernt hatte, riss die Waffe hoch und platzierte drei Schüsse in die Körpermitte.

Aber anstatt umzufallen, tat Fuller etwas Unerwartetes. Er machte einen Satz nach vorn.

Mein vierter Schuss traf seine Schulter, und dann hechtete er auf mich zu. Ich verlor das Gleichgewicht und stürzte rückwärts auf den Gehsteig.

Als Fuller auf mir landete, spürte ich, wie eine oder zwei Rippen unter seinem Gewicht brachen. Sterne tanzten vor meinen Augen. Ich versuchte krampfhaft, meine Waffe auf Fuller zu richten, aber er packte sie mit seiner Riesenpranke. Ich drückte ab, und die Kugel durchschlug eine Hand und zerschmetterte ein paar kleinere Knochen. Aber er ließ nicht los.

Plötzlich packte er mich mit seiner unverletzten Hand am Hals.

Blut tropfte aus seinem Gesicht auf meins. Ich schloss die Augen und stieß ihm mit der freien Hand in die Augenhöhle.

Fuller schrie und wälzte sich von mir herunter.

Ich zielte auf seinen Kopf und feuerte meine letzte Kugel ab, aber er warf sich zur Seite, und der Schuss ging daneben.

Jeder Atemzug tat weh. Ich drückte meine Hand auf die Rippen. Es half ein bisschen. Ich rappelte mich auf.

Fuller auch. Er stand mir gegenüber. Sein Blut strömte aus mehr Wunden, als ich zählen konnte, aber das schien ihm nichts auszumachen, denn er grinste nur.

Ich fand meine innere Mitte, vollzog eine Drehung und verpasste ihm einen Roundhouse-Kick gegen die Brust.

Genauso gut hätte ich gegen einen Baum treten können. Fuller rührte sich keinen Millimeter vom Fleck.

Ich fuhr herum und schlug ihm den Revolvergriff ins Gesicht.

Sein Kopf zuckte von der Wucht des Schlags nach hinten, aber er wankte kein bisschen.

Fuller ging zum Gegenangriff über, aber ich duckte mich unter seinem Schlag hinweg und rammte ihm eine Faust in die Rippen. Dann wich ich zurück, bevor er mich packen konnte.

Fuller schlug erneut zu, verfehlte aber auch diesmal sein Ziel. Ich versuchte, ihm zwischen die Beine zu treten, traf aber stattdessen seinen massiven Oberschenkel. Mein Fuß prallte wirkungslos ab.

Jetzt holte Fuller zum dritten Mal aus. Ich wich zurück, aber diesmal war er schneller und traf meine Wange. Ich verlor das Gleichgewicht und fiel auf den gefrorenen Rasen. Als ich mit den gebrochenen Rippen aufschlug, schrie ich vor Schmerz.

Ein Schuss, dann noch einer.

Herb.

Er stand auf der Terrasse. Sein rechter Arm war seltsam verdreht und hing schlaff an seiner Seite herab. Handschellen verbanden sein Handgelenk mit einem abgerissenen Metallrohr.

In der Linken hielt er eine Pistole.

Benedict konnte mit der Linken keinen Elefanten aus fünf Schritten Entfernung treffen.

Aber zum Glück war Fuller fast so groß wie ein Elefant.

Herbs dritter Schuss traf Fuller in die Brust. Der vierte ging daneben, aber der fünfte durchschlug das rechte Bein.

In der Ferne erklangen Polizeisirenen. Lang konnte es nicht mehr dauern.

Fuller bewegte sich überraschend schnell auf Herb zu. Der schoss wieder daneben und wurde unter dem schreienden und blutenden Mann begraben.

Ich rappelte mich hoch und schleppte mich mühsam die Treppe hinauf. Da mein Revolver leergeschossen war, benutzte ich ihn wie einen Hammer und schlug Fuller mit voller Wucht auf den Hinterkopf, damit er von Herb abließ. Die Gesichtsfarbe meines Partners wechselte von Rot zu Violett.

Ich zog Fuller viermal eins über. Plötzlich schlug er mir mit dem Handrücken ins Gesicht, ließ Herb liegen und stolperte ins Haus.

Benedict schnappte gierig nach Luft. Ich betastete seine Kehle. Sie schien unverletzt.

Herb murmelte etwas Unverständliches.

»Was?«

»Hau ab. Er hat eine …«

Die Kugel pfiff so dicht über meinen Kopf hinweg, dass ich den Luftzug spürte. Ich warf mich auf die Terrasse, kam auf Herb zum Liegen und spähte ins Innere des Hauses.

Fuller stand im Flur inmitten einer sich ausbreitenden Blutlache und richtete eine Pistole auf mich.

Herb hob die linke Hand, in der er immer noch die Sig hielt. Aber sie zeigte nicht auf Fuller.

Ich packte sein Handgelenk, hob es hoch und versuchte zu zielen.

»Ich bin ein Gott«, sagte Barry Fuller.

»Blödsinn«, erwiderte Herb und krümmte den Finger um den Abzug. Der Schuss traf Fuller mitten ins Gesicht und zerfetzte seinen kranken Schädel, sodass sein Hirn hinten herausspritzte.

KAPITEL 52

Alan besuchte mich in der Notaufnahme des Krankenhauses, als die Ärzte mir einen Klebeverband für meine gebrochenen Rippen anlegten. Tränen liefen ihm über das ganze Gesicht.

Aus Rücksicht auf meine Verletzung umarmte er mich nicht.

»Ich halte das nicht aus, Jack. So kann ich nicht leben. Erst deine Mutter, und jetzt du.«

Ich überlegte, ob ich ihm sagen sollte, dass ich den Polizeiberuf an den Nagel gehängt hatte. Aber wahre Liebe stellt keine Bedingungen.

»Leb wohl, Alan.«

Er ließ seine braune Bomberjacke auf meinem Krankenbett liegen.

Eine Schwester kam herein und wollte mir eine Spritze gegen die Schmerzen geben.

Ich lehnte ab.

»Hat Detective Benedict seine Operation bereits hinter sich?«

»Noch nicht.«

Ich legte mich auf den Rücken und starrte an die Decke.

Polizisten kamen vorbei und wollten mich zu dem Vorfall mit Fuller befragen. Ich sagte ihnen, sie sollten sich zum Teufel scheren. Captain Bains stattete mir einen Besuch ab und versicherte mir, dass ich jederzeit wieder in meinen alten Job zurückkehren könnte.

Ich lachte ihm schallend ins Gesicht.

Fünf Stunden später wurde Benedict aus dem OP in sein Krankenzimmer geschoben. Ich saß an seinem Bett und wartete, bis er wieder zu sich kam.

»Hi, Jack.« Seine Stimme klang heiser, was von einer Kehlkopfquetschung herrührte.

»Hi, Herb. Man hat mir gesagt, dass alles gut verlaufen ist. Dein Arm wird vollständig heilen.«

»Vertragen wir uns wieder?«

Mir kamen die Tränen.

»Klar doch.«

»Du bist meine Partnerin, Jack. Du musst mir sagen, wenn ich mich wie ein Idiot benehme.«

»Vielleicht haben wir uns beide wie Idioten benommen.«

Er nickte. »Kannst du mir einen Gefallen tun.«

»Aber selbstverständlich.«

»Kannst du bitte meine Frau anrufen und ihr ausrichten, dass ich es satthabe, mich wie ein Idiot zu benehmen?«

Ich musste trotz der Tränen lächeln. »Ja, das kann ich.«

»Und sag ihr, sie soll mir Donuts mitbringen.«
»Mach ich.«
»Zwei Schachteln.«
»In Ordnung.«

KAPITEL 53

Ich verbrachte die Tage im Krankenhaus und leistete Mom Gesellschaft. Nachts war ich allein zuhause und starrte an die Decke.

Weihnachten ging vorbei, dann Neujahr, dann der Valentinstag.

Bains weigerte sich, meine Kündigung zu akzeptieren, und ich bekam alle zwei Wochen einen bescheidenen Scheck für die Frühberentung. Da ich nur wenige Bedürfnisse hatte, kam ich damit über die Runden.

Herb wurde zum Sergeant befördert. Als er mich besuchte, bestand er darauf, dass ich ihn mit *Sarge* anredete. Er tauschte den Camaro gegen einen Chrysler und fuhr mit Bernice zwei Wochen in den Urlaub ins kalifornische Napa Valley, wo sie alte Freunde besuchten.

Der Zustand meiner Mutter zeigte erste Anzeichen der Besserung. Sie war noch nicht aus dem Koma aufgewacht, aber die Werte auf ihrer Glasgow-Skala wurden besser, wenn auch nur geringfügig. Ich sprach jeden Tag mit ihr – auch dann, wenn ich eigentlich keine Lust dazu verspürte.

»Du weißt doch bestimmt noch, was du mir gesagt hast, Mom? Dass es keine Medaillen dafür gibt, wie gut man sein Leben meistert? Ich habe darüber nachgedacht. Darüber, dass niemand gewinnt. Wie du schon sagtest, man kann gar nicht gewinnen, denn die Ziellinie ist der Tod.«

Ich streichelte die Hand meiner Mutter.

»Was ist also der Sinn des Ganzen? Warum mühen wir uns in diesem Rennen ab, wenn wir ohnehin niemals gewinnen können? Du hast gesagt, wir sollten trotzdem unser Bestes geben. Das Ziel ist nicht der Sieg, sondern dass man am Rennen teilnimmt. Und weißt du was, Mom? Ich glaube, du hast recht.«

Am nächsten Tag widerrief ich meine Kündigung und kehrte in meinen alten Job beim Chicago Police Department zurück.

Und ich rannte weiter.

DANKSAGUNGEN

Es gibt eine Menge Leute, denen ich an dieser Stelle danken möchte.

Meinen Schriftstellerkollegen Raymond Benson, Jay Bonansinga, Doug Borton, David Ellis, Eric Garcia, Rick Hautala, Libby Fischer Hellmann, Warren B. Murphy, Ridley Pearson, James Rollins, Steven Spruill, Andrew Vachss, F. Paul Wilson, David Wiltse und ganz besonders Robert W. Walker für ihre Unterstützung und Inspiration.

Meinen Testlesern Marc Buhmann, Jim Coursey, Laura Konrath sowie den Autoren Barry Eisler und Rob Kantner für ihre Kommentare, Meinungen und Ratschläge, die dieses Buch verbessert haben.

Meinen Familienangehörigen, Verwandten, Freunden und all denen, die mir zur Seite standen: Robin Agnew, Lorri Amsden, Chris Bowman, Bonnie Claeson, Latham Conger III, Tom und Melanie Meyers Cushman, George Dailey, Moni Draper, Judy Duhl, Mariel Evens, Dick File, Holly Frakes, Maggie Griffin, Joe Guglielmelli, Mary

Elizabeth Hart, Jim Huang, Steve Jensen, Jen Johnson, Steve Jurczyk, Edmund und Jeannie Kaufman, Chris Konrath, John Konrath, Talon Konrath, Steve Lukac, Sheldon MacArthur, Otto Penzler, Barbara Peters, Sue Petersen, Terri Smith, Dave Strang, Jim und Gloria Tillez, Chris Wolak und vielen anderen, die mich auf dieser Reise begleitet und unterstützt haben.

Officer Jim Doherty für die Beantwortung meiner Fragen zur Polizeiarbeit, Jeffrey Evens für seine Einblicke in das amerikanische Rechtssystem und Mike Konrath, von dem ich hoffe, dass er mich eines Tages einbalsamieren wird … allerdings nicht auf die Art und Weise, wie ich sie in dem vorliegenden Buch beschrieben habe. Für etwaige Fehler trage ich die alleinige Verantwortung.

Den Leuten in der Verlagsbranche: Michael Bourrett, Jane Comins, Jane Dystel, Miriam Goderich, Jessica Goldman, Eileen Hutton, Navorn Johnson, Elisa Lee, David Lott, Karin Maake, Joni Rendon und Leslie Wells, die beste Lektorin der Welt.

Und natürlich Maria, meinem Fels in der Brandung. Jeder Tag, den ich mit dir verbringen darf, ist ein Segen.

Printed in Dunstable, United Kingdom